Une sage-femme à sa porte

*

Sous le charme du médecin rebelle

MARION LENNOX

Une sage-femme à sa porte

Traduction française de
VIRGINIE CANTIN

BLANCHE

HARLEQUIN

Collection : Blanche

Ce roman a déjà été publié en 2021

Titre original :
PREGNANT MIDWIFE ON HIS DOORSTEP

HARPERCOLLINS FRANCE
83-85, boulevard Vincent-Auriol, 75646 PARIS CEDEX 13
Service Clients — https://www.harlequin.fr/contenu/contactez-nous
ISBN 978-2-2805-1785-0 — ISSN 0223-5056

Édité par HarperCollins France.
Composition et mise en pages Nord Compo.
Imprimé en mars 2025 par CPI Black Print (Barcelone)
en utilisant 100% d'électricité renouvelable.
Dépôt légal : avril 2025.

FSC
www.fsc.org
MIXTE
Papier issu de sources responsables
FSC® C159065

Pour limiter l'empreinte environnementale de ses livres, HarperCollins France s'engage à n'utiliser que du papier fabriqué à partir de bois provenant de forêts gérées durablement et de manière responsable.

1

Sa voisine devait être en train de quitter l'île avec son chien, songea le Dr Josh O'Connor. À cette heure-ci ?

Il surveillait les prévisions depuis vingt-quatre heures. Le cyclone Alma était censé passer bien au nord de l'île Camel, mais les conditions météorologiques empiraient. Lorsqu'on avait annoncé à la radio que la tempête se dirigeait vers le sud, Josh avait commencé à avoir de sérieux scrupules. Devrait-il partir ?

Mais en observant la mer déchaînée à travers ses solides fenêtres à double vitrage, il avait pensé au pont branlant qui reliait l'île au continent et avait décidé qu'il serait plus sûr de rester à l'abri. Sa maison était neuve, basse, solide et située sous le vent. De lourds volets la protégeaient. Il avait des provisions pour plusieurs semaines. Même s'il était coupé du continent pendant quelques jours, il s'en sortirait bien.

Et les autres habitants de cette île perdue ? Il les connaissait à peine, mais il avait tenté de les contacter.

La maison située de l'autre côté de l'île était occupée par un couple d'artistes et leurs enfants. Mick Forde lui avait dit tout de suite que sa femme, Skye, et lui avaient déjà vu des tempêtes comme celle-ci, et qu'ils allaient rester. Josh n'avait pas insisté.

La seule autre habitation se trouvait de son côté de l'île et appartenait à Moira Byrne, une vieille dame très âgée et très solitaire. Quand Josh était arrivé et s'était présenté à elle, elle s'était montrée presque impolie.

« Si vous pensez que je vais jouer les voisines sympas, détrompez-vous ! J'ai acheté cet endroit pour avoir la paix et j'entends bien l'avoir ! Laissez-moi tranquille, et je ferai de même ! »

Il ne l'avait pas contrariée, mais il s'inquiétait tout de même un peu pour elle. Une fois par semaine, elle traversait le pont au volant de sa vieille berline blanche, sans doute pour aller se ravitailler en ville. De temps en temps, une petite voiture rouge arrivait, et son visiteur – très discret lui aussi – restait quelques heures. C'était le seul contact qu'avait la vieille dame, et Josh respectait sa solitude.

Pourtant, cet après-midi, il avait été assez inquiet pour insister. Comme son téléphone sonnait dans le vide, il s'était aventuré jusque chez elle. Il avait entendu un chien gémir à l'intérieur, mais personne ne lui avait ouvert. La maison et le garage étaient fermés à clé, les rideaux tirés et les volets clos.

Il s'était dit qu'elle avait déjà dû se réfugier sur le continent, mais n'avait pas pu vérifier si sa voiture était encore dans le garage. Elle avait dû enfermer son chien, qui pouvait sortir par une trappe aménagée dans la porte arrière. Josh s'était promis de revenir le lendemain puis était rentré chez lui, s'était installé à son bureau et plongé dans son travail.

La technologie l'avait toujours fasciné, en particulier l'utilisation de robots médicaux pour opérer la colonne vertébrale. Après son propre accident, il lui avait été assez facile de laisser son personnel procéder aux essais. Devenu expert en techno-sciences, il dirigeait son équipe depuis sa retraite insulaire et ne se déplaçait en ville que lorsque sa présence était indispensable. Il participait à des conférences à l'étranger et travaillait le plus souvent seul.

Même si son projet du moment était passionnant, il n'avait pas le pouvoir de lui faire oublier la tempête. Dudley – le cabot mal élevé dont il avait hérité lorsqu'il avait acheté cette maison – ne lui facilitait pas la tâche. Apeuré par le tonnerre, il gémissait de plus en plus fort.

— Ça va aller, mon garçon, lui dit-il, mais Dudley le regarda sans comprendre et gémit de plus belle.

Au crépuscule, les lignes téléphoniques cessèrent de fonctionner, et son générateur s'enclencha. Équipé de panneaux solaires, cet endroit avait été conçu pour être autosuffisant. Josh avait de quoi subvenir à ses besoins d'énergie pendant des mois. Son garde-manger et son congélateur étaient pleins, et sa très coûteuse antenne parabolique lui permettait de se connecter au monde extérieur.

Josh se prépara un dîner léger, puis décida d'aller voir dehors. Il ouvrit prudemment la porte arrière. Le vent hurlait, charriant une poussière épaisse. Il était sur le point de refermer la porte quand quelque chose attira son attention. Sur le chemin qui reliait la maison de Moira au pont, il aperçut les phares d'une voiture.

Moira avait-elle eu des doutes et était-elle revenue chercher son chien ? Josh retint son souffle en voyant la voiture s'approcher dangereusement du pont. En très mauvais état, il devait être réparé l'année suivante, mais pour l'instant des vagues se fracassaient contre les piliers qui le soutenaient, faisant craquer la structure et inondant le fragile édifice...

Il réagissait de façon excessive, se dit-il. Le pont avait résisté aux intempéries pendant des décennies, et il fallait moins d'une minute pour le traverser.

Le souffle coupé, il vit la voiture ralentir, puis faire une embardée... et disparaître.

Quelques secondes plus tard, il bravait la tempête.

Au moins, son pick-up était solide et, contrairement à la petite berline de Moira, pouvait rouler sur les chemins cahoteux qui menaient aux plages isolées de l'île.

Il descendit la piste à toute allure. Et si une partie du pont s'était effondrée ? Si la voiture de Moira avait sombré dans les flots ? Dans ce cas, il ne pourrait rien faire. Le chenal reliant l'île au continent était profond, et le courant assez fort. Ce côté de l'île avait beau être sous le vent, les vagues s'y écrasaient avec force.

Il avait besoin d'aide.

Hélas ! les lignes téléphoniques étaient défaillantes depuis plusieurs heures. Certes, Josh avait payé cher sa connexion satellite, mais elle lui serait inutile, car toute personne se trouvant dans ces eaux risquait de mourir le temps que les secours arrivent.

En approchant du pont, il vit qu'il s'était effondré. Des poutres brisées penchaient dangereusement vers les flots qui menaçaient de les engloutir. Au milieu de cet enchevêtrement de bois et de métal, Josh distingua une petite voiture rouge.

Ce n'était pas la voiture de Moira, et la personne qui s'y trouvait était en grand danger. Son capot déjà presque submergé était battu par les vagues...

Il bondit hors de son pick-up et se précipita. Une lourde planche bloquait la portière côté conducteur, et le véhicule menaçait de basculer vers les flots déchaînés. Il distingua un visage à l'intérieur. Un visage de femme terrorisée, encadré par une masse de boucles rousses.

Par réflexe, il s'arrêta quelques secondes pour évaluer la situation avant d'agir, ainsi qu'il l'avait appris à l'école de médecine, et répété à l'infini. Les vagues frappaient la planche contre la voiture avec force, et il serait fou de tenter de la faire bouger, mais il n'avait pas le choix. Il s'arc-bouta, et poussa de toutes ses forces. Le bois trembla, puis bougea légèrement...

Et soudain, le courant fit voltiger la planche, libérant la portière contre laquelle la conductrice pesait de tout son poids. L'eau la maintenait fermée. Grâce à leurs forces combinées, elle finit par s'ouvrir. Sans perdre une seconde, Josh attrapa la jeune femme et l'attira à lui.

— Y a-t-il quelqu'un d'autre dans la voiture ? cria-t-il. Est-ce que Moira est à l'intérieur ?

— Non. Sa chienne... Elle est derrière !

Son premier instinct fut d'écarter la femme et de la mettre en sécurité, mais elle avait déjà saisi la poignée de la portière arrière.

— Tirez !

Tout à coup, la portière s'ouvrit en grand, et l'eau s'engouffra dans l'habitacle.

— Sur le siège ! Vite !

La femme hurlait quand il se rendit compte que son ventre était volumineux, et qu'elle était coincée entre les deux portières. Ignorant ses protestations, il la traîna jusqu'au rivage et ordonna :

— Mettez-vous à l'abri. Vous êtes folle ? Votre bébé... Montez dans mon pick-up !

— Sauvez Maisie, je vous en supplie...

Il regagna la voiture et chercha à tâtons sur le siège arrière, sachant que ses chances étaient infimes.

C'est alors que ses mains rencontrèrent une boule de poils trempés. L'animal était-il blessé ?

Il le saisit par la peau du cou, puis, de l'eau jusqu'à la taille, commença à reculer. Comme une vague s'écrasait sur ses jambes, il sentit qu'on lui saisissait le bras.

— Laissez-moi vous aider.

— Reculez !

Ils sortirent de l'eau en titubant, et remontèrent sans s'arrêter jusqu'à la rive, où ils s'effondrèrent contre son pick-up, à l'abri du vent.

Dans le faisceau de ses phares, ils virent une énorme planche s'écraser contre la voiture, qui disparut dans les flots déchaînés.

Pendant un instant, aucun des deux ne prononça un seul mot. Josh avait du mal à respirer. Il se sentait... vidé, terrassé par le souvenir d'un autre accident, trois ans plus tôt. De son désespoir...

— Merci.

La voix de la jeune femme le ramena à l'instant présent.

— Qu'est-ce que vous faisiez sur ce pont ? cria-t-il, furieux. Vous vous rendez compte que vous auriez pu mourir. Et où est Moira ?

— Moira est morte.

Elle avait parlé d'un ton neutre, mais ferme.

— Mais... Comment ? Expliquez-moi...

Sous le choc, il la regarda. Elle avait des cheveux roux cuivré, des boucles qui lui tombaient sur les épaules. Elle n'était pas grande et portait un pantalon et un haut amples qui lui collaient maintenant à la peau, révélant son ventre rebondi.

— Je ne suis que sage-femme, expliqua la jeune femme avec un fort accent irlandais, et pourtant je sais reconnaître un mort quand j'en vois un. Moira était ma grand-tante. Elle était très indépendante, mais comme elle était cardiaque, je lui rendais visite quand je pouvais, que ça lui plaise ou non. Quand j'ai entendu les prévisions météo, j'ai appelé pour lui demander de venir se réfugier sur le continent. Elle a commencé par refuser, puis, cet après-midi, elle m'a priée de venir car elle ne se sentait pas bien... Je l'ai trouvée assise au coin du feu, le chien à ses pieds. Presque en paix.

— Je suis vraiment désolé...

— Je la connaissais à peine, mais elle était ma seule famille.

Josh se leva et installa la chienne sur le siège arrière. C'était un labrador, lourd et boiteux. Avait-elle été frappée par un morceau de bois ? Il pourrait vérifier ça plus tard. Pour l'instant, le plus urgent était de se mettre à l'abri.

Il aida la jeune femme à prendre place sur le siège passager, puis s'installa au volant, ce qui n'était pas une mince affaire avec ces bourrasques d'une violence inouïe.

— Où allons-nous ?

— Chez moi. La maison que l'on voit depuis chez Moira.

— Je croyais qu'elle était vide ! Moira a votre numéro de téléphone. Je lui ai demandé de vous appeler, mais elle a dit qu'elle n'avait pas pu vous joindre. Vous croyez que j'aurais essayé de traverser le pont si j'avais su que je pouvais vous demander de l'aide ?

Ses dents claquaient si fort qu'elle avait du mal à parler, et il percevait son indignation.

— Je suis vraiment désolé, répondit-il. J'ai tout barricadé à l'heure du déjeuner. Je suis allé voir si Moira allait bien, mais personne ne m'a ouvert, ce qui ne m'a pas étonné. J'aurais dû laisser une lumière allumée chez moi.

Il hésita, puis demanda :

— Vous n'avez pas pensé à passer la nuit chez Moira ?

— Elle est morte.

— Je comprends, mais...

— Je voulais avertir au plus vite quelqu'un de son décès, et... je ne pouvais pas deviner que le pont allait s'effondrer. Et puis, il y a Maisie...

— Maisie ?

— La chienne. Elle attend des petits. Moira m'a dit que vous étiez médecin. Vous pourriez l'aider ? Je suis sage-femme et je ne connais rien au travail chez les chiennes. Elle avait des contractions il y a une demi-heure, mais comme je n'avais pas de connexion, je n'ai pas pu aller voir sur Internet, et en plus je suis moi-même enceinte de huit mois et... j'ai peur.

Elle prit une grande inspiration, luttant visiblement contre une crise de panique.

— Rassurez-vous, ça va aller, dit-il en démarrant. Je vais m'occuper de vous.

2

Hannah éclata en sanglots, mais se ressaisit très vite. Au moins, elle n'avait pas été emportée par la mer, et elle était en sécurité. Ce pick-up était robuste, puissant, et avançait dans la tempête qui semblait n'avoir aucune prise sur lui.

Quant à l'homme grand et fort à côté d'elle, il avait l'air aussi solide que son véhicule, pensa-t-elle. Ses mains serraient fermement le volant, et ses yeux étaient braqués sur la piste, devant lui.

Une cicatrice, qui donnait à son visage une expression un peu dure, courait de sa tempe jusqu'à la base de son oreille. Son pull était trempé, et ses cheveux d'un noir profond étaient plaqués sur son front.

Il lui jeta un rapide coup d'œil avant de reporter son attention sur la route, un léger sourire aux lèvres.

— Je m'appelle Hannah Byrne, dit-elle. Je suis sage-femme au North Queensland Regional Hospital et, à en croire le petit mot sur le réfrigérateur de Moira, vous êtes Josh O'Connor, son voisin, médecin de son état, c'est bien cela ?

— Oui, confirma-t-il. J'ai insisté pour que Moira garde mes coordonnées. Cela aurait été plus utile si elle m'avait téléphoné plutôt qu'à vous, qui étiez à deux heures de route. J'aurais pu être là en cinq minutes.

— Peut-être que mourir chez elle est ce qu'elle voulait de toute façon, dit doucement Hannah. Elle aurait détesté l'hôpital.

Elle n'aurait pas pu supporter tous ces gens autour d'elle. Je crois qu'elle m'a appelé parce qu'elle avait peur pour Maisie.

Comme ils arrivaient à la maison, Josh actionna la télécommande, et la porte du garage s'ouvrit sans difficulté. La lumière intérieure s'alluma automatiquement, et Hannah cligna des yeux.

— L'énergie solaire est secondée par des batteries et un générateur.

— Et le téléphone ?

— La ligne fixe semble avoir été coupée, mais j'ai un satellite.

— Vous pouvez appeler des secours, alors ?

— Je doute qu'on nous vienne en aide. Selon les dernières prévisions, l'œil du cyclone devrait se situer dans un rayon de cent kilomètres. La situation va s'aggraver.

Alors que la porte du garage glissait tranquillement derrière eux, le bruit du vent cessa d'un coup.

Hanna se retourna et vit Maisie, qui fixait sur elle ses yeux implorants. Hélas ! Josh avait raison. Personne ne viendrait les secourir en ce moment.

Soudain, elle se mit à trembler, submergée par une foule de sentiments violents. En un éclair, Josh la souleva dans ses bras pour la faire descendre du pick-up.

— Posez-moi. Je vais bien.

— Non, vous n'allez pas bien, dit-il avant de la porter dans la maison.

Le sol en pierre et les poutres massives conféraient au lieu une impression de solidité et de confort. Un bon feu de cheminée réchauffait le salon où trônaient deux confortables canapés club sur un grand tapis rouge.

Un grand chien noir était couché près du feu. Il s'élança vers eux en remuant la queue, mais Josh l'ignora et traversa le salon qui donnait dans un couloir, où il poussa la porte d'une grande salle de bains.

— Un bain vous fera le plus grand bien, déclara-t-il.

Avant qu'elle puisse répondre, il la fit asseoir sur un tabouret et tourna les robinets. Puis il s'agenouilla devant elle et lui saisit les mains, tandis que son regard inquiet fouillait le sien.

— Hannah, êtes-vous blessée ? Avez-vous subi un choc quand la voiture a basculé ?

Soudain, l'inconnu s'était transformé en médecin.

— Non.

— Aviez-vous mis votre ceinture de sécurité ?

— Oui.

— Sentiez-vous le bébé bouger ? Si vous êtes d'accord, je vais écouter son cœur pour m'assurer que tout va bien. J'ai un stéthoscope.

— Vous êtes vraiment médecin ?

— Oui, répondit-il. Je suis neurochirurgien. L'obstétrique n'est pas ma spécialité, mais j'ai suivi un cours de *Bébés pour les nuls* dans ma formation médicale. Vous me laissez vous examiner ?

— Oui. Bien sûr.

— Pouvez-vous enlever ce pull pendant que je vais chercher mes affaires ? Je reviens tout de suite, dit-il avant de s'éclipser.

Elle retira avec soulagement son pull trempé, puis son soutien-gorge, et regarda la baignoire, déjà à moitié pleine.

Irrésistible...

Elle retira ses baskets, son pantalon, mais garda sa culotte et, sans attendre, se glissa avec délices dans l'eau chaude.

Quand Josh revint, elle était dans son bain.

De la vapeur s'élevait autour d'elle, et ses boucles cuivrées, humides, tombaient sur ses épaules. Elle s'aspergea le visage d'eau chaude et laissa échapper un soupir de bien-être.

Elle était irlandaise. Il l'avait remarqué à son accent et le voyait maintenant sur sa peau. Son teint était d'un blanc de porcelaine, lisse et sans défaut. Ses seins étaient pleins, magnifiques, sa silhouette arrondie par la grossesse. Lorsqu'elle le regarda, il découvrit ses grands yeux d'un vert très clair, sa bouche généreuse et son nez constellé de taches de rousseur.

C'était une femme courageuse, qui avait affronté la tempête pour aller au secours d'une grand-tante qui ne l'aimait pas, et avait risqué sa vie pour sauver un chien.

Et, visiblement, elle lui faisait confiance, car elle n'avait pas hésité à se glisser presque nue dans sa baignoire. Parce qu'il était médecin, sans doute. Incroyable ce qu'un diplôme de médecine produisait comme effet !

— Pouvez-vous aider Maisie ? demanda-t-elle.

— Elle est encore dans mon pick-up. Si vous êtes infirmière, vous devez savoir que les humains passent avant les animaux.

— Je vais bien.

— Et votre bébé ? insista-t-il en prenant son stéthoscope.

Elle céda et s'assit pour qu'il puisse l'ausculter. Il avait raison. Elle portait une ceinture de sécurité qui lui serrait le ventre quand la voiture avait basculé.

Elle vit Josh écouter attentivement, puis lui sourire.

— Vous voulez entendre votre bébé ? demanda-t-il, en lui tendant les écouteurs.

L'eau chaude coulait encore dans la baignoire, et son ventre serait bientôt immergé. Lorsqu'elle perçut les battements de cœur forts, réguliers, miraculeux de son bébé, elle se mit à pleurer bêtement.

Elle ne pleurait jamais, pourtant. Elle n'avait pas pleuré quand Ryan l'avait quittée. Ni quand son père lui avait parlé de l'accueil qu'elle recevrait si elle rentrait chez elle.

Maintenant pourtant, les larmes coulaient sur son visage sans qu'elle puisse les arrêter.

Josh attendit qu'elle se ressaisisse avant d'annoncer :

— Vous avez eu de la chance, mais je parie que vous aurez mal demain matin. Je vois des bleus sur vos bras. En tout cas, le cœur du bébé et le vôtre battent à l'unisson, tout va bien. Je vais m'occuper de Maisie, maintenant.

Il prit des serviettes de bain sur une étagère située sous le lavabo et les posa sur un porte-serviettes chauffant, avant de désigner un peignoir accroché à la porte.

— Ne vous pressez pas, et profitez du bain jusqu'à ce que vous soyez bien réchauffée.

— Josh, cet endroit est très bien équipé... Vous avez tout, ici.

— C'est préférable, dans un endroit comme celui-ci, expliqua-t-il. J'apprécie mon indépendance et je n'aime pas être pris au dépourvu.

Puis il se pencha et effleura sa joue du doigt. C'était un contact léger, une touche de réconfort.

— Vous êtes en sécurité maintenant, dit-il doucement. Prenez soin de vous et de votre bébé, et laissez-moi m'occuper du reste.

Une fois seule, elle porta machinalement la main à sa joue, à l'endroit exact où il l'avait touchée, et laissa échapper un profond soupir.

Josh était trempé et, malgré la chaleur de la maison, il commençait à trembler. S'il avait pu, il serait allé prendre une douche, mais le chien de Hannah avait des ennuis, et elle avait failli perdre la vie pour le sauver. Il se changea donc rapidement, puis gagna le salon. Dudley se leva dès qu'il l'aperçut, et lui jeta un regard de reproche.

— Désolé, mon pote, lui dit-il en se penchant pour lui donner une caresse rapide, tu dois céder ta place au coin du feu...

Il porta le panier de Dudley dans la buanderie, puis referma la porte après lui avoir donné un os à mâcher. Il se rattraperait plus tard.

Quand il ouvrit la portière du pick-up, le chien de Moira leva vers lui ses grands yeux suppliants. Affolé, l'animal avait le souffle court. En posant la main sur son pelage détrempé,

Josh le sentit se raidir, avant de relâcher son effort, la tête pendante.

Cette chienne était visiblement en profonde détresse. Elle ne réagit même pas quand Josh la souleva pour la porter dans la maison.

Il la déposa devant le feu, puis la frotta à l'aide d'une serviette. De nouveau, son ventre se contracta. Le canal vaginal semblait légèrement distendu, mais elle ne semblait pas sur le point de mettre bas. Maisie était-elle déjà dans cet état avant l'accident ?

Hélas ! il n'aurait sur le dire, car il ne connaissait rien aux chiens.

Internet ! Tandis qu'il faisait des recherches sur son ordinateur, une voix le fit sursauter.

— Qu'est-ce qui se passe ?

Il n'avait pas remarqué l'arrivée de Hannah. Elle se tenait dans l'embrasure de la porte, enveloppée dans son grand peignoir moelleux, et regardait la chienne avec inquiétude.

— Le travail doit être gêné, déclara-t-il laconiquement.

Elle alla s'agenouiller près de l'animal, qui gémit de douleur.

— Je ne sais pas quoi faire, lui dit-elle. Je n'ai pas réussi à l'examiner. S'il y a un chiot coincé, il est encore haut, trop haut pour tenter une manœuvre. Oh ! Maisie...

— Vous... êtes attachée à cet animal ?

Elle haussa les épaules.

— Peut-être. C'est juste que... je ne suis en Australie que depuis quelques mois. Bien qu'étant ma seule parente ici, Moira ne voulait rien avoir à faire avec moi. Comme ma grand-mère m'avait demandé de la surveiller, je n'ai pas pu refuser. La première fois que je suis venue, Maisie m'a fait la fête, et à chaque visite elle m'a accueillie comme si j'étais sa meilleure amie. Cela paraît ridicule, mais elle me traitait mieux que ne le faisait Moira.

— Je dois téléphoner à un vétérinaire, dit-il. Pouvez-vous

continuer à réchauffer Maisie pendant que je vais demander conseil ?

Josh savait qu'il pourrait gérer la situation, même avec une chienne dont le travail était aussi avancé. Quelques semaines auparavant, il avait trouvé un phoque blessé sur les rochers, bien trop gravement pour se rétablir. Il avait tout de même réussi à lui administrer des médicaments pour soulager ses souffrances. Mais en voyant le visage ravagé de Hannah, qui avait failli perdre la vie en essayant d'aider Maisie, il avait songé que le moins qu'il puisse faire était de tout tenter pour la sauver.

Tom Edmonton, basé à Melbourne, était engagé dans les mêmes recherches que Josh et avait déjà traité des chiens atteints de lésions de la colonne vertébrale dans son laboratoire. Après l'avoir écouté, il lui donna son avis éclairé :

— Josh, c'est grave. Avez-vous du matériel ? Des médicaments.

— Oui. Dites-moi ce dont j'ai besoin.

— Je n'ai pas examiné de chienne sur le point de mettre bas depuis des années, mais je connais une vétérinaire dont c'est la spécialité, Claire Chapter. Je vais voir si elle est disponible.

3

Hannah s'assit près de la cheminée. Dehors, le vent hurlait, et elle savoura la sensation de sécurité que lui procurait le feu.

Pourquoi cette chienne agonisante la bouleversait-elle à ce point ?

Elle se souvint de la première fois qu'elle avait vu Maisie. Elle venait d'arriver en Australie. Après trois ans de mobilité, Ryan et elle avaient trouvé un emploi au North Queensland Regional Hospital. Elle avait une grand-tante sur place, et la perspective de rendre visite à Moira lui avait plu, car elle avait le mal du pays.

Hélas ! les choses ne s'étaient pas déroulées comme elle l'espérait. Ryan avait refusé de venir avec elle, prétextant que s'il avait quitté l'Irlande, c'était précisément pour échapper à la famille, et Moira avait perçu son arrivée comme une intrusion. Seule Maisie l'avait accueillie avec joie.

Elle se souvint d'avoir fait de longues promenades avec cette chienne, dans la nature sauvage et balayée par les vents de l'île. Maisie allait chercher les bâtons qu'elle lui lançait, puis courait en cercles autour d'elle, la réconfortant par sa présence. La chienne avait également été le témoin de ses réflexions et de ses doutes concernant Ryan et leur relation à laquelle elle s'accrochait beaucoup trop…

Elle était là aussi quand Ryan était parti, et lors de sa dernière conversation avec son père.

Oui, aussi étrange que cela puisse paraître, cet animal l'avait aidée à surmonter bien des épreuves, et elle avait besoin de sa présence...

Enfin, Josh revint, vêtu d'un un jean délavé et d'un vieux pull aux poignets effilochés, dont les manches retroussées révélaient ses bras musclés. Ses cheveux foncés, encore humides, semblaient ébouriffés, comme s'il s'était coiffé avec les doigts.

Il posa une pile de vêtements sur une commode.

— Voici un jogging, des chaussettes et un coupe-vent. Ils seront trop grands, mais je ne peux pas faire mieux. J'aurai besoin de votre aide pour soigner Maisie.

— Que voulez-vous faire ?

— Je voudrais pratiquer une césarienne, lui dit-il. J'en ai discuté avec une spécialiste. Elle pense qu'avec le choc il est possible que nous la perdions. Je suis prêt à essayer quand même.

Elle le fixa, stupéfaite.

— Mais... Avez-vous tout le matériel nécessaire ?

— Je vous l'ai dit, j'aime être préparé. Une heure à peine après mon arrivée sur cette île, un yacht s'est approché trop près du rivage et a heurté les rochers. Le skippeur s'est cassé la jambe. Une fracture complexe. Il était minuit, et les deux médecins de bord ont préféré attendre le lendemain pour appeler les secours. Pendant ce temps, comme je n'avais pas les moyens de soulager sa douleur, j'ai dû lui faire très mal pour aligner sa jambe afin de maintenir l'apport sanguin dans son pied. Après cet incident, j'ai constitué un kit qui permet de faire face à la plupart des situations d'urgence. Les césariennes canines n'étaient pas sur ma liste, mais Claire a fait des recherches rapides, et j'ai du matériel qu'elle a jugé convenable.

— Pourrons-nous la sauver ? murmura Hannah.

— Honnêtement, je ne sais pas, car elle est dans une mauvaise situation. Les médicaments dont je dispose passent la barrière placentaire, et peuvent nuire aux chiots. De plus, un travail prolongé compromet la santé de la mère. Claire me dit qu'il faut s'attendre à tout, pour les petits comme pour la mère. Nous n'avons pas le choix... Êtes-vous prête à m'assister ?

— Oui.

Il souleva la chienne et se tourna vers la cuisine.

— Pouvez-vous transformer cet endroit en salle d'opération ? Désinfectez-vous dans l'évier, je vais me préparer.

Josh enleva son vieux pull et passa un tablier de cuisine sur son T-shirt avant de la rejoindre.

— Je n'ai pas de blouses de chirurgien, donc ça devra faire l'affaire. Je n'en ai pas pour vous, mais les vêtements que je vous ai donnés sont propres. Il y a un produit antiseptique dans l'évier, des serviettes et des gants jetables.

Il désigna Maisie, allongée sur la table recouverte d'un drap.

— Je lui ai injecté de la morphine. Je n'ai pas pu faire mieux, expliqua-t-il. Elle est déjà beaucoup trop amorphe, mais elle aura besoin d'une analgésie à la sortie de l'anesthésie.

— L'anesthésie ? demanda-t-elle d'un ton professionnel.

— J'utilise du propofol.

— Vous avez du propofol ? Dans une simple trousse de médecin ?

— Je vous l'ai dit, je suis prêt pour la fin du monde, ici. Mon skippeur avait de vilaines blessures. J'espérais ne jamais avoir besoin de ce kit d'urgence. Hélas ! Je me trompais.

— Il faudra probablement intuber.

— Je le ferai, et c'est là que vous interviendrez. J'ai de l'oxygène, un respirateur, mais pas de moniteurs, alors il faudra la surveiller de très près.

Il bascula la chienne sur le dos et lui rasa l'abdomen avec de l'eau savonneuse et un rasoir à main. Ses mouvements étaient lents et précautionneux ; il essayait de la calmer. Elle ne réagissait pas, groggy par la morphine.

— J'aurai aussi besoin d'aide avec les chiots s'ils sortent vivants, ajouta-t-il. J'ai mis des serviettes dans le four, à la température la plus basse. Claire dit que le placenta doit être enlevé, et le cordon ombilical clampé et coupé. Lors d'une naissance normale, la poitrine du chiot est comprimée, ce qui permet d'expulser le liquide des voies respiratoires et de provoquer la première respiration. Cela ne fonctionne pas lors d'une césarienne, alors ce sera à vous de jouer. S'il ne respire pas, frottez-le avec des serviettes propres pour stimuler ses poumons. J'ai aussi une poire d'aspiration pour évacuer le mucus si vous en avez besoin. N'oubliez pas que nous devrons sauver les chiots qui nous paraissent les plus viables et que…

— J'ai compris, dit-elle en hochant la tête.

— Êtes-vous prête ?

Elle vérifia une dernière fois le matériel, puis se dirigea vers l'évier.

— Oui, affirma-t-elle d'un ton ferme.

Soudain, la tempête, l'accident, le vent qui hurlait au dehors, le choc des dernières heures, tout cela s'évanouit comme par magie.

Il n'y avait plus qu'un médecin, une infirmière, une patiente et ses petits dont la vie était entre leurs mains.

C'était une bonne infirmière, sûre d'elle, qui connaissait ses limites et celles imposées par le manque de matériel. Elle posait des questions précises, puis allait de l'avant. Elle l'aida à poser la perfusion de fluides avant de passer rapidement à autre chose.

Il voulut l'assister pour l'intubation, mais lorsqu'il se retourna, elle lui fit signe de s'éloigner.

— Je m'en occupe.

Josh avait pratiqué des césariennes pendant sa formation chirurgicale, mais bien sûr jamais sur un animal. Heureusement que Maisie n'était pas un caniche nain ou un chinchilla, mais un gros labrador, songea-t-il.

« Je peux rester en ligne et te donner mes instructions

pendant que tu opères, avait proposé Claire, mais il faudra faire si vite que je crains de te déconcentrer... »

Il jeta un dernier regard à la chienne endormie devant lui.

— Allons-y, Maisie...

Les conseils de Claire et les photos qu'elle lui avait envoyées étaient gravés dans son cerveau, au moment où il incisa, du nombril au pubis. Jusqu'ici, tout allait bien, mais il fallait travailler vite.

Il souleva soigneusement l'utérus et incisa, juste assez pour sortir le premier chiot qui s'était logé dans le canal vaginal, poussé par le reste de la portée. Un bref regard lui indiqua qu'il était mort.

Il hocha la tête en silence, et déposa le chiot dans un haricot, à côté de lui.

Le chiot suivant semblait sans vie. Y avait-il de l'espoir ? Il n'avait pas le temps d'évaluer la situation et laissa faire Hannah. Il décolla le placenta et lui tendit le petit animal.

Le chiot suivant bougea dans sa main quand il le dégagea, et il ressentit une puissante décharge d'adrénaline. En le tendant à Hannah, il vit que le deuxième chiot n'avait pas survécu.

Il n'avait pas de temps à perdre.

Il aida un autre petit à venir au monde, puis trois autres. Sept en tout !

C'était fini. Il s'assura que tout le placenta était sorti, car en laisser dans le ventre de Maisie aurait pu avoir des conséquences désastreuses.

Il ne savait pas combien de chiots étaient vivants, mais il ne pouvait pas s'interrompre maintenant. Il devait refermer rapidement en pratiquant une suture sous-cuticulaire pour ne pas nuire à l'allaitement des petits, pendant que Hannah surveillait la respiration de la chienne.

— Josh..., dit-elle soudain d'un air inquiet. Elle revient à elle.

— Très bien, j'ai terminé la suture. Je vais prendre la relève. Pouvez-vous vous occuper des chiots ?

Quand Hannah retira le tuyau d'intubation, la chienne ouvrit doucement les yeux, puis recommença à respirer.

Josh retint un soupir de soulagement.

Il connaissait ce sentiment, la chute soudaine d'adrénaline après une opération qui avait sauvé la vie de son patient. Il avait appris à passer sans transition à autre chose.

— Combien y a-t-il de chiots viables ? demanda-t-il.

Hannah était occupée à emmailloter les petits dans les serviettes chaudes, un par un.

— Quatre sur les sept, dit-elle tristement.

— Laissez-moi voir...

Il regarda les trois petits corps sans vie et replia une serviette par-dessus. Avoir pu en sauver quatre était déjà un miracle. Il fallait accepter cet échec.

De plus, la mère était vivante. C'était bien plus que ce qu'il espérait.

Il souleva Maisie, encore étourdie, et la déposa sur une couverture, par terre.

— Pouvez-vous rester avec elle pendant que je lui prépare un panier ? J'en ai déjà deux, mais ils appartiennent à Dudley, et je ne veux pas de conflits de propriété. Elle a besoin de son propre lit, où il faudra lui présenter ses petits dès que possible. Claire dit qu'il faut laisser son instinct nourricier s'exprimer rapidement.

Comme elle acquiesçait, il lui caressa la joue et ajouta :

— Vous avez très bien travaillé. Merci.

— Vous aussi, murmura-t-elle, émue aux larmes, en levant la main pour la poser sur la sienne.

Il se retint de la serrer contre lui et de l'embrasser.

Il aurait peut-être dû faire preuve de plus de douceur avec elle. Elle était choquée, angoissée, et n'importe qui aurait réagi comme lui.

Mais le contact de sa peau sur la sienne avait fait naître en lui des sensations qu'il avait mis des années à oublier. Il n'avait pas besoin de cela.

Il retira la main et lui sourit, ce qui était peut-être une erreur.

— Merci, murmura-t-elle.

Il eut le plus grand mal à détacher le regard du sien.

— Finissons le travail, dit-il abruptement, comme pour chasser l'étrange malaise qui l'avait envahi.

Il se concentra quelques instants encore sur Maisie, puis ajouta en souriant :

— Infirmière, je vais chercher ce panier et vous laisse surveiller Maisie.

Elle lui rendit son sourire, et répondit du tac au tac :

— Certainement, docteur. Vos désirs sont des ordres...

4

Dans les années qui avaient suivi l'accident, la demi-sœur de Josh avait été d'un grand soutien, et l'avait soutenu pendant qu'il construisait cette maison.

Hélas ! leur chagrin à tous les deux n'avait pas disparu. Durement éprouvée, Madison avait donné le change du mieux qu'elle avait pu, mais elle avait fini par craquer.

« Je ne peux pas rester ici, Josh, lui avait-elle annoncé un beau jour. J'ai une offre d'emploi à New York. J'ai besoin d'une pause. »

Elle était partie, non sans lui laisser la plupart de ses affaires.

« Tu as un immense garage. Pourquoi payer pour stocker tout cela ? »

Aujourd'hui, son garage était rempli de cartons, soigneusement étiquetés par sa sœur, qui était une maniaque de l'ordre et de la propreté.

Si sa sœur avait pu voir ses cartons transformés en niches à chiots, elle aurait été horrifiée. Mais il y avait urgence.

Ses boîtes étiquetées Linge étaient désormais vides. Il découpa la plus grande pour fabriquer un panier de fortune, le plaça devant le feu du salon et le garnit avec les serviettes roses de Madison.

Dans la cuisine, Hannah veillait sur Maisie, qui continuait à se réveiller doucement. Josh souleva la chienne et la porta avec précaution jusqu'au feu, suivi par la jeune femme qui secoua la tête en découvrant le panier rose.

— Comment savoir si ces chiots sont des femelles ? demanda-t-elle. Si ce sont des mâles, je ne voudrais pas qu'ils soient traumatisés à vie !

Il sourit, son premier vrai sourire de la soirée. Hannah l'imita, et il la trouva très courageuse. Après ce qu'elle venait de vivre, il fallait être très forte pour se comporter de cette manière.

— Les gens qui utilisent mon garage pour entreposer leurs affaires le font à leurs risques et périls, dit-il. Ma sœur, Madison, a un goût étrange en matière de linge de maison. Nous n'avons pas le choix : installons d'abord confortablement ces bébés, nous gérerons leurs névroses plus tard.

Il déposa Maisie sur les serviettes, puis approcha un fauteuil.

— Vous êtes chargée de la surveillance. Asseyez-vous.

— Josh...

— Pas de discussion. Asseyez-vous !

Elle obéit, tandis qu'il retournait à la cuisine pour vérifier que les chiots allaient bien. Avoir réussi à les mettre au monde dans ces circonstances était un véritable miracle, et il voulait s'assurer que rien ne viendrait compromettre leur survie, désormais.

Ensuite, il les porta jusque dans le salon et les déposa avec précaution tout contre leur mère. Maisie s'agita légèrement, les cherchant du regard au prix d'un énorme effort, avant de replonger dans sa léthargie.

Les chiots se mirent à onduler contre elle, cherchant instinctivement de la truffe ce dont ils avaient besoin. Ils ne tardèrent d'ailleurs pas à le trouver. Quand ils commencèrent à téter, Maisie parut se calmer, relâcher un peu la pression. Tout comme Josh et Hannah, qui échangèrent un regard, soulagés.

— Josh…

— Nous avons réussi, murmura-t-il en posant la main sur l'épaule de Hannah. Quelle aventure !

Ce sentiment de paix qu'il ressentait, la présence de cette femme… C'était merveilleux, pensa-t-il soudain. Mais en même temps, il ne pouvait ignorer le léger malaise qui s'emparait de lui. Cela n'avait pas de sens…

Pourquoi se sentait-il aussi calme ? Ça avait été une soirée de folie. La tempête menaçait encore. Le vent hurlait autour de la maison, et le vacarme de la mer était vraiment effrayant.

Tout à coup, il pensa aux Forde et à leurs trois enfants, qui habitaient à l'autre bout de l'île. Ils avaient résolument refusé son aide, car ils ne s'attendaient sans doute pas à une tempête aussi violente. Ce côté de l'île était abrité, tandis que le leur était exposé aux éléments…

Hélas ! il ne pouvait rien faire pour le moment. Le vent et l'eau avaient transformé la route qui menait à Skye et Mick en véritable mare de boue, coupant leur maison et ses environs du reste du monde.

— Qu'est-ce qui ne va pas ? demanda Hannah.

Il s'aperçut qu'elle avait froncé les sourcils et l'observait avec inquiétude.

— Rien. C'est juste que… ce cyclone qui rôde me met mal à l'aise. Il ne faudrait surtout pas que la situation empire, ou s'éternise…

— Moi aussi, avoua-t-elle. Dites-moi, la demeure qui est de l'autre côté de l'île…

— Moira vous a parlé des Forde ?

— Mick et Skye ? Je les ai rencontrés une fois, en promenant Maisie, dit-elle. Quand je vous croyais absent et que j'avais besoin d'aide, j'ai pensé à aller les solliciter, mais la route m'a paru en mauvais état.

— Je les ai vus plus tôt dans la journée, dit Josh. Quand je leur ai proposé de venir se réfugier ici, ils m'ont répondu qu'ils aimaient les tempêtes.

— Avec des enfants en bas âge ?

— C'est leur décision, rétorqua-t-il avec dureté. J'ai vraiment tenté de les dissuader mais que voulez-vous que j'y fasse, s'ils veulent mettre leurs enfants en danger ?

Comme il l'avait lui même fait jadis avec sa propre famille.

D'un seul coup, des images du passé remontèrent à la surface, et il eut toutes les peines du monde à se composer un visage neutre.

— Je pense qu'il n'y a pas grand-chose à faire maintenant, acquiesça-t-elle.

— Malheureusement, non. Même s'ils avaient besoin d'aide, le pick-up n'arriverait jamais jusque chez eux, avec ce temps. Et pour ce qui est d'appeler les secours... c'est impossible aussi. Tant que les conditions météo ne s'améliorent pas, leur maison demeurera inaccessible. Il n'y a rien d'autre à faire qu'attendre.

— C'est vrai.

Elle hésita, puis reprit la parole.

— Josh, je sais que vous avez déjà fait beaucoup pour moi, mais... auriez-vous ce qu'il faut pour préparer du cacao ? Avec des toasts ?

Du cacao. Des toasts... C'était exactement ce dont il avait besoin pour chasser ses idées noires. Il n'y pensait pas, d'habitude...

— À quand remonte votre dernier repas ?

— Au petit déjeuner. Je pensais prendre quelque chose chez Moira, mais... une découverte inattendue a contrarié mes plans.

Il retrouva le sourire. L'humour noir était presque universel dans le milieu médical, où il servait d'échappatoire. Il savait que Hannah se sentirait vidée, sous le choc. L'humour était une défense, il l'avait constaté à maintes reprises dans les services d'urgence et les salles d'opération, tout au long de sa carrière, et il savait à quel point cette arme pouvait se révéler précieuse.

— Le cacao et les toasts arrivent tout de suite ! lança-t-il. Peut-être même quelque chose d'un peu plus consistant. Donnez-moi quelques instants pour transformer la salle d'opération en cuisine.

— Je vais vous aider.

Il posa une nouvelle fois la main sur son épaule.

— Non. Maisie est toujours sous l'effet des produits anesthésiants. Ses chiots ont besoin d'être avec elle, mais elle risque de rouler sur elle-même et de les étouffer. Claire a insisté sur la nécessité d'une surveillance post-op, dont vous êtes responsable.

— Mais…

— Pas de « mais » !

— Enfin, Josh, c'est votre salon ! Nous pourrions peut-être installer Maisie dans la buanderie.

— Impossible. C'est le domaine de Dudley, maintenant.

— Dudley ?

— Mon chien.

— Oh ! c'est vrai. C'est sa maison, Josh.

— Alors selon vous, je devrais installer Dudley dans le salon, et Maisie et ses petits dans la buanderie ? Dudley serait sûrement ravi, mais pas moi. En outre, il faudra peut-être veiller sur les petits toute la nuit. Si vous croyez que je vais me porter volontaire…

— Il est hors de question que vous vous occupiez de Maisie. Elle est sous ma responsabilité, Josh.

— D'accord, admit-il. Cependant je vous rappelle que je me suis beaucoup mouillé pour vous, au sens premier du terme. Je vous ai amenée chez moi, et nous sommes sur le point de partager mes toasts et mon cacao. Ce qui signifie que vous acceptez que je prenne soin de vous. Hannah, vous êtes enceinte de huit mois et vous avez passé une rude journée. Alors laissez-moi prendre le relais, maintenant.

— Euh… D'accord, dit-elle d'un ton hésitant.

— Parfait ! Attendez-moi un instant.

La cuisine était en désordre. C'est dans des instants comme celui-ci qu'il regrettait le bon vieux temps, songea- t-il en s'emparant de détergent et d'une éponge. Lorsqu'il était neurochirurgien dans un grand hôpital universitaire, une armée de petites mains était chargée de désinfecter le bloc opératoire après son passage. Maintenant, il jouait tous les rôles à la fois.

Il passa un long moment à regarder les chiots qui n'avaient pas survécu, et se sentit étrangement ému. Claire l'avait prévenu, mais malgré cela il avait du mal à accepter ces vies perdues...

Depuis la mort d'Alice, il était bouleversé par toutes sortes de choses, dont certaines étaient pour le moins inattendues.

Passe à autre chose, s'ordonna-t-il. Ces trois dernières années il s'était rendu compte que la seule façon de chasser son mal-être était de se noyer dans le travail. Il s'était alors concentré sur ses recherches avec une opiniâtreté qui avait impressionné ses confrères.

La recherche n'était désormais plus d'actualité pour lui. Il alla déposer les chiots dans le garage et se promit de les enterrer dès que possible, avant de se mettre aux fourneaux.

Une demi-heure plus tard, il apportait le dîner dans le salon. Saucisses, bacon, œufs, tomates cuites et toasts.

Il tendit une assiette à Hannah et la rejoignit près du feu.

— Mmm ! ça a l'air délicieux ! Merci.

— Je suis un véritable cordon-bleu, dit-il avec modestie, avant de la gratifier d'un sourire ironique.

Comme il entamait une saucisse, il s'aperçut qu'elle ne l'avait pas quitté des yeux.

— Qu'y a-t-il ?

— Vous êtes au courant qu'il y a un cyclone dehors ?

— Oui, mais pas dans la maison.

— Donc, vous avez toujours tout ce qu'il vous faut ?

— Je déteste faire les courses, dit-il simplement. Une fois par mois, je vais au supermarché pour remplir frigo et congélateurs, et je suis assuré de ne pas mourir de faim pendant les semaines qui suivent.

Il réfléchit quelques instants, avant d'ajouter :

— À moins que ce cyclone ne décide de rester dans les parages. Avec une sage-femme en perdition, une chienne en lactation et quatre chiots, notre stock ne durera peut-être qu'une dizaine de jours.

— Je ne vais pas rester aussi longtemps ! s'empressa-t-elle de dire. Dès que le vent se calmera, je ramènerai Maisie et les chiots chez Moira.

Elle hésita.

— Quant au corps de Moira...

— Cela pourrait être compliqué, dit-il. Nous devons contacter les autorités. Savez-vous si elle avait un médecin traitant ?

— Je n'en ai aucune idée.

— Il y a une petite clinique à Stingray Bay, de l'autre côté du pont. C'est là que nous faisons tous nos courses, donc j'imagine que c'est là qu'elle devait aller consulter. Il faut voir si le médecin local est prêt à signer le certificat de décès sur la base de ses antécédents médicaux, ou si nous devons faire appel à un policier pour le constater. Mais je crains qu'il vous faille attendre encore quelques jours au moins. Je viens de vérifier les prévisions, et ce n'est pas beau à voir. Le cyclone se déplace lentement. Vous serez sans doute coincée ici quelque temps.

Elle ferma les yeux.

— Je suis vraiment désolée, Josh.

— Et moi, je suis désolé que votre dîner refroidisse. Mangez !

Elle sourit et dégusta son plat en silence. Il avait l'impression de l'entendre penser, évaluer toutes les possibilités... et arriver à la conclusion qu'elle n'avait pas le choix.

Elle était bloquée ici, sur cette île, avec lui ! Et lui aussi. Or, il n'aimait pas les visiteurs. Depuis la mort d'Alice, il s'était retiré du monde.

— Y a-t-il quelqu'un à prévenir ? demanda-t-il à Hannah.

Il devait bien y avoir un père quelque part, songea-t-il en regardant son gros ventre. Pendant ses études de médecine, il avait appris à être prudent lorsqu'il posait des questions aux patients sur leur vie privée.

— Si vous avez des amis ou de la famille qui attendent de vos nouvelles, vous pouvez utiliser mon téléphone satellite.

Elle secoua la tête.

— Ce n'est pas un problème. Mes collègues de l'hôpital vont supposer que je suis restée auprès de Moira.

— Et si vous n'allez pas au travail ?

— Personne ne s'en inquiétera. Mon congé maternité a commencé vendredi.

— Déjà ?

— Ils n'ont pas voulu que je travaille jusqu'à la veille de l'accouchement, expliqua-t-elle avec un soupir. L'inconvénient de travailler dans le même hôpital que son obstétricien est qu'on ne peut pas mentir sur les dates.

— L'auriez-vous fait, sinon ?

— Bien sûr, dit-elle simplement. J'ai l'intention de profiter de tous les congés que je peux obtenir après la naissance du bébé. Je suis juste un peu fauchée…

— Parce que vous êtes seule ? demanda-t-il avec douceur.

— Je vais bien, répondit-elle d'un air de défi en plantant ses yeux verts dans les siens. Et vous, docteur O'Connor ? Pouvez-vous me dire pourquoi un brillant chirurgien tel que vous est coincé sur une île quasi déserte, dans une maison qui ressemble à Fort Knox ?

— Fort Knox ? répéta-t-il, surpris.

— Je n'ai pas vu Fort Knox en vrai, admit-elle. Mais ce bâtiment… C'est ce que les architectes appellent le minimalisme, n'est-ce pas ?

— Disons que… la conception en est assez simple, répliqua-t-il.

— Oui ? On a l'impression qu'il se fond dans le décor.

— C'est ce que j'avais l'intention de faire.

— Être invisible ? Vous vous cachez, alors ?

— Pas du tout !

— Moi non plus, mais je suis coincée. Je ne peux pas retourner en Irlande. Et vous, que faites-vous ici ?

Elle se leva pour débarrasser les assiettes, puis se reprit aussitôt :

— Désolée. Cela ne me regarde pas. Je peux vous faire une tasse de thé ?

— Non, laissez-moi faire, répondit-il en se levant à son tour.

Soudain, ils se retrouvèrent face à face, tout près l'un de l'autre, et il vit ses taches de rousseur, ses grands yeux verts et ses boucles de feu. Il lut aussi de la défiance dans son regard. Elle aussi luttait contre ses démons, et elle avait quelque chose à cacher, il le sentait.

Il posa la main sur son épaule.

— Hannah...

Le regard glacial, elle recula d'un pas. Son sourire avait complètement disparu.

— Je n'ai pas besoin d'un câlin, vous savez.

— Ce n'est pas ce que je m'apprêtais à faire.

— Non. Ce que j'aimerais vraiment, plus qu'un cacao, c'est un verre ou deux de bon whisky irlandais, à savourer dans un pub en écoutant un bon groupe de rock.

— C'est un peu difficile d'aller au pub en ce moment. Quant au whisky...

— Je sais, dit-elle dans un soupir. Les femmes enceintes ne peuvent pas boire d'alcool. Va pour un cacao, alors...

— Je vous laisse surveiller Maisie et je m'occupe de la cuisine.

— Non, laissez-moi faire, insista-t-elle. J'ai besoin de me sentir utile.

5

Elle s'attendait à trouver la cuisine en désordre après l'opération qu'ils y avaient pratiquée, mais Josh avait tout nettoyé avant de préparer le dîner, et tout était parfaitement propre.

Normal, songea-t-elle. Les neurochirurgiens avaient la réputation d'être méticuleux. Elle l'avait constaté en regardant Josh opérer Maisie, mais, en voyant la cuisine étincelante, elle songea qu'il en faisait peut-être un peu trop. Cet homme avait quelque chose à cacher ou à fuir, songea-t-elle. Sinon, que serait-il venu faire sur cette île quasi déserte ?

Elle avait déjà questionné Moira à son sujet, sans que celle-ci lui livre aucune information.

« Je n'oserai jamais lui demander. Quand il est arrivé ici, il y avait une femme avec lui. Ça n'a pas duré », avait-elle simplement lâché.

Pourquoi s'intéressait-elle à lui, au juste ? se demanda-t-elle. Était-ce parce qu'elle avait ressenti un trouble étrange, tout à l'heure, quand il l'avait touchée ? Ou parce qu'il s'était montré particulièrement bienveillant envers elle et son bébé ?

— C'est juste parce que nous sommes coincés ici ensemble, dit-elle à voix haute. Comme cela doit durer quelques jours, autant apprendre à nous connaître.

Puis elle sourit malgré elle. Vraiment ?

Hannah Byrne, tu es une menteuse. Il t'intrigue, mais après ces deux jours tu ne le reverras plus jamais. Son histoire ne te regarde pas.

Quand elle regagna le salon, elle trouva Josh assis par terre, en train de caresser les oreilles de Maisie. La chienne, toujours sous morphine, semblait s'être à peu près remise de l'anesthésie. Ses chiots tétaient avec gourmandise.

Hannah posa son plateau sur la table basse.

— J'ai pris une décision, annonça-t-elle.

— Quelle décision ?

Elle disposa des coussins par terre et s'installa près de lui.

— J'ai décidé de vous parler de moi, puisque vous voulez tout savoir. Mais à une condition.

— Laquelle ? demanda-t-il, à la fois surpris et méfiant.

— C'est donnant-donnant, dit-elle d'un ton léger. Vous voulez savoir pourquoi personne ne m'attend chez moi alors que je suis enceinte de plus de huit mois ? Alors dites-moi pourquoi un neurochirurgien aussi compétent que vous vit reclus sur cette île, sans personne pour s'inquiéter de son sort ? Et puis, pendant que vous y êtes, vous me raconterez aussi comment vous vous êtes fait cette cicatrice, sur le visage...

— Désolé, je n'ai pas l'intention de parler de mon passé, dit-il, un peu surpris par son audace.

Elle le regarda calmement. Il avait de beaux yeux gris, un regard franc, mais il semblait un peu déconcerté, en ce moment, comme s'il n'était pas habitué à ce qu'on se montre aussi direct avec lui.

— Je suppose que lorsqu'on vit en ermite, on n'a pas beaucoup l'occasion de parler de son passé, ironisa-t-elle. Peut-être que vous avez un passé difficile, mais je parie que ce n'est pas si différent des milliers d'histoires que j'ai entendues en pratiquant mon métier de sage-femme. J'imagine qu'en tant que neurochirurgien vous n'échangez pas beaucoup avec vos patients. Pour ma part, je recueille beaucoup de confidences. Mais je suis une tombe, et je garde tout cela pour moi.

— Je veux bien vous croire, dit-il, toujours méfiant.

— Je peux commencer, si vous préférez.

Il la dévisagea longuement. Il avait des yeux magnifiques, pensa-t-elle. Des yeux qui lui donnaient l'impression qu'il lisait en elle comme dans un livre ouvert.

Elle soutint son regard et déclara :

— C'est comme vous voulez.

— En échange du gîte et du couvert, je vous suggère de commencer…

— Vous avez raison, soupira-t-elle. C'était un bon repas, et le bain m'a fait un bien fou. Si vous voulez vraiment savoir…

Il haussa les épaules et recommença à caresser Maisie.

Il ne voulait pas savoir ? Eh bien, tant pis ! pensa Hannah, soudain mal à l'aise à l'idée de lui confier la raison qui l'avait amenée jusque dans cet endroit où elle n'aurait jamais pensé venir.

Il n'était peut-être pas du tout intéressé par son histoire, mais pourtant, au fond d'elle-même, une petite voix lui disait de tout lui raconter…

Bien sûr, qu'il était intéressé ! Et cela allait à l'encontre de tout ce qu'il avait tenté de s'inculquer depuis la mort d'Alice. Mais rien ne l'empêchait de lui donner un aperçu de sa vie, objectif et factuel…

Elle commença à parler, et il en oublia les phrases qu'il avait préparées dans sa tête.

— Je ne suis pas ici par choix, dit-elle. Si cela était possible, je serais retournée en Irlande.

— Alors pourquoi êtes-vous ici ?

— Parce que ma famille ne veut pas de moi. Je ne suis pas la bienvenue, chez eux.

— Pourquoi ?

— Au cas où vous n'auriez pas remarqué, je suis enceinte.

— Je l'avais remarqué.

Elle réussit à sourire, mais sa voix était empreinte de tristesse.

— Avez-vous aussi remarqué qu'il n'y a pas de bague à mon doigt ? Non ? Peut-être que pour vous ce n'est pas important, mais aux yeux de mon père avoir un bébé hors mariage équivaut à insulter le pape. Pire, encore. Vous savez, si j'avais renoncé à cette grossesse, il m'aurait pardonné ce péché, même si cela l'aurait beaucoup contrarié. En revanche, accueillir chez lui une mère célibataire est hors de question... Je l'entends encore me dire que je fais honte à toute la famille, et me suggérer de faire adopter mon enfant.

— C'est très dur.

— En effet. Je vous laisse imaginer ce que j'ai ressenti à ce moment-là.

— Et votre mère, comment a-t-elle réagi ?

— Maman pense ce que papa lui dit de penser, c'est tout. Ma sœur aussi. Bridget et moi étions proches quand nous étions enfants. Elle adorerait avoir une nièce ou un neveu, mais n'ose pas tenir tête à mon père. J'ai une grand-mère que j'aime beaucoup, hélas ! elle est dans une maison de retraite à Dublin et n'est pas en mesure de me soutenir.

— Vous avez sûrement des amis, non ? lança-t-il. Peu de gens partagent l'avis de votre père.

— Bien sûr. Malheureusement, Ryan et moi avons déménagé si souvent que nous avons perdu le contact. Et puis, il y a le fait que je suis Australienne.

Il regarda ses boucles de feu, son nez piqueté de taches de rousseur, ses yeux verts, sa peau presque translucide et très irlandaise.

— Je vois ça, dit-il simplement, lui arrachant un sourire.

— Je ne suis pas originaire d'ici, bien sûr, mais il y a beaucoup d'immigrés irlandais en Australie. Il y a trente ans, ma famille est venue s'installer ici. Leurs projets ont échoué, et ils sont rentrés chez eux.

— Cela s'est si mal passé que ça, pour eux ?

— Oui. Papa travaillait dans le bâtiment et ne trouvait plus de travail en Irlande. Tante Moira, elle, vivait déjà ici et avait convaincu mes parents de la rejoindre, mais quand ils sont arrivés, elle vivait un divorce douloureux et s'est retirée sur son île, sans rien faire pour les aider. Ma mère s'est sentie très seule et a sombré dans la dépression. Quant à mon père, il avait le mal du pays… Nous sommes donc rentrés à la maison, avec pour seul héritage mon passeport australien.

— Je suppose que vous avez conservé la nationalité irlandaise.

— Oui. Cela ne m'a pas beaucoup aidée à me refaire une santé financière, dit-elle en soupirant. L'histoire n'est pas finie. Êtes-vous sûr de vouloir entendre la suite ?

Comme il hochait la tête en guise d'acquiescement, elle reprit :

— Il était une fois une fille appelée Hannah qui est tombée amoureuse d'un salaud appelé Ryan…

— Un salaud ?

— Quand je l'ai connu, Ryan était un garçon charmant, insouciant. Il voulait découvrir le monde et moi aussi. Lorsque je vivais sous son toit, mon père surveillait tous mes faits et gestes. Si j'aimais beaucoup notre village, notre communauté, je ne pouvais pas supporter qu'il me contrôle. Lorsque j'ai déménagé à Dublin, après mes études d'infirmière, il trouvait toujours un prétexte pour me rendre visite, pour me juger. Et puis j'ai rencontré Ryan et, dans un élan de rébellion, je suis partie avec lui. Ryan a une formation d'auxiliaire médical, nous pouvions donc trouver du travail n'importe où. Nous vivions au jour le jour, et changions souvent de pays. C'était une vie très amusante, mais au bout de quelques années j'ai commencé à avoir le mal du pays et, pour être honnête, je nourrissais également des doutes sur notre relation. Ryan aimait beaucoup le changement, moins l'engagement et les responsabilités…

— Je vois. C'est assez fréquent.

— En effet. Ryan m'a convaincue de venir tenter une dernière aventure en Australie. Il était attiré par les plages, le climat et les nombreux pubs irlandais. Peu après notre arrivée ici, j'ai découvert que j'étais enceinte.

Une expression de douleur passa sur son beau visage, et il en fut étrangement ému.

— Je suppose que… cette grossesse n'était pas prévue ? demanda-t-il avec prudence.

— Bien sûr que non, mais Ryan était persuadé que j'avais tout manigancé pour le piéger. Il était furieux. En réalité, c'est lui qui avait rapporté à la maison un norovirus, sans doute attrapé lors de ses soirées au pub, qui a annihilé les effets de ma contraception…

Elle s'interrompit pour prendre une profonde inspiration, et poursuivit.

— Quelle idiote j'ai été ! Au moment où j'ai confié à Ryan que je voulais garder notre bébé, il m'a dit : « C'est ton bébé, chérie, pas le mien. » Le lendemain matin, en me réveillant, j'ai trouvé un mot sur le frigo. C'est tout ce qu'il m'a laissé…

— Oh ! Hannah ! Je suis désolé.

Comment réagir ? Devait-il la serrer dans ses bras ? Non, ce n'était pas dans ses habitudes, et puis, il y avait tant de défiance dans son regard qu'il comprit qu'il valait mieux éviter ce geste. Pour leur bien à tous les deux ?

Elle décida pour lui, en continuant son récit.

— Alors, j'ai décidé de passer à autre chose et de rentrer en Irlande, mais j'ai commis l'erreur de parler de ma grossesse à ma famille avant de réserver le vol. Papa m'a prévenue en me décrivant exactement quel serait l'accueil que je recevrais si je rentrais chez moi enceinte et sans bague au doigt. Alors j'ai fait machine arrière et j'ai décidé de rester ici.

— Seule ?

— Vous savez, je suis probablement moins seule que je ne le serais en Irlande, et moins dans le besoin aussi. L'hôpital ici manque de sages-femmes et on y apprécie mon travail. Il y a une crèche dont je pourrai profiter après la naissance de mon bébé. De plus, comme je suis citoyenne australienne, je peux également bénéficier des allocations de maternité. Je n'ai pas beaucoup hésité, d'autant que j'avais peu de chances de retrouver un emploi en Irlande pendant ma grossesse. Il faut être réaliste.

— Oui. Vous êtes tout de même un peu seule, non ?

— J'ai quelques amis, ici, dit-elle, sur la défensive. Ma vie est certes bien rangée, mais c'est ma vie…

Elle marqua une pause, puis lança :

— Et vous… D'où vous vient cette cicatrice ?

— D'un accident de voiture, dit-il, à contrecœur.

— Quand cela s'est-il produit ?

— Il y a trois ans.

— Je me doute qu'il s'est passé quelque chose de grave alors, quelque chose qui a bouleversé votre vie ? Vous…

— Ma sœur est morte dans cet accident.

— Oh ! Josh… Je suis désolée.

Un long silence s'ensuivit, qu'aucun d'eux n'osa rompre. Le feu crépitait dans l'âtre, étouffant le bruit de la tempête qui faisait rage au dehors.

— C'est ma fiancée de l'époque qui est responsable de sa mort, dit-il au bout d'un long moment. Aislin est neurochirurgien, comme moi. Son père est un politicien influent, et elle est intelligente, belle, pleine d'esprit… Bref, elle a à peu près tout pour elle. Nous sommes restés ensemble pendant quelques mois…

— Et ça se passait bien ?

— Oui, du moins au début. Nous avions de l'argent, des relations, et des ego surdimensionnés. Aislin avait aussi la voiture de ses rêves, une Aston Martin, sans doute la plus belle voiture de sport du monde. Un soir, nous avons emmené ma petite sœur dîner. J'ai deux sœurs : Madison – ma demi-sœur, en réalité – est plus âgée que moi. Alice était plus jeune. À cette époque-là, il y avait des tensions entre Aislin et moi. En rentrant, après le dîner, je me suis un peu assoupi à l'arrière. Aislin a reçu un SMS et y a répondu, tout en parlant avec Alice, assise à l'avant…

Il ferma les yeux, prit une profonde inspiration, et poursuivit d'une voix blanche.

— Aislin s'en est sortie presque indemne. Je me suis retrouvé avec une fracture de la jambe gauche, des bleus et une lacération qui a laissé des traces sur mon visage. Alice a été tuée sur le coup.

— Oh ! Josh…

— La famille d'Aislin a dépensé une fortune en avocats, reprit-il. Elle a réussi à s'en sortir avec une condamnation avec sursis, tandis que ma sœur…

Soudain, un hurlement l'interrompit, couvrant le vacarme de la tempête.

— C'est Dudley, dit-il avec inquiétude. Je l'ai enfermé dans la buanderie, mais il déteste ce temps. Si je ne fais rien, il est capable de hurler toute la nuit. Je croyais qu'il valait mieux le séparer de Maisie…

Il tourna le regard vers les chiots, qui somnolaient près de la cheminée.

— J'imagine que ce ne sont pas des labradors de race pure, dit-il avec douceur. Leurs têtes sont noires, et le pelage de leur poitrine est blanc, tout comme leurs pattes…

— Vous voulez dire que…

— Il n'y a – ou plutôt, il n'y avait – que deux chiens sur cette île. Or, le pelage de Maisie est blanc et celui de Dudley noir. Il ne faut pas être Einstein pour deviner le reste…

6

Si leurs histoires étaient toutes les deux douloureuses, songea Hannah, celle de Josh était beaucoup plus triste que la sienne, et elle avait vu une souffrance profonde dans ses yeux, quand il la lui avait racontée. Perdre sa sœur avait été une épreuve très difficile pour lui, d'autant plus qu'il avait survécu...

Elle-même avait une sœur qui vivait toujours chez ses parents. Jadis, elle et Bridget étaient inséparables. Une fois adulte, Bridget avait hélas ! fini par accepter le comportement de son père, tandis que le côté rebelle de Hannah l'avait fait s'éloigner de plus en plus du milieu familial.

Ces dernières années, elle avait l'impression d'avoir perdu Bridget, et cela la chagrinait, mais au moins sa sœur était-elle toujours vivante, et elle n'imaginait pas qu'il en soit autrement.

Elle ressentit soudain l'envie presque irrésistible de prendre entre ses mains le visage de Josh, marqué par la douleur, et de le serrer contre elle. Son hôte gardait les yeux rivés sur les chiots, et son langage corporel lui disait de rester à distance. Sa douleur était son affaire, et il ne voulait certainement pas que quelqu'un s'en mêle, et encore moins une étrangère.

Un nouveau hurlement se fit entendre, et elle comprit que Dudley ne supportait plus la solitude que son maître lui imposait. Tout comme cet animal, elle-même aurait dû être angoissée par la tempête qui forcissait d'heure en heure, cependant elle avait la curieuse impression que la présence de ce quasi-inconnu faisait passer cette menace au second plan.

— Je vais chercher Dudley, dit Josh en se dirigeant vers l'arrière de la maison.

Quelques instants plus tard, il revint, accompagné du chien qu'elle avait aperçu à son arrivée. Un bâtard maigre, noir et brun, qui ressemblait à un kelpie et collait à la jambe de son maître, qui le tenait en laisse.

Josh fit quelques pas dans la pièce, puis s'arrêta, et se raidit en voyant Maisie se soulever avec peine sur ses pattes arrière. Se sentait-elle menacée, avec ses chiots ?

Visiblement, non, car quand Dudley s'approcha, elle remua la queue, puis renifla ses petits.

Josh semblait prêt à reculer au premier signe d'agression de la part de l'un ou l'autre des chiens, mais rien ne se produisit, et Dudley s'allongea tranquillement près de la chienne.

— Je suppose que nous avons réglé la question de la paternité de ces chiots, dit Hannah avec un sourire.

— En effet, reconnut Josh. Comme si j'avais besoin de ça !

— Enfin une bonne nouvelle. Ça veut dire que la moitié de la portée est à vous !

— Ah non !

— Bien sûr que si ! insista-t-elle, soulagée. Pouvons-nous parvenir à un accord à l'amiable ou faut-il faire appel à un avocat ?

— Je n'ai aucune chance de gagner, contre vous... À ma décharge, je dirais juste que Dudley est le chien de l'ancien propriétaire, et que je l'ai adopté à mon arrivée sur l'île. Je l'ai fait stériliser il y a quelques semaines, mais visiblement c'était déjà trop tard.

— Eh bien, docteur O'Connor, comme vous avez déjà prouvé que vous aimiez les animaux, il ne vous reste plus qu'à assumer vos responsabilités, maintenant ! conclut Hannah dans un sourire.

Il fit mine de protester, puis eut un geste résigné de la main pour signifier son abandon.

C'est alors qu'elle réprima une grimace. Elle avait subi un choc, et son dos, souvent douloureux à ce stade de la grossesse, lui rappela qu'elle n'aimait pas rester longtemps assise – ni même dans aucune autre position.

Certes, elle se sentait plus en sécurité qu'elle ne l'avait jamais été depuis que son petit ami l'avait quittée, mais un sentiment de lassitude l'envahit tout à coup, la laissant désemparée. La douleur dans son dos était devenue presque insupportable, l'envie de dormir la terrassait...

En la voyant grimacer de douleur, Josh se tourna vers elle. Après le choc qu'elle avait subi, et cette journée plus que difficile, elle était très fatiguée.

— Vous êtes épuisée, dit-il en se levant, avant de lui tendre les mains pour l'aider à se redresser. Je n'aurais pas dû vous retenir. Nous reviendrons demain sur la garde des chiots, mais c'est l'heure d'aller se coucher, maintenant.

— Est-ce que... vous avez un lit d'appoint ?

— Oui. Madison a participé à la conception de cette maison et s'est fait aménager une chambre meublée avec tout le luxe imaginable – à mes frais, bien sûr.

Une fois debout, elle se sentit soudain très proche de lui. Trop proche ? Bizarrement, la tempête lui sembla plus forte, et elle ne put réprimer un frisson en entendant les rafales souffler avec violence, et faire claquer les volets. Comme ses genoux s'affaissaient, Josh la retint d'une main passée autour de sa taille. Pour l'amour du ciel, que lui arrivait-il ?

Josh resserra son étreinte. Il était trop proche – *elle* était trop proche —, cependant elle ne s'éloigna pas.

Cet homme l'avait sauvée et semblait être... son roc. Du moins temporairement. Alors pourquoi ne pas lui faire confiance ?

— Hé ! dit-il avec douceur, tout en la tenant fermement. Vous n'auriez pas dû rester assise si longtemps. C'est un lit qu'il vous faut, ma belle...

— Je ne suis pas...

— Vous êtes éreintée, Hannah Byrne. Et en plus, vous êtes enceinte de huit mois. Alors, définissons nos rôles pour les jours à venir. Pendant toute la durée de l'intervention chirurgicale que nous venons de pratiquer, j'ai eu besoin que vous soyez mon assistante. Nous avons fait un débriefing après l'opération, et partagé des informations un peu plus personnelles, mais maintenant vous devenez ma patiente. Donc, en tant que médecin, je vous ordonne d'aller vous coucher. Maintenant !

Et avant qu'elle ait le temps de protester, il l'avait prise dans ses bras et la portait vers la chambre.

Elle ne put s'empêcher de rire, tout en savourant le sentiment d'être en sécurité, auprès de cet homme grand et fort. On s'occupait d'elle, et elle n'avait rien d'autre à faire... Pourquoi ne pas en profiter ?

Il ouvrit la porte de la chambre à coucher et la déposa sur le lit, puis il lui sourit.

— Merci beaucoup, Josh...

— Je vous en prie, dit-il doucement. Ce n'est pas tous les jours que je joue les chevaliers servants.

— Vous faites cela très bien, répondit-elle, tandis que les larmes lui montaient aux yeux. Je serais morte sans vous.

— Mais non...

Il se pencha et posa un doigt sur sa joue.

— Avez-vous besoin d'autre chose ?

— Oui, d'un réveil. Accordez-moi quatre heures de sommeil, et je prendrai la relève pour surveiller Maisie.

— Je n'ai pas de réveil, mais comptez sur moi.

— Promis ?

— Promis.

Elle le regarda d'un air soupçonneux.

— Pourquoi est-ce que je ne vous crois pas ?

— Je vous appellerai quand j'aurai besoin de vous, dit-il,

puis, avant qu'elle puisse esquisser un seul geste, il déposa un baiser sur sa bouche.

C'était un baiser fugace, le genre de baiser qu'un parent pouvait donner à un enfant pour lui souhaiter bonne nuit.

Mais il était brûlant.

Mal à l'aise, elle porta les mains à ses lèvres.

Fuyant son regard, il s'éloigna du lit.

— Bonne nuit, dit-il, soudain pressé de prendre congé. Madison a aménagé la salle de bains avec tout ce qu'un invité peut désirer. N'hésitez pas à l'utiliser, et appelez-moi si vous avez besoin de quoi que ce soit.

— Tout ira bien, merci, Josh, et bonne nuit, répondit-elle d'une voix qu'elle eut du mal à reconnaître.

— Bonne nuit, Hannah, répondit-il, avant de tourner les talons et de refermer la porte derrière lui.

Une fois de retour au salon, Josh se laissa tomber dans un fauteuil, devant la cheminée. Dehors, le vent hurlait, et il se sentait bien chez lui, dans son cocon douillet. Même Dudley, qui avait passé la journée à gémir, recroquevillé par terre, semblait s'être détendu. Il s'était un peu éloigné de Maisie, suffisamment pour lui laisser de l'espace, à elle et à ses petits. De temps en temps, il ouvrait paresseusement les yeux pour surveiller la petite famille, puis les refermait.

Comme il observait l'animal, Josh se surprit à éprouver lui aussi un instinct protecteur. Envers Hannah, par exemple. C'était naturel, se dit-il. Il l'avait sauvée du danger, et voulait maintenant l'aider à se remettre du choc qu'elle avait subi.

Il s'inquiétait aussi pour les Forde et pour leurs enfants. La tempête avait dû sérieusement endommager leur maison, mais que pouvait-il faire pour les aider ? Rien, justement, et cela le rendait fou.

Pour Hannah, en revanche, il pouvait faire quelque chose.

La soigner, la surveiller... Du moins jusqu'à ce que la météo se montre plus clémente et qu'elle puisse rentrer chez elle.

Certes, il s'occuperait d'elle, comprit-il en se passant la main dans les cheveux, mais seulement pour quelques jours, pas plus. Il avait fait le vœu de ne plus se soucier de qui que ce soit, de ne plus s'attacher à personne afin d'éviter de souffrir – et de faire souffrir.

Même avec Madison, il avait pris ses distances. Certes, il aimait sa grande sœur, mais la mort d'Alice avait érigé comme un mur de glace entre eux, et il ne pouvait rien dire ni faire pour le briser.

Avec ses parents, c'était encore pire : il réduisait leurs relations au strict minimum. Ils formaient un couple mal assorti, et n'auraient jamais dû se marier. Ils étaient actuellement à l'étranger, sa mère en train d'escalader une montagne quelque part – il faudrait qu'il consulte Facebook pour savoir où – et son père en train de régler des affaires importantes pour le compte du gouvernement – à Vienne ? Ou avait-il déjà déménagé le mois dernier ?

Ses parents étaient revenus en avion pour rendre un dernier hommage à Alice. Ils avaient tenté, pour la forme, d'être là pour lui au pire de sa convalescence, mais lorsqu'il leur avait dit qu'il se débrouillait bien tout seul – ce qui n'était pas le cas —, ils avaient de nouveau disparu, soulagés de se soustraire à leur devoir parental.

Au fond, songea-t-il, amer, ce sont ses sœurs qui avaient toujours été sa vraie famille. Aujourd'hui encore, elles faisaient partie de sa vie, Même si Madison se faisait plus discrète, ces derniers temps, elle serait toujours là pour lui, et lui pour elle, c'était évident. La douleur que chacun voyait se refléter dans les yeux de l'autre était suffisante pour qu'ils ne cherchent pas à se rapprocher – du moins pour l'instant.

Il n'avait qu'à se regarder dans une miroir pour savoir à quel point l'amour pouvait faire du mal. À quel point il rendait vulnérable. La froideur qu'il affichait la plupart du temps l'aidait à se protéger, elle était son mécanisme de survie.

Pourquoi, ce soir, se prenait-il à détester cette attitude ?

Il se leva et alla se servir un whisky, sous les regards réprobateurs de Dudley et Maisie, dont les yeux mi-clos épiaient le moindre de ses mouvements.

— Ne me regardez pas comme ça, vous deux ! lança-t-il. Après la journée que je viens de vivre, je peux bien m'accorder un petit remontant, non ?

Il but une longue rasade de liquide ambré puis ajouta :

— Je connais mes limites. Je sais où est ma place, et je ne briserai jamais le mur.

7

Un grand fracas réveilla Hannah. Un bruit de métal. Un objet, lourd, venait de tomber quelque part dans la maison...

Il lui a fallu un long moment pour émerger du sommeil, pour se rappeler où elle se trouvait et se repasser les événements de la veille. Puis elle se souvint que cet endroit avait été construit comme un fort et que Josh veillait sans relâche sur son domaine.

Josh... L'orage. Le choc...

Sa chambre avait de grandes fenêtres, munies de volets solides et bien fermés. Mais la lumière filtrait à travers les lames. La matinée devait être déjà bien avancée...

Josh avait promis de venir la réveiller, n'est-ce pas ?

Avait-il dormi lui-même ? Sûrement pas, pensa-t-elle. Elle en savait assez sur lui pour deviner qu'il n'était pas assez inconscient pour faire courir le moindre risque à la chienne.

Comment le savait-elle ?

Elle le savait, c'est tout. Instinctivement.

Cependant, il avait déjà fait la preuve de son héroïsme, la veille. Cela aurait dû être à son tour, de surveiller Maisie et ses chiots. Voulait-il qu'elle se sente totalement redevable ?

C'était assez ingrat de sa part, de penser une chose pareille, se dit-elle en se levant et en se dirigeant vers la salle de bains. Et le fait que Josh O'Connor joue les martyrs ne l'amusait guère.

Elle se figea en découvrant son reflet dans le miroir.

Elle avait pris Josh au mot quand il lui avait affirmé que Madison ne verrait pas d'inconvénient à ce qu'elle utilise ses affaires. Elle avait trouvé une chemise de nuit assez grande pour cacher son ventre, et des pantoufles à taille unique. Le peignoir de Josh – elle avait deviné qu'il lui appartenait, car il était marron et que Madison semblait ne posséder que des vêtements roses ou lavande – lui donnait une allure presque normale. Elle avait quelques courbatures et la tête un peu lourde, mais à part cela elle se sentait plutôt reposée.

Hélas ! elle avait une tête à faire peur. Lorsque le pont s'était effondré, l'airbag de sa voiture s'était déclenché, et elle avait dû le repousser de toutes ses forces pour s'extraire de la voiture.

Elle approcha encore le visage du miroir. Il était plein de bleus et d'égratignures. Si elle avait été infirmière de service et qu'une patiente comme elle était arrivée aux urgences, elle aurait appelé des renforts.

Tout cela est superficiel, pensa-t-elle, en examinant sa peau d'un œil expert. Les ecchymoses semblaient toujours plus graves le lendemain. Josh l'avait laissée dormir au lieu de la réveiller pour qu'elle le relaye auprès des chiens, comme il l'avait promis. Il n'avait pas d'excuse.

Sauf qu'elle était enceinte de huit mois, se rappela-t-elle soudain.

Une fois de plus, elle se mit à penser en professionnelle. Si les rôles étaient inversés, elle aurait rompu sa promesse, elle aussi.

Mais cela ne l'aida guère à se sentir moins coupable. Il avait mis sa vie en danger en la sauvant. À cause de sa chienne, à cause d'elle, il avait été obligé de veiller toute la nuit.

Elle ne lui ferait pas de reproche, ne hausserait pas le ton, se promit-elle. Elle lui dirait juste d'aller dormir.

Elle serra son peignoir sur son ventre. Ce vêtement était très confortable – et se pouvait-il qu'il soit imprégné de son odeur ? En tout cas, pour une raison stupide, elle eut l'impression qu'il était près d'elle, tout près, comme la veille, quand il l'avait portée jusqu'à son lit. Aussi bizarre que ça puisse paraître, elle ne put s'empêcher d'éprouver une sensation de bien-être et de sécurité.

Se reprochant ses pensées ridicules, elle se dirigea vers le salon.

Le feu brûlait dans la cheminée, et les chiens étaient profondément endormis, Maisie dans son panier, et Dudley si près d'elle que leurs truffes se touchaient presque.

Quatre minuscules chiots, les yeux encore fermés, étaient paisiblement blottis contre leur mère, et semblaient repus.

Pas de Josh à l'horizon.

Hannah fronça les sourcils.

Les chiens se réveillèrent lorsqu'elle s'approcha d'eux, et ouvrirent péniblement un œil, avant de le refermer aussitôt, rassurés. Maisie la connaissait bien. Quant à Dudley, il la considérait déjà comme faisant partie des meubles, semblait-il. Les deux animaux remuèrent un instant leur queue, puis replongèrent dans un demi-sommeil.

Hannah sourit. La vigilance de Maisie et la vigueur de sa queue frappant le sol indiquaient que les effets de l'anesthésie s'étaient dissipés. Les deux chiens avaient l'air parfaitement paisibles, et n'avaient besoin de rien.

Alors, Josh était-il allé se coucher ?

Elle s'engagea à pas de loups dans le couloir. La porte de sa chambre était restée ouverte. Elle jeta un œil à l'intérieur : personne. Elle eut le temps de voir que le lit avait été fait avec une précision militaire. Il n'y avait pas de tableaux. Pas de photographies, ni aucune autre décoration. Rien de personnel.

Elle fit un rapide tour d'horizon mental de sa maison, et ne parvint à se remémorer que quelques discrètes et rares touches de couleur. Elle imagina Madison en train de feuilleter des catalogues en ligne, tandis que Josh lui donnait carte blanche. Elle eut l'impression de l'entendre lui délivrer les consignes suivantes : « Rien de personnel, pas de souvenirs trop douloureux. »

Elle songea à son logement de fonction, une chambre exiguë. Oui, sa famille lui avait fait du mal, mais chaque centimètre carré était encore couvert de photos, souvenirs d'amis ou de membres de sa famille. Comme elle n'avait rien pu coller sur les murs, elle avait acheté de grands tableaux blancs et les avait couverts de clichés de tous les visages de patients ou de proches dont elle voulait se rappeler.

Où était donc passé Josh ?

Et s'il était parti pour tenter de venir en aide à la famille qui habitait dans l'autre partie de l'île ?

Elle alla jeter un coup d'œil dans le garage : l'espace d'ordinaire occupé par son pick-up était vide.

Josh s'était mis en danger ! Sans même la prévenir, alors qu'elle ne connaissait pas la maison...

C'est alors que la porte télécommandée pivota vers le haut et qu'une bourrasque s'engouffra à l'intérieur. Quelques secondes plus tard, elle entendit claquer la portière du pick-up.

Josh entra. Il était dans un état épouvantable. Il portait le même pantalon et le même pull que la veille, désormais trempés et couverts de débris. Ses cheveux noirs, souples la dernière fois qu'elle les avait vus, se tenaient presque droits sur sa tête. Sa cicatrice, sur son visage, était presque entièrement dissimulée par de la boue séchée.

Il avait ouvert la porte avec sa main gauche, car sa main droite, ensanglantée, était repliée contre son ventre.

— Que diable avez-vous fait ? lança-t-elle, affolée, avant de se reprendre aussitôt.

Ce n'était pas ainsi qu'elle avait appris à réagir devant une blessure. Elle devait rester calme et neutre, sans porter de jugement.

— Une bêtise, répondit-il en souriant. Ça souffle, dehors ! En ville, j'ai vu de la publicité pour les gommages au sel. Ils pourraient nous envoyer des clients !

Elle se détendit quelque peu, même si elle ne put s'empêcher de se sentir coupable. Elle aurait pu, elle aurait dû s'aventurer dehors avec lui.

— Josh, qu'est-il arrivé à votre main ?

— Je me suis coupé avec une plaque de tôle rouillée qui menaçait de transpercer les panneaux brise-vent protégeant la maison. Il n'y a pas de quoi s'inquiéter, Hannah.

— Vous êtes sorti en pleine tempête pour effectuer des réparations ? Savez-vous qu'il y a des bourrasques à plus de cent kilomètres/heure ?

— Non. Je m'inquiétais pour Skye, Mick et les enfants. Le vent s'est un peu calmé depuis la nuit dernière. J'ai pensé... que je pouvais en profiter pour aller voir si tout allait bien.

Instinctivement, elle attrapa sa main. Une entaille y courait du poignet jusqu'au pouce.

— Il faut nettoyer tout ça. Alors, avez-vous vu Mick et Skye ?

— Non, je me suis embourbé sur la piste, et il m'a fallu une demi-heure pour revenir ici.

— Vous auriez pu vous tuer ! gronda-t-elle, furieuse.

— Je me suis dit que le pire qui pouvait m'arriver était de rester coincé dans le pick-up jusqu'à ce que la tempête s'apaise.

— Hum ! Il vous faudrait des points de suture, si vous voulez récupérer vite l'usage de votre main.

— Je vais essayer avec des Steri-Strips.

— Ça ne sera pas très efficace. Heureusement, je passe pour une assez bonne couturière, dans mon service...

Elle essayait de parler d'un ton léger, mais le tremblement de sa voix la trahissait.

— Hannah..., murmura-t-il en posant la main sur son bras. C'est bon. Nous sommes en sécurité.

— Je sais, répondit-elle. Mais que vous fassiez une chose aussi stupide sans moi...

— Je vous rappelle que vous êtes enceinte de huit mois.

— Pouvez-vous oublier ma grossesse un instant, et vous

rappeler que je suis aussi infirmière ! Venez dans la cuisine et laissez-moi soigner cette main.

— Hannah, comment vont les chiens ?

— Tout va bien pour eux. Grâce à vous. Mais pour ce qui est de vos amis, vous ne pouvez rien faire de plus pour eux tant que la tempête ne s'est pas calmée. Je suis désolée.

— Hannah, j'ai pris contact avec les secours. Ils sont au courant de la mort de votre grand-tante. Ils savent aussi que je m'inquiète pour Skye et Mick. Hélas ! aucun hélicoptère ou bateau ne peut s'approcher de l'île par ce temps. Et... Je suis entré chez Moira. Je l'ai couchée dans son lit, je l'ai couverte, j'ai fait ce que j'ai pu.

Il avait pris le temps de donner à sa grand-tante un peu de décence et de dignité dans la mort. Savait-il à quel point l'image de Moira encore affalée sur sa chaise l'obsédait ?

— Je... Merci, Josh, cela me touche beaucoup.

Elle prit une profonde inspiration, puis demanda :

— Bon, vous avez un anesthésique local dans cette énorme trousse médicale que j'ai vue hier soir ? Tout ce dont j'ai besoin ? Alors dépêchez-vous d'aller la chercher, avant que je couse votre main droite à votre oreille gauche !

Assis à la table de la cuisine, la main posée sur une serviette, Josh regardait Hannah travailler. L'anesthésie locale avait fait son effet, et elle était très concentrée.

Josh savait qu'elle n'avait pas l'habitude de suturer, mais cela faisait partie de sa formation, et dans les cas d'urgence il n'y avait pas d'autre choix que de confier cette tâche à une infirmière compétente.

Or, elle était très compétente. Le nettoyage, le débridement et les points étaient aussi bien effectués que ceux de n'importe quel chirurgien expérimenté.

D'ailleurs, il ne prenait même plus la peine de surveiller sa main, préférant la regarder, elle. Voir danser les boucles de cuivre autour de son visage. Compter les taches de rousseur sur son nez. Admirer ses yeux verts à l'expression déterminée…

Hannah était très jolie, et ce Ryan devait être un imbécile pour avoir laissé tomber une femme comme elle. Il remarqua qu'elle tirait légèrement la langue tant elle était concentrée sur son travail de suture. Elle procédait sans hâte, avec une redoutable précision. À n'en pas douter, Hannah était une femme sur laquelle on pouvait compter. Mais elle était si seule ! Elle avait besoin… De la même chose que lui ?

À quoi pensait-il donc ? Il chassa bien vite ces pensées incongrues. Il avait pris la décision de vivre en retrait du monde et avait bien l'intention de s'y tenir. Ce n'est pas parce qu'une femme dans le besoin s'était immiscée dans sa vie lors d'une tempête que…

D'ailleurs, était-elle vraiment dans le besoin ?

Bien sûr qu'elle l'était. Elle avait l'air très combative, mais elle traversait une mauvaise passe et apprécierait sûrement qu'on l'aide.

Peut-être pourrait-il l'aider sans s'impliquer lui-même.

Non, c'était une idée stupide ! Elle avait un travail, un logement, des amis, et s'était organisée pour faire garder son futur bébé. Elle n'avait pas besoin de lui.

En la regardant faire les derniers points de suture, il éprouva soudain l'envie irrépressible de poser la main sur ces boucles brillantes, de les sentir glisser entre ses doigts comme des fils de soie, de…

Non !

Il était fatigué, rien de plus. Trop fatigué pour réfléchir. De plus, il ne connaissait même pas cette femme.

Mais pourquoi avait-il l'impression qu'elle lui était familière, alors ?

Pourquoi était-il convaincu qu'il pourrait l'aider sans trop s'impliquer ?

Ce n'était pas le cas, décréta-t-il, tout en la regardant mettre un pansement sur ses points de suture avec un soupir de satisfaction.

— C'est du beau travail ! lança-t-elle en retirant ses gants. Mais maintenant, docteur Josh O'Connor, c'est l'heure d'aller se coucher.

Il protesta.

— Je ne suis pas…

— Épuisé ? Si, vous l'êtes ! Je vous réveillerai si j'ai besoin de vous. Et je tiendrai ma promesse, contrairement à d'autres…

— Je n'ai rien promis.

— Je crois que si, dit-elle calmement, avant de commencer à ranger son matériel. Alors, qu'est-ce que vous attendez ?

Qu'attendait-il ? Il se leva, et un léger vertige le fit vaciller. Elle avait raison : il avait besoin de repos. Mais il n'avait pas envie de la quitter comme ça.

Elle posa les mains sur ses hanches et le fusilla du regard.

— À tout à l'heure…

— D'accord, je m'en vais…

Puis, après avoir pris une profonde inspiration, il tourna les talons et se retira dans sa chambre.

8

Josh fut réveillé par une délicieuse odeur de cuisine. Il sentit quelque chose d'humide sur son visage. Dudley était en train de lui lécher les joues ! comprit-il en émergeant peu à peu d'un profond sommeil.

— Dudley ! lança une voix féminine.

Le chien leva brièvement les yeux, puis remua la queue en découvrant les restes d'un repas sur la table de chevet.

Il s'élança, mais Hannah fut plus rapide que lui. Saisissant son collier, elle le chassa de la pièce avant qu'il ait eu le temps de chiper quelque chose.

La veille au soir, Josh avait bu du thé et grignoté quelques toasts, puis s'était endormi sans même s'en rendre compte.

— Quelle heure est-il ? demanda-t-il.

— 14 heures.

Il jeta un coup d'œil au réveil, sur la table de chevet. Il avait dormi pendant des heures !

— Nous pouvons déjeuner, si vous avez faim, proposa-t-elle. Avec toutes les réserves de nourriture que vous avez, j'ai préparé des feuilletés irlandais à la viande. J'adore ça...

— Vous avez fait la cuisine ? dit-il d'un air incrédule.

— C'est ce que je fais quand je suis stressée, expliqua-t-elle. Cela me détend. Comment va votre main ?

— Bien.

— Prenez du paracétamol. Le repas sera prêt dans cinq minutes.

Elle hésita, puis son sourire s'effaça.

— Josh, le vent semble se calmer. Je ne sais pas comment faire fonctionner Internet pour savoir s'il va se lever de nouveau, mais je pensais…

— Je vais peut-être pouvoir aller chez Skye et Mick.

— J'ai pensé que *nous* pourrions aller chez Skye et Mick, le corrigea-t-elle d'un ton sévère. Les secouristes ne travaillent jamais seuls.

— Vous, au moins, vous avez le sens du travail en équipe ! lança-t-il avec un sourire.

Elle était si courageuse… Elle était enceinte de huit mois, avait échappé de justesse à la noyade, et voilà qu'elle était prête à se mettre en danger !

— Il faut que quelqu'un reste à la maison pour garder les chiens.

— Les chiens se débrouillent très bien tout seuls, et ça ira encore mieux lorsqu'ils auront mangé leur pâtée. D'ailleurs, je vais leur déposer une gamelle dans la cour.

— Ne changez pas de sujet ! Hannah, vous ne venez pas avec moi, un point c'est tout !

— Il y a du vent mais pas de danger, dit-elle calmement. Si nous nous enlisons, je pourrai toujours rentrer à pied. L'île n'est pas très grande. Et puis… Assez discuté ! Habillez-vous, prenez un cachet et venez jouer à *urgences* avec moi !

Les feuilletés étaient délicieux, il n'en avait pas mangés d'aussi bons depuis… Depuis quand, au juste ? Depuis son enfance, à l'époque où sa grand-mère cuisinait pour lui.

— J'ai fait des feuilletés pour un régiment, dit-elle d'un ton enjoué. Mick et sa famille pourraient bien avoir besoin de manger quelque chose !

— Oui, c'est une bonne idée, emportons-en quelques-uns.

— Josh, le temps…

— J'ai vérifié sur Internet. Le cyclone s'est déplacé vers la mer, mais des vents violents peuvent de nouveau frapper les côtes ce soir. Nous avons une fenêtre de trois à quatre heures, peut-être. Le pick-up est solide. Faisons l'aller-retour, récupérons les membres de la famille Forde et ramenons-les ici !

— Nous ?

— Oui, tant que vous êtes prudente et que vous suiviez les instructions, tout ira bien. Et ne faites rien qui puisse vous mettre en danger, vous ou votre bébé.

— Oui, docteur, dit-elle avec un sourire si doux qu'il se sentit fondre.

L'île était complètement ravagée. Des buissons entiers avaient été arrachés, et le sable s'était déplacé, formant de vastes dunes qui modifiaient le relief.

Il conduisit avec prudence jusqu'au quai, puis longea le rivage. Comme lui, Hannah avait le regard rivé sur la piste. Il avait déjà observé cela chez des collègues médecins alors qu'ils se dirigeaient vers le lieu d'un accident, comme si le fait de se concentrer pouvait leur permettre de prévoir ce qui les attendait, et de se préparer au pire.

— Ils sont raisonnables, dit-il pour la rassurer. Ils auront trouvé un abri… quelque part. Et peut-être que leur maison a tenu le choc.

Une fois sur la crête, ils constatèrent que ce n'était pas le cas. Le joli petit chalet que Mick et Skye avaient eux-mêmes construit dans une petite baie aux eaux turquoise bordée d'une magnifique plage de sable n'était plus que dévastation. Seule la base de la cheminée était encore debout, ainsi que quelques murs, qui penchaient dangereusement.

Où étaient passés ses habitants ?

Il s'approcha encore et se gara près de la cheminée, qui offrait une maigre protection contre le vent.

Josh balaya la baie du regard, imité par Hannah, puis dit soudain :

— Bouchez-vous les oreilles…

Il donna un coup de klaxon, puis un autre, si puissant qu'il brisa un instant le vacarme du vent et de la mer.

Rien. Où avaient-ils bien pu aller ?

La voiture des Forde était garée à l'écart de la maison. Les vitres étaient brisées, et deux portières ouvertes. Avaient-ils essayé de partir, puis abandonné la voiture en plein orage ? S'étaient-ils blottis les uns contre les autres pour se protéger, pour avancer ? Jusqu'où ?

Comme il se reprochait de ne pas les avoir forcés à venir chez lui, Hannah lança :

— Josh, regardez !

Au bout de la plage, au pied d'une haute dune, ils distinguèrent une silhouette. Le sable qui tourbillonnait leur brouillait la vue, mais ils la virent agiter les bras.

Cela devait être Skye, ou Mick, car il s'agissait d'un adulte.

Josh se dirigea vers la dune.

— Restez ici, dit-il, je vais voir ce qui se passe.

— Sûrement pas ! grommela Hannah en lui emboîtant le pas.

Josh arriva le premier, et elle vit Skye se jeter dans ses bras. Il la tint un long moment contre lui. Comme tous les soignants, il savait que la chose la plus importante après un traumatisme était le contact humain.

La jeune femme portait un short et un T-shirt déchirés, et était pieds nus. Ses longs cheveux blonds étaient en bataille, et son cou, ses jambes et ses bras couverts de griffures sanguinolentes.

— Tu es en sécurité maintenant, Skye, dit Josh en la prenant par les épaules. Tu sais que je suis médecin, et Hannah est infirmière. Où sont les autres ?

Elle le regarda sans rien dire. Son visage était aussi égratigné et ensanglanté que le reste de son corps, mais ses blessures semblaient superficielles, constata Hannah. Et sa respiration restait bonne, même si elle avait l'air un peu affolée.

— Où sont-ils ? répéta Josh à nouveau, tandis que Skye l'attirait vers l'autre côté de la dune.

Josh se retourna et lui tendit la main. Elle aurait pu retirer ses bottes, peu pratiques pour marcher, mais vu la quantité de débris, ce n'était pas une bonne idée. Elle s'accrocha et, rassemblant tout son courage, commença à escalader la dune.

Une fois en haut, elle aperçut un homme et trois enfants à l'abri sous un gros rocher. Les deux enfants les plus grands tenaient ce qui ressemblait à une couverture au-dessus de leur tête, formant ainsi un auvent protecteur. Entre eux, une enfant plus jeune sanglotait.

L'homme était allongé au sol. Était-il mort, ou simplement blessé ? Affolée, Hannah s'élança vers lui quand elle le vit remuer, puis tendre la main pour réconforter le plus petit des enfants.

— Le Dr O'Connor est là ! cria Skye, hors d'haleine. Il a même amené une infirmière.

Puis elle se laissa tomber à genoux dans le sable, visiblement épuisée.

Le vent soufflait encore. Les enfants, en dépit de quelques bleus et égratignures, semblaient indemnes. La plus jeune avait l'air terrorisée, mais l'entendre sangloter était plutôt rassurant, et signifiait qu'elle ne pouvait pas être gravement blessée.

Quant à l'homme... Il gisait sur le sable, le visage gris. Déjà, Josh était auprès de lui.

Que faire en priorité ? se demanda Hannah.

Ils n'avaient qu'une seule couverture, insuffisante pour tout le groupe. Les enfants avaient les traits tirés, les yeux écarquillés, la peau très rouge. Était-ce à cause du sable ou risquaient-ils la déshydratation ?

Pendant que Josh examinait Mick, elle se souvint qu'il avait chargé un conteneur d'eau à l'arrière du pick-up, ainsi que du matériel médical. Même sans savoir ce dont souffrait Mick, elle comprit que le pick-up était essentiel.

— Vous avez besoin de moi maintenant ou vous préférez que j'aille chercher le pick-up ? demanda-t-elle à Josh.

Sans même lever la tête, celui-ci répondit :

— Nous avons besoin du matériel, et il se trouve dans le pick-up. Contournez la dune et rejoignez-nous en passant par l'arrière. N'essayez pas de rouler tout droit. Conduisez lentement, en prenant la pente la plus douce plutôt que la plus raide. En cas de doute, arrêtez-vous et revenez à pied avec les produits les plus importants. Faites très attention à vous, Hannah…

Il lui jeta un regard inquiet, comme s'il était partagé à l'idée de la laisser partir. Certes, la situation était grave, mais elle était enceinte de huit mois, et presque aussi vulnérable que ceux auxquels ils devaient tous deux porter secours. En tant que médecin, il se devait d'évaluer les risques et de choisir le moindre.

— Allez-y très doucement, répéta-t-il.

Pour une raison stupide, Hannah sentit ses yeux se remplir de larmes.

Elle lui était si reconnaissante, de veiller ainsi sur elle ! Cependant, il n'y avait rien de personnel, dans ces recommandations. Il s'agissait d'une opération de triage médical, rien de plus mais pour elle, qui se sentait très seule depuis que Ryan l'avait quittée et que son père l'avait rejetée, la coupant de toute sa famille, c'était énorme.

— Tu réagis de façon excessive. Va chercher le pick-up et arrête d'être ridicule, murmura-t-elle pour elle-même en commençant sa lente progression dans le sable.

9

Conduire le véhicule sur dunes exigeait une concentration extrême, mais elle réussit à rejoindre le petit groupe et se gara de manière à les protéger du vent.

Elle remplit un gobelet d'eau et le tendit à Skye.

— Rincez-vous la bouche et buvez, lui dit-elle. Beaucoup. Et demandez aux enfants de faire de même. Je dois aller aider le Dr O'Connor, d'accord ? Nous allons nous occuper de Mick, et vous des enfants.

Quand elle rejoignit Josh, son visage était sinistre.

— J'ai besoin que tu boives un peu, mon pote, dit-il à Mick en approchant un gobelet, qu'elle lui avait apporté, de ses lèvres.

Mick gémit et détourna la tête.

— Je sais que tu as très mal, insista Josh, mais je dois enlever le sable de ta bouche. Avant de soulager tes douleurs, il faut dégager tes voies respiratoires. Ouvre...

Pendant que Josh tentait de convaincre Mick, Hannah alla chercher la trousse médicale. Quand elle revint, Mick était en train de cracher du sable.

— C'est bien, Josh. Tu peux boire une gorgée, maintenant.

Hannah évalua l'état du blessé. Mick portait un jean, mais il était presque entièrement déchiqueté. Ses jambes ensanglantées semblaient avoir été coupées par un objet contondant.

Elle toucha ses pieds chaussés de sandales. Le droit était un peu froid.

Quand elle croisa le regard de Josh, elle sut qu'il avait déjà établi son diagnostic.

— Lui et Skye se sont allongés sur les enfants au plus fort de la tempête, expliqua-t-il en portant le gobelet à la bouche de Mick. Quand la maison s'est effondrée, ils sont venus se réfugier ici. Mick est resté couché toute la nuit en plein vent pour protéger sa famille. Une plaque de tôle lui a lacéré les jambes et je soupçonne une fracture ouverte.

Elle hocha la tête en s'efforçant de conserver une expression impassible. La règle n° 1 était de ne pas effrayer les blessés. Puis elle prit ce dont elle avait besoin dans la trousse : de la morphine, une seringue, un kit de prélèvement.

Les jambes de Mick avaient cessé de saigner, mais il aurait besoin d'une perfusion de plasma, de solution saline au minimum. Alors qu'elle commençait à rassembler ce qu'il fallait pour poser une intraveineuse, Josh l'arrêta.

— Pas ici, lui dit-il. Je ne pourrai pas le stabiliser dans ces conditions. Hannah, pouvez-vous rester avec lui pendant que je ramène Skye et les enfants à la maison ?

— Bien sûr.

Il fallait mettre tout le monde en sécurité. Malheureusement le pick-up ne pouvait transporter que quatre personnes au maximum – la banquette arrière était minuscule. Sa première pensée fut que Josh devait emmener Mick en lieu sûr, mais alors il ne pourrait pas le laisser seul pour revenir les chercher. Il était trop fragile.

D'un autre côté, ce que proposait Josh était risqué. Si Mick faisait un arrêt cardiaque…

Hélas ! ils n'avaient pas le choix.

— Il y a tout ce qu'il faut dans ma trousse, lui dit-il en désignant du regard le défibrillateur, l'adrénaline, et le matériel de réanimation.

Mon Dieu, faites que je n'en aie pas besoin !

C'était une prière silencieuse, mais elle comprit à l'expression de Josh qu'il avait deviné ses pensées.

— Mick, je vais poser une attelle sur ta jambe pour la maintenir en place, et ensuite j'emmènerai Skye et les enfants chez moi. En sécurité. Hannah est une professionnelle et s'occupera de toi jusqu'à ce que je revienne. La morphine va faire effet d'une minute à l'autre. Tu as fait du bon travail, cette nuit, détends-toi, maintenant...

Mick hocha vaguement la tête.

— J'y vais, dit Josh. Ne t'inquiète pas, tu es en très bonnes mains, et tout va bien se passer...

L'attente du retour de Josh parut interminable à Hannah. Heureusement, la morphine faisait effet et Mick sombrait peu à peu dans l'inconscience.

Il ne devait pas avoir fermé l'œil de la nuit, songea Hannah, veillant pour protéger les siens de la tempête qu'il subissait de plein fouet.

— Vous êtes un héros, lui dit-elle en l'encourageant à boire davantage.

— C'est Josh O'Connor, le héros, murmura-t-il. Qui aurait cru qu'un médecin viendrait sur cette île ? Les rumeurs disent qu'il est trop abîmé pour travailler, après ce maudit accident. Il n'a pas l'air d'avoir été blessé, pourtant.

— Nous avons de la chance de l'avoir sous la main. Il va stabiliser votre jambe correctement pour vous éviter de souffrir jusqu'à ce que nous puissions vous emmener à l'hôpital.

— Vous êtes sa compagne ?

Elle se sentit rougir.

— Non, répondit-elle simplement. Je suis la nièce de Mlle Byrne. Josh m'a porté secours, à moi aussi.

Par chance, Mick était trop groggy pour poser davantage de questions. Assise près de lui, Hannah essayait d'oublier l'inconfort de sa position. Son bébé lui donnait des coups de pied.

À l'idée que dans quelques semaines un petit être qui dépendrait entièrement d'elle allait faire son entrée dans le monde, elle sentit la panique l'envahir.

Pourrait-elle téléphoner à sa mère ? Son père raccrocherait si elle essayait avec lui. Sa sœur aussi, probablement… Elle et Bridget avaient toujours été proches, mais cette dernière s'était laissé intimider par leur père, qui avait déclaré que Hannah était la honte de la famille et qu'elle devait rompre tout contact avec elle sous peine d'être bannie à son tour.

Enfin, Josh revint avec une bonne planche de bois qui remplaça le bâton tordu qu'il avait utilisé comme attelle d'urgence. Il administra un sédatif supplémentaire à Mick, puis l'installa dans le pick-up et, tous les trois, ils regagnèrent la maison.

10

Les deux heures qui suivirent furent consacrées presque exclusivement aux besoins médicaux.

Dès que Josh eut rangé le pick-up dans le garage, Skye accourut et les aida à transporter Mick jusqu'à la cuisine. Elle s'était lavée et avait passé un peignoir.

— J'ai donné un bain aux enfants, puis je les ai fait manger et couchés dans la grande chambre, dit-elle, en s'excusant presque. J'espère que ça ne te dérange pas. Ils dorment déjà. Que puis-je faire pour t'aider ?

Skye pâlit en découvrant le visage de son mari, et Hannah comprit pourquoi. Avec la quantité de sang qu'il avait perdu, Mick avait une mine à faire peur.

— Va te reposer avec les enfants, dit Josh après qu'ils eurent déposé Mick, à demi-conscient, sur la table de la cuisine transformée en table d'opération. Skye, tu sais que je suis médecin, et Hannah infirmière. Nous avons tout ce dont nous avons besoin, et tu ne pourras rien faire de plus que nous. Mais Mick aura besoin de toi à son réveil, alors la meilleure chose que tu puisses faire maintenant, c'est dormir.

Skye dormait debout, mais elle obéit à contrecœur.

Déjà, Josh installait une perfusion. Mick avait bu, pas assez manifestement, et avait besoin d'une solution saline. À cause de la morphine et de son importante perte de sang, il oscillait entre conscience et inconscience.

— Mick, nous allons t'endormir pendant un petit moment, expliqua Josh après avoir examiné ses jambes, et en prenant soin de parler calmement.

Hannah avait déjà vu ce regard à plusieurs reprises, chez ses collègues.

Il ne faut pas effrayer le patient.

— Vous voulez bien jouer le rôle de l'anesthésiste ? lui demanda-t-il, plus bas.

— Je veux bien, répondit-elle avec un sourire.

— Mick, je suis désolé, nous ne disposons peut-être pas de matériel de pointe, mais je te garantis que nous sommes parfaitement compétents pour nous occuper de toi. Une fois que nous t'aurons débarrassé de tout ce sable, nous t'endormirons et te soignerons avec la plus grande vigilance.

Mick hésita, puis murmura :

— Ça fait encore mal. Et je ne sens plus les orteils de mon pied gauche.

— C'est pourquoi nous sommes ici, Mick. Laisse-nous faire...

Fracture ouverte. Lacérations multiples. Circulation sanguine du pied compromise...

Mick aurait dû se trouver dans un grand hôpital, entouré de chirurgiens orthopédiques et vasculaires, ainsi que d'une une équipe d'infirmières hautement qualifiées, songea Hannah.

Hélas ! ce n'était pas possible.

Dès que tout le monde fut à l'abri dans la maison, le vent recommença à souffler. Aucune chance d'évacuer quiconque avant le lendemain matin, comprit-elle.

Hannah remplit le rôle de l'anesthésiste tandis que Josh se battait pour stabiliser la jambe fracturée et, plus important encore, rétablir la circulation du sang dans le pied. Durant la préparation, elle resta concentrée sur les constantes du patient. L'anesthésie ne faisait pas partie de sa formation de sage-femme. Heureusement, elle avait passé beaucoup de temps au bloc opératoire et en conservait quelques souvenirs.

Elle ne pouvait que s'émerveiller devant l'habileté de Josh. Il travaillait vite et efficacement, alors qu'il ne disposait d'aucun des instruments utilisés d'ordinaire pour surveiller l'état du patient. Et il lui donnait des instructions claires, qui l'aidaient à se sentir à l'aise.

— La fracture elle-même semble relativement facile à réduire, mais il y a des éclats d'os qui font pression sur des vaisseaux sanguins, dit-il. Comment est le pouls ?

— Toujours stable...

— Bon, posons-lui une attelle. Il aura besoin de points de suture plus tard. Je ne veux pas le garder endormi trop longtemps. L'hydratation a fait des miracles...

En effet, la couleur de Mick s'améliorait déjà.

— Beau travail ! lui dit-il alors que Mick toussait, avant de se remettre à respirer normalement.

— Je vous retourne le compliment, dit-elle. Avoir eu la prévoyance de rassembler ce matériel ici, c'est... merveilleux.

Elle cligna des yeux pour chasser ses larmes. Sans Josh, que serait devenue cette famille ? Et elle-même ?

Sans pouvoir s'en empêcher, elle fit un pas vers lui et le serra dans ses bras. Ce n'était pas très professionnel, mais elle s'en moquait. Le visage contre sa poitrine, elle resta ainsi immobile, à l'étreindre de plus en plus fort...

Personne ne l'avait enlacé ainsi depuis Madison, et cela lui faisait du bien. Josh enfouit le menton dans sa chevelure soyeuse. Il aurait voulu la soulever, la tenir, la protéger...

Quelle idée stupide ! Elle serait partie le lendemain. Il avait besoin de retrouver sa solitude, sa routine habituelle essentielle à son équilibre.

L'espace d'un instant cependant, il oublia ses peurs pour

savourer la sensation de ce corps contre le sien, de cette chaleur...

Il percevait le battement de son cœur, et elle devait sentir le sien aussi. C'était merveilleux...

Et si c'était le destin qui l'avait mise sur sa route ?

Il secoua la tête, comme au sortir d'un rêve, et revint à la raison. Non, cela n'avait rien à voir avec le destin. Ils avaient tous deux subi un choc, un traumatisme, et avaient besoin de se réconforter mutuellement, voilà tout !

Soudain, il vit que Mick ouvrait les yeux. Est-ce Hannah ou lui qui s'écarta le premier ? Il n'aurait su le dire, mais en un clin d'œil ils redevinrent deux êtres distincts, deux professionnels qui veillaient sur un patient. Le charme était rompu, l'émotion évanouie.

— Skye..., souffla Mick. Les enfants...

C'était cela, aimer, songea Josh en ajustant sa perfusion tandis que Hannah rassurait leur patient. Craindre que la perte de vos proches puisse vous anéantir, détruire toute votre vie.

Tout à coup, il se rappela ce moment effroyable où il avait compris qu'Alice était morte. La douleur gravée sur le visage de Madison.

La solitude était le seul remède à son chagrin.

Il devait la retrouver, rapidement.

Il avait besoin de faire sortir tous ces gens de chez lui, Hannah y compris.

Allongée dans son lit, Hannah se sentait coupable. Josh O'Connor avait l'air hanté, épuisé, et sa maison était pleine...

Skye et les enfants occupaient le grand lit de Josh, et elle celui de Madison. Quant à Mick, il était allongé sur le canapé du salon. Les chiens dormaient dans la buanderie.

Assis sur une chaise, Josh surveillait Mick. Quand elle lui avait proposé de prendre le premier quart, Josh lui avait conseillé d'aller se coucher.

— La dernière chose dont nous avons besoin, c'est que l'épuisement et le stress déclenchent un travail précoce…

Il avait raison, mais il était 3 heures du matin, et elle avait dormi presque huit heures. Il était temps qu'elle prenne le relais.

C'est alors qu'elle entendit des bruits de pas dans le couloir. Skye ? Josh lui avait administré des antalgiques, dont les effets s'étaient sans doute déjà estompés. Elle repoussa les couvertures pour la rejoindre, mais Skye atteignit le salon avant elle.

La pièce n'était éclairée que par le feu et une petite lampe. Hannah distingua une silhouette sur le canapé, et vit Josh se lever.

— Tout va bien, dit-il à Skye. J'ai un peu augmenté la dose de morphine dans sa perfusion, ce qui ne l'empêche pas de dormir naturellement. Ne t'inquiète pas.

— Merci, dit Skye. J'ai bien dormi. Les enfants vont bien, ils n'ont pas besoin de moi. Laisse-moi veiller sur Mick, maintenant, et va te reposer. C'est important…

En voyant le visage de Josh s'adoucir, Hannah comprit soudain. Skye avait cru qu'ils allaient tous mourir, et son mari les avait protégés, elle et les enfants, au péril de sa vie. C'était à son tour de l'aider.

Josh se leva et lui sourit.

— D'accord, Skye. As-tu besoin d'antalgiques ? Il ne faut pas hésiter à en reprendre une dose, tu sais.

— Il me faudrait quelque chose, reconnut Skye. Mais je ne veux pas que cela me fasse dormir.

— Je comprends, répondit Josh en fouillant dans son impressionnante pharmacie avant de lui tendre quelques pilules. Prends ça. Si Mick se réveille, essaye de le faire boire. La perfusion maintiendra son hydratation, mais sa bouche a été si longtemps sèche qu'elle est comme du papier de verre. Et si tu as besoin de quoi que ce soit, viens me chercher. Je serai dans la cuisine.

Hannah l'attendait sur le seuil du salon.

— Je venais pour vous relayer, dit-elle. Vous devriez aller vous coucher. Vous devez être épuisé.

— Je vais bien.

— Vous avez mal à la main ?

— Non.

— Au lit, alors !

— Je n'ai pas de lit.

— Celui que j'occupe est un lit double. Vous pouvez vous y installer pendant...

— Hannah, vous avez plus besoin de sommeil que moi. Il est hors de question que je dorme pendant que vous surveillez tout le monde.

— Idem pour moi, dit-elle calmement. Ce qui ne nous laisse qu'une solution : partager ce grand lit ! Je vais d'abord me faire du thé et des toasts. Vous en voulez ?

— Oui, merci.

— Allez vous coucher, lui ordonna-t-elle. Je vais voir les enfants et les chiens, et vous apporter un plateau. Je parie que vous dormirez avant que j'arrive...

Elle ne s'était pas trompée. Josh dormait quand elle revint dans la chambre. Elle regagna la cuisine, et savoura tranquillement l'en-cas qu'elle avait préparé pour lui.

Quand elle sentit la fatigue s'emparer d'elle, elle songea qu'il était temps de retourner se coucher, mais une partie d'elle-même était mal à l'aise. Sa suggestion de partager le lit était sûrement sensée, mais une petite voix lui murmurait que ce n'était pas très raisonnable.

Enfin, elle se dirigea sur la pointe des pieds vers le lit et se glissa sous les couvertures. Josh lui tournait le dos. Elle le sentit frémir. Allongée dans l'obscurité, elle écouta la tempête qui faisait rage au dehors et songea à l'histoire de cet homme. À ce traumatisme qu'il n'avait jamais oublié. Au cours des deux derniers jours, il avait plusieurs fois frôlé la tragédie et, pourtant, il n'avait montré aucune faiblesse.

Elle le savait, mais elle savait aussi qu'il s'était forgé une armure afin de pouvoir se reconstruire de l'intérieur, seul, sans que personne puisse lui faire du mal. Il ne voulait pas avoir besoin des gens.

De nouveau, il frémit. Et si c'était un cauchemar ?

Sans réfléchir, elle se rapprocha et entoura de ses bras son large dos.

— Josh, murmura-t-elle, ça va aller. Tout le monde est en sécurité. Tout va bien, Josh. Dormez, et ne vous inquiétez pas.

Elle le sentit se raidir. L'avait-elle réveillé ?

— Ce n'est que moi, reprit-elle. Les enfants sont en sécurité, Mick et Skye aussi. Vous nous avez tous sauvés, Josh, y compris les chiens. Reposez-vous...

Heureusement, elle sentit son corps se détendre. Sa respiration redevint profonde et régulière.

Peu après, elle ferma les yeux à son tour, apaisée par le contact de son corps contre le sien.

11

Quand Josh se réveilla, le silence régnait dans la maison. Le hurlement constant des deux derniers jours avait disparu, remplacé par une atmosphère de calme et de chaleur.

Il avait une femme dans ses bras.

Hannah...

Elle était allongée face à lui, ses boucles rousses étalées sur l'oreiller. Son visage ensommeillé était beau, et elle était si proche qu'il l'entendait respirer, et sentait la chaleur de son corps à travers sa fine chemise de nuit.

Il se sentait plus en paix que pendant ces trois longues dernières années. Cela était sans doute dû au relâchement de la tension nerveuse accumulée ces derniers jours, songea-t-il.

En voyant les rayons du soleil filtrer à travers les volets, il se dit qu'il était temps d'aller voir Mick. S'il y avait eu un problème, Skye serait venu le lui dire, mais le vent était tombé et il était temps d'évacuer ce blessé et d'opérer sa jambe. La veille, Skye lui avait dit que sa mère vivait en ville et pourrait accueillir toute la famille jusqu'à ce que Mick soit rétabli et que leur maison soit réparée.

Le corps de Moira serait enlevé au plus tôt, et l'enterrement devrait sans doute attendre quelques jours. Une fois le lien avec le continent rétabli, Hannah regagnerait son appartement à l'hôpital pour attendre la naissance de son bébé.

Maisie et les chiots lui appartenaient. Pourrait-elle les garder dans son logement ?

Quoi qu'il en soit, il resterait seul. C'est ce qu'il voulait. N'est-ce pas ?

Hannah s'éveilla en douceur et roula doucement sur le côté.

— Est-ce que les secours vont bientôt arriver ? demanda-t-elle.

— La mer est toujours agitée, mais il y a des hélicoptères. Mick a besoin d'une opération de chirurgie orthopédique s'il veut récupérer l'usage de sa jambe. Avec un décès et une blessure grave, j'imagine que nous serons la priorité absolue. J'ai dit que six personnes devaient être évacuées d'urgence. En plus de Moira.

Il y eut un moment de silence, puis elle reprit :

— Josh, est-ce que je peux rester ?

Surpris, il la regarda.

— Pourquoi voudriez-vous rester ?

Elle s'assit et tira les couvertures jusqu'à sa poitrine, comme pour mettre de la distance entre eux.

— Pour plusieurs raisons. Et avant que vous disiez non, je précise que je ne compte pas loger ici, chez vous. Je dois mettre de l'ordre dans la maison de Moira et organiser ses obsèques. Et puis, il y a Maisie et ses chiots…

— Cette île n'est pas un endroit sûr pour vous, déclara-t-il d'un ton qu'elle trouva très professionnel. Vous êtes enceinte de huit mois. Il n'y a pas de pont.

— Une fois que la mer se sera calmée, la jetée sera utilisable. Je sais qu'il y a des bateaux taxis à Stingray Bay, qui pourront me conduire à la clinique la plus proche une fois que le travail aura commencé…

— Ce n'est pas une bonne idée, insista-t-il.

— Ce n'est pas l'idéal, mais si je ne m'occupe pas des affaires de Moira maintenant, quand pourrai-je le faire ? Je ne sais même pas ce que stipule son testament. Mick et Skye pourraient être intéressés par sa maison, si la leur n'est plus habitable. En tout cas, pour l'instant, j'en ai la responsabilité.

— Vous pouvez rester ici, dit-il d'un ton bourru, avant d'enfiler son T-shirt. Je n'ai aucune idée des dégâts que la tempête a causés chez Moira...

— C'est une bâtisse solide, lui dit-elle. J'aurai peut-être besoin de vous emprunter un peu de nourriture, alors je préfère que nous nous mettions d'accord.

— Et vous pourriez avoir besoin de mon aide si vous entrez en travail, vous ne croyez pas ?

— En effet. Avec votre soutien, mon plan fonctionnera. Je comprends que c'est beaucoup vous demander, Josh, donc si vous dites non...

Il se tourna vers elle, troublé malgré lui par le son de sa voix, par la fragilité qu'il percevait derrière ces paroles raisonnables.

— Je dis non, du moins en partie. Si vous restez, c'est ici, chez moi, déclara-t-il d'un ton qui n'admettait pas de réplique. À ce stade de la grossesse, il faut être très prudent. Il faut vérifier souvent qu'il n'y a pas d'hémorragie *ante-partum*.

— Une hémorragie est peu probable, en réalité, objecta-t-elle, et...

— Vous resterez dans cette maison ! gronda-t-il, ou vous devrez quitter l'île. C'est un ordre !

Il la vit cligner des yeux pour chasser une larme, puis elle demanda :

— Josh, vous êtes sérieux ?

— Absolument.

Elle poussa un soupir de soulagement.

— Alors, merci, dit-elle avec reconnaissance. J'accepte avec plaisir.

Après cela, les événements de la journée s'enchaînèrent à un rythme soutenu, laissant peu de temps pour l'introspection.

Josh s'occupa de Mick, encore étourdi, choqué et blessé.

Skye souffrait elle aussi, avec des contusions un peu

partout. Tous deux avaient bien protégé leurs enfants, au prix de leur propre santé.

— Je suis enceinte d'environ deux mois, dit-elle.

Josh grimaça. Pourquoi ne le lui avait-elle pas dit la veille ? Il avait examiné ses blessures. Pourquoi n'avait-il pas posé de questions sur une éventuelle grossesse ?

Il se tourna vers Hannah.

— Étiez-vous au courant ?

— Non, répondit-elle en se tournant vers Skye. Mais il n'y a aucun signe de grossesse extra-utérine, et vous n'avez pas été frappée à l'estomac. Les crampes s'atténuent. Ne prenons pas de risque...

Quand Skye retourna se reposer, Hannah la rassura en lui disant que ses crampes au ventre n'avaient probablement rien à voir avec la grossesse et pouvaient être dues au choc et à la déshydratation. Josh, lui, décida d'appeler une nouvelle fois les secours. Sans Skye, Hannah et lui auraient du mal à assurer les soins de Mick et ceux des enfants...

Quand l'hélicoptère atterrit, Hannah tendit quelques paquets de biscuits aux enfants.

— C'est pour ta grand-mère, dit-elle à Toby, l'aîné âgé de dix ans.

C'est lui qui semblait le plus traumatisé, et quand il vit qu'on installait ses parents sur des brancards, il saisit la main de Hannah et s'y accrocha.

— Tu sais que ta grand-mère sera à l'hôpital quand l'hélicoptère atterrira, dit celle-ci en s'accroupissant pour lui faire un câlin d'adieu. Ta mère est sur un brancard parce qu'elle a plus de bleus que toi et qu'elle a un peu mal. Ton père a une jambe cassée et quelques coupures, mais ils vont s'en sortir tous les deux. Les médecins et les infirmières s'occuperont d'eux, et ta grand-mère s'occupera de toi.

— Viens avec nous ! l'implora Toby, sans lâcher sa main.

Un des médecins venu chercher le garçon sourit à Hannah et dit en regardant son ventre :

— Vous pouvez venir aussi, si vous le désirez. Vous êtes prioritaire, au même titre que les blessés.

— Non merci, répondit Hannah. Josh s'occupera bien de moi, ici...

Elle se tourna de nouveau vers Toby, et ajouta :

— Quand tu arriveras, tu me feras un dessin de vous tous et tu nous l'enverras, d'accord ? Je le mettrai sur le frigo du Dr Josh.

— D'accord, acquiesça Toby, en redressant un peu les épaules. Je demanderai aux autres de dessiner avec moi, et peut-être aussi à maman quand elle ira mieux. Elle peint des beaux tableaux. La tempête a tout emporté...

— C'est pour cela que le Dr Josh et moi devons rester ici, expliqua Hannah. Dès que tu seras parti, nous irons chez toi pour voir si nous pouvons rassembler vos affaires et réparer votre maison.

— J'aimerais vous aider.

— C'est très courageux de ta part, mais il faut que tu t'occupes de tes parents et de tes frère et sœur, dit Hannah. Ils ont besoin de toi, tu sais.

Toby laissa échapper un soupir, puis se ressaisit et se laissa entraîner à bord de l'hélicoptère.

— Bien joué, murmura Josh en passant le bras autour de ses épaules tandis que l'hélicoptère s'élevait dans un nuage de sable.

Ensuite, il insista pour qu'elle se repose pendant qu'il se rendait à la maison en ruine pour voir ce qu'il pouvait sauver. Elle ne se détendit qu'à moitié, comme si elle appréhendait la suite des événements.

En fait, elle avait envie de rentrer... chez elle, réalisa-t-elle, sans pouvoir chasser l'étrange impression de ne plus trop savoir où se trouvait son foyer.

L'employé des pompes funèbres était très pointilleux et, à part une ou deux brèves questions à Josh, il ne voulut parler qu'à Hannah.

Sous la galerie, celle-ci regarda s'élever l'hélicoptère contenant la dépouille de Moira. Josh était à côté d'elle.

— Elle avait tout prévu, murmura-t-elle. Comme elle ne voyait pas de médecin depuis des années, une autopsie sera réalisée pour déterminer la cause exacte de sa mort. Ensuite, son corps sera transporté au funérarium de Stingray Bay, probablement dans quelques jours. J'en informerai ma famille, mais ils ne viendront pas. Si vous êtes d'accord, je resterai dans l'intervalle pour mettre en ordre les affaires de Moira. Si la mer est calme, je pourrai prendre un bateau taxi pour me rendre à l'enterrement. Il n'y aura que moi.

— Je viendrai aussi, lui dit-il, en réprimant l'envie de passer une nouvelle fois le bras le bras autour de ses épaules. J'étais son voisin, et je tiens à être présent. C'est dommage que Maisie soit trop occupée avec ses petits pour assister aux obsèques de sa maîtresse. Moira n'était pas totalement seule. Et elle savait que vous teniez à elle. Pas besoin d'avoir une grande famille, une seule personne suffit, parfois…

— Est-ce votre cas ? demanda Hannah.

À peine avait-elle prononcé ces paroles qu'elle sembla les regretter. Se passant la main sur le visage, elle tenta de se rattraper :

— Désolée. Je ne voulais pas… Vous n'êtes pas obligé de répondre.

Il réussit à sourire.

— Cela ne me gêne pas. En effet, je n'ai personne en dehors de ma sœur, Madison, mais elle me suffit largement !

— Est-elle autoritaire ?

— Oh oui ! Et c'est un euphémisme.

Tout à coup, il songea à la brusquerie de Madison, à son comportement parfois inquisiteur, et songea qu'elle n'était pas comme cela avant la mort d'Alice. En tout cas, pas autant.

Il espérait qu'elle ne faisait pas trop fuir les gens, avec ses manières brutales. Cela aussi, c'était sa faute ?

— Hé ! Josh, ne faites pas cette tête, murmura Hannah d'un air inquiet. Vous n'avez rien à vous reprocher. Vous avez fait du bon travail, avec Mick et sa famille. Tous les deux, nous les avons beaucoup aidés, vous savez.

— Oui, j'en ai conscience, acquiesça-t-il.

Il ne réussit pas à chasser la tristesse qui s'était emparée de lui – peut-être ne le désirait-il pas, ou voulait-il maintenir une certaine distance entre lui et le monde extérieur.

En tout cas, Hannah semblait deviner ses pensées, sans pour autant chercher à le pousser dans ses retranchements. Et il appréciait beaucoup cette délicatesse.

— Je vais rester ici et mettre un peu d'ordre dans la maison dès maintenant, dit-elle avec détermination. Je vais commencer par le plus facile, comme nettoyer le frigo, par exemple. Je vous rejoindrai pour le dîner. Ça vous va ?

— Bien sûr.

— Ne vous compliquez pas la tâche avec la nourriture. Ouvrez une boîte de quelque chose avec du pain grillé. Ne vous donnez pas la peine de préparer quoi que ce soit. Je vous aiderai dès que j'aurai un peu avancé chez Moira.

— Mais non, voyons ! Il faut être raisonnable, Hannah ! Je vous rappelle que vous êtes enceinte de huit mois.

— On verra ! lança-t-elle en riant. J'irai me reposer quand je serai fatiguée. Je promets de ne pas trop vous déranger.

— Vous ne me dérangez pas ! protesta Josh. Je...

— Mais si, le coupa Hannah avec un sourire de regret. Je sais que j'ai bouleversé vos habitudes et j'en suis vraiment désolée. Il ne s'agit que de quelques jours, Josh, et vous pourrez reprendre votre vie d'avant. Je ne veux pas vous importuner un jour de plus que nécessaire avec Maisie et ses chiots...

— Hé ! J'ai ma part de responsabilité, moi aussi ! répliqua-t-il d'un ton qu'il espérait léger. J'ai reconnu que Dudley était le père des petits.

— En effet, cela ne fait aucun doute, dit-elle, soudainement enjouée. Nous devrions partager le panier en deux : une partie pour Maisie, une partie pour Dudley. Dès que les chiots seront sevrés, je les ramènerai chez Moira.

— Vous risquez d'avoir accouché, d'ici là.

— Nous verrons bien ! En attendant, je vais faire un peu de ménage. À tout à l'heure, Josh !

Et, après l'avoir gratifié d'un grand sourire, elle entra chez Moira et referma la porte.

Elle ne l'entendit pas partir. Peut-être était-il encore sous la galerie ?

Le sourire l'avait quittée au moment où elle avait fermé la porte. Les jambes tremblantes, elle dut s'appuyer au battant pour ne pas s'effondrer.

Le contrecoup des émotions de ces dernières vingt-quatre heures, sans doute, se dit-elle en prenant une profonde inspiration.

Quelques instants plus tard, elle entra dans le salon lugubre, se dirigea vers le canapé et s'y laissa tomber avant de se prendre la tête dans les mains.

C'était stupide, de réagir ainsi. Il n'y avait aucune raison.

Pourquoi, alors, avait-elle l'impression qu'elle venait de fermer la porte sur ce qui lui restait de santé mentale ?

C'est une simple réaction nerveuse, songea-t-elle. *C'est la tempête. Tu as failli te noyer, tu as participé au sauvetage de la famille de Mick et Skye. Et puis, tu es encore sous le choc de la mort de Moira.*

Moira... Bien que solitaire dans l'âme, et d'un caractère peu aimable, la vieille dame n'avait pas mis Hannah dehors quand elle avait débarqué chez elle. Pas plus qu'elle ne l'avait jugée en découvrant qu'elle était enceinte, et devrait élever seule son enfant...

Moira faisait partie de sa famille.

Maintenant qu'elle était partie, qui lui restait-il ?

Presque inconsciemment, elle glissa la main dans sa poche

et en sortit son téléphone portable. Il était devenu inutile depuis son arrivée sur l'île, car il avait pris l'eau, et elle fut étonnée de découvrir que la connexion avait été rétablie et qu'il était toujours chargé.

Il était tôt, à Dublin, se dit-elle. Sa famille serait réveillée, et sa sœur sur le point de partir au travail.

Mon Dieu, comme ils lui manquaient ! Et pas seulement eux. Son village tout entier lui manquait...

— Je suis trop vieille pour avoir le mal du pays, murmura-t-elle en composant le numéro de ses parents.

Elle écouta la sonnerie en imaginant son père quitter la table du petit déjeuner et se diriger vers le vestibule en protestant. Il détestait être dérangé avant d'avoir lu son journal, mais c'est lui qui était chargé de répondre au téléphone.

— Oui ?

Quand il décrocha enfin, sa voix était claire.

— Papa ?

— C'est toi, Hannah ? As-tu réglé ton problème ? Ta mère veut que tu rentres à la maison.

— Pourrais-je lui parler, s'il te plaît ?

— Je te l'ai déjà dit, tu ne feras pas partie de cette famille tant que tu n'auras pas trouvé une solution. Qu'est-ce que tu veux ?

— Tante Moira est morte.

Il y eut un silence au bout du fil, puis son père reprit d'un ton adouci :

— Paix à son âme...

— Pourrez-vous le dire à mamie ?

— Je crains que ce ne soit pas une bonne idée. Nous l'avons vue le week-end dernier, et elle commence à décliner doucement.

La gorge serrée, Hannah demanda :

— Sais-tu ce qu'elle a, exactement ?

— La santé de ta grand-mère n'a rien à voir avec toi, rétorqua son père. Tant que tu ne te seras pas débarrassée de cette chose honteuse que tu portes en toi, je ne t'en dirai pas plus !

Quand il eut raccroché, Hannah se sentit submergée par une vague de tristesse. Pendant son enfance, son père avait été sévère et autoritaire, un manipulateur qui traitait sa femme et ses enfants comme quantité négligeable. Hannah et Bridget, cependant, trouvaient le moyen de s'amuser malgré lui. Parfois, il semblait à peine remarquer les deux petites filles qui avaient appris à se montrer discrètes en sa présence. Mais lorsqu'elles avaient atteint l'âge adulte, son besoin de contrôle s'était encore renforcé.

Pour échapper à son emprise, Hannah était partie faire ses études à Dublin. Puis, comme son père ne relâchait pas la pression, elle avait décidé de voyager plus loin, avec un homme dont elle était tombée amoureuse pour de mauvaises raisons.

Bridget, elle, n'avait pas pu se résoudre à quitter ses parents. « Je suis désolée, Hannah, je dois rester. J'aime notre village et j'aime maman. Je n'ai pas ton courage. Toi et mamie tenez tête à papa, mais moi, je ne peux pas. J'ai besoin de me sentir bien chez moi. »

Chez moi... Où était-ce, pour Hannah ? Son appartement mis à disposition par l'hôpital, très chichement meublé, était-il vraiment son foyer ?

Elle se leva et quand elle tira les rideaux, elle aperçut Josh qui balayait le sable de sa galerie. Il dut percevoir un mouvement, car il lui fit signe de la main.

Elle ne répondit pas à son salut, de crainte d'être tentée de sortir de cette maison lugubre et d'aller se réfugier chez lui. Pour lui demander de la tenir dans ses bras, de lui apporter le réconfort dont elle avait besoin.

Il lui avait déjà sauvé la vie, et avait beaucoup fait pour son bien-être. Que voulait-elle de plus ?

Non, décida-t-elle, elle ne lui demanderait rien.

Elle gagna la cuisine. Josh avait déjà fait un nettoyage

superficiel quand il était venu la veille pour vérifier que tout allait bien. Il restait peu de traces du drame qui s'était déroulé ici.

Prise d'une légère nausée, elle saisit un sac-poubelle et ouvrit le réfrigérateur. Elle s'apprêtait à le vider lorsqu'elle vit Josh, occupé à pelleter le sable accumulé sous le porche. Ce n'était certainement pas sa tâche la plus urgente. Le faisait-il pour pouvoir garder un œil sur la maison de Moira ? Ou pour lui faire savoir qu'elle n'était pas seule ?

Non, sûrement pas... Et, de plus, elle n'était pas vraiment seule. Pour tromper son angoisse, elle décida d'appeler sa sœur. Bridget devait être au travail, en ce moment. Elle était l'assistante d'un avocat local, un ami de leur père, et n'était pas censée prendre des appels personnels, mais qu'importe ! Elle tenta sa chance, et Bridget décrocha.

— Oh ! Hannah, c'est toi ? Comment vas-tu ?

— Je vais bien. Bridget...

— Tu n'as pas encore accouché, hein ?

— Non.

— Tu reviendras à la maison quand le bébé sera né, n'est-ce pas ? Tu... ne vas pas le faire adopter ?

Elle soupira.

— Non, ne t'inquiète pas. Bridget, est-ce que papa t'a dit que tante Moira était morte ?

— Non, je ne suis pas au courant, répondit Bridget d'un air distrait.

— Bridget, qu'est-ce qui ne va pas avec mamie ?

Durant toute leur enfance, leur grand-mère avait été leur confidente, leur seule véritable amie. Hannah appelait souvent la vieille dame pour prendre de ses nouvelles, et celle-ci l'avait beaucoup réconfortée pendant toute sa grossesse.

— Elle a perdu du poids, et nous venons d'apprendre qu'elle a un cancer. En phase terminale. Elle a été transférée dans un hôpital...

— Oh ! Bridget...

Hannah était sous le choc. Elle ne s'attendait pas à une telle nouvelle.

— Il faut que je te laisse, chuchota sa sœur. Je t'aime, Hannah.

— Bridget… Peux-tu m'envoyer les coordonnées de l'endroit où se trouve mamie et me tenir au courant ? Je t'en prie. J'ai besoin de savoir ce qui se passe.

— Papa me l'a interdit.

— Te sens-tu capable de lui désobéir ? Pour moi ?

Hannah perçut une profonde inspiration, qui ressemblait à un sanglot.

— D'accord, Hannah. Promets-moi au moins de me faire savoir… quand le bébé sera né.

— Quand mon bébé sera né.

— Oui, chuchota Bridget. Ma nièce ou mon neveu. Bonne chance, Hannah. Je t'embrasse.

Elle raccrocha.

Hannah regarda Josh, sous la galerie. Dudley était sorti et l'avait rejoint. Ils étaient tous les deux très attentifs, comme aux aguets.

Étrangement, elle se sentit rassurée.

— Je vais y arriver, murmura-t-elle avant de se lever et de commencer à épousseter les étagères. Je peux me débrouiller toute seule.

Mais Josh veillait sur elle, et cela pour quelques jours encore…

12

Josh la ramena à Townsville. Hannah tenta de protester, mais comment faire autrement ? L'épave de sa voiture était encore dans l'eau.

Comme son pick-up était bloqué sur l'île, Josh avait appelé un bateau taxi pour les emmener le jour des funérailles de Moira. Tous. Une fois sur le continent, il avait installé une couverture à l'ombre et avait laissé les chiens dormir pendant que Hannah disait adieu à sa tante.

Le service funéraire fut extrêmement bref. Un maître de cérémonie les rejoignit, ainsi que quelques employés des pompes funèbres, dans une église presque vide.

Durant la cérémonie, Hannah garda sa main serrée dans la sienne, mais quand elle quitta le cimetière, elle fit une dernière tentative pour prendre ses distances.

— Josh, laissez-moi la voiture de location avec laquelle nous sommes venus, et retournez sur l'île.

Comment le pourrait-il ?

— J'ai loué cette voiture et je dois la laisser ici, répondit-il. Comment pensez-vous la rendre sans moi ?

Nerveuse, elle se mordilla la lèvre, puis répondit :

— Mais... Je vous suis déjà tellement redevable...

Ce qui était la dernière chose qu'il voulait qu'elle ressente. Cette femme avait tant de soucis, en ce moment...

Un peu plus tard, il découvrit qu'elle en avait plus encore qu'il ne l'avait cru.

Apparemment, elle avait partagé un appartement avec trois infirmières, puis s'était arrangée pour trouver un logement plus grand dans le même immeuble, pour elle toute seule, avant l'arrivée du bébé. Le déménagement était censé avoir eu lieu deux jours plus tôt, et son ancienne chambre était déjà relouée.

— Nous avons déplacé vos affaires en votre absence, leur dit une jeune infirmière, qui regarda Josh avec curiosité. Il suffit d'aller récupérer la clé chez le concierge.

Ils trouvèrent donc le concierge, récupérèrent la clé et déverrouillèrent la porte de l'appartement du rez-de-chaussée.

Quand Hannah retrouva ses affaires déposées à la va-vite dans le salon, Josh remarqua qu'elle était mortifiée. Elle plaqua aussitôt un sourire éclatant sur ses lèvres et lui dit :

— Josh, merci. Ça va aller, maintenant. Si vous pouviez… installer Maisie et les chiots dans la buanderie. En tout cas, vous devez y aller. Merci pour tout.

Il scruta l'appartement. Ils avaient traversé une cour délabrée et avaient au moins pu y laisser la chienne, mais le logement en lui-même ne payait vraiment pas de mine.

C'était sans doute tout ce qu'elle pouvait se permettre, songea-t-il.

Pouvait-il lui proposer une aide financière ? Rien qu'à voir l'expression de son visage, il se doutait de la manière dont son offre serait reçue.

Peu importe, il pourrait l'aider d'autres manières.

— Je reste jusqu'à ce que vous soyez bien installée, dit-il en regardant les cartons empilés.

Même le lit était inutilisable. Il avait été démonté pour être transporté, et il n'en restait plus que les quatre pieds et le sommier sur lequel était posé un sac de boulons et de vis.

— Ça va aller, répéta-t-elle sans conviction.

— Oui, c'est ça…

— Josh, je vous assure que je peux me débrouiller seule.

— Je sais que vous pouvez y arriver seule, mais vous n'y êtes pas obligée.

— Mes amis vont m'aider.

— Je pense que ce sont vos amis qui ont jeté vos affaires ici, dit-il d'un ton grave, avant de hausser les épaules en souriant. Ne vous en faites pas, Hannah. Dudley a besoin d'un peu plus de temps pour faire connaissance avec ses petits. Nous passerons la nuit ici, je vous aiderai à remettre de l'ordre dans cet endroit, puis nous disparaîtrons pour toujours.

— Pour toujours ?

Elle le regarda d'un air stupéfait, puis se ressaisit aussitôt :

— Je suis désolée. Bien sûr, pour toujours. Ne faites pas attention à moi, je suis enceinte. Ce sont les hormones...

Oui, elle était enceinte et avait besoin d'aide. Elle était à trois semaines de l'accouchement, pensa-t-il, et était seule. Il y avait des sages-femmes et des médecins à proximité, ce qui était rassurant, et pourtant...

— Je vais rester cette nuit et partir ensuite, répondit-il. Pour quelque temps. Si vous avez encore besoin de moi... C'est à vous de décider.

Cela aurait pu être un cauchemar. Au lieu de cela, c'était presque amusant. Elle avait quitté l'île, et une voiture de remplacement lui serait bientôt livrée. Maisie était saine et sauve, les chiots se portaient à merveille, et il serait facile de leur trouver un foyer aimant. Pour l'instant, elle ne quitterait pas la chienne, dont elle appréciait la compagnie.

Quant à Josh, il était en train de remonter son lit.

— Il me reste un boulon, dit-il en montrant un petit objet, dans sa main.

— Peut-être que c'est une pièce de rechange, suggéra-t-elle.

Il s'assit sur le matelas pour l'essayer.

— Je ne suis pas ingénieur, mais ça semble assez solide, déclara-t-il. Je dormirai par terre, sur des coussins.

— Vraiment ? À une condition cependant : j'exige que vous utilisiez mes oreillers. J'en ai six.

— D'accord...

Une fois les lits faits, ils trouvèrent la bouilloire dans un carton et commandèrent une pizza.

— Et une bière pour moi ! Je le mérite, déclara Josh.

Leur repas terminé, il décréta qu'elle devait aller se coucher. Et il avait raison : elle était épuisée.

— Je vais au supermarché acheter des provisions pour le petit déjeuner, lui dit-il. Dormez. Vous en avez besoin, et votre bébé aussi.

— Merci, Josh...

C'était si bon de se coucher ici en sachant qu'il allait revenir...

Le lendemain, il partirait pour toujours. Elle ne devait surtout pas l'oublier, songea-t-elle avant de sombrer dans le sommeil.

Quand Josh rentra, l'appartement était plongé dans l'obscurité. Il donna à Dudley sa récompense : une gamelle de viande, puis fit de même avec Maisie, qui s'était réveillée.

Une fois de retour dans le salon, Josh examina d'un air dubitatif le lit de fortune installé sur le sol, dans la pièce remplie de cartons.

Pourquoi faisait-il cela ?

Trois ans plus tôt, il avait juré de ne pas s'impliquer avec qui que ce soit. La douleur qu'il avait ressentie lorsqu'il s'était réveillé dans un lit d'hôpital et avait appris qu'Alice était morte, le chagrin qu'il avait lu sur le visage de Madison, les visages sombres de ses parents venus en avion pour les funérailles, tout cela était sa faute, et il n'était malheureusement pas le seul à souffrir...

Certes, il s'occupait toujours de Madison, mais il ne lui

ferait plus jamais de mal en s'immisçant dans la vie de quelqu'un d'autre.

De plus, Hannah n'avait pas besoin de lui. Le lendemain, elle pourrait reprendre le cours de sa vie, car comme lui elle avait été blessée et avait besoin de se reconstruire. Dans un pays étranger, avec un nouveau-né, un chien et quatre chiots...

Il se tourna et se retourna sur sa couche sans parvenir à trouver le sommeil. Il enfouit la tête dans un oreiller, et crut humer le parfum de Hannah...

Allongé dans le noir, il se répétait qu'il devait à tout prix cesser de penser à elle quand, soudain, un grand fracas se fit entendre dans la pièce voisine.

Hannah se réveilla en sursaut... en se retrouvant sur la moquette. Son lit venait de s'effondrer, comprit-elle en tentant de rejeter les oreillers tombés sur son visage.

— Hannah ! Vous allez bien ? demanda Josh.

Il se pencha vers elle, le visage marqué par l'inquiétude.

— J'ai fait une chute de trente centimètres, répondit-elle en souriant. Appelez les pompiers. Les ambulanciers. Les avocats. Je suis sûre que je peux poursuivre quelqu'un en justice. Ce lit est vraiment très mal monté !

— Restez allongée, je m'occupe de tout.

— Ce n'est pas nécessaire...

— Ne bougez pas ! insista-t-il en s'affairant autour d'elle pour écarter les montants du lit et installer directement le matelas par terre.

Il l'aida à se recoucher, remit les oreillers en place, puis remonta le drap et la couverture jusqu'à son menton.

— On a frôlé la catastrophe, dit-il en se penchant pour déposer un baiser sur sa joue.

En levant les yeux vers lui, elle lut dans son regard une anxiété mêlée de peur, et eut soudain l'intuition qu'il avait vécu des instants dramatiques, dont il gardait des séquelles.

Pourtant, il avait tout fait pour qu'elle puisse se rendormir en toute sécurité, veillant sur elle comme s'il était...

Son homme.

Assez ! Elle était allée trop loin dans la rêverie, le fantasme. En même temps, Josh était proche...

Elle aurait voulu qu'il le soit davantage.

Mue par un irrépressible élan, elle prit son beau visage dans ses mains et approcha les lèvres des siennes. Résisterait-il ?

— Josh...

— Hannah, murmura-t-il, juste avant de poser la bouche sur la sienne.

13

Quand Hannah s'éveilla, les premiers rayons de soleil du matin scintillaient à travers les stores baissés. Elle était blottie entre les bras de Josh O'Connor. Elle avait perdu tout contrôle au moment où sa bouche avait rencontré la sienne, se rappela-t-elle soudain. Ensuite, leurs vêtements avaient disparu comme par magie. Peau contre peau, ils s'étaient fondus l'un dans l'autre, telles les deux moitiés d'un tout enfin réunies.

Deux âmes sœurs.

Elle sentit un sourire de béatitude s'épanouir sur son visage. Dans la nuit, elle avait dû se lover contre lui sans même s'en rendre compte.

C'est le bon sens qui l'avait emporté, la veille.

« Je ne te ferai pas l'amour, avait murmuré Josh à son oreille. Tu es enceinte de huit mois... »

« Je peux difficilement tomber enceinte une nouvelle fois, pourtant », avait-elle ironisé, la bouche contre la sienne.

Il avait ri, mais s'en était tenu à sa promesse – après tout, ils étaient tous deux des professionnels et connaissaient les règles...

Des règles qu'il faudrait redéfinir, maintenant qu'ils étaient revenus à la raison. Elle allait bientôt mettre au monde l'enfant d'un autre homme, et Josh lui avait dit qu'il ne voulait pas s'engager, jamais. Ce n'était qu'une nuit de réconfort, un don mutuel avant que la réalité reprenne ses droits.

Pourtant, elle était toujours entre ses bras. Pendant quelques derniers instants merveilleux, elle pouvait s'imaginer que cela était désormais sa vie. Pour toujours...

— As-tu bien dormi ?

Sa voix n'était guère plus qu'un souffle, et elle répondit en remuant doucement contre lui. Oh ! si c'était pour toujours... Si cet homme-là l'aimait...

Non, il ne l'aimait pas. Il se souciait d'elle, et elle devrait s'en contenter.

— Josh, il faut que je me lève. Le bébé me donne des coups de pied.

Il se retourna, et dit avec un sourire qui la fit chavirer :

— Oui. Laisse-moi t'aider.

En le voyant repousser les draps, elle regretta de ne pas pouvoir remonter le temps jusqu'à l'époque où elle était encore libre, et capable de se battre pour obtenir ce qu'elle désirait... Quand elle pouvait encore...

Oui, elle se sentait capable de tout pour cet homme. Peut-être qu'elle perdrait la bataille, et échouerait à guérir ses blessures, mais elle pouvait essayer.

Mais pas maintenant. Soudain, elle sentit son ventre se contracter et eut l'impression qu'on lui donnait un coup de poignard dans le dos.

C'était sans doute une contraction de Braxton-Hicks, fréquente en fin de grossesse. Elle attrapa le drap et le remonta sur elle, puis se retourna, prise d'une incontrôlable envie de pleurer. Elle résisterait. Que penserait Josh, si elle se laissait ainsi aller ?

— C'était une drôle de nuit, parvint-elle à dire en se penchant pour déposer un baiser sur sa magnifique bouche.

Un contact léger, un message pour lui signifier qu'ils avaient dépassé les limites et qu'il était temps de prendre leurs distances.

— Hannah...

Avant qu'il puisse poursuivre, elle s'enfuit dans la salle de bains, ferma la porte derrière elle et, appuyée au battant, laissa couler ses larmes.

Josh enfila un jean et un coupe-vent, tout en se demandant comment il avait pu tenir dans ses bras une femme aussi belle que Hannah pendant toute nuit. Et, surtout, où il avait trouvé la force de résister à l'élan qui le poussait vers elle, alors que son corps lui criait de la prendre sur-le-champ. De s'engager. Totalement.

S'agissait-il... d'amour ?

Quel cauchemar ! Car aimer cette femme était à la fois une impossibilité et la réponse à toutes ses questions.

Tout simplement parce qu'il ressentait pour Hannah ce qu'il s'était juré de ne plus jamais ressentir pour personne. Il ne voulait plus aimer assez pour faire mal, pour blesser...

La nuit dernière, il avait lu la souffrance dans les yeux de Hannah. L'espace d'un instant, il avait eu l'impression qu'elle craignait qu'il se montre violent envers elle.

Il ne pouvait pas lui faire du mal physiquement, mais la blesser, sans doute...

— Tu l'as déjà fait, dit-il d'un ton sévère, à voix haute. En suscitant des attentes que tu ne peux pas satisfaire.

Comment garder ses distances avec elle, désormais ?

Quand trois ans plus tôt il avait ouvert les yeux, après l'opération, encore groggy, il avait découvert le visage inquiet de Madison.

« Alice », avait-il simplement murmuré.

La réponse muette de sa sœur valait toutes les explications.

« Et Aislin ? » avait-il demandé ensuite.

« Elle va bien », avait chuchoté Madison.

Il ne voulait plus jamais revoir cette expression sur son visage. Le désespoir. Le reproche. La tristesse

Il pensait que lui et Aislin formaient un couple parfait, mais quel prix sa famille avait-elle dû payer pour sa stupidité ? Quel prix avait-il payé, lui ? Celui d'une douleur infinie...

Et pourtant, il était là, dans la chambre d'une femme qu'il connaissait à peine, et ressentait des émotions qu'il s'était juré de ne plus jamais ressentir.

Il pourrait tout de même l'aider – bien sûr qu'il le pourrait. Il chercherait pour elle un meilleur appartement, tenterait de lui faciliter la vie...

Cependant, il soupçonnait qu'elle ne le laisserait pas faire. C'était tout ou rien avec Hannah, il le savait, et il en avait trop dit sur lui-même pour qu'elle oublie son histoire. Elle avait sa fierté, et il devrait sans doute faire beaucoup d'efforts pour la convaincre d'accepter ce qu'il était prêt à lui donner.

Il était son ami, non ? Elle le laisserait sûrement l'aider.

Un ami ? Vu la façon dont elle s'était glissée dans ses bras, la veille, et ce qu'il avait éprouvé en sentant sa peau contre la sienne, il s'agissait d'autre chose que d'amitié, entre eux. D'ailleurs, il se rappelait...

Non ! Il ne voulait pas se rappeler. Au contraire, il voulait oublier, reléguer au fond de sa mémoire ces instants de bonheur, sous peine de souffrir de nouveau. Comment pourrait-il perdre un tel risque ?

« C'est déjà fait », lui murmura une petite voix intérieure.

— Alors, fais machine arrière !

Il avait prononcé ces mots tout haut, et le son de sa voix le ramena brusquement à l'instant présent. Il devait passer à autre chose, et vite. Aménager cet endroit et retourner sur son île. Il avait joué le bon samaritain, et elle n'avait plus besoin de lui, maintenant. Il devait lui parler, mais quoi qu'il fasse il lui faudrait partir avant de voir s'évanouir ses bonnes résolutions.

Hannah était encore dans la salle de bains. Sous la douche. Nue...

— Arrête ! lança-t-il tout haut, avant de se diriger vers la buanderie pour faire sortir les chiens.

La cour de Hannah était minuscule. Elle ne pourrait pas s'asseoir au soleil pendant que son bébé jouerait sur la pelouse, mais c'était son affaire, pas la sienne.

Il retourna à la cuisine et fouilla dans les cartons jusqu'à ce qu'il trouve une bouilloire, des tasses et du café. Puis il se dirigea vers la salle de bains.

— Tu veux des œufs et du bacon ? demanda-t-il à travers la porte. Ou tu préfères aller prendre le petit déjeuner dehors ?

Pas de réponse.

— Hannah ?

Il poussa doucement la porte. Penchée au-dessus du lavabo, elle en agrippait le rebord et semblait immobile, le corps raide. Le drap dont elle s'était enveloppée avait glissé à terre.

— Hannah...

— Josh, mon bébé arrive. Josh, s'il te plaît. . Aide-moi...

Soudain, plus rien n'avait d'importance.

Les contractions étaient longues et fortes dès le début. Ce n'était pas le genre d'accouchement où l'on pouvait rester tranquillement chez soi, à attendre que les contractions soient espacées de cinq minutes pour songer à se rendre à la maternité. La contraction suivante arriva trois minutes plus tard, celle d'après deux minutes seulement après la précédente... Et entre les deux, tout son corps se tendait dans l'attente de la douleur.

Il comprit qu'elle avait peur quand il la ramena dans la chambre.

Elle était sage-femme. Elle savait mieux que personne comment se déroulait un accouchement, mais pour l'instant elle n'était qu'une future maman qui mettait au monde son premier bébé, et elle était terrifiée.

Et lui ?

Il n'avait pas non plus l'impression d'être un médecin, en cet instant précis.

Après l'accident, il avait nourri les mêmes craintes que n'importe quel patient confronté à l'inconnu. Vivre les événements de l'extérieur, en tant que soignant, était une expérience bien différente.

En ce moment, il avait l'impression de ne plus rien maîtriser. Voir Hannah souffrir lui faisait perdre ses moyens. Quand il la reposa sur son lit, elle lui agrippa les mains comme si elle se noyait.

— Reste avec moi, parvint-elle à demander.

— Essaye de te débarrasser de moi, et tu verras ! répondit-il. Je vous ai extraits de cette voiture, toi et ton bébé, et j'adore les happy ends. Tu ne peux pas me faire sortir de la salle au beau milieu du film !

Elle réussit à rire, mais son rire se mua en halètement de douleur.

— Josh...

— Hannah, je vais t'emmener à l'hôpital. Vu la fréquence des contractions, le bébé ne va pas tarder.

— Oui... Vite..., gémit-elle alors qu'une nouvelle vague de douleur la submergeait.

Josh avait déjà assisté à des accouchements – tout au long de sa formation. Il avait déjà vu des femmes s'accrocher à leurs maris, les repousser, puis les appeler de nouveau à l'aide. Il n'avait jamais compris, jusqu'à présent, que se trouver dans cette position était un privilège rare...

— Lâche-moi, Hannah, dit-il doucement, alors que la contraction s'atténuait. Un matelas au sol n'est pas l'endroit idéal pour accoucher. Je vais te trouver un peignoir et t'emmener là où tu dois être : à l'hôpital. Même si c'est toi qui dois faire le travail, je te promets que je ne te quitterai pas.

Aussi bien informée soit-elle, Hannah n'était pas vraiment préparée à cet accouchement. Ses contractions avaient commencé avec force et se poursuivaient, vague après vague, sans qu'elle parvienne à maîtriser la douleur.

Dans la salle de naissance, elle fut rassurée en reconnaissant deux des sages-femmes de l'hôpital avec lesquelles elle avait travaillé et qu'elle considérait comme des amies.

Josh n'avait pas quitté son chevet depuis leur arrivée. Elle n'avait pas le droit de lui demander de rester, mais n'avait pas pour autant l'intention de le laisser partir. Elle avait besoin de sa force pour mettre au monde ce bébé.

Assis à côté d'elle, il lui tint la main pendant ce qui lui sembla être des heures interminables. Il la rassurait d'une parole, supportait ses cris de souffrance ou d'exaspération, bref : il était là pour elle, véritable roc dans cet océan d'incertitude.

— Encore un effort… Tu vas y arriver, Hannah. Encore une poussée, et ton bébé sera en sécurité dans tes bras.

Elle leva vers lui un regard plein de confiance, puis suivit les indications de la sage-femme, comme elle-même avait souvent demandé à d'autres femmes de le faire.

Quelques longs minutes plus tard, elle entendit un cri perçant et, soudain, on posa son bébé sur sa poitrine.

— C'est une fille…, murmura Josh, ému aux larmes.

Une fille…

Tandis qu'elle aidait le minuscule petit être qui cherchait instinctivement son sein, elle sentit la présence bienveillante de Josh, près d'elle. Il s'était affaissé sur sa chaise, soulagé que tout se soit bien déroulé.

Il avait été là pour elle, jusqu'au bout. Il lui avait sauvé la vie et celle de sa fille, et il était… présent. Encore et toujours.

— Josh, merci, murmura-t-elle, c'est merveilleux. Merci…

Sans qu'elle puisse rien faire pour les arrêter, des larmes de joie se mirent à couler sur ses joues. Elle avait une fille. Sa fille !

— Bravo à tous les deux, elle est parfaite, déclara l'une des sages-femmes. Elle a les cheveux roux, comme sa mère. Une vraie petite Irlandaise !

Sans se soucier de dissiper le malentendu, Josh lui sourit.

— Comme elle te ressemble ! Elle est très jolie, dit-il avant de se passer la main dans les cheveux, exténué.

— Ne vous évanouissez pas maintenant ! lança la sage-femme en riant.

Pendant le travail, elle avait appris qu'il était médecin et pris un malin plaisir à le taquiner.

— Ce sont toujours ceux qui ont l'air les plus forts qui craquent les premiers !

— Je ne vais pas m'évanouir, assura-t-il en relevant la tête pour planter les yeux dans ceux de Hannah. Tu es formidable, Hannah, et ta petite fille aussi. Toutes les deux, vous êtes prêtes à affronter le monde...

Sans cesser de bercer son bébé, elle lui sourit, et il se sentit fondre. En un éclair, son horizon s'éclaircit, et sa fatigue se dissipa.

— A-t-elle déjà un nom ? demanda la sage-femme. Ou avez-vous besoin de temps pour la connaître mieux avant de vous décider ?

— J'ai déjà décidé, répondit Hannah dans un sourire.

La vie était belle. Merveilleuse. Josh en était persuadé, elle et sa fille pouvaient faire face à tout.

— Je voudrais l'appeler Erin, comme ma grand-mère, dit-elle. Erin est forte et courageuse, et je l'aime beaucoup. Et si Josh est d'accord, j'aimerais que son deuxième prénom soit Alice, parce que sans Alice, vous n'auriez pas été sur cette île, et Erin et moi ne serions... peut-être pas là. Grâce à Alice, Erin est en sécurité. Et j'aime beaucoup ce prénom. Ça vous convient, Josh ?

Un chirurgien ne craquait pas devant un patient, n'est-ce pas ? Il réussit à lui faire un signe de tête, à se baisser pour l'embrasser, puis sortit dans le couloir et, une fois seul, laissa libre cours à son émotion.

14

Il avait déjà fait assez de choses pour elle. Josh avait besoin de retourner sur son île, mais lorsqu'il lui demanda qui d'autre s'occuperait de Maisie et de ses chiots, elle céda. Comment faire autrement ?

Elle avait besoin de revenir en Irlande, impatiente de bénéficier du soutien que les siens pourraient lui apporter. Hélas ! son père était toujours aussi déterminé.

Elle laissa un message à ses parents pour leur dire qu'ils avaient une petite-fille, car personne ne décrocha. Elle appela aussi sa grand-mère, qui lui sembla très faible. Elle accueillit cependant sa nouvelle avec joie et lui fit promettre d'envoyer au plus vite une photo du bébé.

— Tu la cacheras sous ton oreiller si mon père te rend visite ? plaisanta Hannah.

Il y eut un long silence.

— Lui et ta mère ne viennent pas souvent, avoua finalement sa grand-mère. Pas depuis que j'ai dit à ton père qu'il était une brute de te traiter ainsi. Je lui ai répété assez souvent dans le passé, mais cette fois j'y suis peut-être allée un peu fort.

— Oh ! Mamie…

— Et je le maintiens ! déclara la vieille dame avec détermination, avant d'être prise d'une quinte de toux qui la força à appeler une infirmière et à raccrocher.

Un peu plus tard, Bridget avait appelé Hannah, qui avait sentit la culpabilité dans sa voix.

« J'ai parlé à mamie. Elle est si heureuse, si touchée que tu aies appelé ta fille Erin ! Hannah, j'adorerais venir te voir en avion, mais... »

Mais. Il y avait tellement de « mais », songea Hannah, en se remémorant l'accueil que les nouveau-nés recevaient dans la petite ville où elle avait été élevée, et dont elle rêvait de faire bénéficier sa fille.

Tandis qu'elle serrait le bébé dans ses bras, elle regarda Josh s'affairer dans sa chambre. Il était toujours là au moment où elle avait besoin de lui. Qu'avait-elle de mieux à faire que d'accepter son aide ? Il serait toujours temps de se poser des questions plus tard...

Deux jours après la naissance d'Erin, il était venu la chercher pour la ramener... à la maison ? Cet appartement impersonnel encore rempli de cartons n'était pas vraiment sa maison, mais ce serait l'endroit où elle devrait vivre, à partir de maintenant.

Quand ils sortirent de l'hôpital, avec Erin dans sa nacelle, Hannah apprécia la chaleur du soleil sur son visage, la douce brise. Une nouvelle vie commençait pour elle, et elle avait bien l'intention d'en savourer chaque instant.

Dans son appartement, Josh avait fait des miracles. La petite cuisine était très accueillante, avec ses jolis bancs que n'encombrait plus aucun carton. Une bouilloire flambant neuve était posée sur la plaque de cuisson, un bouquet de marguerites blanches sur le comptoir. Les fenêtres avaient été nettoyées pour laisser entrer la lumière du soleil, et des rideaux remplaçaient maintenant les affreux stores vénitiens. C'était ravissant.

Après avoir gratifié Josh d'un regard émerveillé, elle poursuivit son exploration dans le salon.

Son vieux canapé avait disparu, remplacé par un confortable sofa fleuri et deux fauteuils assortis qui invitaient à la détente.

— Je peux même dormir dessus ! déclara fièrement Josh. Il est assez grand et sans un seul ressort.

— Oh ! Josh...

Un épais tapis de laine recouvrait le sol auparavant nu, et un grand téléviseur était fixé au mur, au-dessus d'une table basse de bois clair.

— Ce n'est pas moi qui ai fait tout cela, c'est Madison, admit Josh. J'ai dit que j'avais une patiente qui avait besoin d'un décor relaxant, et elle m'a suggéré des idées...

Il ouvrit la porte de la chambre, et ce qu'elle découvrit lui coupa le souffle. Son lit avait été miraculeusement reconstruit et, à la place du berceau qu'elle avait acheté dans un vide-greniers se trouvait un ravissant lit d'enfant tout rose, entouré d'une foule de peluches, d'une veilleuse et d'une table à langer...

— Ici, Madison ne m'a pas aidé, dit fièrement Josh. C'est moi qui ai aménagé cet espace, et tu seras ravie d'apprendre que je suis devenu un expert en articles de puériculture.

Émue aux larmes, Hannah découvrit la buanderie, où la niche de Dudley, de Maisie et de ses petits occupait une bonne place.

— J'ai convaincu ta propriétaire de me laisser installer une trappe pour chiens, dit Josh avec modestie. Oh ! et j'ai parlé à ta voisine... Ruth aime les chiens, malheureusement elle n'a jamais pu en avoir un. Comme sa cour est plus grande que la tienne, elle a proposé de retirer une partie de la clôture pour que les chiens puissent circuler et bénéficier d'un espace plus grand.

Hannah en resta sans voix.

Elle avait sa petite fille. Une maison parfaite, des chiens, et une voisine sympathique.

Sans oublier Josh.

Hélas ! Josh avait beau être un homme à la fois intelligent, généreux, et sexy, il n'était pas *son* homme. Elle n'oublierait jamais ce qu'il avait fait pour elle.

— Je vais rester quelques jours, déclara-t-il. Pour voir comment ça se passe, avec le bébé.

— Je... Ce n'est pas nécessaire, tu sais.

Étouffant un sanglot, elle s'approcha de lui et le serra dans ses bras, et il lui rendit son étreinte.

Josh n'est peut-être pas là pour toujours, mais il était là maintenant, et il semblait vraiment chez lui.

Les jours suivants furent agités, épuisants. Hannah était désormais très bien installée avec son bébé, et Josh savait, tout comme elle, qu'il était temps qu'il parte.

— Tu as déjà tant fait pour moi ! lui dit-elle. Il faut que tu retournes à ta propre vie, maintenant.

Le bon sens lui souffla qu'elle avait raison.

Il avait adoré l'aider : faire de son petit appartement un foyer accueillant, regarder la télévision pendant qu'elle changeait sa petite Erin, préparer les repas et s'occuper des chiens pour lui permettre de prendre le repos dont elle avait tant besoin.

Il l'avait fait pour elle, songea-t-il, et s'il avait senti son cœur fondre en berçant la fillette entre ses bras, eh bien... cela signifiait qu'il était heureux d'avoir pu se rendre utile.

Ce dernier matin, il se leva tôt, prépara des œufs, des toasts et du café – il avait déjà découvert son petit déjeuner préféré – et le prit avec elle. Hannah était superbe, avec ses boucles emmêlées et son teint de porcelaine. S'il ne partait pas maintenant, le ferait-il un jour ?

Il remarqua qu'elle fixait un drôle d'objet, sur la table de chevet. Il vit des tubes, des poches en plastique, des compresses...

— C'est un engin de torture, murmura-t-elle, mais je vais le dompter.

Intrigué, il posa sa tasse de café sur la table de chevet alors qu'elle entamait son troisième toast.

— C'est un tire-lait, dit-elle d'un ton grave. J'ai essayé, il ne se passe rien. C'est normal, c'est le début. Roslyn va passer plus tard. Elle est spécialiste de la lactation et a promis de m'aider. Tu te souviens d'elle ? C'est une collègue sage-femme.

Il fronça les sourcils.

— Pourquoi as-tu besoin d'un tire-lait ?

— Pour plus tard.

— Plus tard ? Tu as peur que ton lait se tarisse ?

— Non, mais j'entraîne mon corps à réagir comme s'il nourrissait des jumeaux. Chaque fois qu'Erin est rassasiée, mon plan est de tirer le lait restant et de le congeler. Ainsi, lorsque je reprendrai le travail dans six semaines, les puéricultrices de la crèche de l'hôpital pourront lui donner mon lait.

— Six semaines ? Hannah, tu ne peux pas retourner travailler si vite.

— Bien sûr que si ! De nombreuses femmes le font. J'ai eu un accouchement normal et je dispose d'une crèche sur mon lieu de travail.

— Tu n'as sûrement pas envie de laisser ton bébé toute la journée, non ?

— Tu crois que j'ai le choix ? rétorqua-t-elle, retenant ses larmes. La réalité, Josh, c'est que je suis une mère célibataire disposant de ressources limitées. Mais ça va aller. Dès que je pourrai faire fonctionner cet engin, tout se mettra en place.

— Je peux t'aider financièrement. Cela te permettrait de passer plus de temps avec Erin. Hannah...

— Non, dit-elle d'un ton presque dur. Ça suffit, Josh. J'ai eu besoin de toi et j'ai toujours besoin de toi, ce qui ne doit pas m'empêcher de retrouver ma dignité, de continuer ma propre vie. Nous allons bien, Erin et moi. Je ne veux pas m'imposer plus longtemps...

— Ça ne me dérange pas.

— Non, mais moi, oui. Je ne peux plus me permettre de dépendre de toi, Josh. Tu ne veux pas ça, et moi non plus.

En effet, il ne voulait pas qu'on ait besoin de lui. Il avait fait ce vœu il y a trois ans. Presque inconsciemment, ses doigts effleurèrent la cicatrice qui courait sur son visage. Il se rappela la première fois qu'il l'avait sentie, avant d'ouvrir les yeux. Puis il s'était réveillé et avait vu la douleur sur le visage de Madison...

Il regarda Hannah, puis la fillette dans le berceau, à côté d'elle. Il ne voulait pas qu'elle s'attache à lui de crainte de lui faire du mal.

— J'ai compris, Josh, murmura Hannah. Tu as besoin d'être seul. Merci pour tout ce que tu as fait, mais maintenant il est temps pour toi de partir...

— Tu as raison. Je m'occupe des chiens et je rentre sur l'île.

15

Le téléphone sonna vers dix-neuf heures.

Aucune de ses équipes de recherche ne l'appelait à cette heure. C'était sûrement Madison, se dit Josh, en abandonnant le document qu'il était en train de feuilleter. Il y a peu de temps encore, il n'aurait pas apprécié d'être interrompu par sa grande sœur autoritaire. Aujourd'hui, il lui était presque reconnaissant de lui fournir le prétexte de délaisser un instant son travail.

— Salut, Madison...

— Josh, c'est Hannah.

Il sentit son cœur s'emballer. Pourquoi cette femme produisait-elle un tel effet sur lui ?

Depuis qu'il l'avait quittée, il était revenu deux fois à Townsville pour le travail et en avait profité pour aller voir comment allaient Hannah et Erin, qu'il avait tenue dans ses bras, s'émerveillant de ses progrès. Il savait que Hannah se débrouillait bien, désormais, et n'avait plus besoin de lui.

Alors pourquoi l'appelait-elle ? Qu'est-ce qui n'allait pas ? Il y avait quelque chose, comprit-il au son légèrement inquiet de sa voix.

— Qu'est-ce qui se passe, Hannah ? Que puis-je faire pour toi ?

Elle fondit en larmes.

— J'arrive...

— Non. Ce n'est pas si urgent, répondit-elle. Mais... Je ne sais pas par où commencer.

— Alors, prends une profonde inspiration et dis-moi ce qui te préoccupe, suggéra-t-il, se détendant un peu. Rien de grave, alors ?

— C'est ma grand-mère, lui dit-elle en luttant pour retenir ses larmes. À Dublin. Je t'ai parlé d'elle. L'hôpital m'a appelée cet après-midi. Elle est en train de mourir, Josh. Elle est encore consciente, mais de plus en plus faible. Elle ne mange pas et refuse la perfusion. Elle me réclame...

— Alors, il faut aller la voir, dit-il avec calme. Tu as besoin d'argent pour le billet, alors laisse-moi...

— Josh, il ne s'agit pas d'argent, lui dit-elle. Je... ne peux pas emmener Erin.

Il réfléchit. Erin avait à peine un mois. Oui, ce serait sûrement compliqué, mais il avait bon espoir de pouvoir l'aider.

— Nous allons devoir accélérer la procédure d'obtention d'un passeport, dit-il. Je connais un avocat à Canberra...

— J'ai déjà essayé. Le nom de Ryan figure sur l'acte de naissance d'Erin. Rétrospectivement, je me dis que je n'aurais pas dû l'indiquer, mais je pensais... j'espérais...

— Qu'il voudrait garder le contact ?

— C'est son père, tout de même. Apparemment, je dois obtenir sa permission pour emmener Erin hors du pays. J'ai appelé ses parents, ses amis. Personne ne sait où il est, et le personnel infirmier en Irlande dit que mamie n'a plus que quelques jours à vivre. Il faut que j'y aille, Josh...

— Tu as besoin de moi pour prendre soin d'Erin ?

— Je n'ai personne d'autre, balbutia-t-elle. Je n'arrive pas à croire que je te demande une chose pareille ! Bien sûr que tu vas refuser, mais c'est pour mamie, pas pour moi, alors j'ai pensé... qu'il fallait que j'essaye.

« C'est pour mamie, pas pour moi. »

Bien sûr, que ce n'était pas pour elle ! C'était Hannah, et son cœur était aussi grand que la distance qu'elle devait parcourir pour rentrer chez elle. Une femme prête à dépenser ses maigres économies pour dire au revoir à une grand-mère mourante.

Quel type d'accueil recevrait-elle à son arrivée à Dublin ?

Froid, sans doute. Elle rendrait visite à sa grand-mère, avant d'affronter une famille qui la rejetterait d'emblée. Aurait-elle même la permission d'assister aux funérailles ? Peut-être pas, mais aller voir la vieille dame maintenant, alors que celle-ci avait encore toute sa tête, était sans aucun doute une bonne idée.

— Bien sûr que je vais m'occuper d'Erin, dit-il. Quand peux-tu partir ? Y a-t-il un avion ce soir ? Je pourrais être chez toi dans deux heures.

— Josh.

— Il faudra que tu me laisses des instructions. Combien de lait as-tu conservé ?

— Peut-être assez pour une semaine. Je lui ai déjà donné un biberon, car je suis censée retourner au travail dans deux semaines. Elle n'aime pas beaucoup ça, mais elle le prend, et il faut qu'elle s'habitue.

— Très bien. Je pourrai toujours demander de l'aide à tes amies sages-femmes si j'ai des problèmes.

— Elles vont t'aider, lui assura-t-elle. J'aurais pu la faire garder à la crèche de l'hôpital, mais...

— Attends... Laisse-moi vérifier les vols, dit-il en tapant sur le clavier de son ordinateur. Oui ! Il y a un vol pour Dublin via Brisbane et Dubaï, qui part ce soir à 23 heures. Je vais voir si je peux te trouver une place.

— Tu ne peux pas tout laisser tomber comme ça !

Il prit un air grave.

— Hannah, si tu veux dire au revoir à ta grand-mère...

— Oui, je le veux. Plus que tout.

— Alors ne perdons pas de temps. Fais tes bagages, on se retrouve à l'aéroport.

Arrivée avant Josh, Hannah emmena Erin dans le hall des départs et s'installa dans un coin tranquille avec sa valise.

Quinze minutes plus tard, Josh la rejoignit. Vêtu d'un jean et d'un T-shirt noir un peu trop serré, et chaussé de bottes en cuir qui avaient connu des jours meilleurs, il était détendu, terriblement séduisant. Il n'avait pas l'air inquiet d'avoir à s'occuper seul d'un bébé.

Au contraire, il semblait très sûr de lui.

Il la regarda dans les yeux.

— Salut, Hannah.

Il effleura son visage, ce qui suffit à faire couler ses larmes.

— Je suis désolée, je n'arrive pas à réfléchir correctement…

— Je comprends… Ça va aller, dit-il pour la rassurer, avant de la serrer contre lui.

Dans sa poussette, Erin était bien réveillée, et son petit visage se plissa lorsqu'elle croisa les yeux de Josh. Elle lui sourit. Pour la première fois…

Josh tendit un mouchoir à Hannah.

— Allons t'enregistrer ! Tu pourras pleurer dans l'avion, mais je te conseille de dormir d'abord.

Comme si elle pourrait dormir dans l'avion !

Alors qu'il la conduisait vers le comptoir d'enregistrement, au lieu de rejoindre la très longue file d'attente de la classe éco, il se dirigea vers le comptoir de la première classe.

— Josh ! Je ne peux pas…, dit-elle en haletant.

— Quoi ?

— Voler en business.

— Tu n'es pas en classe affaires, tu es en première, répondit-il, pince-sans-rire.

— Mais… Je ne peux pas te rembourser. C'est ridicule…

— Je voyage beaucoup. Tellement que j'ai des miles en réserve. Ce n'est rien, Hannah.

Une fois au comptoir, Josh sortit une liasse de papiers de sa poche et la tendit à une employée stupéfaite.

— Il me faudrait ton passeport aussi, dit-il, une étrange expression sur le visage.

Tandis qu'elle cherchait le document dans son sac, il lui saisit le poignet. Ses yeux rencontrèrent les siens, calmes, gris, sereins.

— Hannah, je suis vraiment désolé pour ta grand-mère, dit-il d'une voix douce. Tu vas aller lui dire au revoir pour qu'elle puisse partir en paix.

— Oh ! Josh…

— Maintenant, tu dois rassembler tes forces, franchir ces grandes portes et te rendre à l'autre bout du monde, ajouta-t-il. Et ensuite, tu reviendras. Erin et moi penserons à toi tout le temps que tu seras partie.

Tout à coup, il combla l'écart qui les séparait, et sa bouche se posa sur la sienne. Très vite, il approfondit son baiser, glissa la main dans ses cheveux…

C'était incroyable.

Parfait.

— Désolée de vous interrompre, nous allons bientôt embarquer…

La voix était ferme, et quand ils se séparèrent, l'hôtesse les gratifia d'un grand sourire rêveur.

— J'aime les adieux romantiques, ajouta-t-elle avant de consulter les papiers que Josh lui avait remis. Vous ne pouvez pas passer les portes, monsieur, mais vous pouvez embrasser de nouveau votre femme avant qu'elle passe la sécurité.

— Cela me paraît être une excellente idée, dit Josh, avant de s'exécuter.

Installée dans son siège incroyablement luxueux, Hannah regardait les lumières de Townsville disparaître. Qu'avait-elle fait ?

Elle avait confié son bébé à Josh.

Un homme qu'elle connaissait à peine.

Et auquel elle était déjà très redevable.

Erin lui manquait déjà. Bientôt, ses seins commenceraient à lui faire mal, mais en première classe elle pourrait sûrement utiliser son tire-lait en toute tranquillité en attendant de retrouver sa fille et sa maison.

Mais où était sa maison, au juste ?

En Irlande ou... là où se trouvait Josh ?

— Ne dis pas ça ! s'écria-t-elle à haute voix.

L'avait-il embrassée parce qu'il l'aimait, ou parce qu'elle était bouleversée et qu'il voulait la rassurer ?

Josh était l'homme le plus merveilleux qu'elle ait jamais rencontré. Alors comment quelqu'un comme lui pourrait-il vouloir d'elle ?

— Tu n'avais pas le choix et tu ne lui as pas laissé le choix non plus, murmura-t-elle. Alors ne te fais pas d'idées stupides, juste parce qu'il t'a réconfortée et embrassée pour te dire au revoir. Tu as peut-être besoin de lui, mais lui n'a pas besoin de tes problèmes !

— Un rafraîchissement ?

L'hôtesse portait un plateau avec de l'eau, du jus d'orange et du champagne.

Elle hésita un instant, puis opta pour une coupe de champagne, sa première goutte d'alcool depuis l'annonce de sa grossesse.

Après tout, elle avait bien besoin de se détendre, songea-t-elle en fermant les yeux pour mieux savourer les bulles dorées.

16

— *Acushla*... Ma chérie...

La voix de sa grand-mère était si faible que Hannah l'entendait à peine.

— Montre-moi encore les photos...

Hannah s'exécuta. Elle avait réussi à connecter son téléphone à la télévision pour que sa grand-mère puisse voir depuis son lit tous les clichés qu'elle avait pris.

Elle lui montra le visage de celle qui portait son nom : Erin, le jour de sa naissance. Le premier bain d'Erin. Erin dans les bras de Josh... Un selfie où elle tenait son bébé pendant que des chiots posaient sur elle leur regard curieux.

— Arrête, laisse-moi le voir...

Il y a eu une longue pause. La vieille dame avait le souffle court, irrégulier, mais l'œil vif.

— Dis-moi, demanda-t-elle pour la énième fois, ce n'est pas le père de ton bébé, n'est-ce pas ?

— Non. Tu sais que Ryan m'a quittée quand il a su que j'étais enceinte, mamie.

— *Gobshite !* lâcha la vieille dame avec dédain.

— Josh est médecin. C'est un homme charmant...

— Il te protégera, affirma sa grand-mère, en serrant sa main de ses doigts qui avaient perdu leur force. Je le sais. Je le vois à la façon dont il te regarde. Tu seras aimée, ma petite Hannah...

— Mais, mamie...

— Ne me dis pas le contraire, dit la vieille dame. Je sais reconnaître une fin heureuse quand j'en vois une, et c'est ce dont nous avons tous besoin.

— Tu crois vraiment ?

— J'en suis persuadée, confirma sa grand-mère en lui serrant la main plus fort. Et je le souhaite, ma chérie. De tout mon cœur.

— Josh ?

C'était Hannah, et sa voix était remplie de larmes.

— Elle est partie ?

— Il y a quelques heures. J'étais avec elle.

— Et tes parents ?

— Non. Ils voulaient venir, mais ils ont renoncé quand ils ont appris ma présence...

— Tu ne les as pas vus ?

— Une fois seulement. Je ne resterai pas pour l'enterrement, Josh. Je rentre à la maison.

Bon sang, que faisait sa famille ? Josh avait soudain envie de frapper quelqu'un.

— Je vais te réserver le prochain vol retour.

— Merci. Erin va bien ?

— Très bien. Elle est adorable, lui dit-il. Allume ta caméra...

— Je ne suis pas présentable, dit-elle à la hâte.

— Ta fille non plus ! répliqua-t-il d'un ton léger, avant de mettre son téléphone en mode vidéo pour qu'elle puisse voir son bébé.

Erin était couchée dans son lit, en train de boire son biberon. Il la chatouilla doucement, et elle lui fit un magnifique sourire.

— Oh ! Josh... Tu ne peux pas savoir comme je suis heureuse de la voir ! De vous voir tous les deux...

— Encore deux jours et tu pourras la tenir dans tes bras.

— Amèneras-tu Erin à l'aéroport ? Si je la récupère là-bas, tu pourras retourner directement sur ton île.

— C'est ce que tu veux ?

— Oui, ce serait le mieux, dit-elle d'un ton ferme et déterminé. Il est temps pour moi de recommencer à mettre des bébés au monde et à m'occuper du mien, et pour toi de reprendre tes recherches. Tu sais que j'ai tout lu à ce sujet sur Internet ? Ça a l'air fantastique, ce que tu essayes de faire. J'ai vu la présentation que tu as faite à Boston avec ton équipe. L'espoir que vous donnez aux patients paralysés...

Il ferma les yeux, en proie à une forte émotion.

— Il faut que je te laisse, reprit Hannah d'une voix lasse. Je vais aller dormir maintenant. À très bientôt...

Elle n'avait plus besoin de lui. Tant mieux, car il s'était promis de ne pas se laisser entraîner dans des situations qui pourraient le faire souffrir, ou faire souffrir ses proches.

Avec Hannah, c'était différent. Il l'avait embrassée et voulait recommencer, parce qu'elle avait encore besoin de son soutien, de son réconfort... De son amour ?

Furieux contre lui-même, il se leva d'un bond. La vie ne lui avait-elle donc rien appris ?

Il devait à tout prix dompter son émotion, aller de l'avant. N'était-ce pas le mantra qui lui avait permis de vivre pendant toutes ces années ?

Il déroula donc son programme habituel. Il changea Erin et lui mit un nouveau pyjama. Ensuite, il porta le bébé presque endormi sous le porche arrière pour pouvoir surveiller les chiens. Il aurait été plus judicieux de remettre Erin dans son couffin pour qu'elle s'endorme, mais il ne se sentait pas bien en ce moment, et pour une raison étrange il avait besoin de la tenir dans ses bras.

Les chiens étaient réveillés. Les chiots étaient sortis de

leur panier, et se ruèrent vers lui à la seconde où il ouvrit la porte de la buanderie.

Il les laissa jouer dans l'herbe et s'amusa un instant à les regarder faire des cabrioles.

Soudain, Dudley bondit sur lui et vint lui lécher le visage, tout en jetant des regards d'envie vers sa gamelle vide.

Il ramena Erin dans sa chambre, nourrit les chiens et s'assit devant son ordinateur pour chercher les vols en provenance de Dublin.

Il envoya à Hannah un SMS de confirmation de son vol auquel elle répondit.

Merci, Josh. Pour tout. Tout ça sera bientôt fini…

Fini ?

Dudley, couché à ses pieds, leva vers lui un regard triste. Avait-il deviné que bientôt cette vie de famille allait cesser ?

La famille… S'il y avait un mot qui le faisait fuir, c'était bien celui-là !

Il se passa les doigts dans les cheveux et retourna dehors pour regarder jouer les chiots, mais ils s'étaient endormis, blottis les uns contre les autres.

Comme il aurait voulu, lui aussi, partager un peu de chaleur avec quelqu'un, un peu de vie…

Et pourquoi n'y arriverait-il pas ?

Il suffirait de se jeter à l'eau, d'avoir un peu de courage.

Si c'était Hannah, elle sauterait, songea-t-il. *Hannah a du courage. Assez pour deux ?*

Tout à coup, il se sentit… petit. Lâche.

Stupide.

Ce sentiment, qu'il n'avait pas ressenti depuis longtemps, lui permit d'y voir plus clair. De comprendre qu'il avait érigé un mur de glace autour de lui pour se défendre, un mur auquel les autres se heurtaient et contre lequel ils se faisaient mal. Ne pouvait-il pas abattre ce mur, à présent ? Le laisser fondre, ou l'escalader pour voir ce qu'il y avait de l'autre côté ? Bien sûr, il pourrait tomber, mais pourquoi ne pas essayer ? Que risquait-il, après tout ?

Pris d'une idée soudaine, il alla frapper à la porte de la voisine. Ruth lui avait proposé de faire du baby-sitting, et il avait besoin de quelques heures de solitude. Comme il attendait qu'elle vienne lui ouvrir, ses pensées le rattrapèrent, et il comprit tout à coup.

Hannah n'avait pas besoin de lui.

C'est lui qui avait besoin d'elle.

Son avion atterrit à l'aube.

C'était une heure épouvantable pour arriver n'importe où, songea Hannah en récupérant ses bagages avant de passer les contrôles douaniers. Elle avait demandé à Josh de ne pas venir la chercher. Il avait protesté, mais elle avait tenu bon. Le bus de l'aéroport s'arrêtait juste devant l'hôpital, elle le retrouverait à l'appartement.

Tout est en ordre. Je suis en pleine forme et prête à aller de l'avant.

Elle devait donc se préparer à revenir à la vie qu'elle avait imaginée dès que Ryan l'avait quittée. Celle d'une mère célibataire, d'une sage-femme qui travaillait parfois jour et nuit sans jamais manquer ni d'énergie ni de courage.

Après avoir récupéré ses bagages, elle eut soudain l'impression d'avoir les jambes en plomb.

La fatigue ? Sans doute. Elle aurait dû dormir dans l'avion, mais elle était trop tendue pour trouver le sommeil.

En fait, réalisa-t-elle, elle avait espéré secrètement que Josh ne tiendrait pas compte de ses instructions et viendrait la chercher quand même…

Il s'était abstenu. Le hall des arrivées était une mer de visages anxieux, et elle fendit la foule des anonymes en tirant sa valise derrière elle.

Bien sûr que Josh n'était pas venu ! Il avait trouvé stupide son idée de lui amener Erin à l'aéroport et, bien sûr, il avait raison. Tirer un bébé endormi de son lit à cette heure n'avait aucun sens… Non, il serait à l'appartement, comme il l'avait promis.

C'était logique. Il savait qu'elle n'avait plus besoin de lui, mais voulait bien faire les choses, pour Erin.

Et si elle prenait un taxi au lieu d'un bus ? se demanda-t-elle, avant de changer d'avis et de se hâter vers l'arrêt de bus… Où elle s'arrêta, stupéfaite.

À la place du bus, elle découvrit une foule de ballons multicolores, et juste au-dessous… Josh.

Avec un bébé.

Son bébé.

Mais… Que diable avait-il installé sur le trottoir ?

Il lui avait apporté un parc acheté lorsqu'il avait meublé son appartement. « Je n'en aurai pas besoin avant qu'Erin ait au moins un an », lui avait-elle dit, en insistant pour qu'il le rapporte au magasin.

Visiblement, il ne l'avait pas écoutée. Il avait attaché des ballons tout autour, qui ondulaient au vent, et y avait mis les chiens – Maisie et Dudley, et leurs quatre boules de poils aux grands yeux écarquillés. Les chiots semblaient avoir doublé de taille en quelques jours !

Il y avait un bus derrière les ballons. Son bus ? Une petite foule s'était rassemblée pour y monter, mais personne ne bougeait.

Ils guettaient Josh.

Qui l'observait, elle.

— Je savais que tu aurais la tentation de prendre un taxi, expliqua Josh en plantant le regard dans le sien, cependant je savais aussi que tu choisirais le bus par souci d'économie. Bienvenue à la maison, mon amour…

Et, bêtement, elle dit la première chose qui lui venait à l'esprit.

— Je ne suis pas ton amour…

— Discutons-en plus tard, si tu veux bien, répliqua-t-il en s'avançant vers elle.

Dans ses bras, Erin était bien réveillée, et la regardait avec curiosité. Hannah sentit son cœur fondre quand elle lui offrit un superbe sourire édenté. Elle observa chaque petit détail, chaque infime changement, tandis que Josh se tenait à l'écart, prêt à exaucer le moindre de ses vœux.

— Pourquoi ? demanda-t-elle, la voix tremblant d'émotion et de fatigue. Pourquoi as-tu amené les chiens ? Et Erin. Et... tout cela. C'est fou, Josh.

— Non, au contraire, c'est pour m'empêcher de devenir fou.

Les chiots s'impatientaient. Maisie et Dudley avaient sauté hors du parc et faisaient la fête aux badauds ébahis.

— Je les ai amenés parce qu'ils font partie de la famille, expliqua Josh. Je suis désolé de ne pas être venu à ta rencontre dans le hall des arrivées, mais une règle stupide interdit de laisser les animaux passer la porte d'entrée. Alors j'ai montré ta photo et donné mon numéro de téléphone au responsable de la station de taxis...

Josh se tourna vers la foule, comme pour quêter des encouragements, puis prit une profonde inspiration et ajouta :

— En fait, j'ai quelque chose à te dire et je dois te le dire maintenant.

— Et... De quoi s'agit-il ?

Josh se retourna pour faire signe à un vigile.

— Veux-tu bien laisser ce monsieur tenir Erin une minute ? demanda-t-il. Il s'appelle Michael et il a quatre enfants.

— Vous avez cinq minutes, docteur, annonça l'homme. Continuez...

Hannah regardait tour à tour Josh et le vigile, complètement déconcertée.

— Hannah, essaye de ne pas t'évanouir, car ma réputation médicale est en jeu. Mon amour, j'ai une demande importante à te faire.

Entre rire et larmes, elle murmura :

— Josh... C'est ridicule. Je...

— Ce bus part dans cinq minutes, et les supérieurs de Michael pourraient envoyer l'équipe antiémeute si nous ne nous sommes pas partis. Pas de pression, mon amour, mais...

Josh avait perdu la tête, songea-t-elle. Il n'y avait pas une once de bon sens dans tout ça.

Il était là, pourtant, et il lui souriait.

— D'accord, c'était peut-être une idée stupide, concéda Josh, mais maintenant que nous sommes ici..

— Eh bien, quoi ?

— Hannah, veux-tu m'épouser ?

Il avait parlé avec précipitation, et l'espace d'un instant ils se regardèrent sans rien dire. Même Josh semblait trop stupéfait pour aller plus loin.

Puis, il sortit de sa poche un minuscule écrin pourpre et mit un genou en terre.

— Je n'en crois pas mes yeux, déclara une dame âgée qui attendait pour prendre le bus. Moi qui suis cardiaque, ça me donne des palpitations !

Comme dans un rêve, Hannah vit soudain une bague briller sur son lit de satin.

— Josh... Je ne peux pas t'épouser, balbutia-t-elle. Je sais que tu ne veux pas vraiment faire de moi ta femme. Tu es charmant, attentionné... Tu es un héros et tu m'as sauvée, mais je peux continuer seule, maintenant.

Elle se mordit la lèvre, puis dut se faire violence pour déclarer :

— Je n'ai plus besoin de toi.

— Tu crois, mon amour ? dit Josh avec tendresse.

Soudain, la foule autour d'eux disparut comme par magie, et tout sombra dans le néant, l'insignifiance. Il n'y avait plus que ce moment. Cet homme. Josh...

— Tu ne veux pas vraiment m'épouser, reprit-elle, et, honnêtement, Josh, ce serait une folie. Encore une fois, je n'ai plus besoin d'aide.

— Justement ! répliqua-t-il. J'ai réfléchi à tout ce que je pourrais faire pour t'aider, je me suis creusé la tête pour trouver un moyen de me rendre utile et pour être franc, Hannah, je n'ai rien trouvé. J'ai l'intention de persévérer, car ces derniers jours je me suis dit que mon souhait de rester isolé n'était tout simplement pas réalisable. Ou peut-être l'était-il jusqu'à ce que je tombe amoureux...

Muette d'émotion, Hannah le regarda.

— Car vois-tu, Hannah, il y a besoin et besoin, reprit Josh, s'excusant presque. Il y a le besoin affectif et... le besoin physique...

— Le sexe ! cria quelqu'un, derrière eux.

Josh prit les mains de Hannah dans les siennes et sourit.

— Oui, il y a le sexe, et j'avoue que j'y ai pensé dès que je t'ai rencontrée. Il n'y a pas que cela qui me pousse à vouloir faire de toi ma femme. J'ai besoin de toi dans ma vie, Hannah. Quand tu m'as trouvé – ou plutôt, quand je t'ai trouvée —, j'étais presque un ermite, un marginal. Je t'ai peut-être sauvé la vie, mais tu me l'as rendu au centuple en rompant ma solitude. Rétrospectivement, j'ai du mal à comprendre comment j'ai pu mener une telle existence. Quand Alice est morte, j'ai presque cessé de vivre. Il a fallu que tu arrives, toi, une femme belle, drôle, forte et merveilleuse, pour me montrer comment m'ouvrir de nouveau. Pour être ouvert à mes besoins aussi bien qu'aux tiens. Pour être ouvert à l'amour...

Il devait y avoir un mot plus fort que « stupéfaite » pour décrire son état, songea-t-elle. Un mot pour décrire le fait que son cœur était sur le point d'éclater.

— Qu'en penses-tu, Hannah, mon amour ? demanda Josh.

Dans ses yeux, c'est l'anxiété qui l'emportait sur tout le reste.

Soudain, Michael s'écria :

— Il vous reste deux minutes ! Deux minutes avant que l'équipe de sécurité fasse évacuer la zone...

La dame cardiaque lui ordonna de se taire, et Michael lui lança un regard navré.

— Alors, qu'en est-il ? insista Josh. Veux-tu m'épouser, oui ou non ?

Hannah regarda tous les visages inquiets de ces inconnus, ses chiens, ses chiots, son bébé dans les bras de l'agent de sécurité... C'était un tableau à la fois familier et totalement irréel. C'était chez elle, ici. Comment avait-elle pu penser qu'il en était autrement ?

Elle tomba à genoux devant Josh.

— Alors, mon amour ? dit-elle en souriant à l'homme de sa vie, allons-nous enfin permettre à tous ces gens de prendre leur bus ?

— Hannah... Tu veux dire que...

— Oui, c'est exactement ce que je veux dire...

Elle l'attira à elle et posa délicatement les lèvres sur les siennes avant de le repousser.

— Oui, je veux t'épouser, déclara-t-elle à voix haute, sous le regard de la foule.

Les applaudissements retentirent, et il la serra contre lui comme s'il ne voulait plus jamais la laisser partir.

— Le compte à rebours est terminé ! lança Michael en guise d'avertissement.

Fou de joie, Josh enfouit le visage dans le cou de Hannah.

— Non, dit-il, au contraire, il vient tout juste de commencer...

Épilogue

Assise au fond de l'amphithéâtre de l'une des plus éminentes universités du monde, Hannah écoutait Josh et son équipe présenter leurs travaux.

Madison était assise à côté d'elle et lui tenait la main. Pour la sœur de Josh, l'événement était presque aussi énorme que pour Hannah.

« Bien sûr que je viens ! avait-elle dit lorsque Josh l'avait appelée pour lui annoncer. Josh, je fais partie de la famille. »

Plus surprenant encore, Bridget était là aussi. Elle jouait dehors avec Erin, deux ans. La fillette ne pouvait pas rester silencieuse pendant une présentation aussi importante, mais quand Hannah avait dit à Bridget qu'elle et Josh seraient à Londres, sa sœur avait répondu : « Je serai là. Je vais même le dire à papa. Et je viendrai vous voir en Australie. Maman m'a dit qu'elle avait de l'argent que mamie lui avait laissé, et qu'elle voulait m'accompagner. Incroyable, non ? »

Hannah n'y avait pas cru, au premier abord. Elle attendait de voir.

L'équipe avait maintenant quitté l'estrade, n'y laissant que Josh et Oscar.

Oscar avait vingt ans. Fan de surf, c'était un jeune homme en pleine forme, dynamique et très actif. Il y a quatre ans, une vague l'avait jeté sur un banc de sable, et depuis il était tétraplégique.

Lorsqu'il avait été choisi pour ce premier grand essai, Oscar se faisait simplement appeler « le patient ». Josh ne voulait pas trop s'impliquer, lui non plus, de crainte de voir ses espoirs et ceux d'Oscar déçus. Tous les protocoles avaient été établis par son équipe, soutenus par une plate-forme qui prenait en charge le volet technique de cet essai thérapeutique. Au fil du temps, les deux hommes avaient développé une amitié profonde et durable, et c'est grâce à cela que les recherches de Josh avaient pris leur envol.

Seul avec son patient, Josh ajustait la dernière des électrodes qui reliaient Oscar à un exosquelette, sorte d'attelle qui soutenait son corps élancé. Le premier qu'ils avaient construit était trop encombrant, mais ils l'avaient maintenant allégé, et il ne pesait plus que douze kilos.

Un simple casque à électrodes envoyait des signaux neuronaux du cerveau d'Oscar à l'exosquelette. Pour bloquer les interférences électriques quotidiennes, des patchs de capteurs étaient fixés sur les tempes d'Oscar afin qu'il puisse ajuster les signaux en fonction de sa vision.

Josh avait l'air tendu. Ce prototype, s'il se révélait fonctionnel, lui permettrait peut-être d'obtenir un financement international et d'aider bon nombre de patients.

Oscar sourit à Josh, qui lui retourna un rictus crispé et s'éloigna, le laissant seul.

Ou presque seul. Car dans le public se trouvait l'équipe de recherche, des hommes et des femmes qui avaient mis tout leur cœur et toute leur âme dans cette expérience. Tous étaient très soudés.

Ils étaient tous devenus les amis de Hannah.

Et de Josh.

La petite famille de Josh et Hannah vivait désormais à Townsville. L'île serait toujours leur refuge, leur havre de paix, mais ce n'était pas un endroit facile pour travailler.

Leur nouvelle maison, sur les collines surplombant la mer, était pleine de chiens, d'amis, d'amour et de rires.

Et bientôt, d'enfants...

Hannah posa la main sur son ventre et murmura à son bébé qu'ils devaient tous les deux croiser les doigts. Ce qui allait se produire maintenant était d'une importance capitale.

Josh se tenait bien en retrait, et ne pouvait en aucun cas venir en aide à Oscar. Celui-ci avait le goût du suspense : un sourire énigmatique aux lèvres, il laissa le silence s'installer. Enfin, très lentement, il tendit la main vers le plateau, à côté de sa chaise. Ses doigts saisirent le verre d'eau qui y était posé. Il y eut un moment de pause, puis Oscar but une gorgée et reposa le verre.

Il sourit de nouveau puis, presque involontairement, leva le bras pour se gratter le cou.

L'assistance, qui retenait son souffle, éclata de rire. Cette conférence était destinée aux chercheurs, aux médecins et aux techniciens du monde entier, et ces gens-là savaient que gratter une démangeaison est un besoin fondamental...

Oscar rit avec eux. Puis, avec une concentration suprême parce que c'était encore très difficile, il se leva – lentement, très lentement. Il se tint debout un moment, se stabilisa, puis fit un pas en avant.

Un autre. Un troisième.

Tout à coup, Josh s'avança vers lui. Sans un mot, tous deux levèrent la main droite et échangèrent une poignée de main.

C'était peu de chose, en apparence.

Mais c'était énorme.

Le public applaudit, mais Hannah, elle, était trop occupée à essuyer ses larmes pour faire de même.

Elle était si fière de Josh ! Il était merveilleux !

Il n'était plus seul, désormais, et avait su se faire apprécier de beaucoup de gens. Ce qui se passait sur cette estrade semblait être un miracle médical, mais ce n'était pas seulement cela.

Tandis que Josh cherchait son visage dans la foule, et lui souriait, elle riva le regard au sien.

Il était son ami. Son amour. Pour toujours.

LUCY RYDER

Sous le charme du médecin rebelle

Traduction française de
ANNE DUGUET

BLANCHE

HARLEQUIN

Titre original :
RESISTING HER REBEL HERO

Ce roman a déjà été publié en 2020.

1

Le Dr Cassidy Mahoney ralentit le pas. Lorsqu'elle avait fui Boston pour s'installer à Crescent Lake, petite ville isolée au cœur de la chaîne des Cascades, elle n'avait pas imaginé soigner des détenus. C'était la première fois qu'elle pénétrait dans une cellule. Assaillie par l'odeur d'alcool éventé et les lourds effluves de promiscuité humaine, elle espérait bien que ce serait la dernière.

La situation était inhabituelle, mais, surtout, rien ne l'avait préparée à *cet homme* — une carrure impressionnante, un mètre quatre-vingt-quinze de muscles, libérant assez de testostérone pour faire suffoquer une salle entière de féministes endurcies.

Allongé avec nonchalance dans sa cellule sur une couchette de toute évidence trop petite pour lui, il chantait à tue-tête une ballade à propos d'une jolie *señorita* au regard de braise et aux lèvres vermeilles. Depuis la cellule voisine, un octogénaire l'accompagnait avec enthousiasme d'une voix grinçante, tandis que son compagnon de cellule ronflait assez fort pour faire vibrer les vitres des lucarnes, pourtant haut perchées.

Déconcertée, Cassidy se figea sur le seuil de la grille d'entrée de la zone de détention avec l'impression d'être entrée sur un plateau de cinéma sans connaître le scénario. La ville entière de Crescent Lake lui avait déjà fait l'effet, à son arrivée, d'un décor de film, et elle devait encore parfois se pincer pour s'assurer qu'elle ne rêvait pas.

Pourtant, même en imagination, jamais elle n'avait envisagé être escortée en voiture de police jusqu'au bureau du shérif comme une vulgaire récidiviste — fût-ce pour prodiguer des soins médicaux à un détenu.

Au fond de la zone de détention, quelqu'un lâcha un juron bien senti et hurla :

— Bon sang ! La ferme, vous deux là-bas !

Hazel Porter, le petit bout de femme qui guidait Cassidy dans ce territoire inconnu, l'invita à la suivre.

— Il n'y a pas une place de libre, ce soir, dit-elle d'une voix râpeuse de fumeuse invétérée. Ce doit être la pleine lune.

D'un signe, elle lui désigna la cellule occupée par l'octogénaire et son compagnon, aussi âgé que lui.

— Ne prête pas attention à eux, mon chou : ce sont de vieux habitués, avec réservation renouvelable chaque week-end.

Les nerfs déjà à fleur de peau, Cassidy frémit en l'entendant agiter son trousseau de clés.

— Et ignore le type du fond, enchaîna Hazel. Il aboie contre tout le monde et montre les dents depuis son incarcération, il y a deux heures. J'ai bien failli appeler les services vétérinaires pour lui mettre une muselière, mais le shérif préfère le laisser cuver son vin.

Le détenu chanteur maugréa :

— Je pourrais dormir, ma vieille, si les autres ne braillaient pas à décoller la peinture des murs. Du moins ce qu'il en reste.

Hazel secoua la tête.

— Pire qu'un blaireau pris au piège, celui-là, fit-elle en refermant la porte extérieure derrière elles. Même quand il n'a pas bu.

Sur le qui-vive, Cassidy lança un regard circonspect au détenu sur sa couchette. Elle allait être enfermée en compagnie d'une bande de délinquants, dont un manifestement violent, et d'une adjointe au shérif quasi naine et sans âge. Comment ne pas être nerveuse ?

— Et le patient, qu'en est-il ? demanda-t-elle d'une voix peu assurée.

Pourvu qu'il ne s'agisse pas du forcené du fond !

Serment d'Hippocrate ou non, il était hors de question qu'elle l'approche sans le soutien d'au moins deux shérifs adjoints solidement charpentés et armés de pistolets hypodermiques.

— C'est *le* super-héros de Crescent Lake, répondit Hazel en se dirigeant vers la cellule du baryton.

Le soulagement fit flageoler les jambes de Cassidy. Mais Hazel, peu rassurante, ajouta :

— Il est revenu récemment et ce n'est pas un client facile, alors méfie-toi.

Introduisant une clé dans la serrure, elle continua à faire la conversation à Cassidy comme si elles avaient été à la maternelle ensemble.

— Rien de surprenant puisqu'il a rejoint l'US Navy avant la fin de ses études de médecine, fit-elle avec un gloussement ironique. A la naissance, ils auraient dû lui tatouer *rebelle dans l'âme* sur le front.

Cassidy cilla. Comment était-elle censée réagir ? Ou même, que répondre ? En deux semaines, elle avait découvert que les montagnards, pour la plupart polis et taciturnes avec les étrangers, n'avaient aucun égard pour la vie privée des uns et des autres. Elle les avait même entendus parier sur le nombre de jours qu'il lui faudrait avant de repartir, déconfite, à Boston.

Comme la porte de la cellule coulissait avec force cliquetis métalliques, elle prit une inspiration tremblante, essuya discrètement ses paumes moites sur sa blouse, puis observa le « rebelle dans l'âme » avec méfiance.

Une de ses longues jambes était relevée quand l'autre pendait du bord de la couchette, la lourde ranger plantée sur le sol en béton nu. Un bras plié couvrait une grande partie de son visage, mais Cassidy se rendit compte qu'elle était l'objet d'un examen approfondi.

Seigneur, c'était un colosse. Et dire qu'entre ce jeune Goliath ivre et elle, il n'y avait qu'une naine de jardin septuagénaire...

— Et c'est pour ça qu'il se retrouve ici ?

— Oh ! Non, répondit Hazel en bougonnant. Le shérif voulait s'assurer qu'il resterait tranquille jusqu'à ton arrivée. Ce gars-là déteste qu'on le prenne pour une mauviette. Les points de suture et les sparadraps, très peu pour lui.

Le cœur battant comme si elle s'apprêtait elle-même à être mise sous les verrous, Cassidy hésita devant l'entrée de la cellule. Elle avait entendu parler de personnes qui disparaissaient dans les régions reculées, et avait l'impression bizarre que, à la seconde où elle franchirait le seuil, sa vie basculerait.

Tournant la tête, elle surprit le regard de la vieille femme posé sur elle et, gênée, haussa les épaules.

— Ça ne présente aucun danger ? Il ne serait pas plus prudent d'attendre le shérif ? Ou au moins deux de ses adjoints ? Et avec une matraque électrique ?

Les yeux bruns de Hazel pétillèrent.

— Du danger ? répondit-elle en gloussant, de toute évidence amusée à cette idée.

Cassidy se hérissa. Pour elle, le sujet était aussi sérieux qu'un contrôle fiscal. A Boston, les détenus violents, même menottés, étaient toujours accompagnés de plusieurs policiers solidement bâtis.

— Bon, à vrai dire, déclara Hazel en essuyant ses lunettes, j'ignore si ce garçon peut être qualifié d'inoffensif. Mais si tu as peur qu'il se montre violent, je te rassure tout de suite, mon chou : il est doux comme un agneau.

Cassidy lança un regard vers l'homme en question. Non seulement il n'avait rien de doux, mais il y avait longtemps que ce n'était plus un « garçon ». Pas avec cette carrure et ce corps musclé, et encore moins avec le nuage de testo-stérone et de phéromones qui emplissait l'espace exigu. Elle avait du mal à contrôler les signaux d'alarme primitifs qu'il déclenchait dans tout son système nerveux.

Même vautré sur l'étroite couchette, il exsudait une telle virilité qu'une femme avec un tant soit peu de jugeote aurait aussitôt battu en retraite.

Hazel dut deviner sa réaction. Avec un petit rire moqueur, elle lui planta une main décharnée dans le creux des reins et la poussa sans ménagement dans la cellule.

Affolée, mais consciente d'être ridicule, Cassidy ravala à grand-peine un cri de détresse. Après tout, le prisonnier ne faisait rien de plus dangereux que de chanter de sa voix chaude de baryton.

— Qu'est-ce que vous avez pour moi, mon ange ? demanda-t-il d'un ton traînant qui fit courir un frisson de peur dans le dos de Cassidy.

Du moins fut-ce ainsi qu'elle l'interpréta. Cette boule au ventre, cette chair de poule et cette sensation de tomber en chute libre ne pouvaient signifier que de la frayeur de sa part, non ? D'autant qu'elle n'avait pas eu le temps de se changer après une journée passée en compagnie de bébés et d'enfants. Sa tunique rose, imprimée d'oursons en tenue d'infirmiers, était maculée de taches indéfinissables. Ce n'était pas vraiment pour lui donner l'assurance qui lui faisait cruellement défaut face à ce mâle dominant.

— Hazel, tu as apporté le steak saignant et les frites que j'ai commandés ?

— On ne tient pas un cinq étoiles, fiston, répondit doucement celle-ci en le fixant par-dessus ses lunettes. Si tu avais faim, il fallait y penser avant de cogner sur Wes.

— Oh ! Allez, Hazel..., fit-il, un sourire narquois se dessinant sur ses lèvres tuméfiées.

Son petit rire semblait un peu rouillé, comme s'il n'avait pas eu beaucoup de raisons de se réjouir, ces derniers temps — ou comme s'il sortait d'un profond sommeil.

— Il était plus soûl qu'un marin en permission, dit-il. Les

étudiantes qu'il harcelait crevaient de peur. Il fallait bien que quelqu'un l'empêche de saccager le bar d'Hannah. Bon sang, il lui a lancé un tabouret à la tête quand elle a tenté d'intervenir !

— Ta sœur est capable de gérer ce genre de problème.

— C'est vrai, reconnut-il d'une voix endormie. Nous lui avons appris quelques techniques d'autodéfense efficaces... Je remplissais juste mon rôle de frère.

Puis il bâilla à s'en décrocher la mâchoire.

— Tu vois le résultat.

Levant une main emmaillotée d'un torchon ensanglanté, il jeta un coup d'œil sur son flanc.

— Cet abruti m'a pris en traître, dit-il d'un air dégoûté. Il était sur moi avant que j'aie pu convaincre les filles de partir... Enfin, mieux vaut une boutonnière sous mes côtes que sur le joli minois d'Hannah, non ?

— Tu es un bon frère.

— Ce n'est pas toi qui m'as appris à affronter les brutes de ce monde ? fit-il en haussant une épaule désinvolte.

Le visage rayonnant, Hazel le regardait avec une fierté mêlée d'affection évidente.

— Ben voyons. C'est encore la faute de la pauvre et faible vieille, bien sûr !

Son petit rire résonna dans la cellule exiguë... Cassidy fut prise au dépourvu par la sensation étrange qui se logea dans son ventre — un fourmillement brûlant qui se propagea aussitôt dans tous ses membres.

Alarmée par cette réaction inattendue, elle recula instinctivement, puis se reprit. Pas question de céder à la panique. Les joues en feu, elle se ressaisit et s'avança vers lui avec détermination. Elle laissa tomber sa mallette à ses pieds, et il se redressa.

Peu importait qu'elle ressemble à une maîtresse de maternelle. Elle était une femme adulte, un médecin qualifié qui s'était occupé d'enfants toute la journée, et non une lycéenne naïve, éblouie par de longues jambes, des pectoraux de lutteur et une profonde voix de baryton. Elle était déjà passée par là et n'avait pas l'intention de réitérer cette erreur. Non, plus jamais ça…

— Il n'y a rien de faible chez toi, ma chère Hazel, dit-il avec une moue moqueuse.

Cassidy, qui sortait une paire de gants chirurgicaux de sa mallette, ne voyait pas ses yeux, mais, à son immobilité, elle devina qu'il suivait chacun de ses gestes.

— Arrête les flatteries, fiston, répondit Hazel, le réprimandant d'un ton amusé, mais ferme. Et tiens-toi bien. Mme Mahoney n'a pas de temps à perdre avec un idiot.

Madame ?… Cassidy s'apprêtait à corriger l'adjointe, mais le détenu bougea, et toute pensée cohérente l'abandonna. Elle découvrit soudain, abasourdie, à qui elle avait affaire en lisant le nom du blessé sur le badge du bar qu'il affichait.

Oh ! Seigneur… Le major Samuel J. Kellan ! Le célèbre membre de la principale force spéciale de la marine de guerre, les SEAL, était le mauvais garçon dans toute sa splendeur. Choquée, elle le dévisagea. Avait-elle des hallucinations ? N'était-il pas censé être un héros local ? Et même *national* ?

Que faisait-il dans cette cellule du comté ?

Il avait été blessé en protégeant sa sœur et des étudiantes. Et d'après les bavardages qu'elle avait surpris à droite et à gauche, tout le monde l'adorait dans la région. A la seule mention de son nom, les femmes se pâmaient d'admiration et les hommes racontaient ses exploits légendaires avec force détails. Le bruit courait que, question prouesses, personne n'arrivait à la cheville du major Kellan. A part, bien sûr, à Hollywood.

Pourtant, même contusionné, il méritait de toute évidence sa réputation de commando peu recommandable. Et celle de « tombeur » n'était en rien usurpée. Avec ses cheveux noirs épais, son regard doré et farouche, le chaume bleuté qui assombrissait sa mâchoire volontaire et sa bouche étonnamment sensuelle, il était aussi séduisant qu'on le prétendait.

Dieu merci, elle était immunisée contre les anges déchus déguisés en enfants terribles blessés. Franchement, s'il y avait bien une chose qu'elle voulait éviter à tout prix, c'était de rencontrer un autre homme plus sexy qu'il n'aurait dû être permis. *Oh ! Non...* Elle rectifia aussitôt : elle n'avait pas besoin d'un homme, un point c'est tout. Surtout s'il la déstabilisait au point que ses jambes ne la soutiennent plus qu'à peine.

Hazel s'éclaircit la gorge, la sortant brutalement de ses pensées.

— Tu as besoin de quelque chose, mon chou, avant de recoudre sa belle gueule ?

Troublée, Cassidy s'efforça de ne pas prêter attention à la forte odeur de houblon et au regard qui surveillait le moindre de ses gestes.

— On devrait le conduire aux urgences, répondit-elle avec brusquerie. Ma mallette ne contient pas le matériel adéquat ; seul un hôpital peut le mettre à ma disposition. Surtout si sa blessure à la main est grave. Les lésions sont délicates à réparer, sur un nerf.

— Pas de souci ! fit gaiement Hazel. Le shérif garde toutes sortes de choses ici, au cas où le médecin serait appelé à l'improviste. Je vais demander à Larry de les rassembler, il te les apportera. Tu auras ta salle des urgences en moins de deux.

Et avant que Cassidy n'ait pu objecter qu'une cellule n'avait rien d'un environnement stérile, Hazel s'éclipsa, réquisitionnant au passage le sergent de la réception et la laissant ébahie. Etait-elle, sans s'en rendre compte, passée dans un monde parallèle où les shérifs adjoints abandonnaient les jeunes médecins sans défense avec un détenu violent ?

Son cœur s'emballa. La seule arme à sa portée était une seringue, mais, même ivre, le major Kellan semblait capable d'écarter le danger d'une chiquenaude. Alarmée, elle lui jeta un coup d'œil par-dessus son épaule.

Elle envisageait une retraite précipitée quand sa voix

chaude l'enroba, et elle mit quelques minutes à se souvenir qu'elle avait des problèmes bien plus importants sur les bras.

— Hé, mon ange, qu'est-ce qu'une belle fille comme vous fait dans un endroit aussi minable ? demanda-t-il sur un ton traînant, comme s'il avait du mal à articuler.

Ignorant son sourire nonchalant au charme ravageur, elle l'examina pour évaluer son état. D'après les rumeurs, il était subtil et envoûtant. Sa question manquait donc terriblement de finesse. Sa blessure à la tête serait-elle plus sérieuse qu'elle ne le paraissait ? Elle avait entendu des alcooliques ivres morts et des drogués défoncés faire preuve de plus d'originalité.

Comme elle s'apprêtait à lui en faire la remarque, son regard se riva au sien, et se noya aussitôt dans un lac d'humour et d'intelligence. Etait-ce dû à une illusion d'optique ou à la puissance réprimée de son corps athlétique, quoi qu'il en soit elle eut l'étrange impression qu'il n'était pas aussi soûl qu'elle l'avait cru de prime abord. Ce qui était plutôt perturbant, car il empestait à lui tout seul autant qu'une fabrique de bière.

D'aussi près, elle pouvait clairement discerner l'anneau sombre qui entourait ses iris insolites. A la lumière du néon, les paillettes ambre rendaient ses yeux aussi dorés que ceux d'un grand fauve.

Saisie d'une appréhension aussi soudaine qu'instinctive, elle frissonna et déroba brusquement son regard.

Pour l'amour du ciel, elle devait se reprendre. Cet homme était comme le joueur de flûte. Il séduisait les femmes pour passer le temps. Elle était déjà tombée dans le panneau, elle ne devait pas l'oublier...

Malheureusement, ses désirs en sommeil depuis des lustres avaient choisi le pire moment pour se réveiller.

Contrariée, elle décida de les ignorer et de se concentrer sur sa tâche. Elle voulut lui saisir le poignet, mais, à la seconde où leurs peaux se touchèrent, ses doigts reçurent une décharge qui se propagea jusque dans son épaule. Etourdie, elle retira vivement sa main et recula en trébuchant. Elle avait l'impression d'avoir été traversée par un courant de mille volts. Lui aussi avait dû le sentir, car il grommela, interloqué.

Aussitôt elle se raisonna. Ce n'était que de l'électricité statique, un phénomène banal. Il n'y avait pas de quoi en faire toute une histoire. Cela arrivait souvent.

Toutefois, lorsqu'elle lui jeta un regard à la dérobée, elle se prit à douter. L'air raréfié des montagnes devait paralyser son cerveau. Le héros de Crescent Lake, avec ses cheveux noirs ébouriffés, ses yeux ambre et sa beauté d'ange déchu, était à peu près aussi *banal* qu'un requin tigre dans un bocal de poissons rouges.

Consciente que l'hystérie la gagnait, elle serra les dents. Elle devait avoir l'air idiote à le dévisager ainsi. Elle chercha le gant chirurgical manquant et l'aperçut tout à coup sur la couchette... juste entre les cuisses musclées. Aussitôt elle sentit une chaleur l'envahir, sa bouche s'assécher. Le jean qu'il portait semblait avoir été taillé sur mesure et moulait... enfin, *tout*.

Bon sang, elle était médecin, pas voyeuse. Repoussant l'émotion, elle se pencha pour récupérer son bien, mais il la prit de vitesse, ramassa le gant en latex et refusa de le lâcher. Décontenancée, elle leva la tête et se figea. Il fixait... sa bouche. Au bout d'un long moment, le regard doré remonta, et son pouls s'accéléra comme celui d'un sprinteur dans les starting-blocks. Oh non ! Pas question de se laisser troubler ! Elle devait se concentrer sur son travail.

— Je ne mords pas, fit-il avec un sourire taquin. A moins que vous me le demandiez très très gentiment.

Sans dissimuler son irritation, elle tira le gant d'un coup sec et envisagea une seconde de le gifler avec, elle n'était pas là pour se livrer à des petits jeux de séduction avec un SEAL hautement gradé. Mais cela n'aurait fait qu'empirer les choses. Elle batailla un moment avec le latex, puis, une fois sa main protégée, entreprit d'enlever le torchon ensanglanté.

— Où est passée la mignonne tenue blanche ? fit-il après un long silence.

Perplexe, elle releva les yeux et le surprit qui examinait sa tunique rose et son jean en fronçant les sourcils.

— La tenue blanche ?

— Oui, courte et fermée de petits boutons, vous savez ? dit-il en se penchant sur le côté pour inspecter la cellule vide. Et où est la sono ?

— La sono ?

De quoi parlait-il ?

— Le ghetto-blaster, répondit-il comme si elle avait un tout petit QI. Vous ne pouvez pas danser sans musique.

Quoi ?

— Je ne suis pas stripteaseuse, major Kellan, répondit-elle sèchement. Et les infirmières ne portent plus ce genre de blouse.

Elle avait l'habitude qu'on la prenne pour une infirmière ou, à l'occasion, pour un ange, mais une... effeuilleuse, là, c'était une première ! Hésitant entre lui rire au nez et lui planter sa seringue dans le cou, elle écarta une épaisse mèche noire de son front pour examiner sa blessure à la tête. Il devait avoir une hémorragie interne pour la confondre avec une stripteaseuse, surtout avec ses cheveux blonds rassemblés en une queue-de-cheval négligée et son léger maquillage défraîchi.

— Ah, non ?

Elle fit semblant de ne pas remarquer son ton déçu. En fait, la blessure ne nécessitait que quelques sutures adhésives. Il risquait simplement une énorme migraine en plus d'une bonne gueule de bois. Pff ! Ça lui apprendrait à faire chavirer une femme sans sa permission, à ce Casanova.

Son œil gauche était gonflé, et l'ecchymose qui l'entourait commençait déjà à prendre un aspect violacé marbré. Avec précaution, elle la palpa, et ne trouva aucun enfoncement sous la peau. Pas de trace, donc, d'os fêlé, mais il aurait un bel œil au beurre noir et sa lèvre fendue serait sûrement douloureuse.

Pas de baisers dans l'avenir immédiat.

Repoussant cette pensée incongrue, elle fouilla dans sa mallette à la recherche d'une compresse stérile imbibée d'alcool.

— Il ne vous a pas raté, fit-elle en tamponnant sa lèvre.

Une lueur menaçante apparut dans son œil valide, mais de façon si fugace qu'elle crut s'être trompée.

— Vous devriez voir les autres types, répondit-il avec un petit rire satisfait.

Les autres types ? D'après Hazel, il ne s'était battu qu'avec un seul homme, au bar. Mais il devait fantasmer, à force d'entendre vanter ses exploits.

— Et le couteau n'était pas propre non plus, je suppose ?

— Une bouteille de bière cassée, dit-il en grommelant. Vous parlez d'un cliché ! Et laissez tomber le rappel antitétanique ; j'en ai eu un il y a quelques mois. Tout baigne.

Tout « baignait », alors qu'il avait de plus en plus de mal à articuler ? Il dut deviner son scepticisme, car il esquissa une grimace exaspérée.

— Je ne suis pas soûl.

— Vraiment ?

— Juste fatigué, dit-il en bâillant de nouveau. On est vendredi.

— Et vous en avez profité pour faire la tournée des bars avec les gars de votre escouade ?

Il lui lança un regard plein de reproche.

— Le vendredi est un jour chargé. En plus, le barman d'Hannah avait une intoxication alimentaire.

— Et alors ? Vous avez maintenu l'ordre en servant des whiskys et des cacahuètes ?

— Si vous vous inquiétez pour moi, veillez-moi cette nuit, dit-il d'un air reconnaissant. Pour vous assurer que je n'ai pas de lésion fatale.

Allumant sa mini-torche, elle se pencha pour vérifier la réaction de ses pupilles.

— Je suis sûre que ce ne sera pas nécessaire, major.

La seule chose qui aurait pu lui être fatale, c'était sa surcharge de testostérone.

Elle recula pour saisir une autre compresse stérile, qu'elle appliqua sur la coupure au-dessus de son œil. Il siffla entre ses dents.

— Combien de verres avez-vous bus ? demanda-t-elle en s'efforçant de nettoyer la blessure le plus délicatement possible.

— Deux...

Son sourire en coin semblait beaucoup trop ingénu pour un homme de sa réputation.

— Des sodas, fit-il lorsqu'elle fronça les sourcils.

A dire vrai, pour quelqu'un qui empestait la bière et dont l'élocution était aussi pâteuse que celle d'un ivrogne, il avait un regard étonnamment clair et perçant.

— Je ne bois pas quand je travaille. L'alcool et la lucidité ne font pas bon ménage.

— Hum... Avez-vous besoin d'aide pour enlever votre T-shirt ? demanda-t-elle en se débarrassant des compresses souillées.

Comme il restait silencieux, elle lui jeta un coup d'œil intrigué et piqua un fard.

— Je veux voir votre blessure, dit-elle pour dissiper tout malentendu.

Il dut lire dans ses pensées, car un sourire moqueur se dessina sur ses lèvres. Sa bouche sensuelle et ses longs cils noirs auraient pu paraître ridiculement féminins chez un homme aussi fort, mais ils accentuaient au contraire sa virilité.

— Vous avez raison de le préciser.

Maudissant son teint clair incapable de dissimuler le rouge qui lui montait aux joues, elle s'efforça d'adopter un ton glacial.

— Pardon ?

Son sourire malicieux s'élargit.

— J'aime bien la manière dont vous dites ça. Très calmement et avec un brin de supériorité.

Elle lui décocha un regard généralement réservé aux adolescents grossiers.

— Seriez-vous en train de flirter avec moi, major Kellan ?

— Moi ? fit-il d'un air innocent avant de lâcher un gloussement amusé. Si vous me posez la question, je dois être un peu rouillé.

Il se pencha si près qu'elle battit légèrement en retraite pour se soustraire à son charme trop puissant. Sans prendre la peine de répondre, elle dégagea le bas de son T-shirt déchiré et ensanglanté de sa ceinture. Puis elle le fit passer par-dessus sa tête et le jeta sur la couchette. Surtout, elle essaya de ne pas prêter attention à son corps finement ciselé de guerrier. Il y avait longtemps qu'un homme ne lui avait pas ainsi donné envie d'enfouir son nez dans le creux de son cou pour s'imprégner de l'odeur de sa peau.

Mais une professionnelle de santé digne de ce nom ne s'extasiait pas devant les séries d'abdos et de biceps impressionnants qu'elle voyait aux urgences. En tout cas, elle ne l'aurait pas dû. Après sa triste expérience, elle s'était sentie profondément trahie et s'était juré de ne plus tomber dans le panneau.

Recouvrant son sang-froid, elle sonda la blessure et s'excusa lorsque le blessé se raidit sous l'effet de la douleur. Longue d'au moins huit centimètres, la plaie se trouvait juste sous les côtes, et la zone autour, qui avait la forme d'un poing, bleuissait déjà. Avec une grimace, Cassidy laissait courir le bout de ses doigts sur l'hématome quand la porte extérieure s'ouvrit soudain et claqua contre le mur à la manière d'un coup de feu.

Aussi rapide et silencieux qu'un fauve, le major Kellan bondit en avant et poussa brutalement Cassidy au sol, s'accroupissant auprès d'elle pour faire rempart de son corps…

2

Immédiatement sur le qui-vive, Sam sentit à peine la brûlure de sa paume blessée et l'élancement qui lui vrillait le flanc. L'adrénaline et le sang affluaient déjà dans son organisme quand, dans un recoin de son cerveau, il se rendit compte de ce qui se passait. De nouveau.

Bon sang, pas maintenant. S'il vous plaît, pas maintenant.

Mais, incapable d'arrêter le processus, il était sans défense contre l'avalanche d'images qui l'envahissaient, faussaient son sens des réalités et déclenchaient son instinct de protection. En ayant recours à la force s'il le fallait.

Il vit le jeune shérif adjoint s'arrêter net sur le seuil, blêmir, puis lâcher une table pliante en acier qui vacilla un moment sur ses pieds avant de se renverser à grand fracas. Larry recula brusquement, comme s'il avait reçu une décharge de matraque électrique.

— Ma... Major Kellan ? hurla-t-il avec un mélange de peur et d'embarras que Sam perçut comme à travers une brume. Ce... Ce n'est que moi. La... Larry ?

Ramassé sur lui-même, Sam se redressait quand soudain une douleur fulgurante irradia dans son crâne. Il se prit la tête entre les mains en vacillant. La sueur lui dégoulina dans le dos, il fut saisi de vertiges et ses forces l'abandonnèrent. Le pic d'adrénaline s'émoussait, après l'avoir transformé en arme meurtrière. En quelque chose qu'il ne reconnaissait plus. Quelque chose qui ne lui plaisait pas.

Avec effort, il ravala la bile qui remontait toujours dans sa gorge lorsqu'il avait ainsi des flash-backs particulièrement éprouvants — sans nul doute provoqués, cette fois, par la violence de la soirée, et le bruit retentissant et inattendu. Il aurait voulu boxer le mur, rugir de colère et de désespoir. Mais pas question de perdre le contrôle maintenant et de se donner davantage en spectacle.

Le sang reflua tout à coup de sa tête, le laissant étourdi, avec l'impression d'être soudain amputé des deux jambes. Titubant, il ferma les yeux pour échapper au brusque tournoiement de la cellule autour de lui.

Pourvu qu'il ne se rende pas ridicule en perdant connaissance ou en vomissant tripes et boyaux. Il voyait d'ici ce que la séduisante infirmière penserait alors du super SEAL...

Il la sentit s'approcher derrière lui et elle enroula les bras autour de sa taille pour l'empêcher de tomber à la renverse. Au comble de l'humiliation, il s'écarta et s'effondra avec lassitude sur l'étroite couchette.

— Dé... Désolé, major, j'avais les deux mains prises, dit le jeune adjoint.

— Relax, Larry, marmonna-t-il, incapable d'articuler.

Si seulement il avait pu se réfugier dans les bras de Morphée pour tout oublier. Malheureusement, il payait toujours au prix fort les quelques heures de sommeil qui lui étaient accordées, et, là, sur le moment, il ne se sentait pas prêt à affronter ses cauchemars. Les souvenirs étaient encore trop à vif, le dernier flash-back trop réel. Et si précis que l'arrière-goût métallique de la peur persistait sur sa langue, que son pouls battait toujours à ses oreilles.

Le psychiatre de la Marine l'avait prévenu que ces symptômes empireraient avant de s'améliorer ; il l'avait aussi averti qu'ils risquaient de subsister pendant des années. Exactement ce qu'il lui fallait, ce rappel incessant de son pire échec...

En attendant, il devait affronter l'infirmière. Il se contraignit à ouvrir les yeux et à les fixer sur la jeune femme qui le regardait d'un air à la fois circonspect et inquiet.

Il ne voulait ni de sa pitié, ni de tout ce qu'elle pourrait lui offrir. Tout ce dont il avait *besoin*, c'était qu'on le laisse tranquille.

— Je vais bien, dit-il avec brusquerie, furieux contre lui-même et gêné qu'elle ait été témoin de cette crise.

Mieux valait toutefois concentrer son attention sur elle. Peut-être, ainsi, parviendrait-il à chasser les images horribles qui continuaient à tourner en boucle dans son cerveau. Avec sa luxuriante chevelure blonde, son beau visage dominé par des yeux d'un vert profond et une grande bouche sensuelle, elle ressemblait à un ange sexy. Son parfum, aussi frais et revigorant que les effluves de la forêt au printemps, lui évoquait une nymphe des bois. Les gouttes de pluie qui brillaient tels des diamants dans ses cheveux lui donnaient un aspect si éthéré qu'il se demanda s'il rêvait ou s'il était en train de perdre la tête.

— Non, répondit-elle avec douceur. Mais ce n'est que provisoire.

L'espace d'un instant, il fut perdu. Avait-il exprimé ses pensées à voix haute ? Puis il se rappela ce qu'il avait dit.

— Bien sûr, fit-il, luttant contre la vague de chagrin et de colère qui menaçait de l'emporter.

Oui, il s'en remettrait, mais cela ne changerait rien au fait que ses amis étaient morts. Et la femme chargée de le soigner croyait que le héros de Crescent Lake était fou à lier et avait un problème d'alcoolisme... Un héros ? Tu parles ! Un héros ne laissait pas tomber son escouade. Pas plus qu'il ne rentrait au pays alors que ses potes y étaient renvoyés dans des housses mortuaires, quoi qu'en disent les psys.

Mais il ne parlait jamais des nombreux jours où il avait été détenu dans un trou exigu et sombre, en pleine montagne, au cœur du territoire ennemi. Il pouvait à peine y songer, et encore moins évoquer les heures d'interrogatoire et de torture qui avaient décimé la moitié de son équipe.

S'il avait survécu assez longtemps pour s'échapper, c'était pour une seule raison : ayant découvert qu'il était médecin, ils avaient eu recours à ses services pour s'occuper d'un enfant malade. Il avait essayé de marchander la libération de ses hommes, mais aussitôt ils avaient amené le bleu de l'escouade et appuyé un revolver sur sa tempe. Ensuite ils... Non, pas question de retourner dans ce trou à rats, de laisser les souvenirs le submerger de nouveau...

— Major Kellan ?

Brutalement rappelé à la réalité, il vit la seringue, et enserra aussitôt le poignet de l'infirmière pour la repousser, mais elle résista, impassible. Après un silence tendu, elle finit par arquer un sourcil plein de sollicitude indulgente. Comme s'il était un môme refusant d'aller se coucher. *Génial...*

Contrarié, il plissa les yeux, mais elle soutint son regard sans mot dire, ce qu'il ne put s'empêcher d'admirer. Il la dominait de presque trente centimètres, pesait au moins quarante kilos de plus qu'elle, et était de loin plus dangereux. Soit elle était inconsciente et ne s'en rendait pas compte, soit elle n'était pas aussi douce qu'elle le paraissait. Pour parachever son humiliation, elle n'avait plus qu'à lui ébouriffer les cheveux.

— Je dois agiter un drapeau blanc ou vous êtes du camp allié ? demanda-t-elle sur un ton amusé.

Il la relâcha en grimaçant.

— Je ne frappe pas les femmes, fit-il, embarrassé. A moins qu'elles soient armées.

D'un mouvement du menton, il désigna la seringue.

— Oh ! Ça ?

Son sourire trop angélique le mit aussitôt sur ses gardes.

— Vous n'avez quand même pas peur d'une petite aiguille, major ?

Elle semblait se moquer de lui comme si elle venait de

percer à jour son secret le plus inavouable. Mais, quoi qu'elle imagine, elle serait toujours loin du compte.

— Ça ne vous fera pas mal du tout. Faites-moi confiance.

Avec un rire forcé, il s'assit à grand-peine, et, malgré lui, laissa échapper une plainte entre ses dents serrées quand le mouvement provoqua une douleur fulgurante dans son flanc.

— C'est ce qu'elles disent toutes… juste avant de vous poignarder directement dans le cœur.

— Alors, pas d'inquiétude, dit-elle en s'approchant encore plus près. Ce n'est pas votre cœur qui m'intéresse, major. Je vise un peu plus bas.

S'apercevant sans doute que ses propos prêtaient à confusion, elle piqua un fard.

— Hein ? fit-il, prétendument stupéfait, avant de porter sa main valide sur son entrejambe pour le protéger, ce qui la fit pouffer nerveusement.

— Pas aussi bas… Même si cela rendrait sûrement service à toutes les femmes alentour.

Il faillit s'étouffer de nouveau, mais avant qu'il n'ait pu lui demander des explications, la porte extérieure s'ouvrit brutalement une seconde fois. L'infirmière se figea, et ses yeux se rivèrent aux siens avec appréhension. Bon sang, il n'avait pas l'habitude de terroriser les femmes.

Se renfrognant, il s'apprêtait à la rabrouer quand son frère pénétra à grandes enjambées dans la zone de détention, et Sam reporta son irritation sur lui. Mais un seul coup d'œil sur le visage de Ruben suffit à désamorcer sa contrariété. Il connaissait ce genre de regard pour l'avoir vu des milliers de fois chez ses hommes. Il se passait quelque chose de grave.

— J'espère que vous ne l'avez pas encore anesthésié, dit Ruben en jetant un tas de vêtements sur la couchette. Habille-toi, Sam. Il faut que tu m'accompagnes.

L'infirmière s'interposa.

— Pas question ! Vous avez perdu la tête, shérif ?

Passant outre sa véhémente protestation, Sam se leva, et

la douleur s'estompa instantanément. Son entraînement de SEAL reprenait le dessus.

— Un problème ? demanda-t-il à Ruben.

— Un groupe de randonneurs ne s'est pas présenté après la fermeture du parc, et la météo se dégrade. Les rangers viennent juste de trouver leur véhicule près du col de Pike's Pass. La route autour du lac était déserte, ils pensent qu'ils ont suivi le sentier qui mène à la crête.

Elk Ridge. Sam oublia immédiatement sa fatigue alors qu'un flot d'adrénaline déferlait dans ses veines. C'était l'occasion dont il rêvait inconsciemment : sortir de Crescent Lake et avoir quelque chose de plus utile à faire que servir des verres au bar d'Hannah. Franchement, après des mois de « récupération », il ne supportait plus de passer son temps à se regarder le nombril et à s'apitoyer sur lui-même.

Les sourcils froncés, Ruben se tourna vers l'infirmière.

— Pourriez-vous juste le bander ? Mon pisteur habituel a des problèmes familiaux, et nous sommes pressés.

— Au cas où vous ne l'auriez pas remarqué, shérif, le major saigne, et il a bu. Aller escalader la montagne dans son état serait suicidaire. J'insiste pour qu'on le conduise à l'hôpital.

Sam la bouscula presque pour attraper un des pansements que Larry avait posés sur la table pliante.

— Je vais bien. Et je ne suis pas ivre.

Mais avant qu'il n'ait pu ouvrir l'emballage, elle le lui arracha des mains et lui bloqua le passage. Elle semblait prête à utiliser la force pour l'empêcher de partir. C'était tellement ridicule qu'il faillit lui rire au nez, mais, agacé, il lui jeta un regard mauvais. Au lieu de battre précipitamment en retraite comme beaucoup, à sa place, l'auraient fait, elle le rabroua d'un « Reculez, major ». De toute évidence, elle n'était pas le moins du monde intimidée par son attitude de grand SEAL teigneux. Tout en pestant, il essaya de récupérer la gaze, mais elle lui enfonça un doigt dans le torse.

— Je ne plaisante pas. Reculez, sinon je me sers de la seringue.

Bluffé malgré lui par son courage, il envisagea de la laisser essayer. Qui savait ? Peut-être pourrait-il même y prendre plaisir.

— Pour votre information, *major*, les vapeurs d'alcool qui flottaient autour de vous me sont presque montées à la tête. Et, il y a à peine cinq minutes, vous avez failli tomber dans les pommes. Vous n'êtes pas en état de vous déplacer, et encore moins de participer à une opération de sauvetage en montagne. De plus, vous saignez comme un bœuf dans la cellule bien propre du shérif. Vous avez besoin de points de suture. Et pas juste *deux ou trois*.

Amusé, il l'étudia. Elle ressemblait à une jeune chatte en colère — toutes griffes dehors, yeux verts lançant des éclairs, et crinière blonde ébouriffée. L'espace d'un instant, il mourut d'envie de plonger les doigts dans ses cheveux soyeux pour les caresser jusqu'à ce qu'elle ronronne. Mais il croisa son regard et comprit. S'il essayait, elle lui arracherait la main d'un coup de dents.

— Hum. J'ai eu des piqûres de moustiques bien pires que ça, fit-il, inexplicablement réconforté par sa sollicitude. Et si vous vous inquiétez pour mon taux d'alcool dans le sang, je suis sûr que le shérif pourra me soumettre à un éthylotest.

Il y eut un long silence tendu, et ils se livrèrent à un bras de fer mental jusqu'à ce qu'elle cède. Du moins en apparence.

— Bon, O.K., dit-elle d'un ton dubitatif.

Il ravala un sourire triomphant. Mieux valait faire profil bas s'il tenait à sa santé.

— Oh ! Et *pour votre information, mon ange*, dit-il alors qu'elle se mettait à trier compresses et instruments, cet abruti a tenté de m'assommer avec la bouteille, et quand j'ai esquivé le coup, elle s'est brisée sur le comptoir. C'est comme ça que mon T-shirt a été aspergé... Puis Wes a essayé de m'étriper avec le goulot.

Elle se tourna vers lui en arquant un sourcil sarcastique.

— N'ai-je pas dit « O.K. » ?

— Si, fit Ruben en glissant la tête entre eux. Mais je ne vois toujours rien venir. Alors si vous pouviez reporter cette querelle d'amoureux à plus tard, ça m'arrangerait.

Les joues en feu, Cassidy détacha son regard du SEAL pour le fixer sur le shérif, lequel battit aussitôt en retraite.

— Votre main, major !

Comme Sam obtempérait, elle désinfecta sans ménagement la vilaine entaille qu'il avait dans la paume. Il se raidit, mais elle n'en tint pas compte et nettoya la plaie, puis posa quelques sutures adhésives pour en rapprocher les bords. Le shérif s'esquiva, et, à l'instant précis où le SEAL reporta son attention sur elle, elle sentit ses cheveux se hérisser sur sa nuque. Les doigts tremblants, elle plaça une compresse, entoura la main avec un pansement étanche et jeta la gaze usagée.

Un bras hâlé passa au-dessus de son épaule pour attraper un bandage. Un picotement courut le long de son dos. Maudissant la façon dont son corps réagissait, elle se tourna et observa le SEAL alors qu'il tentait maladroitement de l'enrouler autour de son torse. Ce type de bande adhésive et élastique l'aiderait à se mouvoir et à respirer plus facilement lorsqu'il se livrerait à des acrobaties dans la montagne.

Au bout d'un moment, elle soupira avec lassitude.

— Laissez-moi m'en charger.

Visiblement surpris, il retint son regard captif durant quelques interminables secondes, puis eut un rire rauque qui la fit frémir.

— Vous ne comptez pas m'étrangler avec, n'est-ce pas ? dit-il en levant les bras avec précaution pour croiser les doigts derrière sa nuque.

Des muscles puissants roulèrent sous sa peau cuivrée, et

elle dut se mordre la lèvre pour résister à l'envie de les sentir se contracter sous ses paumes. Comme s'il avait lu dans ses pensées, il prit une profonde inspiration sous son regard fasciné. L'air sembla vibrer entre eux, et elle manqua défaillir.

Oh non ! Elle n'était quand même pas attirée par lui ? Horrifiée à cette idée, elle leva la tête, et, devant l'expression de son regard doré, son pouls se mit à battre des records. Il était aussi troublé qu'elle, c'était évident.

— Vous n'êtes qu'un idiot, dit-elle pour masquer son désarroi. Et le shérif aussi. Vous ne pouvez pas partir dans cet état.

— Des randonneurs ont disparu, lui rappela-t-il avec impatience.

Cela eut le don de l'exaspérer. Elle avait déjà soigné des patients souffrant de traumatismes et en savait assez sur le SSPT, le syndrome de stress post-traumatique, pour s'inquiéter de la crise qu'il venait d'avoir. Il suffisait d'un bruit soudain et violent pour qu'il se retrouve sur le qui-vive, prêt au combat. Les crises se terminaient par des vertiges, des tremblements musculaires, une intense sudation et une confusion mentale.

— Vous vous êtes presque évanoui.

— Ne soyez pas ridicule, répondit-il comme si elle avait insinué quelque chose d'indécent. Les SEAL ne s'évanouissent pas. J'ai juste eu un étourdissement. Je souffre d'hypotension.

Devant ce mensonge flagrant, elle soupira. Il était dans un complet déni. D'un autre côté, en tant que commando, il avait l'habitude de ce genre de mission.

Après avoir enroulé la bande autour de son torse, elle la maintint en place avec une agrafe, et recula si brusquement que, dans sa hâte à s'écarter de lui, elle faillit heurter la table pliante. Aussitôt une grande main la saisit par le coude pour l'aider à retrouver son équilibre. Elle voulut se détourner, mais il resserra son étreinte et, les yeux rivés aux siens, lui effleura gentiment la bouche du pouce. Cette caresse inattendue lui coupa le souffle.

— Merci, fit-il dans un murmure avant de se pencher vers elle.

Electrisée, elle crut qu'il s'apprêtait à l'embrasser, mais, à la dernière seconde, il s'empara d'un flacon d'analgésiques derrière elle. Lui adressant un sourire moqueur, il ouvrit le couvercle pour faire tomber deux comprimés dans sa paume.

— Je dois y aller, dit-il en ramassant ses vêtements.

Avec un dernier regard brûlant dans sa direction, il sortit de la cellule d'un pas nonchalant, et elle ne put s'empêcher d'admirer sa grâce féline et son large dos musclé. Dieu merci, elle parvint à se ressaisir avant qu'il ne referme la porte extérieure derrière lui.

— Vous avez besoin de points de suture, major. Je vous suggère de venir à l'hôpital avant de contracter une septicémie.

— On a rendez-vous, alors, dit-il en lui lançant un coup d'œil amusé par-dessus son épaule.

Sur ce, il disparut, la laissant avec l'impression qu'il n'avait aucune intention de respecter sa promesse.

Du moins, en ce qui concernait les sutures...

3

Crescent Lake avait été fondé par des négociants qui, en remontant vers le nord, avaient découvert un grand lac en forme de croissant niché au cœur d'une zone très boisée. D'après Mme Krenson, qui tenait le *Lakeside Inn*, ce qui n'était au départ qu'un comptoir de commerce de fourrures était devenu peu à peu la petite ville touristique d'aujourd'hui.

L'auberge avait été modifiée et modernisée au cours des siècles. Blottie dans un écrin forestier, cette petite mer intérieure à ses pieds, elle évoquait désormais une vieille dame à la fois élégante et mystérieuse. Du moins avait-ce été l'impression de Cassidy lorsqu'elle s'y était installée, quelques semaines auparavant.

Mais à présent, avec les nuages noirs amoncelés au-dessus de la vallée, elle espérait que l'auberge serait aussi assez solide pour résister au grain violent qui s'annonçait. Le jour venait de se lever, et le ciel était gris et pluvieux. Les montagnes disparaissaient sous un brouillard tourbillonnant qui leur donnait un aspect étrangement beau mais menaçant. Cassidy, qui les observait depuis la fenêtre de sa chambre, frissonna. Où en étaient les recherches pour retrouver les randonneurs ?

Si elle ne pouvait s'empêcher de penser à un certain Samuel, c'était qu'il n'aurait jamais dû participer à cette opération de sauvetage. Il avait beau être un héros habitué aux intempéries, il était épuisé, blessé et à cran. Il suffirait d'un mouvement maladroit, d'un faux pas pour… *Pour rien du tout.* Samuel Kellan était un SEAL hautement entraîné. S'il voulait fouiller les montagnes pendant une semaine, il était parfaitement aguerri pour ce genre de mission ; il pourrait sans doute survivre de ressources naturelles et se soigner avec des plantes ou des écorces d'arbre.

Quel que soit l'effet qu'il avait eu sur elle, il s'était dissipé. Cassidy gagna la salle de bains. Après avoir passé la nuit à réfléchir à la façon dont elle avait réagi la veille, elle tenait ses conclusions. Elle avait simplement souffert d'hypoglycémie, et peut-être été un peu oppressée par le cadre de la cellule. Et sans doute aussi légèrement impressionnée de rencontrer un héros national. Des explications parfaitement logiques à son comportement.

Si elle le revoyait dans un cadre différent, elle n'aurait aucune difficulté à adopter l'attitude pondérée et professionnelle qui faisait sa réputation. Après tout, Samuel Kellan était juste un homme. Rien de plus. Un homme comme les autres.

C'était son jour de repos, et, après une douche rapide, elle décida de jouer les touristes. Elle était venue dans la chaîne des Cascades pour fuir le gâchis qu'elle avait causé à Boston, mais n'avait pas l'intention de se noyer dans le travail. Crescent Lake était une ville magnifique. Elle avait lu que toute une série de commerces se trouvaient sur la promenade au bord du lac. Elle y trouverait quelques magasins d'antiquités, une galerie vendant des objets d'art de la région, une librairie pittoresque, et une cafétéria confortable avec vue sur le lac.

Elle n'avait pas bu de café au lait digne de ce nom depuis son départ de Boston, et, d'après les infirmières, *Just Java* servait un délicieux moka des Caraïbes et d'exquis muffins au chocolat. Ce qui était exactement ce dont elle avait besoin.

Un léger coup à la porte la fit sursauter.

— Cassidy ? dit une voix sourde dans le couloir.

Inquiète, elle serra la ceinture de son peignoir et ouvrit

à sa logeuse ; celle-ci ne l'aurait pas importunée de si bon matin s'il n'y avait pas une urgence.

— Désolée si je t'ai réveillée, dit Val Krenson d'un air soucieux. C'était l'hôpital. Ils ont retrouvé les randonneurs. Dans combien de temps peux-tu être là-bas ?

— Dix minutes. Quinze au plus tard. Ils n'ont pas dit si c'était grave ?

— Non, juste de venir le plus vite possible. Je suis bien contente que tu sois là pour donner un coup de main à Monty. Il se fatigue vite, ces derniers temps. Il aurait dû prendre sa retraite depuis des années, mais il n'y a pas beaucoup de médecins qui ont envie de s'enterrer dans ce coin perdu.

Cassidy pouvait le comprendre. Elle-même aurait dû se sentir comme un poisson hors de l'eau. Pourtant, à sa grande surprise, elle aimait vivre dans cette communauté très unie. Elle appréciait aussi le rythme plus lent, mais qu'en serait-il sur le long terme ? Elle l'ignorait.

— C'est une ville magnifique, Val, mais j'ai seulement un contrat de trois mois.

— Oh ! Ne t'inquiète pas pour ça ! répondit Val en riant. J'ai la nette impression que tu vas rester un bon bout de temps.

Songeuse, Cassidy referma la porte, puis elle s'habilla à la hâte, saisit sa mallette et se rua dans l'escalier. Dix minutes plus tard, elle se garait devant l'entrée de l'hôpital.

Lorsqu'elle arriva dans la salle d'attente, elle fut stupéfiée ; il y régnait un chaos indescriptible, comme aux urgences d'une grande ville. Il y avait des gens partout. Certains, les traits tirés, étaient affalés sur les chaises, d'autres, appuyés contre les murs ou errant dans l'entrée, buvaient du café et engloutissaient de gros sandwichs proposés par un groupe de femmes. On aurait dit un centre d'opérations provisoire.

— Dieu merci, tu es là, dit une voix derrière elle.

Encore abasourdie, elle se tourna vers la surveillante générale qui lui tendait un bloc-notes.

— Que se passe-t-il ?

— Le comité pour la gestion des catastrophes est en action, déclara Fran Gilbert avec un haussement d'épaules, comme si cela arrivait tous les jours.

Oh ! Non... Cassidy lutta contre une soudaine angoisse.

— Une catastrophe ? C'est grave à ce point ?

Fran la fixa en fronçant les sourcils d'un air désorienté.

— Grave ?... *Non* ! Désolée, Cassidy, je ne voulais pas t'effrayer. Le comité se réunit chaque fois que les sauveteurs partent secourir quelqu'un en montagne. Les jeunes filles de l'équipe junior se chargent à tour de rôle de fournir la nourriture et les boissons chaudes. Pour s'entraîner, ils installent des postes de premiers soins. Quand ils ont appris que les randonneurs avaient été retrouvés, ils sont venus se réfugier ici.

Soulagée, Cassidy admira la façon dont la communauté se mobilisait en cas de besoin.

— Alors, qu'avons-nous ?

— Des blessures, mineures pour la plupart, mais beaucoup trop nombreuses pour ce pauvre Monty, répondit Fran.

Elle se lança dans un rapide compte rendu de la situation en entraînant Cassidy vers les box.

Le Dr Montgomery leur jeta un bref coup d'œil en les entendant arriver.

— Ravi de te voir, Cassidy, dit-il avant de donner des instructions à l'infirmière qui l'assistait.

Très vite Cassidy fut submergée de travail. Elle dut soigner une jambe et une clavicule cassées, un poignet fracturé, une commotion cérébrale et un genou contusionné dont la tuméfaction était sans doute due à une lésion du cartilage. Elle s'occupa aussi d'une multitude de coupures et d'égratignures, ainsi que d'un cas d'hypothermie associée à une déshydratation.

Une fois que tous les randonneurs traités eurent été transférés dans les services idoines, elle reporta son attention sur les équipes de sauvetage. En dehors des contusions et des lacérations prévisibles, elle diagnostiqua une déchirure des ligaments de la cheville, une épaule démise et un doigt fracturé. Ce qui était plutôt anodin eu égard à la nuit épouvantable qu'ils avaient tous endurée.

Elle venait de laisser Hank Henderson bien installé sur une chaise, le pied entouré d'une poche de glace, quand Monty sollicita son avis au sujet de la blessure à l'épaule d'Andy Littleton. Elle l'examina, puis lui demanda de prendre une profonde inspiration et tira rapidement sur son bras afin que la tête humérale se remette d'elle-même en place. Livide, il tangua sur son siège et vomit dans le haricot qu'elle avait poussé vers lui.

Pendant qu'elle immobilisait son épaule avec une écharpe, il lui fit jurer de ne raconter à personne qu'il avait « dégobillé » comme une fille. Ravalant un sourire, elle le rassura, puis se tourna vers Monty dont le visage rayonnait.

— On dirait que, pour notre plus grande satisfaction, le vieux Howie a perdu une recrue de choix, dit-il avec fierté. Il m'avait dit que vous étiez brillante, mais il a oublié de souligner que vous saviez parler aux gens, et que vos diagnostics étaient quasi infaillibles. Il ne voulait pas vous laisser partir, hein ?

Devant son air scrutateur, elle se fit l'effet d'une interne fraîchement arrivée. Pour dissimuler son embarras, elle accrocha son stéthoscope à son cou. Pas besoin d'être extralucide pour deviner la question derrière le compliment : pourquoi soignait-elle des rhumes et des otites dans un petit hôpital de montagne au lieu de diriger son propre service d'urgences, comme elle en avait eu l'intention à l'origine ? Elle choisit ses mots avec précaution.

— Howie est un homme merveilleux, et j'aimais les défis quotidiens des urgences d'un grand centre hospitalier, mais j'avais l'impression d'exercer en zone de guerre. A un moment donné, je n'ai plus supporté ces overdoses, ces agressions à coups de couteau, ces viols... Je me suis aperçue que j'avais besoin de revenir à l'essentiel. Howie a évoqué Crescent Lake, et j'ai pensé que c'était l'endroit idéal. Au moins, ici, je connais les patients, ce ne sont pas des numéros qui défilent en permanence.

Elle se garda bien de préciser la raison principale : la chaîne des Cascades se trouvait d'un côté du continent, et Boston de l'autre. Elle avait fui les répercussions, désastreuses sur sa carrière, d'une erreur de jugement concernant un policier blessé dans l'exercice de ses fonctions. Un homme dont la réputation de héros s'était ensuite révélée imméritée.

Elle frémit au souvenir de sa crédulité. Mais qui aurait pu deviner que ce beau policier de la brigade des mœurs était corrompu ? En fait, son acte de bravoure n'avait été qu'une ruse pour endormir les gens, et elle en particulier. Il avait profité de sa naïveté pour la poursuivre de ses assiduités, et lui voler sa carte magnétique. Ayant ainsi accès à la pharmacie des urgences et aux carnets de prescription, il n'avait plus eu qu'à contrefaire sa signature. Ce trafic de psychotropes et de narcotiques s'était terminé par une enquête policière de grande envergure, dont elle avait été la principale suspecte.

En vérité, sa seule faute avait été son aveuglement. Elle avait accordé sa confiance à quelqu'un qui n'en était pas digne. Rétrospectivement, cet homme était trop parfait pour que cela ne soit pas une illusion. Il était simplement doué pour charmer les femmes. Le temps qu'elle le comprenne, les médias l'avaient mise au pilori, questionnant ses compétences professionnelles. Un terrible cauchemar.

Heureusement pour elle, Lance Turnbull faisait déjà l'objet d'une enquête interne pour avoir abusé de la crédulité d'autres femmes médecins. Elle avait fini par être disculpée de toutes les charges qui pesaient sur elle, mais le mal était fait. Elle avait subi les commentaires narquois et les plaisanteries cruelles de ses confrères jusqu'à en être brisée…

— Le travail d'une généraliste est assez ennuyeux comparé à l'excitation des urgences, dit Monty, l'arrachant à ses pensées. Surtout ici, dans ce coin perdu.

— Pas *toujours*, fit-elle, moqueuse, en parcourant la salle des yeux.

— Non, tu as raison. La saison touristique est généralement assez animée. Sinon, c'est plutôt calme.

— Je n'ai rien contre. Et je suis impressionnée par la façon dont les gens se serrent les coudes à Crescent Lake. Chacun aide ses voisins sans rien attendre en retour.

— C'est cet esprit communautaire qui m'a retenu ici pendant plus de cinquante ans, dit-il en ouvrant la porte. Je t'ai observée pendant ces deux semaines, Cassidy. Tu as un diagnostic extrêmement sûr. Quelqu'un comme toi nous serait bien utile pour gérer cet hôpital.

Elle s'apprêtait à lui rappeler qu'elle n'était là que pour trois mois, mais il lui coupa l'herbe sous le pied.

— Réfléchis-y, dit-il avant de se détourner

Décontenancée, elle le regarda s'éloigner dans le couloir. Elle aimait exercer ici, c'était indéniable, mais elle avait toujours vécu à Boston, et ce n'était pas le genre de décision qui se prenait à la légère.

Ce fut seulement en fin d'après-midi que Cassidy se rendit compte qu'elle errait dans le service… comme si elle guettait quelque chose. Elle attendait qu'un certain SEAL se présente pour se faire soigner ! Irritée contre elle-même, elle partait vers les vestiaires quand la porte des urgences s'ouvrit à la volée. Et il fut là, comme s'il arrivait à l'improviste d'une convention de super-héros aussi impressionnants et hargneux que lui.

Prise de vertige, elle tenta de relativiser. Elle n'avait rien mangé de la journée, ce qui expliquait ce soudain étourdissement. Celui-ci n'avait, bien sûr, rien à voir avec le regard doré qui la transperçait et la réduisait à l'état de lapin hypnotisé par les phares d'une voiture.

Se ressaisissant, elle désigna une salle de soins vide et Sam remonta le couloir, à moitié traîné à moitié porté par le shérif et son adjoint, qui le soulevèrent pour l'étendre sur la table d'examen. Aussitôt elle sut qu'elle s'était illusionnée.

— A présent, Cassidy, tu peux le piquer avec autant d'aiguilles que tu veux, dit le shérif en jetant un coup d'œil furieux à son frère. En fait, c'est un ordre. Peut-être que cela lui mettra un peu de plomb dans la cervelle et que je ne serai pas obligé de le coller en prison pour non-respect des consignes.

— Mais je vais bien, dit le SEAL d'une voix rageuse.

Greg, le jeune adjoint qui avait aidé le shérif, rentra la tête dans les épaules et s'esquiva.

Sage décision, car Samuel proféra un chapelet de menaces à peine voilées. Elle avait beau être soulagée qu'il soit revenu en un seul morceau, la journée avait été longue et la nuit précédente encore davantage. Pour sa part, elle l'avait passée à se demander si elle n'avait pas été victime d'un mirage.

Mais maintenant qu'elle était rassurée sur sa santé mentale, elle se trouvait confrontée à un problème autrement plus angoissant : à la lumière du jour, il était encore plus dangereusement séduisant. Elle avait déjà assez de mal à reprendre sa vie en main sans avoir à se coltiner un macho belliqueux !

Le shérif semblait dans le même état d'esprit. Croisant les bras sur sa poitrine, et pas le moins du monde impressionné par le comportement agressif de son frère, il le fusilla des yeux. Puis il se tourna vers elle.

— S'il te donne du fil à retordre, colle-le dans la blouse rose de l'hôpital. Il mérite une bonne leçon, après les acrobaties auxquelles il s'est livré.

Comme le SEAL grondait, dents serrées, elle observa avec intérêt la confrontation de leurs deux volontés. L'air exaspéré et épuisé, le shérif se passa les doigts dans ses cheveux mouillés.

— Ecoute-moi bien, Sam, je sais que tu es un SEAL costaud et coriace, mais laisse simplement le médecin s'occuper de toi, d'accord ? Je n'ai pas le temps de jouer les baby-sitters pour t'empêcher de te vider de ton sang. Tu n'imagines pas la paperasse que ça entraînerait. Un vrai cauchemar. C'est bientôt les élections, je ne peux pas me permettre de te perdre et de porter le deuil.

— Puisque je te dis que je vais bien, répondit Samuel, furieux. Arrête de me dorloter ; je ne suis pas en sucre. Et ce que Monty ferait, je peux le faire moi-même. Alors, sors de mon champ de vision avant que je ne me fâche pour de bon.

— C'est ça, dit Ruben, acide. Tu ne peux même pas lever le bras sans aide. Maintenant boucle-la et laisse-toi examiner. Tu as une mine de déterré.

Samuel lâcha un juron bien senti, et le shérif se tourna vers Cassidy avec un sourire sans joie.

— Comme promis, il est tout à toi maintenant, docteur. Il est un peu plus amoché qu'hier, mais je refuse de m'en attribuer le mérite. C'est un enquiquineur de première et un cabochard, je suggère un sédatif… Une dose de cheval pour l'endormir, ce serait encore le mieux.

Ignorant les sarcasmes de son frère, Samuel la dévisagea en plissant les yeux.

— Docteur ? Vous êtes le *médecin* ? Je croyais que vous étiez infirmière.

Son ton laissait entendre qu'elle l'avait délibérément induit en erreur.

— Non, stripteaseuse, vous savez bien, fit-elle benoîtement.

— Cette blague-là, il ne l'avait encore jamais faite, dit Ruben en remettant son Stetson sur son crâne. Cassidy, ne prête pas attention à ses regards de tueur. Sous ses dehors de SEAL macho, c'est un gentil nounours.

Sur ce, il porta la main à son chapeau et disparut dans le couloir, la laissant seule avec le SEAL furibond.

« Un gentil nounours » ne correspondait pas vraiment à l'homme qu'elle avait devant elle. Ravalant un sourire, elle lui tendit une serviette, puis sortit du placard un flacon de désinfectant, un kit de sutures, des seringues et un paquet de compresses.

— Ainsi, vous êtes médecin… ?

— Cela vous pose un problème, major, ou est-ce votre manière de me présenter des excuses ?

Il étudia d'un air narquois le plateau qu'elle préparait.

— Seulement si vous méditez une vengeance.

— Vous avez de la chance, je ne suis pas rancunière.

Avec un sourire en coin, il enfouit son nez dans la serviette, et elle dut se retenir pour ne pas se cogner la tête contre le mur. Cela aurait pourtant été beaucoup moins douloureux que d'être prise dans les filets de ce SEAL. Par chance, sa conversation avec Monty lui avait rappelé pourquoi elle limitait ses contacts avec les hommes au cadre professionnel.

Elle observa brièvement Sam. Le shérif avait raison : il avait une mine épouvantable.

— Cette fois, vous ne pourrez pas échapper à la piqûre, major ; il n'y a personne pour vous sauver… En fait, je prévois même qu'il y en aura d'autres dans un avenir proche.

Sans tenir compte de son froncement de sourcils, elle vint vers lui et repoussa la parka trempée de ses épaules, qu'elle fit glisser le long de ses bras. Il reprit sa respiration avec difficulté.

— Belle, intelligente, et médium, en plus ?

Réprimant son agacement, elle laissa la veste matelassée tomber au sol, et alla se laver les mains.

— Pas besoin d'être extralucide pour constater que vous êtes un addict de l'action qui adore les ennuis.

Il balaya sa remarque d'un haussement d'épaules.

— C'est le job qui veut ça.

— Oui, un travail pour lequel le monde libre vous sera éternellement reconnaissant.

Comme elle pivotait sur ses talons, elle surprit une lueur amusée dans son regard ambré. Ainsi, il ne se prenait pas du tout au sérieux ? Cela l'étonna. Elle était habituée aux machos qui se considéraient comme des dieux. Découvrir qu'il était capable d'autodérision la troubla, et elle ressentit quelque chose qui ressemblait fort à de l'admiration.

Revenant vers lui, elle tira sur son T-shirt blanc, à présent couvert de boue, pour le libérer de la ceinture. Une fois qu'il fut torse nu, elle commença à dérouler rapidement le bandage souillé et pesta. Il y avait du sang frais sur le pansement distendu. Soulevant un bord, elle pressa doucement une main sur son ventre musclé et l'arracha d'un geste sûr.

— Nom de Dieu, siffla-t-il sous l'effet de la douleur. Qu'est-ce qui vous prend ?

Ses doigts agrippés au bord du lit avaient blanchi, et il semblait prêt à étriper Cassidy.

— Désolée, murmura-t-elle, sincère, mais ç'aurait été pire si je l'avais enlevé plus lentement.

— Peut-être pour vous... Bon sang, la CIA vous a-t-elle contactée ?

— La CIA ? fit-elle, devinant que la question n'avait rien de flatteur.

— Oui. J'ai entendu dire qu'ils cherchaient des spécialistes en interrogatoire. Ma compagnie vous recruterait sur-le-champ pour torturer les têtards au BUD/S.

— Des têtards ? Au BUD/S ? répéta-t-elle avec perplexité, tout en versant quelques gouttes de désinfectant dans un bol d'eau chaude.

— Ceux qui jouent aux SEAL au stage élémentaire de démolition sous-marine, *le* BUD/S. Ils doivent démolir les futures *grenouilles*... Je veux dire les démoraliser durant une semaine d'enfer pour faire le tri entre les hommes, les vrais, et les mauviettes. Vous seriez parfaite pour ce travail.

De toute évidence, il avait réussi à survivre à cette épreuve. Sans doute grâce à son caractère têtu.

Après avoir enfilé une paire de gants stériles elle déchira un gros morceau de coton hydrophile.

— Allongez-vous bien à plat et placez votre bras au-dessus de votre tête.

Il grimaça : il était trop grand et devait laisser pendre ses jambes au bout de la table d'examen.

— Si vous continuez à m'arracher mes vêtements, je vais

finir par croire que vous avez des arrière-pensées, mademoiselle Honey.

— *Dr* Mahoney, rectifia-t-elle distraitement.

Elle désinfecta la zone autour de la blessure, qu'elle nettoya ensuite avec une gaze.

— Bien, *madame*, dit-il sur un ton bien trop déférent pour ne pas lui mettre la puce à l'oreille.

Levant les yeux, elle surprit son petit sourire effronté et dut se faire violence pour ne pas le lui retourner. Ou même pire… embrasser ses lèvres meurtries.

Aux dires de tous, il n'était pas le genre d'homme à s'arrêter aux baisers, et préférait les aventures d'un soir. Sans doute parce qu'un SEAL ne pouvait se permettre une relation à long terme.

Elle frissonna. Mieux valait qu'elle maintienne ses désirs dans une bienheureuse hibernation, plutôt que de s'enflammer dès qu'elle l'approchait. Le médecin en elle allait devoir reprendre les rênes, et le plus tôt serait le mieux. Une fois qu'elle aurait suturé sa plaie, elle le renverrait à ses occupations en espérant ne plus jamais le revoir…

4

Sam, songeur, regardait le Dr Boston s'occuper de sa blessure. Pourquoi l'attirait-elle autant ? Elle lui avait pourtant bien fait comprendre qu'elle n'était pas intéressée. De toute façon, il réintégrerait bientôt la base navale de Coronado, et ne pouvait s'accorder davantage qu'un flirt innocent. Néanmoins, il avait beau essayer de se convaincre, ces arguments ne lui étaient d'aucune aide.

Elle était très belle, c'était vrai, mais c'était le cas de millions d'autres femmes, et jamais il n'avait eu le moindre problème à abandonner ses conquêtes. Il y avait une différence avec elle : son côté fascinant. Il ne serait pas facile de l'oublier ou même de la quitter, il le pressentait. Non seulement elle était intelligente et avait de la repartie, mais elle ne prenait pas sa réputation de commando coriace au sérieux et le traitait comme les autres patients. C'était pour cela surtout qu'il l'appréciait.

Ces derniers temps, il ne supportait plus d'être un objet d'adulation de la part des femmes. Lorsqu'il avait une vingtaine d'années, il s'était prêté au jeu avec insouciance, et même un certain plaisir, mais, depuis une décennie, il avait vu et fait trop de choses horribles pour ne pas s'en agacer.

D'un autre côté, les incessants coups d'œil méfiants que Cassidy lui lançait l'amusaient pour une raison étrange, lui qui avait perdu le sourire depuis des lustres. Ils lui donnaient envie de goûter à sa peau satinée. Comment réagirait-elle s'il cédait à son impulsion ?

Elle dut deviner le cours de ses pensées, car elle lui jeta une fois de plus un regard suspicieux. Et lorsqu'il haussa les sourcils en jouant l'innocent, ses yeux verts s'étrécirent comme si elle le soupçonnait de préparer un mauvais coup.

Elle piqua un fard. Si elle avait su...

— Je ne résisterai peut-être pas à l'envie de vous jeter à terre, mais je n'utiliserai pas cette seringue. Vous êtes en sécurité, parole de SEAL.

Bien sûr, comme il s'y attendait, elle poussa un profond soupir d'exaspération.

— Changez de disque, major, dit-elle en enfonçant l'aiguille dans une ampoule d'anesthésique local. Ce doit être fatigant à la longue...

Il feignit de ne pas comprendre.

— Fatigant ?

Il voulait qu'elle continue à parler. Même lorsqu'elle était irritée, il aimait le son de sa voix de velours. Il pouvait s'y perdre et oublier un bref instant la culpabilité qui le taraudait.

Après avoir tapoté la seringue, elle poussa le piston pour faire couler quelques gouttes d'anesthésique, puis frotta le bord de la plaie avec une compresse alcoolisée.

— Oui, fatigant de répéter les mêmes fadaises. Ça ne doit pas être facile de se renouveler, j'imagine ?

— En fait, ce n'est pas si difficile que ça, dit-il d'un ton assuré alors qu'il se sentait rouillé.

Les situations de vie ou de mort ne laissaient pas beaucoup de temps pour les distractions de ce type.

— Je pourrais le faire en dormant.

Elle inséra la pointe de l'aiguille sous sa peau. Aussitôt, un engourdissement bienfaisant se propagea dans son flanc.

— C'est bien le problème, non ? murmura-t-elle avant d'ouvrir le kit de sutures. Ça n'a plus aucune signification.

— Les femmes ont pourtant l'air d'apprécier.

La lueur agacée qui traversa ses yeux verts le réjouit. Il aimait la provoquer en déployant son charme de manière appuyée.

— Elles ne veulent probablement pas vous vexer.

— Vous croyez ? demanda-t-il, feignant d'être blessé.

— Nous ne sommes plus dans les années 1980. Il va falloir trouver mieux que de mauvais dialogues de films pour draguer les filles.

Devant son scepticisme, elle secoua la tête comme si son cas était désespéré. Lorsqu'elle se retourna avec une aiguille à suture et son monofil, il lui tendit la pince porte-aiguille, et se rembrunit en voyant la surprise se peindre sur son visage.

— J'ai été à la fac de médecine, lui rappela-t-il.

Il se souciait de son opinion, et cela le contrariait. Mais, dès le début, elle l'avait mal jugé. La faute à Ruben, qui l'avait enfermé dans une cellule sous de faux prétextes… Elle finit par accepter l'instrument ainsi que le reproche implicite avec un hochement de tête.

— D'après ce que j'ai entendu dire, vous avez abandonné vos études pour jouer aux pirates.

Il l'observa alors qu'elle rapprochait les bords de la plaie, et entreprenait de la recoudre.

— Vous ne devriez pas croire tout ce que vous entendez.

Il ne faisait pas uniquement allusion à ses exploits embellis de Navy SEAL. Il avait le sentiment que quelqu'un lui avait raconté par le menu ses erreurs de jeunesse, même si la plupart étaient enjolivées ou franchement inventées.

Son air dubitatif confirma ses soupçons.

— Vous voulez dire que vous ne survolez pas la terre en justaucorps, collants et cape, pour sauver l'humanité ? demanda-t-elle tout en travaillant avec dextérité.

Un rang de points de suture soignés commençait à refermer l'estafilade, longue d'environ huit centimètres.

Le costume de Superman ? Il ne put s'empêcher de rire. Dieu merci, son uniforme de combat était nettement plus seyant.

Converser avec une femme qui ne le traitait pas comme s'il marchait sur les eaux était agréable. Sa bouche expressive lui évoqua soudain des nuits torrides, des baisers enflammés, des draps froissés… des fantasmes auxquels il ne s'était pas livré depuis un moment. Et il en fut soulagé. Il était encore normal, de ce point de vue-là.

— Vous croyez à ce mythe ?

— Je ne crois plus aux super-héros depuis très longtemps, répondit-elle distraitement avant de froncer les sourcils. Pourquoi ce choix ?

— Quel choix ?

— Rejoindre la Navy au lieu de terminer vos études de médecine.

— Mais je les ai finies. Grâce à l'Oncle Sam.

— Mais pourquoi vous engager dans l'armée alors que vous aviez déjà la possibilité de sauver des vies ?

Il combattit le réflexe stupide d'inventer un quelconque prétexte macho qui la conforterait dans la piètre opinion qu'elle avait de lui. Au tréfonds de son être, il désirait qu'elle le considère autrement que comme un marine aux muscles hypertrophiés.

— J'étais à New York quand les Twin Towers se sont effondrées…

Jamais jusqu'ici il n'avait confié à quiconque ce qui avait véritablement motivé son engagement. Mais, pour une raison obscure, il éprouvait un besoin viscéral de s'épancher auprès d'elle. Il se rappelait de manière très claire l'instant où son univers protégé s'était écroulé. A l'époque, il vivait dans l'insouciance, comme n'importe quel étudiant profitant de sa jeunesse et de sa bonne santé pour s'amuser.

— Vous étiez *sur place* ?

Surpris, il leva la tête. Perdu dans ses souvenirs, il avait oublié la présence de Cassidy. Ses yeux écarquillés exprimaient une compassion qu'il ne méritait pas.

— A quelques rues de là, oui. J'avais séché les cours et j'étais venu passer trois jours à Brooklyn avec un ami. Nous étions assis à la terrasse d'un café quand... quand le premier avion a percuté une des tours... Nous nous sommes précipités vers le World Trade Center, mais des policiers nous ont empêchés d'approcher. Je ne me suis jamais senti aussi impuissant. Du haut de mes quatre ans d'études, je pensais tout contrôler...

Il la transperça du regard.

— Je pensais tout *savoir*, poursuivit-il avec dédain. J'ai vu des gens mourir sous mes yeux... Le jour suivant, Jack et moi, nous nous sommes enrôlés pour jouer un rôle plus actif dans la protection de notre pays.

— Soigner les malades et sauver des vies, c'est ça prendre une part active, major.

Il secoua la tête.

— Pas assez. De plus, il y a déjà des milliers de médecins civils aux Etats-Unis. Mais qui sauve la vie des femmes et des hommes qui défendent le monde libre ?

— Je...

— Le père de mon ami était un des pompiers qui sont morts, ce jour-là. Je n'oublierai jamais l'expression de Jack lorsqu'il a appris que son père ne reviendrait jamais.

Il ferma les yeux, se rappelant à quel point ces événements l'avaient anéanti, non seulement ceux du 11-Septembre, mais également d'autres plus récents.

— Il est impossible d'oublier ce genre de douleur. De surmonter la culpabilité du survivant...

Cassidy sentit son cœur se serrer. Les violentes émotions qui agitaient Samuel se reflétaient dans son magnifique regard. Sous ses dehors nonchalants, le héros de Crescent Lake souffrait d'une blessure intime et, pour une raison qu'elle évita d'analyser, cela la terrifia. Elle préférait le considérer comme un coureur de jupons superficiel qui s'était engagé uniquement pour le prestige de l'uniforme. Encore qu'il n'ait pas besoin de sa tenue de combat pour avoir toutes les femmes à ses pieds.

Repoussant les boucles qui lui masquaient en partie les yeux, elle l'étudia de près. Le 11-Septembre avait sans nul doute changé le cours de sa vie, mais c'était une tragédie dans un passé plus proche qui lui donnait à présent cet air égaré, elle l'aurait parié. Et soudain elle désira plus que tout voir de nouveau ses yeux pétillant de malice se poser sur elle. Ce souhait lui parut aussitôt insensé. N'attendait-elle pas avec impatience d'en avoir fini avec lui pour le renvoyer à ses occupations ?

— Donc ce n'est pas ce que vous avez fait ? demanda-t-elle avec désinvolture en reprenant sa tâche.

Ses muscles se crispèrent sous ses doigts, et il resta étrangement immobile durant quelques secondes.

— Fait quoi ?

L'atmosphère devint électrique. Alertée, elle leva la tête et découvrit son regard, tel un faisceau laser, vrillé sur elle. Quelle sensation bizarre. C'était comme s'ils communiquaient sur différents niveaux en même temps. Mais que se passait-il vraiment ? A son grand désarroi, elle prit conscience qu'elle n'en savait rien.

— Abandonner vos études pour jouer aux pirates, lui rappela-t-elle, déconcertée.

Elle observa alors avec fascination son corps se décontracter, ses yeux s'adoucir, sa bouche se détendre et même esquisser un sourire en coin. Ses brusques changements d'humeur l'étourdissaient.

— Eh bien… en théorie, je suppose que si.

— Vous n'êtes qu'un idiot, dit-elle avec un soupir, en s'attaquant au dernier point de suture.

Elle ne voulait surtout pas s'intéresser de trop près à lui.

— C'est la deuxième fois que vous me le dites, l'accusa-t-il sur un ton plaintif.

— C'est parce que je le pense.

— Pourquoi ? Parce que j'aime faire sauter des avions ?

— Non, dit-elle en délaçant sa ranger crottée pour la laisser tomber sur le sol avec la chaussette mouillée. Parce que, au lieu de guérir les gens, vous lancez des bombes sur eux.

Attrapant un tabouret dans un coin de la pièce, elle le lui glissa sous le mollet, puis saisit une paire de ciseaux. Pas question de lui enlever son jean pour atteindre sa cuisse blessée. Rien que de l'imaginer en boxer, une bouffée de chaleur lui monta au visage.

— J'en guéris certains, dit-il avec douceur. Chaque équipe des forces spéciales a besoin d'un médecin.

Elle s'interrompit dans sa tâche pour le regarder en fronçant les sourcils.

— Mais pourquoi vouloir à tout prix provoquer des ravages à coups d'explosifs ? Vous pourriez vous contenter d'un hôpital comme ici.

— Je viens de vous l'expliquer. J'aime bien tout faire sauter. En plus, je suis doué pour ça.

A en juger par son expression, il la prenait pour une andouille, et elle eut envie de le gifler. Mais il cherchait probablement précisément cela, la provoquer.

Elle leva les yeux au ciel.

— Quel homme !

— C'est si terrible que ça ? demanda-t-il, visiblement amusé par son incompréhension toute féminine.

Elle n'en croyait pas ses oreilles. Il semblait si déconnecté de la réalité qu'elle le fixa un moment en silence. D'ailleurs, avec le taux de testostérone charrié dans son sang, elle avait eu beaucoup de chance de sortir indemne de leur première rencontre. En fait, pas tout à fait indemne, admit-elle à contrecœur. Toutefois, si elle lui laissait entendre que le sujet lui tenait à cœur, elle ne s'en tirerait peut-être pas à si bon compte.

— Le problème, c'est que vous évitez de parler de ce qui vous tracasse vraiment, dit-elle.

— Parler, c'est bon pour les politiciens… et les filles, répondit-il, railleur.

Exaspérée par cette insulte délibérée, elle poussa un profond soupir.

— Les SEAL préfèrent l'action, poursuivit-il sans même paraître s'en apercevoir. Ils ne restent pas des heures à bavasser. Heureusement, sinon rien ne se ferait.

Il la gratifia d'un sourire malicieux.

— Mais si vous voulez savoir ce que je pensais hier soir, je serais ravi de…

— Je le sais déjà, fit-elle en coupant rapidement la toile de son jean jusqu'au genou. Vos techniques de séduction ont besoin d'une mise à jour.

— Vraiment ?

Il remua les sourcils de façon si comique qu'elle leva de nouveau les yeux au ciel. Le temps qu'elle se ressaisisse, il l'étudiait avec une intensité telle que son pouls s'emballa. Décidément, son humeur lunatique lui donnait le vertige.

— Je parle de ce que vous ressassez quand vous vous croyez à l'abri des regards, dit-elle avec une feinte désinvolture, comme si la conversation n'était destinée qu'à le distraire des soins. Et aussi de votre réaction aux vifs stimuli ; on dirait que vous vous attendez à une attaque de ninjas.

Une lueur hagarde vacilla brièvement dans ses yeux dorés, puis son regard se durcit.

— Beaucoup de personnes souffrent de SSPT, major, dit-elle comme si de rien n'était. Il n'y a aucune raison d'en avoir honte.

— Vous êtes psy maintenant ?

— Je suis spécialisée en traumatologie. Tous les jours, aux urgences, nous traitons des patients qui ont survécu à des expériences traumatiques.

— Le simple fait d'être un SEAL expose à des situations stressantes, la coupa-t-il avec impatience. Ça fait partie du métier. Si vous ne pouvez pas y faire face, vous n'avez pas votre place chez les SEAL. Alors vous gérez. Point final.

De toute évidence, il n'avait pas l'intention d'en dire davantage. Mais au moins, la prochaine fois, s'il y en avait une et qu'il était dans de meilleures dispositions d'esprit, elle pourrait aborder de nouveau le sujet. Pour l'instant, il voulait l'éviter, et elle se devait de respecter ce souhait.

Elle commençait à peine à dénuder le milieu de sa cuisse quand il tressaillit et lui agrippa le poignet, fixant ses ciseaux d'un air alarmé. Avec un sourire rassurant, elle écarta délicatement la toile de jean imbibée de sang et grimaça en découvrant l'entaille en dents-de-scie.

— Ça va faire un peu mal.

Après l'avoir désinfectée, elle sonda la blessure, injecta un anesthésique local, puis entreprit de la suturer.

— Alors, dit-il tout bas, qu'est-ce qu'une urgentiste d'un grand centre hospitalier fait dans un endroit comme celui-ci ?

Elle lui jeta un coup d'œil agacé avant de tirer avec adresse sur le porte-aiguille.

— Nous avons déjà eu cette conversation, major, vous vous souvenez ?

— J'étais un peu fatigué, la nuit dernière, répondit-il, les sourcils froncés, mais il y a une chose dont je suis sûr : vous n'avez pas répondu à ma question.

Soucieuse, elle l'observa. Ses traits tirés trahissaient un épuisement que même quarante heures sans sommeil ne justifiaient pas. Outre les symptômes qu'elle avait pu noter, il devait être tourmenté par des cauchemars.

— Quelle question ?

— Eh bien... Pourquoi vous installer dans ce bled perdu ?

Gênée par son regard perçant, elle tria les compresses le temps de reprendre contenance. En choisissant une de la bonne taille, elle se retourna vers lui en haussant les épaules.

— Le surmenage des grandes villes. J'avais besoin de changement pour recharger mes batteries.

— Ah ! Je vois, dit-il d'une voix traînante alors qu'elle déchirait l'emballage avec plus de force que nécessaire.

— Comment cela ?

— Une idylle qui s'est mal terminée.

Stupéfaite par sa perspicacité, elle laissa échapper un petit rire choqué avant de placer la gaze sur les sutures.

— Croyez-moi, l'amour n'a *vraiment* rien à voir avec cette histoire.

— Alors... ?

— Disons que je devais prendre un peu de recul pour remettre les choses en perspective, fit-elle, ébranlée par son insistance.

— Oui, se distancier, comme disent les psys. Dieu sait que j'en connais un rayon là-dessus.

Devant son regard sombre et son sourire amer, ses propres problèmes s'évanouirent. La gorge nouée, elle reprit sa tâche en silence de peur de céder à ses émotions. Il ne sembla pas s'en formaliser et parut même s'endormir. Mais dès qu'elle se redressa, il se releva. Elle surprit sa grimace de douleur, alors que, la mâchoire serrée, il balançait ses jambes par-dessus le bord de la table d'examen.

— Je vais vous donner des antalgiques, dit-elle, tendant la main vers le rayon supérieur de l'étagère.

Elle entendit un faible bruit, et un déplacement d'air derrière elle l'alerta juste avant qu'une chaleur ne se propage le long de son dos. Le cœur battant la chamade, elle se figea, de crainte d'entrer en collision avec lui. Un long bras hâlé passa au-dessus de son épaule pour attraper un flacon.

— Celui-ci ira très bien, déclarant-il d'une voix rauque.

Troublée, elle tourna la tête. Il était encore plus près qu'elle ne le croyait. Bien trop près... Ses yeux dorés s'assombrirent, et, en une fraction de seconde, l'atmosphère se transforma en une vibration intense et primitive, ardente.

Elle ouvrit la bouche, mais, incapable de prononcer un mot, la referma. Soudain l'air alentour s'électrisa alors qu'il la couvait d'un regard brûlant de sensualité. Son visage n'était qu'à quelques centimètres...

Avant qu'elle n'ait pu esquisser un geste, il la saisit par les épaules et la fit pivoter pour la pousser contre le mur. Le souffle coupé, elle vit ses lèvres bouger. Le sang battait si fort à ses oreilles qu'elle n'entendit pas ce qu'il lui disait. Son corps était tendu d'impatience et les secondes semblèrent s'étirer alors qu'il inclinait la tête vers elle. Puis sa bouche s'empara de la sienne et... elle fut aspirée dans une distorsion temporelle, précipitée vers un univers inconnu et follement grisant.

Galvanisée, elle posa pourtant les mains sur son torse musclé pour tenter de le repousser. D'instinct elle savait que, si elle le laissait continuer, il l'absorberait dans son champ de force et qu'elle se consumerait sous l'impact. Mais il s'écarta légèrement et effleura ses lèvres des siennes avec une douceur et une tendresse qui firent fondre ses dernières velléités de résistance.

Avec un gémissement sourd, elle s'abandonna à son étreinte. Toute pensée cohérente la déserta et elle s'accrocha à lui pour ne pas tomber. Sans doute encouragé par sa réaction, il enfouit ses doigts dans ses cheveux, et elle ferma les yeux pour s'immerger dans leur baiser... quand tout à coup il l'interrompit.

— Bon sang, mais qu'est-ce que... ? murmura-t-il sur un ton stupéfait.

Décontenancée par cette retraite brutale, elle rouvrit les yeux. Il la fixait avec une intensité farouche... comme s'il la rendait responsable d'elle ne savait quelle explosion d'étoiles. Il la dévisagea ainsi un long moment, le souffle court, puis, si soudainement qu'elle vacilla sur ses jambes, il s'écarta et recula... Ce qui lui fit l'effet d'une douche glacée.

— Qu'est-ce... ? Pour... Pourquoi... ?

Voilà qu'elle bégayait... Génial.

— Qu'est-ce qu'il vous a pris ? demanda-t-elle.

Croisant les bras sur son torse, il appuya une épaule contre le mur et ses yeux se posèrent de nouveau sur sa bouche.

— J'avais besoin de savoir si vos lèvres étaient aussi délectables qu'elles le semblaient.

Il avait l'air de trouver parfaitement normal de pousser quelqu'un contre un mur et de l'embrasser à lui en couper la respiration.

Alors pourquoi mourait-elle d'envie de recommencer ? Furieuse de sentir son corps réagir à cette idée, elle fusilla Samuel du regard.

— Ecoutez, je ne suis pas une de ces filles sans cervelle éblouies par l'uniforme de la Navy et prêtes à tout pour un baiser passable avec un SEAL sexy. Et une salle de soins n'est vraiment pas l'endroit idéal pour ce genre de débordements.

Il la défia du regard. Allait-il s'emporter ? Mais soudain un lent sourire sensuel se dessina sur ses lèvres.

— *Sexy* ? Vous me trouvez sexy ?

Elle eut envie de le frapper. Pour éviter de faire ou de dire quelque chose qu'elle regretterait, elle se dirigea vers la porte.

— Si vous vous sentez fiévreux, ou si une inflammation apparaît autour des blessures, fit-elle par-dessus son épaule, appelez pour obtenir une ordonnance. Sinon prenez un rendez-vous dans une semaine pour ôter les sutures...

5

Installé derrière le bar en chêne massif, Sam prépara une seconde série de cocktails pour une tablée de femmes assises près de la piste de danse. Des cadeaux étaient empilés dans un coin de leur box. Sans doute fêtaient-elles un anniversaire, ou le prochain mariage de l'une d'elles. Il espérait simplement que leur soirée ne dérape pas et qu'elles ne se mettent pas à danser sur les tables.

Certains habitués masculins avaient tendance à s'énerver lorsqu'il interrompait des numéros d'effeuillage improvisés. Mais, même à Crescent Lake, le bureau du shérif n'appréciait pas ce type de débordement. Et la dernière fois qu'il s'était interposé, il avait fini dans une cellule, livré à la merci d'une diablesse blonde...

Changeant de position pour soulager sa cuisse blessée, il salua quelques vieilles connaissances et versa un Cosmopolitan dans un verre à Martini. Comment un adulte qui se respectait pouvait-il commander des cocktails aux noms aussi exotiques que « Panthère rose » ou « Paradis perdu » ? Et, pire encore, les boire ? Lui-même s'en tenait à la bière et au whisky. A la seule idée d'ingurgiter des mélanges douceâtres aux couleurs de barbe à papa ou de mousse des bois, il avait des haut-le-cœur. Bien sûr, à l'occasion, il avalait d'un trait un petit verre de tequila avec des amis, mais pour une simple question d'amour-propre.

Hank, un shérif adjoint qui n'était pas de service, se fraya un passage dans la foule, le bras enroulé autour d'une fille sexy en jean et pull moulants. Comme Sam lui jetait un clin d'œil complice, Hank eut un large sourire.

— Elle a une copine, cria-t-il. Ça t'intéresse ?

Amusé, Sam secoua la tête. Jusqu'à l'arrivée de sa sœur, il était responsable du bar. Il était un peu plus de 20 heures, et le *Fahrenheit* était déjà bondé. Avec le juke-box qui braillait, il pouvait à peine s'entendre penser. La cuisine débitait à la chaîne de grandes assiettes d'ailes de poulet à la sauce Buffalo, de frites et de piments rouges suffisamment forts pour écailler le vernis du comptoir.

Il avait passé la semaine à récupérer du bétail égaré, à rattraper de jeunes chauffards au volant de voitures volées et à esquiver les charges de chevrotine du vieux Jeevers, persuadé que les adjoints du shérif étaient des extraterrestres téléportés de leur vaisseau mère. Et lorsqu'il ne jouait pas au policier, il servait des verres au bar en écoutant Jerry Farnell raconter en boucle ses aventures pendant l'opération *Tempête du désert*.

Son frère l'avait persuadé de « donner un coup de main » au bureau du shérif, mais il n'était pas stupide. Ruben voulait seulement se créer des occasions de bavarder avec lui. Sans doute se demandait-il pourquoi il était encore en permission, à se comporter comme un lion en cage, au lieu d'être parachuté en territoire hostile pour prendre l'ennemi par surprise.

Il soupçonnait sa famille de se relayer pour s'occuper de son cas en espérant qu'il craque et se mette à table. De toute évidence, ils en avaient par-dessus la tête de son mauvais caractère, qui avait déjà lassé les membres de son escouade. Mais lui non plus ne supportait plus ses nerfs à vif. Il désirait reprendre du service et faire ce pour quoi il avait été entraîné.

Ce qu'ils ne comprenaient pas, c'était que les SEAL ne craquaient pas sous la pression, et qu'ils ne parlaient jamais de leurs missions, pour la plupart classées secrètes. En outre il avait vu et fait un certain nombre de choses atroces dont il ne voulait surtout pas se souvenir. *Plus jamais*. S'il s'aventurait à y réfléchir trop sérieusement, il deviendrait fou et terminerait comme Jerry, à écumer les bars pour se soûler en ressassant ses exploits passés.

Finalement les crétins qui occupaient un coin du comptoir renoncèrent à le provoquer et orientèrent la conversation sur la femme médecin de Boston, avançant diverses hypothèses. Il cessa très vite d'écouter leurs divagations égrillardes. Le Dr Mahoney avait peut-être décidé de s'installer à Crescent Lake pour remettre les choses en perspective, mais elle n'avait certainement pas envisagé de s'intéresser aux « talents locaux ».

C'était une belle femme élégante, sans nul doute habituée aux avances des hommes ; un idiot comme Buddy Holliday ne risquait pas de l'impressionner. D'ailleurs, la façon dont elle avait réagi dans la salle de soins à son baiser avait confirmé son intuition : un type avait dû lui jouer un sale tour. Et c'était pour cette raison qu'elle s'était défoulée sur lui.

Encore que, d'après son expérience, une femme n'avait pas toujours besoin d'une raison valable pour traiter un type de pervers s'il la poussait contre un mur pour l'embrasser. Souvent elles agissaient de manière irrationnelle. Et c'était bien pour ça qu'il appréciait d'être un SEAL ; les hommes entre eux ne faisaient pas autant de chichis.

Pourtant, avant de sortir comme une furie de la salle de soins, après une dernière pique insultante, elle avait moulé son corps contre le sien et répondu avec fougue à son baiser — quoi qu'elle en ait dit ensuite.

En tout cas, il pouvait être rassuré sur un point : quelqu'un souffrant du SSPT ne rêvait pas d'embrasser une femme jusqu'à ce qu'elle s'abandonne dans ses bras et en perde le souffle. Il n'était pas obsédé par l'idée d'enfouir ses doigts dans une longue chevelure soyeuse et de caresser des formes délicieusement arrondies. Et, bien sûr, il ne fantasmait pas sur des étreintes passionnées avec quelqu'un qui passait sans avertissement du chaud au froid.

Il aurait été fou de poursuivre de ses assiduités celle qui lui avait arraché plusieurs épaisseurs de peau en enlevant un pansement adhésif. Contrairement à la croyance populaire, il n'avait pas sombré dans la démence...

Par chance quelqu'un le héla et il se retourna, soulagé. Il passait déjà suffisamment de temps à penser à elle.

Pendant l'heure suivante, il s'efforça de répondre plaisamment au trio de femmes hyper-maquillées accoudées au bar qui le draguaient ouvertement. Il aurait dû se sentir flatté, mais, ce soir, il n'était pas d'humeur à entrer dans leur jeu.

Lorsque sa sœur arriva, il n'avait plus qu'un seul désir : s'enfoncer dans la forêt pour s'isoler un moment.

— Bon sang, où étais-tu passée ? demanda-t-il, irrité.

Aussitôt le sourire chaleureux d'Hannah s'effaça, et elle fronça les sourcils, manifestement déconcertée.

— Que veux-tu dire ?

— Tu es en retard.

Elle jeta un coup d'œil sur l'horloge murale.

— Un quart d'heure. Ce n'est pas le bout du monde. Et arrête de faire cette tête, tu vas faire fuir les clients.

Comme elle parcourait la foule joyeuse des yeux, son regard se posa sur le groupe d'hommes qui occupaient le coin du comptoir, et elle se rembrunit.

— Qu'est-ce que Buddy a encore dit pour te vexer ? demanda-t-elle en le fixant comme s'il allait se transformer en psychopathe.

— La susceptibilité, c'est bon pour les femmes. Un homme ne se *vexe* pas, il s'énerve.

Elle leva les yeux au ciel.

— Qu'est-ce qui t'a mis hors de toi, alors ?

— Je ne suis pas hors de moi. J'ai juste une hémorragie cérébrale, à les écouter se vanter de leurs supposées prouesses sexuelles.

— Et alors ? Ils jacassent comme ça chaque fois. La semaine dernière, c'était pour se faire remarquer des étudiantes d'Olympia, et tu avais l'air de trouver ça drôle, puisque tu m'as empêchée de les mettre dehors avant que ça dégénère.

— Les blagues de potaches, ce n'est plus trop de leur âge, tu ne crois pas ?

Elle le dévisagea d'un air incrédule.

— Tu parles bien de Buddy Holliday ? Celui dont les plaisanteries ne volent pas plus haut que sa ceinture ?

Il ne put retenir une grimace écœurée, et elle inclina la tête.

— Ça ne serait pas plutôt parce qu'ils s'en sont pris à une certaine toubib de l'hôpital ? demanda-t-elle, tout sucre tout miel.

Exaspéré, il croisa les bras sur son torse.

— Qu'est-ce que tu insinues, maintenant ?

Mais Hannah ne se laissa pas intimider par son attitude hargneuse. Au contraire, elle s'approcha de lui comme s'il allait lui raconter une histoire croustillante et qu'elle ne voulait rater aucun détail salace. Pourquoi se donnait-elle cette peine ? Un groupe de rock se produisait près de la piste de danse depuis plus d'une heure, et le niveau sonore était tel qu'ils auraient pu aussi bien se trouver chacun à un bout du comptoir. Ils auraient pu hurler pour se parler, personne n'aurait surpris leur conversation.

— Ne te tracasse pas, Sammy, ces gars-là jouent les grandes gueules, mais ils se dégonflent dès qu'il s'agit de passer à l'action.

— Pourquoi te crois-tu obligée de me dire ça ?

Elle ignora sa question. Lorsqu'elle avait une idée en tête, elle avait la ténacité d'un rottweiler.

— Ruben pense qu'elle aurait beaucoup de succès à Hollywood, dit-elle avec un gloussement amusé. Je pense qu'il est amoureux.

Soudain Sam eut l'impression de suffoquer. Arrachant son tablier, il le jeta derrière le bar. Il résista à grand-peine à l'envie d'arracher la bouteille de gin des mains d'Hannah pour la fracasser contre le miroir derrière eux. Mais il y avait des limites à ne pas franchir. Sa sœur serait furieuse s'il cassait quelque chose.

Glissant les doigts dans ses cheveux, il ravala un juron. Il avait besoin d'air. Besoin de se ressaisir, de s'isoler…

— Je sors, grogna-t-il en la bousculant pour passer. Je te laisse prendre la relève.

Visiblement stupéfaite par la violence de sa réaction, elle se tourna pour le fixer, bouche bée.

— Mais… qu'est-ce que j'ai dit ? Qu'est-ce que j'ai fait ?

Devant son regard blessé, il sentit de nouveau la culpabilité l'envahir et poussa un soupir de frustration.

— Rien, dit-il en se massant le tour des yeux pour soulager la violente migraine qui s'annonçait.

Il devait absolument reprendre son sang-froid. Hannah ne méritait pas qu'il passe son humeur massacrante sur elle.

— Désolé, Hannah. Je suis juste fatigué et j'ai mal à la tête.

— Encore ? demanda-t-elle sur un ton soucieux. Tu devrais aller voir un médecin.

Sa remarque raviva aussitôt son irritation.

— Non, fit-il avec lassitude. Je n'ai pas besoin de voir un fichu toubib. Je suis moi-même médecin, tu as oublié ?

Son expression devint sceptique, et il devina ce qu'elle pensait : c'était d'un psy qu'il avait besoin, pas d'un généraliste.

— Les sottises de Buddy t'ont toujours laissé indifférent, alors c'est quoi, ton problème ?

Son problème ? Il était un SEAL sans escouade… Mais avant qu'il n'ait pu le lui rappeler, elle écarquilla les yeux et lâcha un petit rire interloqué.

— C'est à cause d'elle, n'est-ce pas ? La fille de Boston qui aide Monty à l'hôpital. Celle dont Buddy et ses copains parlent sans arrêt.

Elle semblait prendre un malin plaisir à insister, comme le jour où, adolescente, elle l'avait trouvé en train de dévorer un *Playboy* qu'il avait découvert en débarrassant le garage de M. Henderson. Il n'aurait plus manqué qu'elle le menace d'avertir leur mère !...

— Toi aussi, tu as le béguin pour elle ! Trop génial ! C'est comme à l'époque où Ruben et toi vous disputiez les faveurs de Missy Hawkins. Vous reveniez à la maison avec des coquards et des lèvres fendues. Cette fois, comment ça va se terminer ? Par un duel au pistolet à l'aube ou un règlement de comptes à mains nues ? Je pourrai y assister ?

Il sentit une douleur lui vriller l'arrière du crâne.

— Et c'est moi qui suis considéré comme le cinglé de la famille ? Quel âge as-tu, Hannah ? Treize ans ? Je suis un Navy SEAL, pour l'amour du ciel ! Un SEAL ne se bat pas pour une femme. C'est bien trop dangereux.

— Ça t'est déjà arrivé ? demanda-t-elle avec une curiosité évidente.

— Non ! Ce serait puéril !

— D'accord..., fit-elle, ironique.

— C'est ça, fiche-toi de moi. Rappelle-toi simplement que je connais des centaines de façons de tuer un homme et que ça passe pour une mort naturelle. En plus, je ne vois pas pourquoi je m'intéresserais à une fille qui joue au toubib de cambrousse.

Hannah prit un air écœuré.

— C'est ça, continue à te cacher la vérité, pauvre crétin, dit-elle en lui tapotant l'épaule avec condescendance.

Ulcéré, il se renfrogna.

— Tu peux répéter ?

Elle lui décocha un petit sourire narquois.

— J'ai compris ton problème, mon grand. Cours te réfugier dans ta caverne avec tes dénis et tes illusions. Je suis sûre que les psychiatres de la Navy seront contents d'apprendre que tu as finalement franchi les limites.

Après avoir résumé en quelques mots tout le bien qu'il pensait des psys de la Navy, il tourna les talons et emprunta le couloir qui menait à la porte de derrière. Il l'ouvrit d'un coup sec et la claqua derrière lui pour échapper au rire de sa sœur.

Hannah avait tort, se dit-il en démarrant. Peu lui importait que Ruben se soit entiché ou non de la jolie toubib. Bientôt il repartirait, et les seules aventures qu'il se permettait ne duraient jamais plus d'une semaine. De toute façon, ses permissions étaient souvent trop courtes pour développer une relation à long terme. Et si la petite voix dans sa tête lui disait qu'il se berçait d'illusions, il n'y prêta pas attention ; il était seulement fatigué.

Oui, fatigué de rester comme un idiot à attendre que son commandant l'appelle. Fatigué d'essayer de convaincre tout le monde qu'il allait bien…

Soudain, Sam s'aperçut qu'au lieu de sortir de la ville comme il en avait eu l'intention, il venait de se garer sur le parking de l'hôpital. Agacé, il observa l'entrée des urgences. En fin de compte il était peut-être aussi fou qu'on le prétendait. Seul un fou resterait ainsi au volant de sa voiture en pensant à une femme qui traitait ses patients avec la délicatesse d'un instructeur du BUD/S.

Lui aussi était médecin, bon sang. Il était capable d'enlever lui-même ses fichues sutures. Néanmoins, il éteignit son moteur et sortit de son véhicule. Au fond, puisqu'il était là, autant en profiter pour s'en débarrasser. Elles commençaient à sérieusement le démanger.

Surpris qu'il n'y ait personne à la réception, il se dirigea vers les salles de soins, mais elles étaient vides, elles aussi. Un peu alarmé, il revenait sur ses pas quand une porte s'ouvrit quelque part derrière lui. Il se retourna et vit Fran Gilbert, une amie de sa mère, venir vers lui en poussant un chariot de médicaments. Elle semblait légèrement préoccupée.

— Oh ! Samuel, quelle surprise ! dit-elle. Il y a un problème ?

Comme il levait sa main bandée, le visage de la surveillante s'éclaira.

— Cassidy va s'en charger. Je dois faire le tour des chambres.

— Il y a affluence ?

— Ni plus ni moins que d'habitude. Si ce n'est qu'une dizaine de bambins ont été hospitalisés tout à l'heure avec une forte fièvre qui les rend grincheux ; ils réclament une attention de chaque seconde. Cassidy est là-bas...

Elle lui montra une porte au bout du corridor.

— Je l'ai obligée à faire une pause. Qui sait ce qui peut se passer durant la nuit avec une bande de gamins malades.

Sur ce, elle s'éloigna d'un pas pressé. Il la regarda disparaître, puis se dirigea vers la zone réservée au personnel. A peine avait-il poussé le battant qu'il reconnut la voix de Cassidy. Il fronça les sourcils. N'était-elle pas censée se reposer en prévision d'une nuit difficile ?

Après avoir refermé doucement la porte derrière lui, il traversa le couloir, et ce qu'il découvrit chassa immédiatement sa morosité. S'appuyant contre le chambranle, il croisa les bras et laissa son regard glisser sur les longues jambes vêtues de jean perchées sur une échelle. Le Dr Boston était seule et marmonnait entre ses dents quelque chose à propos de bassins et d'encaustique tout en consultant un bloc-notes.

Inconsciente de sa présence, elle tourna une page qu'elle parcourut de haut en bas avant de recommencer en soupirant.

— C'est une plaisanterie, murmura-t-elle sur un ton écœuré. Qui a mis les bassins avec les tenues chirurgicales stériles ? C'est un véritable foutoir !

Elle se figea comme si elle avait dit quelque chose d'indécent, puis secoua la tête en riant.

— Oui, on peut utiliser le mot « foutoir » sans que le monde implose ou que la foudre se déchaîne ! dit-elle.

— Vous en êtes sûre, docteur ? lança Sam, amusé.

Avec un cri étranglé, elle sursauta et lâcha son bloc. Elle

tenta de se raccrocher à l'étagère, mais son pied glissa sur le barreau et elle partit en arrière.

Aussitôt Sam bondit au bas de l'échelle pour la rattraper, et elle atterrit contre son torse avec un bruit sourd. Le souffle coupé, il tituba jusqu'au mur et s'y adossa, un bras enroulé autour de sa taille et l'autre autour de ses cuisses. Les pieds écartés afin de garder son équilibre, il la retourna contre lui, plongea son regard dans ses yeux verts écarquillés, et, avec un large sourire satisfait, l'observa qui le fixait, bouche bée. Le rond parfait de ses lèvres pulpeuses était prometteur de baisers torrides dans l'obscurité.

— Je... Vous... Oh... Seigneur, balbutia-t-elle, manifestement encore sous le choc.

S'agrippant à son T-shirt, elle reprit non sans mal sa respiration.

— *Vous* !

Etait-elle soulagée ou contrariée de le voir ? Sans l'ombre d'un doute, il privilégia la seconde hypothèse.

— Vous vous attendiez à quelqu'un d'autre ? demanda-t-il, même si, étrangement, l'idée lui déplaisait.

— Je... euh... Vous...

L'air excédé, elle renonça à se montrer cohérente et s'humecta les lèvres du bout de la langue. Soudain elle dut s'apercevoir qu'elle le provoquait inconsciemment, car elle leva les yeux au ciel et plaqua ses paumes contre son torse pour le repousser.

— Reposez-moi par terre ! Bon sang, vous m'avez fichu une sacrée frousse !

— *Une sacrée frousse* ? répéta-t-il, ravi de son trouble, elle si posée d'habitude. Allons, allons, docteur... D'abord « foutoir », et maintenant « bon sang » et « sacrée frousse » ? Vous vous lâchez.

— Vous avez *tout* entendu ?

Cette fois, elle était écarlate, ce qui le fit rire, et il desserra légèrement son étreinte pour la libérer. Il prit d'autant plus plaisir à sentir ses courbes généreuses glisser le long de son corps qu'elle rougissait de plus belle. Brusquement il comprit pourquoi il était venu à l'hôpital : en fait, il ne supportait pas que son frère cherche à s'attirer les bonnes grâces de Cassidy. Et encore moins que Buddy et ses copains plaisantent à son sujet.

Pour quelle raison, il l'ignorait. Toutefois le moment était mal choisi pour approfondir la question, il préférait humer avec délices le parfum fruité de sa chevelure et savourer le doux contact de ses seins contre son torse. Soudain, plus rien ne compta que l'embrasser de nouveau pour vérifier s'il n'avait pas rêvé le goût irrésistible de ses lèvres.

Elle dut le deviner, car, avec un murmure de protestation, elle s'écarta tant bien que mal pour se mettre hors de portée. Dans ses yeux écarquillés, il lui sembla cependant discerner une certaine excitation.

— Que faites-vous ici, major ? demanda-t-elle sur un ton soupçonneux.

La tête penchée, il l'observa un long moment. Puis, faisant un pas vers elle, il se réjouit de son expression légèrement paniquée lorsque, en reculant, elle se retrouva coincée contre le mur. Il y appuya sa paume pour l'empêcher de fuir, glissa son autre main sous sa nuque et, du pouce, caressa sa gorge.

Troublé de son pouls qui palpitait sous ses doigts, il lui souleva le menton pour l'obliger à le regarder. Un parfum de pêche l'enivra.

— Je n'avais pas l'intention de venir ici, dit-il d'une voix rauque. Mais vous... me rendez fou, et je suis incapable de garder mes distances.

Prenant une brusque inspiration, elle s'agrippa à son T-shirt comme si elle n'arrivait pas à décider si elle devait le repousser ou l'attirer vers elle. Il profita de son hésitation pour presser ses lèvres sur les siennes en un doux baiser qui lui donna le vertige.

— Samuel...

— Mmmh… ?

Ignorant sa protestation, il redessina sa bouche du bout de la langue, avant de l'embrasser avec avidité.

Seigneur, non, il n'avait pas rêvé ces sensations, ce feu ardent qui le consumait alors qu'elle répondait avec fougue à son baiser…

— Sa… Samuel. C'est une… une très mauvaise idée…

Pourtant, elle ne cherchait pas à se libérer. Il n'était donc pas le seul à perdre la tête.

— J'aime t'entendre prononcer mon nom… sentir ton corps se mouler contre le mien quand tu es excitée.

— Non, ce n'est pas vrai… Je ne suis pas…

Comme il pressait ses hanches contre les siennes pour lui apporter un démenti flagrant, elle sentit l'évidence de son désir à lui et poussa un gémissement.

— Oh que si, tu l'es ! dit-il d'un ton lascif.

Les joues écarlates, elle rit nerveusement d'un air embarrassé.

— Je… Je suis sérieuse.

A force de contorsions, elle réussit à se libérer… pour se retrouver bloquée dans un angle de la pièce. Elle poussa un soupir contrarié et, le menton levé en signe de défi, serra les poings comme si elle envisageait de lui décocher un coup.

Amusé, il sourit. Qu'elle essaie, il n'avait rien contre, bien au contraire. Elle écarta de son front les boucles blondes qui s'étaient échappées de sa queue-de-cheval.

— Ecoutez… J'ai des problèmes bien plus importants à régler que votre… ton ego, d'accord ?

Croisant les bras, il la dévisagea. Avec ses cheveux ébouriffés et son expression perturbée, elle semblait avoir seize ans. Le Dr Mahoney n'avait plus rien à présent de froid et de distant.

Il haussa un sourcil ironique.

— Ah oui ? Lesquels ? Par exemple, pourquoi les bassins sont répertoriés à côté des tenues stériles ?…

6

Cassidy ne put s'empêcher de rire.

— Ne sois pas ridicule !

Sa voix haut perchée la fit frémir. Pour l'amour du ciel, elle se comportait comme une adolescente exaltée. Et si, quand elle s'était pressée contre Sam, elle avait été tentée de refaire connaissance avec ce corps irrésistible, elle n'avait aucune intention de l'admettre à voix haute. Elle avait simplement été… surprise. Rien de plus. Elle avait surmonté son attirance pour lui. Enfin… presque.

Il était trop dangereux pour elle. Avec lui, elle oubliait tout — jusqu'à ses peines de cœur et les douloureuses leçons qu'elle avait apprises. Il lui donnait envie de jeter sa raison aux orties. Une chance qu'elle ait pu reprendre ses esprits à temps…

Tout en se mordillant nerveusement la lèvre, elle l'observait avec une certaine méfiance. Et son cœur s'emballa de nouveau quand il s'écarta du montant de la porte où il était adossé.

— Ecoute, major, dit-elle aussitôt quand il s'avança vers elle. Je… je suis occupée.

La paume qu'elle posa sur son torse pour l'empêcher d'approcher davantage n'eut aucun effet sur lui.

— *Vraiment* occupée. Et je n'ai pas le temps pour tes suggestions tordues de… de préliminaires. Samuel, *arrête* !

Il haussa les sourcils et une ombre de sourire étira ses

lèvres. Bravo. Maintenant, il se fichait d'elle. Jusqu'où allait-elle s'enferrer dans le ridicule ?

— De préliminaires ?

Ignorant sa question de toute façon purement rhétorique, elle s'esquiva par le côté et gagna la porte. Se sentant proche de la sécurité toute relative du corridor, elle se retourna, prête à fuir s'il le fallait.

— Donc, que fais-tu ici, exactement, major ?

Il la dévisagea sans se presser, ce qui la mit au supplice, puis leva sa main bandée.

— Oh !

En fait, il n'était pas là pour *elle*, mais pour le médecin... Alors pourquoi était-elle déçue ? Au contraire, elle était soulagée, non ? Elle était bien trop occupée pour avoir le temps de s'amuser à ces petits jeux.

— Pourquoi ne pas me l'avoir dit tout de suite ? fit-elle, agacée, avant de pivoter sur ses talons pour remonter le couloir.

Elle le guida jusqu'à la salle équipée pour la petite chirurgie, et, instinctivement, enfila une blouse, comme pour se protéger de son regard trop pénétrant par une tenue de travail. Ses mains tremblaient. Consternée, elle prit une longue inspiration dans l'espoir de se calmer, avant de se tourner vers lui. Appuyé contre la table d'examen, ses yeux songeurs rivés sur elle, il commença à dérouler son bandage.

— Franchement, dit-elle en croisant les bras, je suis étonnée de te voir. Je m'attendais à ce que tu réduises tes pansements en charpie.

— Pour en faire quoi ? Des boulettes de papier mâché ?

— Idiot, fit-elle, amusée malgré elle.

Alors qu'elle palpait la blessure en cours de cicatrisation, elle s'efforça de rester insensible à la chaleur de sa peau calleuse sous ses doigts. Puis elle attrapa une paire de ciseaux et, délicatement, souleva chaque suture afin de les couper et de les enlever.

— Dans la mesure du possible, moi, j'évite les bagarres de

bar, dit-elle en rencontrant brièvement son regard ironique. Et aussi de me jeter d'un avion en marche...

Le rire qui monta de la gorge de Samuel provoqua d'étranges remous dans son ventre.

— Tu ne sais pas ce que tu rates.

— En tout cas, je sais ce que j'évite, répondit-elle en désinfectant la cicatrice avant d'y pulvériser une fine couche de cellules de peau synthétiques. Des fractures, par exemple. Par contre, toi, ce qui te manque de toute évidence, c'est un peu de plomb dans la cervelle.

Elle recouvrit sa paume d'un pansement adhésif et lui recommanda de ne pas la mouiller pendant quelques jours. Elle s'apprêtait à se détourner quand il l'attrapa par le poignet.

— Tu n'as pas envie de savoir quel effet cela fait, de foncer vers la terre à trente mètres par seconde ? murmura-t-il sur un ton persuasif.

Devant l'expression de ses yeux dorés, elle frémit. *Seigneur...* Si cela ressemblait à ce qu'elle éprouvait à cet instant, sûrement pas.

— Non, je...

Sans lui laisser le temps de se ressaisir, il l'attira contre lui jusqu'à ce que, grisée par son odeur virile, elle perde sa dernière once de bon sens et que s'évanouisse sa résolution de le tenir à distance. Elle était soudain incapable de se rappeler en quoi c'était une si mauvaise idée. Il n'avait pas eu à fournir le moindre effort.

— C'est comme l'instant précis, quand on fait l'amour, dit-il d'une voix légèrement plus rauque qui acheva de la faire fondre, où l'on se rend compte...

Ses lèvres effleurèrent les siennes.

— ... qu'on ne peut plus revenir en arrière.

— Samuel..., prononça-t-elle dans un souffle, espérant qu'il ne sente pas son corps vibrer à ces mots.

Du bout de la langue, il s'amusa à redessiner le contour de sa bouche, et son cœur parut s'emballer de plus belle.

— Puis tout se précipite...

Un gémissement lui échappa alors que, sans pouvoir s'en empêcher, elle glissait les mains derrière sa nuque.

— ... et ça te frappe de plein fouet... Tchac !

Elle sursauta : ses dents s'étaient refermées sur sa lèvre pour la mordiller. Oh ! Seigneur... Une vague brûlante se répandit dans ses veines, et ses jambes flageolèrent.

Avant qu'elle n'ait pu protester, il s'empara de sa bouche en un baiser torride qui échappa aussitôt à tout contrôle. Dans un bref éclair de lucidité, alarmée par le cyclone qui l'emportait, elle faillit s'arracher à son étreinte pour prendre ses jambes à son cou.

Mais ses bras se refermèrent sur elle comme un étau, et toute pensée cohérente la déserta. Le corps en feu, elle fut plongée dans un maelström de sensations inconnues.

Encore bouleversée par la puissance des émotions qui se déchaînaient en elle, elle tenta de reprendre son souffle. Un martèlement résonnait dans son crâne. Son cerveau menaçait-il d'exploser ? Cet homme était une véritable tornade, susceptible d'aspirer tout ce qui se trouvait autour de lui.

Mais il semblait soudain sur le qui-vive, et, surprise, elle mit un moment avant de prendre conscience que le vacarme ne provenait pas de sa tête.

De nouveaux coups retentirent, immédiatement suivis d'un cri d'alarme. Sans un bruit, Samuel la poussa de côté et remonta le couloir d'une démarche féline. Le voyant porter la main à son flanc comme s'il y cherchait une arme, elle reprit ses esprits et se lança à sa poursuite. Mieux valait le rattraper avant qu'il ne s'attaque à un pauvre patient sans défense.

Lorsqu'elle le retint par son T-shirt, il se retourna et riva sur elle un regard froid et meurtrier qui la fit frémir.

— Tout va bien, Samuel, dit-elle doucement. C'est juste une urgence médicale.

Comme il semblait ne pas l'avoir entendue, elle le secoua.

— Laisse tomber, major, je m'en occupe.

Pendant d'interminables secondes, il la fixa d'un air inexpressif. Elle s'attendait presque à ce qu'il l'écrase tel un moustique gênant quand il cligna lentement des yeux. C'était comme s'il revenait au présent... après un flash-back. Elle l'observait, la gorge nouée. Le sang se retira de son visage, et, avant qu'elle n'ait pu esquisser un geste, il chancela et dut s'appuyer au mur pour ne pas tomber.

— Vas-y, dit-il d'une voix sourde par-dessus son épaule.

Il posa son front sur son bras, les muscles de son dos se crispèrent comme sous l'effet d'une douleur insoutenable. Elle hésita, mais un nouveau cri l'alerta, et elle se précipita à la réception.

Un seul regard sur le couple qui y attendait suffit à chasser de son esprit Samuel et ses problèmes de SSPT. Un homme paniqué soutenait une femme enceinte, clairement proche du terme. Blanche comme un linge et couverte de sueur, celle-ci se cramponnait à son ventre arrondi. Cassidy remarqua tout de suite que le bas de sa robe de grossesse était taché.

— Aidez-la, docteur, dit l'homme d'une voix suppliante. Elle saigne et ça ne s'arrête pas. Je crois que le bébé ne peut pas sortir...

Priant le ciel pour qu'il ne soit pas trop tard, Cassidy poussa vers eux le chariot brancard le plus proche.

— Que s'est-il passé ? Pourquoi n'êtes-vous pas venus plus tôt ?

— Gail voulait accoucher à la maison, mais la sage-femme n'a pas répondu au téléphone, répondit le mari en bredouillant, les yeux écarquillés par l'angoisse. Je ne savais pas quoi faire. Je n'y connais rien... Oh ! Seigneur, pourquoi est-ce que j'ai autant attendu ?...

Blême, il tituba, et Cassidy dut le saisir par le coude pour qu'il reprenne son équilibre. Il ne manquait plus qu'il s'évanouisse. Elle s'apprêtait à le sommer de reprendre son sang-froid quand Gail émit un faible gémissement et flageola sur ses jambes. Sans hésiter, Cassidy se précipita pour la rattraper et appela à l'aide. Pourvu qu'un membre de l'équipe médicale l'entende. Mais le poids de Gail l'entraîna vers le sol et elles s'effondrèrent toutes les deux.

Terrifié, l'homme poussait à présent des cris hystériques. Cassidy, la respiration coupée par sa chute brutale, était incapable de le faire taire.

Un visage apparut au-dessus de sa tête et, avant qu'elle ne soit remise de sa surprise, Samuel se pencha pour prendre Gail dans ses bras avec une facilité déconcertante. Retrouvant sa respiration, Cassidy se releva tant bien que mal.

— Ça va ? lui demanda-t-il alors qu'il allongeait avec précaution la parturiente sur le lit roulant.

Cela aurait plutôt été à elle de lui poser la question, mais, hormis une légère pâleur et un visage fermé, il semblait s'être remis. Son regard était parfaitement lucide. D'un haussement de sourcils, il lui signifia que le moment était mal choisi pour se soucier de lui.

— Oui, ça va, répondit-elle, chassant ses doutes. Interroge le mari pour en savoir plus.

Sur ce, elle remonta rapidement le couloir avec le chariot et, en passant, appuya sur le bouton d'urgence. Une fois dans la salle d'opération, elle contrôla les signes vitaux de la parturiente et, devant sa respiration laborieuse et son pouls erratique, ses craintes s'accrurent.

Sans perdre une seconde, elle saisit une paire de ciseaux et coupa la robe tachée de sang. Elle avait fini d'intuber Gail et l'avait placée sous perfusion de sérum physiologique quand Heather, une des infirmières de nuit, arriva en courant. Pendant que, sous sa direction, celle-ci s'occupait des médicaments, elle sortit une seringue de son emballage et planta l'aiguille dans l'ampoule que Heather lui tendait.

— Prépare-la pour la césarienne, dit-elle en injectant le produit. Et appelle le Dr Montgomery. Je vais avoir besoin d'aide.

— Tu as déjà toute l'aide voulue, l'informa une voix grave.

Elle jeta un coup d'œil par-dessus son épaule, Samuel entrait dans la salle.

— Major...

— Son nom est Gail Sanders, la coupa-t-il calmement comme s'il pratiquait ce genre d'intervention tous les jours. Institutrice en maternelle. Première grossesse. Normale. Aucun antécédent.

Il la fixait avec insistance. Son message silencieux était clair : ils n'avaient pas le temps de discuter de son SSPT, ni d'attendre Monty.

— Docteur Mahoney... ? fit Heather, sans doute surprise par leur échange.

Son intervention bienvenue détendit aussitôt l'atmosphère.

— Apporte l'échographe au major Kellan, dit Cassidy.

Samuel et elle transférèrent Gail sur la table d'opération. Dès qu'elle eut appliqué une couche de gel conducteur sur le ventre distendu de la patiente, il y passa la sonde.

— Va te changer, dit-il, sans se détourner de l'écran du moniteur. Je m'occupe de l'écho.

— Samuel... Tu es sûr que... ?

Elle s'interrompit et se mordilla nerveusement la lèvre. Comment lui demander s'il était assez sain d'esprit pour pratiquer cet examen plutôt complexe ? Il dut deviner ses doutes, car son visage se rembrunit. Toutefois lorsqu'elle observa sa main experte manier la sonde, elle fut rassurée. Il ne semblait souffrir d'aucune séquelle de sa crise d'hyper-vigilance, quelques instants plus tôt.

— Je vais très bien, la rabroua-t-il avant de reporter son attention sur la parturiente. Ce qui n'est pas le cas de Gail et du bébé. Alors, pour l'amour du ciel, dépêche-toi.

— J'espère que tu sais ce que tu fais, dit-elle calmement.

Il lui fallut moins d'une minute pour passer une nouvelle tenue stérile. Quelques secondes plus tard, il la rejoignit pour se laver, lui aussi, les mains avec soin.

— Nous ne pouvons pas attendre et tu le sais, Cassidy, dit-il quand elle lui jeta un regard inquisiteur.

— Oui, tu as raison, mais c'est moi qui suis en charge ; toi, tu te contentes de m'assister, répondit-elle en poussant les portes de la salle d'opération.

Pendant leur absence, Heather avait mis le défibrillateur sous tension et placé un oxymètre à l'index de la patiente. Elle finissait d'installer les électrodes qui la reliaient au moniteur cardiaque. Cassidy consulta l'écran de l'échographe pour étudier la série de clichés que Samuel avait enregistrée. Le bébé se présentait par le siège.

— J'ai mis au monde des bébés dans de pires positions que celle-ci, dit-il en s'approchant d'elle.

— Moi aussi, mais toujours avec un obstétricien prêt à intervenir. D'autant que l'hémorragie est préoccupante.

Comme il restait silencieux, elle leva les yeux et découvrit, le cœur serré, qu'il l'observait avec intensité.

— Quoi ?

Un chaud sourire illumina son regard doré.

— Tu es capable de le faire. Aie confiance en toi. En plus, je suis là.

Elle s'apprêtait à l'interroger sur son expérience dans ce domaine quand l'alarme se déclencha sur le moniteur.

— La fréquence cardiaque s'emballe, confirma Heather.

Tandis qu'il enfilait à son tour des gants stériles, Cassidy se plaça aux côtés de Gail. Elle allait devoir s'en remettre à un homme qui comparait le parachutage en territoire hostile à une étreinte amoureuse. Toutefois, à cet instant, il paraissait très compétent.

— La tension s'effondre, dit Heather d'un ton inquiet.

— Surveille les signes vitaux du bébé et préviens-moi si la tension de la mère descend en dessous de 5.

Lorsque Samuel eut badigeonné le ventre de Gail d'une solution de bétadine, Cassidy saisit son scalpel et pratiqua une incision à travers les différentes couches de peau, le muscle et la paroi de l'utérus. Elle glissa ensuite ses doigts dans la cavité utérine. Quand la tête et les épaules du bébé apparurent, elle comprit aussitôt pour quelles raisons il était resté bloqué et l'origine de l'hémorragie de Gail : le placenta s'était détaché de la paroi utérine et le cordon ombilical s'était enroulé autour du cou et sous le bras du nouveau-né, lequel était cyanosé et flasque.

Une fois que Samuel l'eut fait délicatement passer par-dessus la tête du bébé, elle dégagea celui-ci du ventre maternel et le déposa dans la serviette chaude que lui présentait Samuel. Puis elle clampa le cordon et le coupa. Elle leva alors les yeux pour accrocher le regard doré qui lui faisait face au-dessus du masque.

— La petite est à toi, dit-elle simplement avant de se tourner vers la mère.

D'instinct, elle savait qu'elle pouvait se fier à lui. A ce stade, il était aussi capable qu'elle de réanimer l'enfant, si cela était encore possible. Par contre, elle n'avait pas une seconde à perdre si elle voulait sauver Gail.

Durant la demi-heure suivante, secondée par Heather, elle lutta pour juguler l'hémorragie. Lorsqu'elle y fut enfin parvenue, elle ordonna à l'infirmière de transfuser encore plusieurs poches de sang, puis entreprit de suturer les incisions avant de placer un drain.

Elle vérifia ensuite les signes vitaux de Gail. A son grand soulagement, l'état de la patiente, bien qu'encore critique, commençait à se stabiliser. Alors seulement elle put s'accorder une pause, pour être aussitôt assaillie par l'angoisse. Samuel avait-il réussi à sauver la nouveau-née ?

Il marchait de long en large dans un coin de la salle, et son visage grave l'alarma aussitôt. Puis soudain il lui sembla entendre un faible cri. Avait-elle rêvé ? Comme elle le dévisageait, osant à peine y croire, ses yeux pétillèrent, et il lui montra le trésor qu'il tenait dans ses bras : la fillette emmitouflée dans une couverture rose.

Emue, elle lui adressa un sourire tremblant, chassant ses larmes d'un battement de paupières. Ce qui la bouleversait le plus était-il son soulagement devant le travail accompli ou le regard étrangement complice qu'ils avaient échangé ?

Elle retourna auprès de sa patiente. Après avoir vérifié de nouveau ses signes vitaux, elle arrêta l'administration d'anesthésique, sans toutefois enlever l'appareillage en place. Alors que Heather et elle transféraient Gail sur le lit brancard et la couvraient d'un drap et d'une épaisse couverture de laine, elle fut consciente du regard scrutateur de Samuel.

— Nous allons la laisser sous sédation jusqu'à l'arrivée de l'hélicoptère, dit-elle.

— Tu ne la gardes pas ici ? demanda-t-il alors qu'elle accrochait une nouvelle poche de sérum physiologique.

— Non, nous n'avons pas l'infrastructure nécessaire pour une patiente dans un état critique. Gail et son bébé ont besoin de soins néonatals. Dans un grand centre hospitalier avec un équipement de pointe, si quelque chose tourne mal ils pourront mieux s'occuper d'elles.

Elle prit deux ampoules d'antibiotiques sur le plateau et injecta le mélange dans le point d'accès de la perfusion. Puis, enlevant ses gants, elle nota les détails de l'intervention et les médicaments utilisés.

— Je vais aller parler au mari, dit-elle avec un soupir soulagé.

Elle s'apprêtait à sortir quand une main la retint par l'épaule. Surprise, elle leva les yeux vers Samuel.

— Tu veux la voir ? demanda-t-il en lui tendant le bébé.

Sam avait été impressionné par la façon dont Cassidy avait géré cette urgence. A aucun moment elle n'avait paniqué ni hésité. Il avait vu des soldats chevronnés s'affoler dans des situations moins désastreuses, et il l'admirait d'avoir su garder la tête froide.

Jamais on aurait cru, en observant à présent la nouveau-née, qu'elle avait frôlé la mort. Son teint rose lui donnait une mine resplendissante. De grands yeux bleus se fixèrent sur Cassidy, avec une intensité si troublante qu'il en eut la chair de poule. C'était comme si la fillette avait conscience de lui devoir la vie.

L'air ravi, Cassidy caressa sa petite joue duveteuse.

— Tu as vu, Samuel, ses petits poings pressés contre son menton ? On dirait un angelot qui prie. N'est-elle pas magnifique ?

Pendant un long moment, incapable d'émettre un son, il la regarda. Jamais il n'aurait pensé voir cette expression pleine de douceur et de joie ineffable sur son beau visage. Il ravala avec difficulté la boule qui s'était logée dans sa gorge.

— Oui, vraiment magnifique.

Inconsciente des émotions chaotiques qui le chaviraient, elle continua à murmurer des mots tendres à la nouveau-née et sourit lorsque la petite bâilla. Et il dut se faire violence pour se ressaisir.

— Tu t'en es admirablement bien sortie, docteur, lui chuchota-t-il à l'oreille.

Visiblement prise de court, elle s'écarta en rougissant et lui jeta un coup d'œil incertain.

Au moins n'était-il pas le seul à ressentir cette attirance inopportune.

— Toi aussi, major, répondit-elle avec brusquerie.

Evitant avec soin de le toucher, elle lui rendit le bébé, puis, l'air soudain épuisé, s'éloigna d'un pas hésitant

— Cassidy ? fit-il alors qu'elle commençait à enlever sa blouse chirurgicale.

Elle se figea, et lui lança un regard un peu effrayé par-dessus son épaule.

— Oui ?

— Tu n'as pas l'intention de terminer ce que nous avions commencé tout à l'heure… avant d'être interrompus ?

Elle piqua un fard, s'imaginant sans doute qu'il faisait allusion à leur baiser.

— Je ne…, balbutia-t-elle d'une voix étranglée.

— J'ai encore vingt-sept agrafes à enlever…

Devant son expression décontenancée, il ne put dissimuler son amusement. Elle se reprit et, le fusillant des yeux, se dirigea d'un pas raide vers la porte.

— Retrouve-moi aux urgences dans un quart d'heure, dit-elle sèchement avant de sortir.

Elle l'aurait sans doute volontiers giflé pour lui faire ravaler son sourire. Sans doute devait-il au bébé qu'il tenait au creux de son bras d'y avoir échappé.

Cassidy Mahoney, de toute évidence, n'était pas une femme à traiter à la légère. Alors pourquoi se sentait-il aussi joyeux ? Peut-être était-il idiot ou tout simplement fou, comme sa famille le pensait.

— Et, toi, tu en penses quoi ? demanda-t-il à la nouveau-née qui le fixait intensément.

Elle cligna des yeux avant de bâiller de nouveau.

— Oui, tu as raison, trésor, c'est exactement mon avis.

7

Cassidy envoya Fran Gilbert s'occuper des points de sutures de Samuel. Non, ce n'était pas de la lâcheté de sa part, le mari de Gail avait besoin de savoir comment se portaient sa femme et sa fille.

Cassidy trouva Chip Sanders en compagnie d'une des infirmières ; celle-ci, une femme très maternelle d'une soixantaine d'années, était en train de le réconforter. Quand il se tourna vers Cassidy, l'expression de son visage était si pleine d'espoir qu'elle n'eut pas le courage de lui raconter les détails. Avec un sourire rassurant, elle lui annonça qu'il était papa d'une adorable petite fille et que sa femme se remettait doucement.

Chip poussa un cri de joie, l'étreignit, la souleva, la fit tourner en l'air avant de la reposer pour l'embrasser sur le front. Elle éclata de rire, et le prévint toutefois que l'état de Gail était encore critique. La mère et l'enfant allaient être transférés au Spruce Ridge General.

Il partit presque en courant les rejoindre, et elle regagna le service d'un pas allègre. Rendre quelqu'un assez heureux pour lui faire oublier jusqu'à l'angoisse dans laquelle il était plongé, rien ne valait ce sentiment. Dieu merci, tout s'était bien déroulé. Chip pouvait remercier un certain SEAL — un homme qui avait un effet désastreux sur elle, et dont la simple voix chaude semait la zizanie dans ses sens.

Elle finissait de transcrire ses notes sur le tableau de

service quand elle apprit que l'hélicoptère arriverait dans cinq minutes. Après avoir transmis les dernières instructions à l'infirmière de nuit, elle se dirigea vers la salle de réveil. Elle... ou plutôt *ils* avaient tout fait pour que Gail Sanders et sa fille s'en sortent. A présent, au service d'obstétrique du Spruce Ridge General de prendre le relais pour qu'elles se rétablissent complètement.

Heather l'attendait. Ensemble, elles conduisirent la nouvelle famille à l'hélistation, où l'appareil était déjà en train de se poser. Tandis que les urgentistes transféraient Gail et son bébé dans l'hélicoptère, elle résuma rapidement l'état des deux patientes au médecin en charge de l'évacuation sanitaire, puis signa le bon de sortie. L'homme leva le pouce en signe d'approbation et, quelques minutes à peine après avoir atterri, l'hélicoptère redécollait en direction de Spruce Ridge.

Le visage rayonnant, Heather se tourna vers Cassidy.

— Génial ! J'adore quand une situation qui s'annonce dramatique finit bien. Pas toi ? Et le major était tout simplement fantastique, non ?...

Comme Cassidy lui lançait un coup d'œil ironique, elle s'empressa de préciser :

— Je veux dire... avec le bébé, évidemment. J'ai entendu dire que Chip pleurait comme une Madeleine. Pauvre gars ; il a dû avoir la peur de sa vie.

Elle s'interrompit pour soupirer de façon théâtrale.

— Tu ne le trouves pas craquant ?

— Qui ? Chip ?

— Mais non, idiote ! Samuel Kellan, bien sûr ! Attends que je raconte ça aux filles ; elles vont en être vertes de jalousie. Tu imagines ? Je l'ai vu en action de mes propres yeux ! J'ai encore du mal à le croire... Oh ! Flûte, fit-elle en consultant sa montre. Il faut que j'y aille. Tu es la meilleure, Cass !

Amusée, Cassidy la regarda s'engouffrer dans l'hôpital, et se retourna pour apercevoir les lumières de l'hélicoptère se fondre dans les ténèbres des montagnes. Elle inspira quelques longues goulées d'air froid afin de relâcher peu à peu la tension de la nuit.

Le héros de Crescent Lake avait encore sévi. Elle n'était évidemment pas jalouse qu'il recueille tous les honneurs pour cette césarienne. Il était incontestablement arrivé au moment où on avait eu besoin de lui, mais tout le monde semblait considérer son intervention comme un véritable miracle.

Se moquant d'elle-même, elle alla prévenir Fran qu'elle faisait une pause, et prit le chemin de son bureau. Avec un peu de chance, elle pourrait peut-être bénéficier de quelques heures de sommeil avant la prochaine urgence.

Le couloir interdit au public qui desservait les bureaux était plongé dans l'obscurité, mais l'un d'eux était éclairé — le sien. Aussitôt son pouls s'accéléra. Cette situation réveillait de déplaisants souvenirs en elle. La peur la saisit, puis elle se rappela que Crescent Lake n'était pas Boston. Dans une petite ville de montagne, les policiers en manque ne forçaient pas les armoires des médecins pour y trouver des stupéfiants. Du moins l'espérait-elle.

Les nerfs à vif, elle s'approcha prudemment de la porte ouverte pour jeter un coup d'œil à l'intérieur et fut en partie rassurée. Rien ne semblait avoir bougé. Seule la lampe sur la table était allumée. Elle pénétrait prudemment dans la pièce quand elle entendit un son qui accéléra les battements de son cœur. Bravant son appréhension, elle fouilla des yeux le coin le plus obscur... et eut une impression de déjà-vu : le « chouchou » de Crescent Lake était allongé sur le canapé, un bras replié sur son visage.

Poussant un profond soupir de soulagement, elle secoua la tête en souriant. Apparemment, même sur ce sofa, il avait du mal à caser son grand corps. Pourquoi était-il resté à l'hôpital ? La question lui traversa l'esprit, mais elle y vit surtout l'occasion d'étudier Sam tout à son aise. Elle put ainsi apprécier la façon dont son jean délavé moulait ses cuisses et ses hanches étroites, ainsi que d'autres parties plus… intimes de son anatomie. Son T-shirt noir soulignait son torse large et ses biceps, et ses cils dessinaient une ombre sur ses pommettes.

Brusquement, elle prit conscience de s'être inconsciemment avancée dans la pièce pour le détailler avec l'émerveillement d'une adolescente énamourée. Elle allait repartir vers la porte quand une main se referma sur son poignet, et elle se retrouva brutalement plaquée à terre. Son bras était immobilisé au-dessus de sa tête, et une main pressée sur sa bouche étouffait le cri qui resta coincé dans sa gorge.

Effarée, elle croisa les yeux de Samuel, qui brillaient d'un farouche éclat doré. Une brève seconde, elle l'imagina qui sortait un poignard pour lui trancher la carotide.

Son puissant corps pesait tout entier sur elle et sa cuisse, entre ses jambes, la maintenait clouée au sol. Totalement immobilisée, elle ne pouvait que fixer son regard ambré et attendre, réduite à sa merci. Le pire était que, malgré elle, elle trouvait cela un peu excitant. Un peu beaucoup, même.

Ce n'était pas normal. Elle devait avoir l'esprit dérangé…

— Ça va ? demanda-t-il en roulant sur le côté.

Prenant une forte inspiration, elle rejeta les cheveux de son visage avant de se redresser pour le foudroyer du regard.

— Tu es dingue, ou quoi ?

Sur le point de déverser sa fureur, elle se tut. Ce n'était peut-être pas la bonne attitude face à un homme victime du SSPT, si toutefois c'était bien ce dont il souffrait…

Il n'avait pas l'air très fier. En fait, il paraissait même… embarrassé. Bienvenue au club, ironisa-t-elle silencieusement.

— Désolé, fit-il, si doucement qu'elle faillit ne pas l'entendre, en se passant la main sur le visage.

— Désolé ? C'est tout ce que tu trouves à dire ?

Elle avait du mal à contrôler sa voix, qui partait dans les aigus.

— C'est un peu maigre comme excuse, quand on attaque sauvagement les gens comme ça, non ?

— Que veux-tu que je te dise ? répondit-il, visiblement excédé. En plus, c'était ta faute.

Outrée, elle faillit s'étrangler.

— Quoi ? *Ma* faute ?

Il eut le culot d'esquisser un sourire narquois, qui lui donna une furieuse envie de le frapper.

— Eh bien oui, tu approchais du divan en catimini, dit-il comme si cela tombait sous le sens.

Comme si les femmes passaient leur temps à le surprendre dans son sommeil. Encore que, si elle en jugeait par l'attitude de Heather, il semblait les attirer comme un aimant...

— Qu'étais-je censé comprendre ? demanda-t-il. Je croyais tu voulais m'entraîner dans un genre de combat auquel je suis tout disposé à me prêter...

Elle le fixa avec une incrédulité croissante, puis, relevant les genoux, elle y posa son front pour tenter de se calmer.

— Tu as vraiment une imagination débordante, dit-elle.

— Ah oui ? Avoue, tu cherchais simplement un prétexte pour te rouler par terre avec moi. Tu voulais finir ce que tu avais commencé plus tôt.

— Que *tu* avais commencé, tu veux dire ?

— *Moi* ? Tu as visiblement des problèmes de mémoire, docteur.

— Et toi, tu divagues. Je devrais te jeter dehors, fit-elle, agacée par son regard moqueur. Tu m'en crois incapable ?

— Je ne le crois pas — j'en suis sûr.

En dépit de son arrogance, elle le trouvait terriblement irrésistible. Des désirs d'autant plus dangereux qu'ils n'avaient pas été suscités depuis longtemps prirent possession d'elle.

Tout à coup il lui saisit le poignet pour la tirer vers lui. Elle se débattit mais perdit l'équilibre, et il en profita pour rouler sur elle.

— Hé ! Qu'est-ce que tu fais ?

— Tu as vraiment besoin d'une explication ? demanda-t-il, ironique, en laissant courir ses doigts sur sa cuisse.

Elle l'arrêta d'une tape sur la main.

— Non. Pas plus que je ne devrais avoir besoin de t'en fournir une. Tu vas faire une erreur.

— Ceci..., murmura-t-il en l'embrassant au coin des lèvres, n'est pas une erreur.

— Major...

Elle avait beau s'efforcer de paraître ferme, sa voix fléchit. Une onde de désir se diffusait dans ses veines.

— Laisse-moi me relever.

Si elle restait ainsi allongée sous lui, elle ne pourrait bientôt plus répondre d'elle...

Son regard d'ambre s'assombrit et devint brûlant. Lentement il secoua la tête, soudain sérieux.

— Impossible. J'ai un problème...

Lui prenant la main, il la porta à ses lèvres pour embrasser le creux de sa paume.

— J'ai essayé. J'ai vraiment essayé, je te jure. Mais je n'ai pas pu empêcher *ça*.

— Essaie encore, répondit-elle dans un souffle en lui effleurant la joue.

Elle sentit son cœur battre plus fort. Le bout de ses seins se durcissait sous ses caresses. Le lent sourire qu'il lui adressa n'arrangea rien.

— Si je ne trouve pas un exutoire immédiat, je risque d'avoir des ennuis. Peut-être même de me blesser. Et tu serais obligée de me soigner, non ?

— Ne rêve pas, major, dit-elle, néanmoins consciente que sa résistance faiblissait de seconde en seconde.

— Sam.

— Pardon ?

— Pas « major », Sam.

Comme sa bouche couvrait la sienne, elle ferma les yeux. *Mon Dieu...* Il fallait absolument qu'ils arrêtent avant que... avant...

— Dis-le, murmura-t-il en lui mordillant la lèvre.

De quoi parlait-il ? Elle n'arrivait plus à réfléchir correctement. Glissant ses doigts dans ses cheveux, elle se pressa encore plus étroitement contre lui.

— Quoi ?

— Mon nom. Dis-le et je te donnerai exactement ce que tu attends de moi.

Prête à céder à tous ses caprices, elle laissa échapper son nom comme un soupir.

— Sam...

Alors il l'embrassa. Un baiser si brûlant, si impérieux qu'elle gémit et y répondit avec une ardeur qu'elle ignorait posséder jusqu'à cette seconde. Mais elle allait arrêter. Encore quelques secondes de ce plaisir insoutenable et elle le repousserait...

Ce fut sa dernière pensée rationnelle. Dès l'instant où il glissa la main sous son jean, contre la peau nue de son ventre, elle ne fut plus que désir. Un désir qu'elle n'avait jamais éprouvé avec une telle intensité.

L'attente devenait une véritable torture. Puis il lui enleva son T-shirt et se débarrassa du sien. Posant les mains de chaque côté de sa tête, il l'embrassa jusqu'à ce qu'elle n'en puisse plus.

— Sam, je t'en prie... Viens...

Alors, refusant de la faire patienter plus longtemps, il acheva de la déshabiller et la pénétra avec un gémissement qui fit écho au sien.

Emportée par le rythme toujours plus soutenu que la passion leur imposait, elle s'accrocha à lui, l'implorant silencieusement. Alors, incapable de se contenir davantage, elle s'abandonna avec lui à la vague de pure jouissance qui déferla sur eux pour les conduire aux sommets de l'extase...

8

Le problème, avec les erreurs désastreuses, c'était que plus on essayait de ne pas y repenser, plus elles se faisaient obsédantes. Ce cercle vicieux donna la migraine à Cassidy et la rendit maussade toute la semaine suivante. Et même si elle parvenait à oublier, ne fût-ce qu'un instant, qu'elle avait eu une aventure d'un soir avec un homme qui n'était pas du tout pour elle, il lui suffisait de croiser un miroir pour éprouver tout le poids de la honte...

D'autant que Sam n'avait pas cherché à la contacter. Ce silence était le plus limpide des messages — il ne voulait plus rien avoirà faire avec elle, voilà tout. Ils avaient partagé un bon moment ensemble, mais leur relation s'arrêtait là. En quittant l'hôpital, huit jours plus tard, Cassidy parvint même à se convaincre que c'était mieux ainsi. Qu'elle était soulagée. Elle n'avait finalement aucun besoin qu'un homme vienne bouleverser sa vie. Fût-il grand, fort et horriblement sexy...

Compte tenu de ce qu'elle avait enduré l'année précédente, elle aurait vraiment été stupide de tomber amoureuse d'un autre de ces « mâles dominants ». Même s'il avait un irrésistible regard doré et le pouvoir de la rendre folle de plaisir.

Sam se rembrunit en voyant Ruben entrer dans le bar. Les réflexions de son frère commençaient à lui porter sur les nerfs. Plusieurs fois dans la semaine, pendant leur ronde, il avait failli l'éjecter de son véhicule de shérif. Sans doute sa mauvaise humeur n'était-elle pas étrangère à son exaspération. Depuis l'échange torride qu'il avait partagé avec Cassidy, il ne pensait plus qu'à elle — et à la façon dont elle l'avait quitté cette fameuse nuit, sans un regard en arrière, sous prétexte d'assurer sa garde. Il l'aurait pourtant crue aussi impatiente que lui de poursuivre cette expérience. Mais non.

Alors il gardait ses distances. De toute façon, il devait repartir et n'avait donc pas de place dans sa vie pour le genre de relation qu'elle semblait rechercher. Et de quoi se serait-il plaint ? Il menait l'existence qu'il avait toujours souhaitée, non ? Sauf qu'il devait supporter les interminables discours de Ruben. De façon plus ou moins subtile, celui-ci l'encourageait à voir un psy et à repartir protéger la veuve et l'orphelin. Il devait redorer le blason de ses fonctions ternies par son attitude stupide. Puis, deux minutes après, il l'encourageait à revenir dans la région afin de gérer le bureau du shérif avec lui.

Comme si c'était possible… Ruben, tout comme lui, aimait être aux commandes, leur association ne durerait pas une semaine.

Pour tout dire, il en avait assez. Assez de persécuter les gens le jour et de leur servir des bières le soir. Aussi, quand il vit son frère arriver, était-il prêt à décharger sa frustration sur lui.

— Je ne sais pas qui t'a appelé, mais je n'ai encore démoli le portrait de personne, fit-il, ironique. Mais je peux toujours faire une exception pour toi…

— Personne ne s'est plaint, répondit Ruben avec un soupir las. Du moins pas depuis trois heures.

— Très drôle. Tu veux une bière ?

— Avec plaisir.

Ruben posa son chapeau sur le comptoir et se passa la main dans les cheveux.

— Je ne suis pas en service. Enfin… pas officiellement.

— Ça veut dire quoi, au juste ?

— Que je ne suis pas ici pour jouer les piliers de bar et raconter ma vie au barman.

— Ça tombe bien, car je la connais déjà, et elle est aussi excitante qu'une séance chez le dentiste. Mais si c'est pour m'assommer une fois de plus avec tes sermons sur mon comportement insupportable, désolé, je vais devoir te mettre dehors.

Ruben haussa un sourcil avec cette expression supérieure de grand frère qui l'avait toujours exaspéré quand ils étaient plus jeunes.

— Parce que tu crois que je te laisserais faire ?... En fait, je suis venu te proposer un travail.

— Au cas où tu ne l'aurais pas remarqué, j'en ai déjà un. Et même trois, si on compte les rondes dans un SUV climatisé pour harceler toute la journée des innocents, et le service au bar le soir.

— Marty et Andy reprennent le boulot demain, et, de toute façon, tu n'as pas exactement le profil pour le job de shérif adjoint.

— Tiens donc... Et qu'est-ce qui t'a fait changer d'avis ?

— J'ai besoin de tes talents exceptionnels.

Sam lui jeta un regard sarcastique.

— Tu veux que je descende quelqu'un ? Que je fasse exploser quelque chose ? Que je m'infiltre en territoire ennemi ?... Drôle de proposition de la part d'un homme qui a juré de faire respecter la loi.

— Pas de ces compétences-là, crétin. Je parle du diplôme que tu as obtenu grâce à l'argent du contribuable. J'ai besoin d'un médecin.

— Pourquoi ? Tu es malade ? Ta petite amie est enceinte de quadruplés ?

— Non, je ne suis pas malade, répondit Ruben d'un ton irrité. Et je n'ai pas vraiment le temps de batifoler. Mais j'ai un problème que toi seul peux résoudre : Monty a eu un accident de voiture à Spruce Ridge. Il a été conduit à l'hôpital avec une commotion cérébrale et une fracture de la hanche.

— Bon sang... Il va bien ?

— Je pense... C'est pour ça qu'il me faut un médecin.

— Au cas où tu l'aurais oublié, vous en avez déjà un. La toubib qui vient de Boston. Celle qui te plaît, du moins d'après Hannah...

— C'est vrai qu'elle est très jolie...

— Oui, eh bien, ne t'approche pas trop d'elle, d'accord ? marmonna Sam, les dents serrées.

— Pourquoi ? C'est chasse gardée ? ironisa son frère. Bon, je suppose que je vais devoir trouver un autre médecin, alors. Peut-être le gars de Redfern. Les infirmières seront ravies, elles étaient tout émoustillées la dernière fois où on a dû faire appel à lui.

— Pas question. Dis au Dr Boston que je la verrai demain matin.

— Dis-lui toi-même ! répondit Ruben en se dirigeant vers la porte, laissant Sam avec la désagréable sensation de s'être fait manipuler.

Il était 22 heures passées quand un coup discret à la porte sortit Cassidy de sa lecture. Intriguée par cette visite tardive, elle posa le magazine et se leva de son lit. Elle s'attendait à trouver sa logeuse, aussi fut-elle perturbée de découvrir un certain SEAL appuyé contre le chambranle, les mains glissées dans les poches de son jean.

Malgré le faible éclairage du couloir, elle surprit le regard effronté qu'il promena sur elle, de ses cheveux emmêlés à ses pieds nus. Elle ne l'avait pas revu depuis qu'il l'avait emmenée dans des régions jusque-là inconnues, et elle était affreusement consciente de ne rien porter sous son fin débardeur et son ample et confortable pantalon de soie.

— Major, dit-elle fraîchement en guise d'accueil.

— Docteur, répondit-il sur le même ton, mais avec une lueur rieuse dans les yeux.

— Que fais-tu ici ?

— Invite-moi à entrer et je te le dirai. A moins que tu tiennes à ce que tout l'étage soit au courant ?...

Sans attendre la réponse, il poussa la porte, et elle dut s'écarter pour le laisser passer. Jetant son blouson de cuir vieilli sur le dossier d'un fauteuil, il examina la chambre, et s'attarda devant le lit double défait. Elle frémit, d'autant que les lampes de chevet créaient une ambiance par trop intime. Lorsqu'il se tourna vers elle, elle sut à ses yeux que leurs pensées suivaient le même chemin...

— Tu me fuis, dit-il sur un ton vaguement accusateur.

C'était étonnant. Elle pensait que lui aussi préférait l'éviter après ce qui s'était passé. Devoir en parler lui paraissait non seulement superflu mais... très embarrassant. Elle avait tout essayé pour oublier l'incident, sans le moindre succès d'ailleurs. Mais s'il tenait vraiment à l'évoquer, elle lui devait de se montrer honnête.

— Ecoute, Sam, je ne tiens pas à entamer une... Bon, pour faire court, c'était une erreur.

— Une erreur ? répéta-t-il, le visage soudain fermé.

La gorge sèche, elle se dirigea vers le minibar pour se servir un verre d'eau.

— Tu veux boire quelque chose ?

— Non, merci.

L'insistance avec laquelle il la regardait allait lui faire perdre tous ses moyens. Pour se donner une contenance, elle se réfugia près de la fenêtre.

— Qu'y a-t-il, Sam ? Tu as besoin d'un médecin ?

— Oui... Non. Enfin si, mais pas pour moi.

— Que veux-tu dire ?

— Monty a eu un accident. Il est au Spruce Ridge General.

Elle se sentit blêmir. Même si elle ne le connaissait pas depuis longtemps, elle avait appris à apprécier le vieux médecin.

— Oh non ! Et que... ?

— Fracture de la hanche. Il ne pourra pas travailler avant un bout de temps.

— Après un tel accident, il n'aura plus la force d'assumer la charge de travail, tu le sais aussi bien que moi. Mieux vaut qu'il profite enfin d'une retraite bien méritée.

— Il y a plus de cinquante ans qu'il soigne les gens ici. Son vrai domaine, c'est l'hôpital.

— Oui, mais il a tout de même besoin de lever le pied.

— Va le lui dire... De toute façon, avec le tourisme qui s'est développé dans la région, il faudrait quelqu'un de plus jeune pour gérer l'hôpital... Ça t'intéresserait ?

Sa question éveilla une bouffée d'espoir qu'elle étouffa aussitôt. Inutile de se leurrer. S'il la lui posait, c'était uniquement par curiosité, et non parce qu'il souhaitait qu'elle reste à Crescent Lake...

— Et toi ?

— J'ai déjà un job, lui rappela-t-il avec impatience.

— Je sais, mais tu es plus qu'un SEAL, major. Et même si tu excelles dans ce travail d'infiltration et de démolition, tu ne pourras pas l'être éternellement. Un jour tu devras décrocher ou grimper les échelons.

— A moins qu'on ne ramène mon corps dans une housse mortuaire avant.

— Tais-toi ! s'exclama-t-elle, rendue soudain furieuse par sa désinvolture macabre. Ne dis pas ça !

L'idée qu'il meure au combat lui donnait la nausée.

— Tout soldat vit avec cette idée, Cassidy, dit-il avec douceur. C'est une réalité inévitable. Avant chaque mission, nous écrivons à notre famille et nous mettons nos affaires en ordre.

Des larmes lui brûlaient les yeux, qu'elle s'empressa de chasser d'un battement de paupières.

— Ce... ce n'est pas juste.

— Mon sort t'importe, alors ? demanda-t-il avec une arrogance bien masculine qui l'irrita.

— Evidemment !

Aussitôt, elle se rendit compte qu'elle avait parlé trop vite. Il risquait de donner un sens trop… personnel à sa réponse.

— Tu es un membre des forces armées du pays. Ton sort me soucie au même titre que celui de tous les soldats.

— Oui, bien sûr…, dit-il avec un scepticisme évident.

Il s'approcha pour poser les mains de chaque côté d'elle sur le rebord de la fenêtre, et enchaîna.

— Tu es certaine que je ne te manquerais pas, si je devais ne pas revenir ? Même pas un petit peu ?

Comme il se penchait pour lui mordiller le lobe de l'oreille, elle sentit une chaleur familière monter au creux de son ventre.

— Sam…

Elle avait envie de lui. Si fort qu'il lui était impossible de le nier.

— Il ne vaut mieux pas…, dit-elle, éperdue, dans un souffle. Ce serait une erreur.

— Non. C'est inévitable. Admets-le… Reconnais que je te manquerais si un de ces terroristes devait m'éliminer…

Etourdie par la force de ses émotions, elle laissa ses paumes glisser sur son torse.

— Oui, dit-elle finalement. Oh ! Oui…

Son baiser l'empêcha d'en dire davantage et lui fit prendre conscience, s'il en était besoin, de son attachement à lui.

La soulevant dans ses bras, il la porta jusqu'au lit défait.

— Alors montre-le-moi, Cassidy, murmura-t-il contre sa gorge. Montre-moi à quel point je te manquerais…

9

Lorsqu'elle ouvrit l'œil, le lendemain matin, Cassidy s'étira langoureusement, puis, un léger sourire aux lèvres, glissa la main vers l'autre côté du lit ; il était encore chaud de la présence de Sam, mais elle était seule. Elle était soulagée, évidemment, elle ne pouvait que l'être. Mais une impression de vide dans sa poitrine le démentait.

L'intimité obscure de la nuit avait favorisé leurs étreintes enfiévrées, leurs caresses avides et leurs baisers brûlants ; ils s'étaient mutuellement découverts. Alors, incapables de patienter plus longtemps, ils s'étaient unis dans un tourbillon de jouissance qui les avait laissés tous deux épuisés et alanguis. Puis il l'avait attirée vers lui, et elle avait sombré dans un profond et bienheureux sommeil alors que ses bras l'enserraient comme s'il ne voulait plus jamais la lâcher.

Et là, contre lui, contre son torse chaud, elle s'était sentie en sécurité et protégée — une sensation qu'elle n'avait pas éprouvée depuis très longtemps. Comme si elle avait enfin trouvé un abri contre la tempête.

Ce qui était idiot.

C'était *lui* la tempête. Il avait surgi dans sa vie alors qu'elle était décidée à fuir le monde. A se terrer. Il l'avait bouleversée, avec son irrésistible sourire et ses baisers torrides. Et il lui avait laissé entrevoir l'homme attentionné et tout à fait honorable qu'il était sous ses dehors de SEAL implacable et ténébreux. Pire, il avait forcé son admiration alors même qu'elle était convaincue qu'il n'était qu'une copie conforme de Lance Turnbull.

Donc, c'était entendu : il lui plaisait. Il lui plaisait même beaucoup, mais ce n'était pas le problème. Bientôt il rejoindrait son équipe et mettrait sur pied des opérations de destruction dans les endroits les plus dangereux du monde pendant qu'elle serait… ici. A des années-lumière de lui.

Après deux nuits avec lui, elle ne savait toujours pas ce qu'elle devait en penser, ni même si elle avait envie de prolonger l'expérience. Si toutefois *lui* le souhaitait…

Dieu merci, Cassidy réussit à apaiser ses émotions instables avant d'arriver à l'hôpital. Puis elle poussa la porte et vit Sam entouré par une meute de jeunes femmes énamourées…

Cependant, comme s'il l'avait sentie arriver, il releva la tête et ses yeux ambrés croisèrent les siens. Soudain, elle eut l'impression de manquer d'oxygène. Si elle se fiait à l'intensité de son regard, il percevait des choses qu'elle aurait préféré garder secrètes. Des choses qui étaient devenues beaucoup trop évidentes, la veille, lorsqu'il avait évoqué sa mort. Elle avait refusé de s'avouer ses sentiments, mais la vérité aurait dû lui sauter aux yeux.

Il esquissa un sourire sans doute destiné à lui rappeler leurs baisers brûlants et leurs mains avides de la veille. Son cœur s'emballa. Atterrée par la force de sa réaction, elle tourna les talons et fila vers le couloir qu'elle remonta jusqu'à son bureau. Elle s'y réfugia, presque essoufflée, comme si elle venait d'échapper à un très menaçant danger.

Bon sang… Elle n'était pourtant pas du genre à être déstabilisée par deux malheureuses nuits dans les bras d'un Navy SEAL. A moins que… *si* ? Elle se débarrassa de sa veste et jeta son sac dans un tiroir de son bureau, furieuse de constater que ses mains tremblaient.

— Qu'est-ce qu'il t'arrive ?

Le ton était si furieux qu'elle se figea, tétanisée par le souvenir de la dernière fois où elle avait été coincée dans un bureau par un homme en colère. Faisant appel à son professionnalisme, elle se tourna vers Sam. Il avait effectivement l'air contrarié, mais semblait surtout déconcerté.

Une fois encore, elle dut se rappeler qu'il n'était pas Lance, un psychopathe toxicomane en manque. Néanmoins elle était trop bouleversée pour l'affronter.

— Pardon ? demanda-t-elle avec froideur dans l'espoir que cela suffirait à lui faire faire demi-tour.

Il croisa les bras sur son torse et la fixa avec irritation.

— Tu m'as parfaitement entendu. C'est comme si tu étais deux personnes différentes, et c'est très perturbant. Je ne sais jamais à laquelle je m'adresse.

— Je ne vois pas ce que tu veux dire, répliqua-t-elle sur un ton glacial, malgré les battements sourds de son cœur.

— Oh ! Bon sang, Cassidy… Comment veux-tu que je m'y retrouve, avec toi ? Je te quitte toute tendre, douce, sexy… et d'un seul coup tu me regardes comme si j'étais le violeur en série recherché par toutes les polices du pays.

Mal à l'aise, elle secoua la tête.

— N'exagère pas. J'étais juste un peu surprise de te voir, c'est tout. Je ne…

Elle s'interrompit alors qu'il s'approchait d'elle. Tout près. *Beaucoup* trop près.

— Ne te fiche pas de moi. Je ne suis pas né de la dernière pluie, d'accord ?

Il paraissait en proie à de violentes émotions. Perturbée, elle avala la boule qui lui bloquait la gorge.

— C'est… compliqué, dit-elle avec un soupir. Ce sont de vieux souvenirs indésirables qui remontent à la surface.

Aussitôt il se radoucit et effleura sa joue du pouce avec une tendresse qui la fit trembler intérieurement.

— Tu veux m'en parler ?

Avec un rire étranglé, elle trouva enfin la force de résister à l'envie de se blottir contre lui pour s'épancher.

— Je ne préfère pas. De toute façon, ça ne vaut pas la peine qu'on s'y attarde. Dis-moi plutôt ce que tu fais ici…

— Je te l'ai dit hier… Monty est à l'hôpital et Ruben m'a demandé de le remplacer jusqu'à ce que je reprenne du service.

Désorientée, elle fronça les sourcils.

— Tu m'as bien parlé de l'accident, mais tu n'as pas précisé que tu tiendrais le rôle de médecin.

La conversation avait ensuite glissé sur les housses mortuaires.

— Je m'en serais souvenue, fit-elle, sentant ses joues s'embraser en se remémorant ce qui avait suivi.

De toute évidence, son trouble n'échappa pas à Sam, dont les lèvres s'étirèrent en un sourire à la fois insolent et irrésistible.

— Et tu t'es dit que j'étais venu ici reprendre là où nous en étions restés, c'est ça ?

— Bien sûr que non ! protesta-t-elle avec un peu trop de véhémence. C'est… c'est idiot !

— Mais si.

Soudain son sourire s'évanouit, et il recula d'un pas.

— Je commence à comprendre. Réaction négative venant d'une histoire ancienne… Je t'ai rappelé un salaud de harceleur, c'est ça ?

Marmonnant un juron, il enfouit ses doigts dans ses cheveux.

— Mais pour qui me prends-tu, Cassidy ?

Mise affreusement mal à l'aise par son accusation, elle attrapa la blouse drapée sur sa chaise pour se donner une contenance.

— Mais non, dit-elle faiblement. Pourquoi est-ce que je penserais une chose pareille ?

Les mains fortes de Sam se posèrent sur ses épaules.

— Parce que tu as peur que je te fasse du mal ?

Rencontrant son regard, elle ne put nier, au-delà de sa peine et de sa colère, la sincérité qu'elle entrevoyait. Il serait incapable de lever la main sur elle. Non, il ne lui ferait jamais de mal — du moins physiquement.

— Non. C'est seulement que… Il y a un an, j'ai commis l'erreur de me fier à la mauvaise personne.

— Et ?… Que s'est-il passé ?

Elle soupira, consciente de se comporter comme si elle avait effectivement plusieurs personnalités. Il avait le droit de savoir pourquoi.

— Lance est… *était* un héros de la brigade des mœurs. Un bel homme plein de charme, dit-elle avec une ironie amère. On l'a amené aux urgences après une opération anti-drogue qui avait mal tourné. Et après, il… il est venu me remercier de lui avoir sauvé la vie. Il exagérait, bien sûr, mais il était très gentil, et attentionné, et…

— Et tu as craqué.

Atterrée par sa propre naïveté, elle serra les dents.

— En quelque sorte, oui.

— Mais ?

— Mais il avait la manie de draguer dans la profession médicale.

— Oh ? Mais encore ?…

— Il m'a volé ma carte sécurisée et il allait se servir à la pharmacie des urgences.

— Oh, bon sang ! Il volait de la drogue ?

— Oui, et c'est moi qui ai tout pris. Par chance il avait déjà un casier, si bien que mon témoignage… Enfin, pour faire court, disons simplement qu'il ne fait plus partie de la police.

— Encore heureux. J'espère qu'il moisira longtemps en prison. Mais toi ? Tu as été innocentée ?

— Oui, mais… Ça n'a pas été facile, pour moi, après ça.

— Pourquoi ? On t'a renvoyée ? demanda-t-il d'un ton indigné.

— Non. Mais je regrette parfois qu'ils ne l'aient pas fait. Parce que j'ai été la cible de commérages sans fin, de plaisanteries agressives. A tel point que j'ai fini par démissionner et venir m'installer ici.

Elle redressa soudain les épaules, reprenant son attitude distante et professionnelle.

— Mais comme je le disais, major, c'est de l'histoire ancienne.

Devant son ton soudain plus froid, il haussa les sourcils.

— Serions-nous revenus à la case départ, *docteur* ?

— Ecoute, cette nuit a été...

— Non, dit-il en s'avançant vers elle. Ne dis rien.

Aussitôt elle se réfugia derrière son bureau. Il se figea et la dévisagea avec une frustration évidente.

— Si. *C'était* une erreur, insista-t-elle.

Du moins pour elle. Il n'était pas question de laisser ses sentiments prendre le dessus. Car il partirait, de toute façon. Elle affecta de ranger quelques papiers jusqu'à ce qu'une main puissante se pose sur la sienne pour l'immobiliser.

— Pourquoi ? demanda-t-il doucement. Tu n'as pas aimé ce qui s'est passé entre nous ?

Elle releva les yeux pour rencontrer les siens. Son visage d'ange déchu lui serra le cœur. Elle aurait aimé lui répondre par la négative, mais comment lui mentir ?

— Je refuse de dire quoi que ce soit qui pourrait être retenu contre moi.

Il contourna le bureau pour venir l'enlacer.

— Quel est le problème, Cassidy ? Le *vrai* problème ?

Son bras passé sur sa taille l'emprisonnait contre lui ; ses lèvres effleurèrent sa tempe. Dans une vaine tentative de le tenir à distance, elle posa ses mains à plat sur son torse.

— Je... je ne sais pas, Sam. Je sais seulement qu'il ne faut pas que ça se reproduise.

— Mais *pourquoi* ? demanda-t-il, clairement déconcerté. Je sais que tu y as pris plaisir autant que moi. Alors pourquoi, Cassidy ?

Elle pressa son front contre son cou.

— Pour... beaucoup de raisons, la première étant que nous

travaillons maintenant ensemble. Et je ne veux pas coucher avec un confrère.

— Ravi de l'apprendre, dit-il en resserrant son étreinte. Ça me déplairait franchement de devoir démolir le portrait de Monty… Mais nous sommes libres, l'un et l'autre. Tu n'es pas mariée, que je sache ?

Il s'écarta légèrement pour la regarder.

— Bien sûr que non !

Bizarrement, il eut l'air soulagé.

— Alors, qu'est-ce qui nous empêche de nous offrir de bons moments, tous les deux ?

— Tu veux dire, le temps que tu seras ici ?

Les sourcils froncés, il l'observa attentivement.

— C'est *ça*, le problème ?

Elle soupira. Après tout, elle savait dès le début que ce ne serait qu'une aventure. Que rien de sérieux ne pourrait naître entre eux.

— Je ne suis pas faite pour le temporaire, Sam. Contrairement à toi, dont les valises sont toujours prêtes et, qui n'attends qu'un coup de fil pour repartir.

Il laissa retomber ses mains, et elle put lire la vérité dans ses yeux. Son cœur se serra. Allait-il le nier ?..

Par chance, une voix les interrompit, lui épargnant de s'humilier davantage.

— Cassidy, Mme West…

Janice s'interrompit en se rendant compte qu'elle n'était pas seule.

— Désolée, je n'avais pas vu que tu étais occupée.

— Pas de problème, dit Cassidy en attrapant son stéthoscope pour le passer autour de son cou. J'allais justement aller la voir. Elle est dans la salle 1 ?

— Oui. Et Hank Dougherty vous attend dans la 2.

— Très bien. Merci, Janice. J'arrive. Oh ! Pourrais-tu trouver une blouse pour le major Kellan, et informer le personnel qu'il remplace le Dr Montgomery ?

— Bien sûr, répondit l'infirmière en adressant un sourire éblouissant à Sam avant de se retirer.

Cassidy s'apprêtait à la suivre quand la voix râpeuse comme du velours froissé l'arrêta sur place.

— Je ne suis pas lui, Cassidy.

Ses doigts se crispèrent sur la poignée de la porte.

— Pas *qui* ?

— Lance Machin-Chose.

— Ce sont les consultations des personnes âgées, aujourd'hui, dit-elle, ignorant sa remarque. Hank Dougherty a besoin d'une prothèse totale de la hanche, mais nous devons d'abord juguler son addiction à la cigarette. Ne laisse surtout pas ce vieux renard te convaincre qu'il a arrêté.

Otant les embouts du stéthoscope, Cassidy adressa un sourire rassurant à la jeune mère anxieuse.

— Les bronches sont dégagées, mais votre fille a de la fièvre et une inflammation des oreilles.

Elle attrapa un abaisse-langue.

— Tu veux bien ouvrir la bouche, Jenny ? Je voudrais voir les méchants germes qui sont descendus dans ta gorge.

La fillette la fixa de ses grands yeux bleus, puis lui tendit l'ours en peluche qu'elle serrait contre sa poitrine.

— D'abord Elmo.

Cassidy examina donc avec un sérieux affecté la bouche d'Elmo, émit quelques « hum hum », puis se pencha sur celle de Jenny.

— C'est bien ce que je pensais, dit-elle avec un ton faussement consterné. Vous avez de nouveau partagé la même brosse à dents, tous les deux ?

Jenny pouffa et secoua la tête.

— Nan !

— Tant mieux. Parce qu'il faut qu'Elmo ait sa propre brosse

à dents, lui aussi. Et toi tu as besoin de sucer autre chose que ton pouce. Que dirais-tu d'une sucette magique ?

— Magique ? répéta timidement Jenny.

— Absolument. Elle chassera les vilains germes et guérira ta gorge.

Elle lui tendit deux sucettes antibactériennes.

— Tiens, une pour toi et une pour Elmo.

Retournant à son bureau, elle rédigea l'ordonnance qu'elle donna ensuite à la mère de Jenny.

— Ta maman va aller chercher tes remèdes à la pharmacie. Et tu montreras à Elmo comment les prendre.

Elle venait de raccompagner la mère et la fillette lorsqu'elle tomba sur Samuel. Son pouls s'accéléra aussitôt. Elle ne l'avait pas revu depuis qu'elle lui avait annoncé son refus de s'engager avec lui.

Sa mine sombre et la crispation de ses mâchoires l'inquiéta. Et du sang maculait son T-shirt gris sous sa blouse.

— Sam... ?

— Tu as terminé ? demanda-t-il en jetant un coup d'œil dans sa salle d'attente. Viens avec moi. *Tout de suite.*

Après avoir averti Janice, à l'accueil, qu'elle s'absentait un instant, et laissant Fran prendre en charge les quelques patients qui restaient, elle le rattrapa dans le couloir.

— Où es-tu blessé ?

— Quoi ?... Oh ! Non, ce n'est pas mon sang, mais celui d'un bûcheron. Le câble qui retenait les troncs d'arbres sur son camion s'est rompu et il l'a reçu en pleine poitrine.

— Où est-il ?

— Au bloc. Mais je pourrai l'opérer si tu es occupée.

— Fran se charge des consultations. Dans quel état est-il ?

— Mauvais.

Sa réponse laconique l'alarma.

Le visage exsangue, Jim Bowen était déjà allongé sur la table d'opération. Sa chemise et sa veste étaient imbibées de sang. A son côté, Heather maintenait un bandage compressif sur la blessure tandis qu'un homme d'une cinquantaine d'années lui tenait la main en lui parlant à voix basse. Un autre, plus jeune, à proximité, semblait sur le point de s'évanouir. Il fut soulagé de voir Sam revenir, mais la confusion le gagna lorsqu'il repéra Cassidy.

— Je croyais que vous alliez chercher le docteur ?

— Et c'est ce que j'ai fait, répondit Sam avec un fin sourire ironique. Le Dr Mahoney est une urgentiste spécialisée de Boston.

Sans prêter attention au scepticisme du jeune homme, elle s'avança vers le patient et remarqua immédiatement sa peau grisâtre.

— Heather, peux-tu accompagner ces messieurs dans la salle d'attente et demander au Spruce Ridge de prendre le relais, s'il te plaît ? Le major Kellan et moi nous chargeons du patient jusqu'à ton retour.

Elle enfila rapidement sa blouse chirurgicale, en tendit une autre à Samuel, s'inonda les bras et les mains d'antiseptique, attrapa deux paires de gants chirurgicaux à portée de main, en mit une et attendit que Sam ait fini de se désinfecter.

Les gestes sûrs et précis, elle découpa ensuite la chemise de Jim tandis que Sam installait une perfusion de sérum physiologique. Pendant plusieurs minutes, ils travaillèrent de concert, nettoyant le torse et le bras du patient avant de poser des électrodes pour le relier au moniteur cardiaque.

Dès qu'elle eut fixé le saturomètre, elle écouta avec inquiétude les battements de cœur irréguliers résonner dans le silence. Jim avait de toute évidence perdu beaucoup de sang et entrait en état de choc.

— On va avoir besoin d'un orthopédiste, déclara Sam alors qu'elle soulevait doucement le pansement afin d'évaluer la gravité des dégâts.

Le bras de Jim était presque totalement arraché au niveau de l'épaule. A la seconde où elle ôta la compresse, le sang jaillit de la plaie déchiquetée.

— Et en urgence, confirma-t-elle en attrapant un clamp. Mais il faut avant tout réparer cette artère, sinon l'orthopédiste arrivera trop tard.

— Heather, dit-elle dès que l'infirmière fut de retour, trouve-nous son groupe sanguin. Où en est-on, pour le sang ? Il va avoir besoin d'au moins six unités.

— On en a quatre, lança Sam en vérifiant dans le réfrigérateur. Toutes O positif.

Ils échangèrent un bref regard, et elle prit sans attendre une décision qu'elle espéra de ne pas avoir à regretter plus tard.

— On va toutes les prendre et on remplacera le reste par du plasma.

Sam haussa les sourcils.

— Et s'il est AB négatif ?

— On verra sur le moment si c'est le cas.

10

Atterrée, Cassidy regarda le front orageux qui avait envahi les montagnes pendant que Samuel et elle étaient accaparés par l'opération. Comme si cela ne suffisait pas, l'hélicoptère qui venait d'atterrir n'était même pas un Medevac, un appareil d'évacuation médicale, et le pilote qui s'avançait vers eux était seul ; c'était un garde des services forestiers qui avait répondu à leur appel en urgence. *Génial.*

— Où est l'équipe d'évacuation ? hurla-t-elle, repoussant vainement les cheveux que le vent plaquait sur son visage.

Les bourrasques glacées qui dévalaient les pentes en rugissant charriaient de la neige fondue. La tempête n'allait pas tarder à s'abattre sur Crescent Lake.

— C'est vous, répondit le garde. Des glissements de terrain et le mauvais temps ont provoqué un carambolage monstre sur l'autoroute. Le Spruce Ridge General est débordé. Quand vous avez appelé, tous les Medevac étaient déjà partis. Vous avez de la chance, j'étais dans le coin.

— J'y vais, cria Sam en sautant dans l'hélicoptère.

Avec une facilité due à l'habitude, il tira la civière à l'intérieur et la fixa avec des sangles avant de suspendre la poche de sérum physiologique à un crochet au-dessus.

Cassidy sentit son ventre se crisper à l'idée de voler dans un tel blizzard. Toutefois, avant que sa peur ne prenne le dessus et ne la convainque de faire demi-tour, elle monta dans l'appareil.

— Je suis le médecin responsable de cet hôpital, Sam, lui dit-elle. Je ne peux pas abandonner mon patient tant que je ne l'ai pas officiellement confié à un confrère. Il est sous ma responsabilité.

Durant quelques secondes leurs regards s'affrontèrent, puis il céda.

— D'accord, mais je t'accompagne.

Malgré le soulagement qui l'envahissait à cette idée, elle refusa.

— Inutile. Je... On s'en sortira. Je sais que tu as autre chose de prévu.

Il la dévisagea d'un air perplexe, comme s'il ignorait à quoi elle faisait allusion. Mais il choisit d'attendre pour lui demander une explication.

— Je reviens tout de suite, dit-il avant de se pencher pour parler au garde forestier qui actionnait une série de boutons au-dessus de lui.

Le pilote hocha la tête, Sam lui pressa l'épaule et se dirigea vers la porte ouverte. Puis, après un coup d'œil à Cassidy qu'elle ne sut interpréter, il sauta de l'hélicoptère et traversa en courant l'hélistation pour gagner le bâtiment.

Les rotors accélérèrent, et elle pria pour qu'il revienne avant qu'elle ne change d'avis. Sans doute était-il parti annuler ses rendez-vous des prochaines heures. Ou prévenir l'infirmière avec qui elle l'avait vu discuter plus tôt qu'il ne pourrait la retrouver comme prévu.

Et alors ? Il n'avait pas caché qu'il fuyait toute relation sérieuse. De son côté, elle lui avait bien fait comprendre qu'elle s'interdisait de sortir avec des confrères. Donc, où était le problème ?

Et pourquoi se sentait-elle au bord des larmes et écœurée comme si elle avait avalé trois litres de crème glacée ? Etait-elle en pleine crise de panique à l'idée de braver une tempête de neige dans un hélicoptère, ou ses nausées avaient-elles une autre origine ? Mais elle ne se considérait pas comme une poule mouillée, et elle renonça à creuser la question plus avant.

Afin de calmer ses nerfs, elle contrôla les signes vitaux de Jim, resserra les sangles qui maintenaient la civière en place. Elle s'assura que sa compresse n'avait pas besoin d'être changée et suspendit une nouvelle poche de sang. Chaque minute qui s'écoulait, elle le savait, limitait leurs chances de pouvoir s'envoler.

Son anxiété arrivait à son comble lorsque, enfin, Sam réapparut. Sans un mot, il lui lança une épaisse parka, une couverture supplémentaire et un sac à dos. Enfin, il bondit dans l'hélicoptère et ferma la porte derrière lui, les isolant ainsi en partie du rugissement des rotors et des premiers flocons de neige.

Les dents serrées, elle se glissa sur la banquette, plaquant une paume sur son ventre chaviré, et Sam se pencha pour taper l'épaule du pilote. Lequel, sans se retourner, leva le pouce en signe d'assentiment et fit vrombir les moteurs. L'appareil se mit à vibrer effroyablement, puis décolla et fit une embardée nauséeuse. Enfonçant ses ongles dans le rebord du siège, Cassidy ferma les yeux alors que le sol disparaissait tout à coup sous ses pieds.

Elle sentit Sam s'installer près d'elle et lui saisir la main pour entrelacer leurs doigts dans un geste rassurant. Des lèvres fraîches effleurèrent son cou.

— Tu peux ouvrir les yeux, maintenant.

Mais elle secoua la tête. Pour voir l'amusement moqueur dans les siens ? Pas question.

— Je suis un SEAL, dit-il. Tu n'as rien à craindre.

Elle perçut le sourire dans sa voix avant qu'il ne lui mordille légèrement le lobe l'oreille. Et cette fois, le frisson qui la saisit ne devait rien à la peur… Se tournant vers lui, elle découvrit son visage si près du sien qu'une étrange sensation de vertige l'envahit. Cette réaction n'avait rien à voir avec le fait d'être suspendue dans les airs, simplement protégée des sommets déchiquetés par une fine épaisseur de métal. Avant qu'elle n'ait pu tenter une retraite sur la banquette opposée, il porta sa main à ses lèvres.

— Tu n'as rien à craindre, Cassidy, dit-il de nouveau avec un sourire réconfortant. Je ne laisserai rien t'arriver.

Rassérénée malgré elle, elle ravala les larmes qui perlaient à ses paupières, et il prit son visage entre ses mains.

— Parole de SEAL.

Son cœur se serra. Cette promesse manifestement sincère et l'expression chaleureuse de son visage lui apparaissaient à cet instant plus convaincantes encore qu'un baiser. Soudain terrifiée, elle se débattit contre la vérité qui s'imposait à elle.

— De toute façon, si on s'écrase, je te tuerai avant, dit-elle pour dissimuler ses émotions contradictoires.

Devant son rire amusé, elle dut, cette fois, se rendre à l'évidence : elle était tout simplement amoureuse du SEAL Samuel J. Kellan. Un homme impénétrable, un homme qui, même s'il appréciait sa compagnie, n'éprouvait rien pour elle, du moins en dehors d'un désir évident.

Il avait franchi ses défenses et atteint son cœur sans même lui cacher qu'elle ne serait jamais pour lui qu'une agréable distraction. Il fuyait les relations sérieuses imaginer qu'elle puisse compter pour lui aurait été franchement stupide.

— Hé..., dit-il d'une voix empreinte d'inquiétude, pourquoi cette expression chagrine, tout à coup ?

Elle baissa les yeux afin de lui cacher le chaos de ses réflexions. Pas question de lui avouer la vérité, évidemment. Désormais, elle le savait incapable de faire des promesses qu'il ne pourrait tenir. Et, même pris en flagrant délit et incapable de s'en sortir par des belles paroles, jamais il n'aurait pris une femme en otage. Non, il n'était pas Lance Turnbull. Il avait amplement prouvé que l'on pouvait se fier à lui et qu'il était digne d'être aimé. Digne de son amour.

Le problème était qu'il n'en voulait pas.

Elle se força à rire.

— Ça t'étonne ? Alors qu'on survole les Cascades dans une boîte à conserve, en pleine tempête ?

Le regard malicieux qu'il lui décocha la toucha. Pour la première fois depuis cette nuit-là, dans la cellule de la prison, il avait l'air détendu et… insouciant. Presque heureux, même.

— Tu ne trouves pas ça super ?

Si, c'était vrai, même si elle préférait éviter d'admirer le paysage. Soudain, elle comprit pourquoi son escouade et leurs missions dangereuses lui manquaient. Mais, dans ce cas, pourquoi avait-il accepté d'exercer dans un petit hôpital de montagne ? C'était un homme d'action ; il ne supporterait sans doute pas longtemps de soigner principalement des rhumes et des hypertensions. Et même si, l'espace d'un instant, elle rêva d'être la cause de la joie qui brillait dans ses yeux ambrés, elle réprima aussitôt cet espoir insensé. A aucun prix elle ne voulait risquer une déception sentimentale dont elle savait, avec une étrange certitude, qu'elle ne s'en remettrait jamais.

Elle l'aimait, mais se garderait bien de le lui montrer. Elle se contenterait donc d'apprécier sa compagnie, sa chaleur, et la sensation grisante de son corps pressé contre le sien, en restant consciente que, bientôt, il ressortirait de sa vie.

— Super ?… Tu es fou !

— Oui, sûrement, fit-il avec une gaieté communicative.

Son rire s'éteignit abruptement quand il l'enveloppa d'un regard brûlant. Comme il se penchait pour effleurer sa bouche avec une douceur inattendue, elle jeta sa prudence aux orties. Mettant ses mains en coupe autour de son visage, elle s'ouvrit à lui pour répondre à l'invitation de sa langue qui retraçait le contour de ses lèvres avant de s'unir à la sienne.

Bien que consciente de jouer avec le feu, elle s'en moquait. A cette seconde, seul comptait le besoin de vivre pleinement le baiser le plus important de sa vie. Celui d'un homme libre et fougueux, d'un homme indompté… En gardant toutefois à l'esprit qu'ils n'étaient pas seuls. Aussi dut-elle fournir un effort surhumain pour l'interrompre.

— Sam... Il vaut mieux que nous arrêtions avant que...

Avant qu'elle ne s'appartienne plus...

Reprenant son souffle avec difficulté, Sam posa son front contre celui de Cassidy. Son cœur battait à tout rompre comme s'il risquait l'infarctus. Pourtant il avait l'impression d'être plus vivant qu'il ne l'avait été depuis très longtemps. D'être connecté par chacune de ses cellules à l'univers. A elle...

Dérouté, il s'écarta légèrement pour l'observer. Dans son regard vert encore embrumé, il lut un mélange de désir et... d'émotions qu'il ne sut interpréter. En quoi leur échange passionné avait-il été si différent ? A trente-quatre ans, il venait de partager le baiser le plus torride et le plus explosif de son existence dans un hélicoptère bruyant... avec une femme qui refusait toute relation sérieuse et qui néanmoins l'avait embrassé avec une ferveur insoupçonnée.

Il la dévisageait pour graver ses traits dans sa mémoire quand soudain elle écarquilla les yeux. Elle le repoussa si brutalement qu'il les crut menacés, mais elle tomba à genoux auprès de Jim.

— On le perd ! cria-t-elle en tirant sur les sangles qui fixaient la civière.

Furieux d'avoir oublié où ils se trouvaient, Sam se pencha pour détacher les clips de sécurité et elle rejeta la couverture du patient afin de prendre son pouls. Alors que, sans perdre une seconde, elle commençait le massage cardio-respiratoire, il attrapa ses écouteurs pour communiquer avec le pilote.

Apprenant qu'ils étaient à moins de cinq minutes de Spruce Ridge, il lui demanda de contacter l'héliport afin qu'une équipe de réanimation les attende à leur arrivée. Il prépara ensuite une dose d'atropine qu'il injecta à Jim pendant que Cassidy pratiquait le bouche-à-bouche.

Enfin ils atterrirent, rassurés que le pouls de Jim Bowen ait retrouvé un rythme régulier. Sa civière fut rapidement transférée sur un chariot brancard que des infirmiers poussèrent vers l'entrée des urgences.

Seule Cassidy l'accompagna au bloc. Le chirurgien, déjà habillé de pied en cap, l'observait par-dessus ses lunettes en enfilant ses gants en latex.

— Grant Sawyer, chirurgien orthopédiste, dit-il brièvement. Docteur Mahoney de Crescent Lake ? Je suis au courant de ce qui est arrivé à votre patient. Donnez-moi plus de détails.

Elle lui fit un rapport succinct de leur intervention tandis que le personnel préparait Jim pour l'opération. Sawyer l'écouta en parcourant le dossier du patient.

— Bon travail, dit-il avec un bref hochement de tête avant de se tourner pour lancer des ordres.

Cassidy sortit du bloc avec l'impression d'avoir été congédiée et rejoignit Sam qui l'attendait dans le couloir.

— D'après l'anesthésiste, les urgences sont débordées et un coup de main ne serait pas superflu, dit-il. Tu te sens en forme ?

— On ne repart pas ?

Il secoua la tête.

— Pas maintenant. La tempête se déchaîne sur toute la région. Nous avons eu de la chance d'arriver jusqu'ici avant que tous les appareils ne soient cloués au sol. Toutes les routes de montagne ont été fermées.

— Donc, nous sommes coincés ici ?

— Oui. Rien que toi et moi, et au moins jusqu'à demain matin, répondit-il avec un regard lascif qui manqua la faire chavirer.

— Nous, et une salle pleine de victimes d'accidents.

— Oui, ça aussi, fit-il en riant avant de l'entraîner vers les urgences.

Plusieurs heures plus tard, Cassidy retira ses gants stériles et écrivit ses dernières observations sur son bloc-notes. La nuit était tombée depuis longtemps et le monde, au-delà des vitres de l'hôpital, n'était plus qu'un univers de neige et de glace. Par chance, les blessés avaient cessé d'arriver et elle put enfin gagner la salle de repos pour se détendre un peu — et peut-être retrouver Sam.

Elle se dirigeait vers la machine à café quand des bras se refermèrent soudain sur elle par-derrière.

— Tu me cherches ? demanda-t-il à son oreille avant de la retourner pour l'embrasser.

Un long baiser lui coupa le souffle et fit sourire les médecins qui se trouvaient à proximité.

— Je... j'ai besoin d'un café, dit-elle, étourdie, lorsqu'il consentit enfin à la lâcher. En intraveineuse même, ce serait encore plus efficace.

— Laisse tomber. J'ai mieux à te proposer.

L'insinuation ne laissait pas place à l'équivoque.

— Tu ne veux tout de même pas dire que. . ?

— Docteur ! s'exclama-t-il, l'air faussement choqué. Vous avez l'esprit très très mal tourné... Allez viens.

— Où ? J'ai faim.

— Et nous allons manger. Mais pas ici. J'ai réservé une chambre dans un hôtel à deux pas.

— Une chambre ? dit-elle, alarmée. Sam, je peux très bien...

— Oui, je sais, tu es assez grande pour dormir seule. Le problème, c'est que tous les hôtels du coin sont pleins. J'ai vérifié. J'ai eu la chance d'en trouver une de libre. Alors, on dîne ensemble ?

A court de mots, elle secoua la tête.

— Sam...

— Cassidy... Je sais que tu refuses d'avoir une relation avec un confrère. Mais ici, nous ne le sommes pas. Nous sommes juste un homme et une femme attirés l'un par l'autre.

S'efforçant de retrouver un semblant de calme, elle soupira.

— Je croyais que…

— Que quoi ?… Dis-moi.

— Je croyais que tu devais retrouver une des infirmières, lança-t-elle, se rappelant les bribes de conversation qu'elle avait surprises.

Il s'écarta pour la considérer avec un étonnement manifeste.

— Quoi ?

— Je comprends, tu sais, dit-elle avec empressement. Ce n'est pas comme si…

Elle se tut, incapable de continuer, et il posa ses mains sur ses épaules.

— Comme si quoi, Cassidy ?

— Eh bien, comme si… nous étions ensemble.

Il la fixa si longtemps qu'elle se sentit terriblement mal à l'aise.

— Tu n'as pas l'air d'avoir une très bonne opinion des hommes, déclara-t-il enfin. A moins que ce ne soit de moi, spécifiquement ?

— Je… je ne vois pas ce que tu veux dire.

— Tu imagines que je vais me précipiter vers d'autres femmes parce que tu m'évites, voilà ce que je veux dire.

Elle piqua un fard. Oui, c'était exactement ce qu'elle pensait.

— Cassidy, dit-il, lui prenant le visage en coupe entre ses mains, c'est toi que je veux. Depuis l'autre soir, à la prison, il n'y a plus que toi qui comptes pour moi.

Pour l'instant… Toutefois elle préféra ne pas gâcher ce précieux instant. Elle prendrait ce qu'il lui offrait et songerait à protéger son cœur plus tard. Quand il l'aurait quittée.

— Tu n'as pas parlé d'un dîner ? demanda-t-elle, fondant devant le sourire qui éclaira aussitôt son visage.

— Oui, mais ce ne sera qu'une mise en bouche, murmura-t-il contre ses lèvres. Nous aurons toute la nuit pour savourer le plat de résistance…

11

— Non, *non* !

Le hurlement réveilla Cassidy en sursaut. Le cœur battant, elle se redressa dans le lit, clignant des yeux pour s'acclimater à l'obscurité. Où était-elle ? Soudain elle se rappela. L'hôtel. La chambre. Celle qu'elle partageait avec Sam. Elle était dans son lit. Dans *leur* lit. Totalement nue. Et seule.

Sam ! Où était-il ? Des bruits sourds retentissaient, tout près. Des coups contre le mur. Il se battait ? Mais contre qui ? Un intrus se serait-il introduit dans la suite ?

— C'est juste un gosse, bon sang ! gémit-il. Laissez-le...

Un gosse ? De qui parlait-il ?

Un son, guttural et menaçant, jaillit alors de la gorge de Sam et lui donna la chair de poule. A tâtons, elle trouva l'interrupteur de la lampe de chevet et alluma.

Sam, nu, était en train de se battre contre un ennemi invisible. Atterrée, elle fixa son visage figé par un masque de fureur. Il s'agitait, renversant au passage une chaise et les quelques objets qu'elle avait posés la veille sur la table basse. Comment pouvait-il ne pas se réveiller ? Et d'où lui venait ce cauchemar ? Revivait-il un fait réel ou imaginaire ?

Soudain il se pétrifia, puis, avec un « Non ! » angoissé, se plia en deux avant de tomber pesamment à genoux, comme s'il avait été percuté par un poing.

Ravalant un cri effrayé, elle repoussa les couvertures et, ne répondant qu'à son instinct et à son besoin de le secourir, elle se leva pour s'approcher lentement de lui. Il laissa échapper une plainte si douloureuse que les battements sourds de son cœur dans sa poitrine s'accélérèrent. Lorsqu'elle ne fut plus qu'à un pas de lui, elle s'accroupit prudemment, et les larmes qu'elle vit rouler sur ses joues lui déchirèrent le cœur.

Incapable de contenir les sanglots qui montaient de sa gorge, elle tendit la main vers lui. Au contact de sa peau froide et humide, sa formation médicale se réveilla aussitôt. Elle n'était pas psychiatre, mais, en travaillant aux urgences, elle avait suffisamment eu affaire à des traumatismes psychiques pour savoir qu'il était un état de choc.

— Sam..., dit-elle avec fermeté avant de lui masser doucement l'épaule. Samuel. Réveille-toi. Tu es en train de rêver.

Il resta un long moment sans réagir, puis, brusquement, ses tremblements cessèrent et ses muscles durcirent sous ses doigts. Il leva alors la tête avec lenteur et tourna un regard totalement dénué d'émotion vers elle. La reconnaissait-il ? Il semblait se demander ce qu'elle faisait là.

Il était si tendu qu'elle se raidit, anticipant une réaction violente de sa part. Cependant, après quelques secondes, il cligna des yeux comme s'il sortait de sa transe et la fixa d'un air désorienté.

— Cassidy ? dit-il d'une voix éraillée.

Soulagée, elle relâcha le souffle qu'elle avait retenu sans même sans rendre compte. Jusqu'ici tout allait bien...

Malgré la faible lumière de la lampe de chevet, elle remarqua sa pâleur, son expression hagarde et la fine couche de sueur sur son visage. Elle se rapprocha pour repousser avec douceur les cheveux de son front, puis, luttant contre l'envie de le serrer dans ses bras pour le protéger de ses démons, elle plongea son regard dans le sien.

— C'est fini, Sam... Je suis là. Avec toi.

Quelques secondes s'écoulèrent, puis il leva une main encore un peu tremblante pour lui effleurer les lèvres du bout du pouce. Ce geste si tendre, si inattendu après la violence qui l'avait agité, eut raison de son sang-froid, et une larme roula sur sa joue. La suivant des yeux, il la cueillit au coin de sa bouche avec son index.

— Tu pleures ? murmura-t-il, à la fois inquiet et déconcerté.

Une nouvelle larme s'échappa, puis une autre.

Bouleversée, elle s'efforça de refouler ses émotions. Ce n'était pas le moment de craquer. C'était de sa force qu'il avait besoin, pas de ses larmes. Et encore moins d'une déclaration d'amour...

— Ce n'est rien... Sam, tu revivais un drame. Dis-moi ce que c'est.

Aussitôt il se raidit et son regard retrouva sa lucidité. Il se retirait derrière sa carapace. Cette réaction était si subite que Cassidy cilla, incrédule. Puis il s'écarta, la laissant avec une horrible sensation de vide.

La barrière qu'il venait de dresser entre eux était aussi tangible qu'un mur de briques. Soudain étrangement consciente de sa nudité, elle attrapa le T-shirt de Sam à proximité et l'enfila en hâte.

Il s'était adossé contre le lit, les bras enroulés autour de ses genoux relevés, et il respirait difficilement, comme s'il venait de courir un marathon. Elle aurait tant désiré l'aider, mais il repousserait toute tentative de réconfort de sa part, elle le savait. Aussi, s'abstenant de le toucher, resta-t-elle simplement près de lui dans la chambre qui lui parut soudain glacée.

— Que s'est-il passé ? demanda-t-elle à voix basse.

Ses mâchoires se contractèrent, et, pendant de longues secondes, il resta muré dans son silence. Puis avec un soupir, il se passa une main dans les cheveux et, sans la regarder, se mit à parler.

— La mission était vouée à l'échec depuis le départ. Apparemment, ç'aurait dû se faire en un rien de temps : on débarquait, on trouvait les otages, on faisait tout sauter et on rentrait. Au lieu de ça, on a eu droit à un comité d'accueil sur la zone de droppage, comme s'ils avaient eu les coordonnées exactes.

D'un geste excessivement las, il se pressa un instant les paumes sur les yeux.

— On a tout juste eu le temps d'aller se mettre à couvert avant qu'ils n'ouvrent le feu. Les renforts étaient encore loin et on était complètement cernés. Mais on pensait qu'on finirait par les avoir à l'usure, et qu'on pourrait contre-attaquer.

Il eut un rire bref et amer.

— Tu parles… On croyait avoir affaire à une dizaine de gars. En fait, ce qu'on ignorait alors, c'était que nos services de renseignements étaient infiltrés. On était face à une cinquantaine de soldats solidement armés qui nous avaient dans leur ligne de mire.

Ses poings se fermèrent, son visage se crispa comme s'il revivait cet épisode torturant.

— Les renforts essuyaient aussi des tirs nourris. On s'est bientôt retrouvés à court de munitions et submergés par le nombre. Ils nous ont emmenés dans la montagne, où nous avons subi des interrogatoires. Séparément et ensemble.

Par « interrogatoires », il entendait sans nul doute « tortures ». Le seul fait de l'envisager la glaça, et elle pressa un poing sur sa bouche.

— Est-ce que vous avez…

— Craqué ? demanda-t-il sur un ton sarcastique qui la fit frémir. Un SEAL ne parle pas, Cassidy. Jamais… Ils nous ont volé tout notre matériel de soutien et nous ont laissés sans aucun moyen de contacter la base. On était complètement isolés.

Il fit une brève pause avant de reprendre :

— Puis une nuit, peut-être une semaine après notre capture, ils sont venus me chercher. Je me souviens, je me suis dit que c'était le moment ou jamais de faire la paix avec Dieu, s'il existe…

Le regard perdu dans ce passé douloureux, il se frotta distraitement les poignets.

— Et… ensuite ? demanda-t-elle, l'encourageant doucement même si elle redoutait ce qui allait suivre.

— Ensuite…, répéta-t-il avec un pesant soupir. Ils avaient apparemment découvert, je ne sais comment, que j'étais médecin. Ils m'ont emmené dans une maison, auprès d'un gosse visiblement en pleine crise d'appendicite qu'ils m'ont sommé de guérir. Ce que j'ai refusé de faire à moins qu'ils ne nous relâchent tous.

Secouant la tête, il laissa échapper un rire désabusé.

— En fait, ils attendaient une équipe de télévision. Un commando de SEAL est un bon moyen de pression quand on veut faire libérer des terroristes. J'ai réussi à éliminer deux hommes avant qu'ils me… enfin, qu'ils me maîtrisent.

Horrifiée, elle enroula ses bras autour d'elle. Elle devinait sans mal ce que « éliminer » signifiait, et elle n'osait imaginer les moyens qu'ils avaient *eux* employés pour le maîtriser…

— Mais il est clair qu'ils voulaient tout de même me garder vivant. Mort, je ne pouvais pas sauver le gamin, qui était très mal en point. J'ignore combien de temps je suis resté inconscient, mais ils m'ont finalement vidé un seau d'eau sur la tête avant d'amener le bleu de notre équipe, un canon de revolver sur la tempe. J'avais les yeux gonflés, et je n'y voyais pratiquement rien, mais assez tout de même pour me rendre compte qu'on était dans de sales draps.

Il marmonna quelques jurons, se frottant vigoureusement le visage comme s'il voulait effacer ses souvenirs.

— Bon sang, ils avaient tabassé Scooter au point que sa propre mère ne l'aurait pas reconnu. Mais au moins il était encore vivant. Alors je leur ai dit que je soignerais le gamin s'ils me laissaient m'occuper de Scooter. Ils ont discuté entre eux un moment avant d'accepter. Oh ! Je n'étais pas dupe… Je savais qu'on ne pouvait absolument pas leur faire confiance. Mais je…

S'interrompant, il s'agita soudain. Elle appréhendait la fin de l'histoire qu'elle ne devinait que trop bien.

— J'ai demandé qu'on m'apporte ma mallette médicale et j'ai pratiqué l'ablation de l'appendice. Il m'a fallu plus de deux heures pour faire baisser la fièvre du gamin, mais quand il a été clair qu'il était sauvé, le type qui menaçait Scooter de son arme m'a regardé droit dans les yeux et… il a tiré.

Et, pour la première fois depuis qu'il avait commencé a évoquer le drame, il releva la tête vers elle ; ses yeux étaient rouges et désespérés. Il revivait, probablement pour la millième fois, cet abominable cauchemar.

— Ils l'ont tué, dit-il, presque hébété, comme s'il ne pouvait toujours pas y croire. Ils riaient et l'ont descendu d'une balle dans la tête comme un chien.

Se massant la nuque, il tenta de se ressaisir, et elle réprima à grand-peine l'élan qui la poussait à l'étreindre pour lui promettre des choses… dont, de toute façon, il n'aurait eu que faire.

Finalement, au bout d'un moment, il prit une forte inspiration avant de reprendre son récit.

— Je suis devenu fou. Je les ai tous descendus, et j'ai immobilisé la mère du gosse avant qu'elle alerte tout le village. Puis je suis allé chercher mon équipe.

— Oh ! Sam…, murmura-t-elle, malade de le voir aussi triste, aussi insupportablement abattu.

Instinctivement, elle tendit la main vers lui, mais il s'écarta aussitôt, comme s'il ne pouvait supporter qu'elle le touche. Blessée de ce rejet, elle laissa son bras retomber.

— Ils avaient torturé et tué la moitié de mes gars. Mes frères, mes amis… Ils étaient sous ma responsabilité, mais je n'ai pas été à la hauteur ; je n'ai pas su les protéger. Si j'avais bougé plus tôt, Scooter serait encore en vie.

— Peut-être pas, dit-elle doucement. Peut-être que vous seriez morts tous les deux.

— Et c'est ce que j'aurais mérité, répondit-il, vrillant sur elle un regard furieux. Je suis un SEAL, et un SEAL n'a pas droit à l'échec !

Les gestes brusques, lourds d'une violence réprimée, il attrapa son jean, sa chemise et ses bottes, se redressa et s'habilla dans un silence pesant. Lorsqu'il enfila sa veste, elle se rendit compte qu'il s'apprêtait à partir.

— Samuel, attends ! cria-t-elle en se levant en hâte pour le rattraper.

Il se figea, mais sans se retourner. Son attitude rigide trahissait la difficulté qu'il avait à se contrôler.

— Où vas-tu ?

— Je sors.

Le sentant prêt à fuir, elle ne put s'empêcher de l'implorer.

— Sam, s'il te plaît, reste. Parle-moi.

Ignorant sa supplication, il se dirigea sans un mot vers la porte, mais, sans hésiter, elle se précipita pour passer devant lui et s'y adosser. Un instant déconcerté, il recula d'un pas, puis ses traits se durcirent et il la transperça du regard. Mais elle ne baissa pas les yeux, malgré les frissons qui l'agitaient, car, si elle le laissait sortir, elle ne le reverrait plus jamais.

Il la fixa durant quelques secondes qui lui parurent une éternité. Ses yeux dorés flamboyaient d'une émotion si vibrante et brutale qu'il lui fut très difficile de résister.

— Reste, dit-elle de nouveau d'une voix suppliante. Reste avec moi.

Il serra les mâchoires et elle s'aperçut alors seulement qu'il tremblait, lui aussi.

— Il n'y a rien d'autre à dire, répondit-il enfin sur un ton irrité. Maintenant, écarte-toi. Je ne veux pas avoir à te faire mal.

Comment pouvait-il lui parler ainsi après ce qu'ils avaient partagé ? Bouleversée, elle joua sa dernière carte…

— Je t'aime, Sam, murmura-t-elle d'une voix rauque qu'elle ne se connaissait pas.

Il secoua la tête comme s'il choisissait d'ignorer son aveu.

— Je vais juste faire un tour, Cassidy. Il faut que je prenne l'air, d'accord ? Et je n'ai pas besoin d'une nounou, bon sang ! C'est trop demander ?

Refusant de céder, elle s'avança pour poser ses paumes sur son torse, espérant ainsi l'atteindre au-delà de la muraille derrière laquelle il s'était réfugié.

— Laisse-moi t'aider. Je t'en prie, ne t'en va pas. Je… je t'aime.

La vivacité de sa réaction la prit au dépourvu ; il n'aurait pas été plus surpris si elle l'avait giflé. Il la considéra quelques secondes avec une sorte d'effarement avant de dissimuler ses émotions sous une attitude de rejet glaçant.

— Sam ? dit-elle, le cœur chaviré. Je ne…

— Désolé, l'interrompit-il, impassible.

— Tu es… *désolé* ? répéta-t-elle, atterrée.

— Oui.

Son visage n'exprimait qu'une distance froide, son regard un désintérêt cruellement blessant. Elle semblait n'être plus qu'une étrangère pour lui ; une étrangère qu'il n'avait manifestement aucun plaisir à voir.

— Je suis flatté, bien sûr, dit-il en soupirant, mais je pensais que tu avais compris que je n'étais pas… Enfin bref, je regrette d'avoir pu te laisser croire davantage que ce qui est. Maintenant, laisse-moi passer, tu veux ? Je n'ai aucune envie de te faire du mal.

Plongée dans une sorte de torpeur, elle s'écarta alors d'un pas et il sortit sans un regard en arrière.

Des heures plus tard, le garde forestier vint l'avertir qu'il l'attendait et elle se prépara avec des gestes d'automate. Elle passa par l'hôpital pour aller voir Jim, puis prit l'ascenseur pour monter jusqu'à l'hélistation.

Lorsque l'hélicoptère se posa à Crescent Lake, une éternité plus tard, elle prit conscience de n'avoir gardé aucun souvenir du vol. Elle était comme engourdie, imperméable à toute sensation extérieure. Après avoir remercié le pilote, elle gagna le bâtiment où Fran Gilbert l'accueillit avec un sourire qui s'effaça aussitôt.

— Que se passe-t-il ? demanda-t-elle sur un ton soucieux. C'est Jim ? Il y a un problème ?

Cassidy dut faire appel à tout son professionnalisme pour la rassurer.

— Non, son état est stable. Et son médecin a bon espoir de le voir s'en sortir

— Tant mieux. Je vais avertir sa femme, dit Fran qui continua à la regarder avec insistance, avant de poser la question qu'elle redoutait. Où est Samuel ?

Cassidy se raidit.

— Il… a dû partir précipitamment.

— Partir ? Pour aller où ?

La gorge nouée, elle haussa les épaules.

— Je n'en sais rien. Le message qu'il m'a laissé ne le précisait pas.

Fran resta un instant silencieuse avant de l'observer avec inquiétude.

— Tu n'as pas l'air dans ton assiette… Tu ne te sens pas bien ?

Sans le savoir, elle venait de lui offrir une excuse idéale…

— Non. J'ai dû attraper une sorte de microbe, ou je ne sais quoi…

— Oh ! Alors le mieux serait qu'on te conduise directement chez toi, dit Fran en lui frottant amicalement le dos.

Cassidy dut combattre une furieuse envie de s'abandonner dans ses bras. Mais elle risquait fort de craquer ; mieux valait pour cela attendre d'être seule…

— Ce n'est pas possible, Fran. Sans… le major, je vais devoir mettre les bouchées doubles.

Au moins aurait-elle ainsi moins le temps de penser…

— Pas question, répondit Fran. Tu vas rentrer et te mettre

au lit. On se débrouillera. Et pas de discussion. S'il y a une urgence, je t'appellerai, promis.

Cassidy rencontra le regard bleu et doux de Fran, puis lâcha prise. Avait-elle le choix, de toute façon ?...

12

Cassidy franchit les portes du supermarché avec une longue liste de courses. Elle en avait besoin pour un enterrement de vie de jeune fille et n'avait plus que — elle consulta sa montre, *oh ! flûte* — deux heures pour s'y rendre. Sans compter qu'elle devait d'abord rentrer à l'auberge pour se doucher et se changer.

Alors qu'elle jetait des articles dans son chariot, elle aperçut par la baie vitrée le shérif en train de se garer. Elle se détourna en pestant à voix basse et remonta l'allée.

Elle pensait avoir surmonté le choc d'avoir été proprement « plaquée » à Spruce Ridge, jusqu'à ce qu'elle reconnaisse la voix de Ruben Kellan dans le couloir des urgences. Entendre le frère de Sam avait provoqué à la fois l'arrêt et l'accélération de son cœur — ce qui était non seulement impossible mais très inquiétant. Devant son malaise, Mme Jenkins, la patiente qu'elle examinait à ce moment-là, l'avait aidée à s'asseoir et était allée chercher une infirmière.

Cassidy avait imputé sa faiblesse à son emploi du temps, comme toujours surchargé, et aux repas qu'elle oubliait de prendre. Mais Fran l'avait discrètement entraînée à l'écart pour lui donner un test de grossesse. Cassidy avait tout d'abord protesté, mais elle avait vite dû se rendre à l'évidence. Ses dernières règles remontaient à… elle ne savait plus quand exactement, mais de toute façon à plus longtemps qu'elle ne l'aurait souhaité.

Aussi avait-elle paniqué.

Pourtant, quand le test s'était finalement révélé négatif, elle avait pleuré, ce qui était stupide. Il n'était pas question qu'elle ait un enfant d'un homme capable de lui faire passionnément l'amour pour la quitter quelques instants plus tard sans le moindre regard en arrière…

Oui, elle devait l'oublier. Et pour cela, elle s'était jetée à corps perdu dans des activités sociales, avait créé une consultation mensuelle pour les écoles locales et un groupe de soutien pour les mères. C'était au cours d'une de ses visites au collège qu'elle avait rencontré Genna Walsh, un professeur de dessin avec laquelle elle s'était rapidement liée d'amitié. Et c'était chez elle qu'elle se rendait pour participer à l'enterrement de sa vie de célibataire…

Elle mit dans son chariot quelques bouteilles de champagne ainsi que des jus de fruits, puis se dirigea vers les caisses. Alors qu'elle faisait la queue, elle surprit une conversation entre deux femmes.

— Il est revenu, disait la plus blonde. Du moins c'est ce que j'ai entendu dire. Je me trouverais bien un petit problème de santé, moi… Il paraît qu'il est très doué pour…

Son amie, après un coup d'œil dans la direction de Cassidy, lui donna un discret coup de coude pour la faire taire. De qui parlaient-elles, exactement ? Elle savait que deux nouveaux médecins devaient s'installer dans le comté à la fin du mois. Et elle-même devrait prendre une décision une fois arrivée à la fin de son contrat.

Elle avait beau se répéter qu'elle n'éprouvait plus rien pour Sam, vivre dans la même ville que sa famille l'exposerait tôt ou tard à une rencontre qu'elle voulait à tout prix éviter.

Ses recherches de poste lui avaient déjà valu quelques propositions, dont l'une du Spruce Ridge General, mais elle n'arrivait pas à se décider. Pour être franche, elle n'avait aucun désir de partir. Pour la première fois, elle se sentait intégrée dans une communauté et avait l'impression d'être vraiment utile. Elle connaissait bien ses patients, aimait pouvoir suivre leur rétablissement, s'enquérir de leur famille. . C'était tellement plus gratifiant que de traiter des anonymes qu'elle ne revoyait le plus souvent jamais.

Dix minutes plus tard, songeuse, elle s'éloignait des caisses lorsqu'elle se heurta soudain à un mur — un mur de muscles. Elle s'apprêtait à s'excuser quand une odeur masculine familière assaillit ses narines. Tressaillant, elle leva la tête.

Samuel J. Kellan.

Son cœur s'emballa sous l'effet conjugué de l appréhension et de la joie. Instinctivement, elle recula d'un pas tandis qu'autour d'elle tout se fondait dans une sorte de nuage vaporeux. Comme si l'univers entier s'était soudain réduit à eux deux.

Les oreilles bourdonnantes, elle l'examina avec avidité. Il avait perdu du poids et paraissait fatigué. Ses traits étaient dans l'ombre, mais elle remarqua sur sa mâchoire une plaie qui achevait de cicatriser et une ecchymose qui virait au bleu sur sa pommette. Il était toujours aussi... fantastique, même si elle était incapable de déchiffrer le regard qu'il rivait sur elle.

Un poing géant sembla se refermer dans sa poitrine, l'empêchant de respirer. Durant les semaines qui venaient de s'écouler, elle avait si souvent imaginé l'instant où elle le rencontrerait ; elle avait même envisagé ce qu'elle lui dirait. Pourtant, après être presque parvenue à se convaincre qu'elle avait surmonté son absence, rien n'aurait pu la préparer au choc qu'elle éprouvait à le voir là, si proche d'elle.

Il était clair qu'elle s'était illusionnée. Toutefois son accablement fut vite balayé par une bouffée de colère. Contre elle, mais aussi contre lui. Cet homme lui avait fait passionnément l'amour et, lorsqu'elle lui avait ouvert son cœur, il lui avait tourné le dos avec un simple « Désolé ». Oui, eh bien, elle aussi était désolée — d'avoir été assez bête et naïve pour tomber amoureuse de lui.

Malgré cela, elle était heureuse de le revoir. Et soulagée qu'il soit vivant et en un seul morceau.

Il fut le premier à briser le silence embarrassé.

— Cassidy...

Sa voix, aussi profonde et rauque que dans son souvenir, fit resurgir des émotions qu'elle croyait bien enfouies en elle.

— Major, dit-elle, satisfaite de ne pas trembler et de s'exprimer avec la politesse distante réservée aux simples connaissances.

Durant une fraction de seconde, ses yeux dorés s'étrécirent et sa mâchoire se contracta. Puis il se retrancha derrière un masque de froideur et croisa les bras, un geste qui fit ressortir ses muscles sous son T-shirt. Devant sa nonchalante virilité, elle vacilla. Soudain, il était évident qu'elle ne pourrait pas l'oublier.

Jamais.

Aussitôt, elle n'eut plus qu'une seule envie : fuir. Partir le plus loin possible. Mais il lui bloquait le passage, et le puissant cocktail de phéromones et de testostérone qu'il exsudait lui donnait le vertige. Serrant les dents, elle s'apprêtait à se détourner quand il leva la main pour la retenir. Elle s'écarta maladroitement, puis leva la tête et eut l'impression de voir une douleur traverser ses yeux ambrés. Mais il se reprit immédiatement ; son visage arbora de nouveau une expression impénétrable et son bras retomba le long de son corps. Peut-être s'était-elle trompée... Peut-être avait-elle pris ses désirs pour des réalités.

— Comment vas-tu ? demanda-t-il doucement.

Elle eut un léger mouvement de recul. Il lui demandait comment elle allait ? Après l'avoir abandonnée dans une chambre d'hôtel, totalement anéantie ? Après avoir disparu pendant cinq semaines sans un mot d'explication ?

L'envie l'effleura de tourner les talons et de s'éloigner sans un regard, mais elle remarqua la fatigue qui lui tirait les traits. La fatigue et une certaine indécision. Une perplexité...

— Bien, répondit-elle, laconique. Et toi ?

Il plissa le front, comme déconcerté par son attitude, ce dont elle fut secrètement satisfaite.

— Moi ?... Ça va, dit-il d'un ton absent.

— Tant mieux. Je suppose que ta famille a été heureuse de te voir rentrer sain et sauf.

Comme il la fixait intensément, elle fut troublée et se força à réagir.

— Bon, excuse-moi, mais... je dois y aller.

Elle se dirigea vers les grandes portes vitrées du magasin, et cette fois il ne tenta pas de la retenir... mais l'accompagna.

— Laisse, ce n'est pas lourd, dit-elle quand il lui prit un de ses sacs. Et tu as sûrement autre chose à faire, non ?

— Où est ta voiture ? demanda-t-il pour toute réponse.

— Sam...

— Il faut que nous parlions, Cassidy.

Parler ? Soudain furieuse, elle se tourna vers lui.

— Nous n'avons rien à nous dire, Sam. Rien ! Tu m'as clairement révélé tes sentiments la dernière fois que nous nous sommes vus. Il aurait fallu que je sois obtuse pour ne pas comprendre. Maintenant, donne-moi ce sac et sors de ma vie, d'accord ?

— Cassidy...

Tout à coup le peu de contrôle qu'elle gardait sur elle-même lui manqua.

— Arrête ! s'exclama-t-elle, se contenant à grand-peine de crier et dégageant d'un geste brusque son bras qu'il venait de saisir.

Des larmes étaient montées à ses yeux et sa gorge la serrait douloureusement. Il fallait absolument qu'elle parte avant de se donner en spectacle.

— Je... je dois rentrer. Au revoir, Sam.

Sam, malgré tout, suivit Cassidy en silence et la regarda chercher ses clés, puis presser la télécommande de ses doigts tremblants. Le ventre noué, il s'approcha pour refermer sa main sur la sienne. Elle sursauta comme si elle avait reçu une décharge, et il resserra son étreinte quand elle tenta de se dégager.

Bon sang, il avait tout gâché. Elle ne supportait même plus qu'il la touche. Alors qu'il en rêvait depuis presque un mois...

S'écartant d'un bond, elle patienta, l'air tendu, tandis qu'il déverrouillait les portières et chargeait ses sacs sur le siège arrière. Puis il ouvrit celle du conducteur et lui rendit la télécommande qu'elle saisit en prenant garde de ne pas le frôler. Elle se serait ensuite glissée sur le siège s'il n'avait pas réagi en la pressant contre le métal froid. Il se refusait à la laisser une fois de plus sortir de sa vie. Pas après ce qu'il venait de traverser ces dernières semaines.

Au début, il s'était demandé ce qu'il lui arrivait. Oui, tout SEAL invincible qu'il était, il avait craqué. Il avait partagé ses cauchemars et sa culpabilité avec elle. Et il avait détesté l'idée qu'elle sache à présent qu'il était un meurtrier, un homme qui avait tué de sang-froid. Oui, bien sûr, il avait fait cela pour sauver sa vie et celle de ses hommes, mais il l'avait aussi fait sous le coup d'une rage froide. Et il n'avait pas supporté la compassion, l'apitoiement qu'il avait lus dans son regard vert. Il ne les méritait pas. Il ne *la* méritait pas.

D'accord, il souffrait toujours du SSPT, mais ce n'était pas là le problème, il lui avait fallu deux longues semaines pour comprendre ce qu'il en était vraiment. En fait, il lui manquait quelque chose de bien plus important que sa santé mentale — son cœur. Et *elle* était son cœur.

Son cœur et son corps car, de la sentir pressée contre lui, il se rendait compte à quel point leur séparation l'avait rendu fou.

Comme elle tentait de se libérer, il lui saisit les poignets, les releva au-dessus de sa tête et se pencha pour l'embrasser. Il sentait contre lui son cœur qui battait à tout rompre alors qu'elle cherchait à lui échapper. Puis, peu à peu elle capitula et répondit à son baiser avec une fougue égale à la sienne. C'était si bon... Jamais il n'avait désiré une femme avec une telle ardeur. Il enfouit ses mains dans ses cheveux, moula tout son corps contre le sien et...

— Samuel ! Arrête !

Choqué, il se figea et prit de longues inspirations pour se calmer.

— Arrêter ? Pourquoi, Cassidy ? demanda-t-il alors que, ses mains à plat sur son torse, elle le repoussait.

— Laisse-moi tranquille, Sam...

Lui jetant un bref regard éperdu, elle s'installa au volant, claqua la portière et lança le moteur avant même qu'il ne soit revenu de sa surprise. Sortant en flèche de sa place, elle évita de justesse un vieux pick-up qui arrivait de l'allée, puis fila vers la sortie du parking.

La dernière image qu'il eut d'elle fut son visage ravagé de larmes. Des larmes qu'il avait provoquées. Une fois encore, il l'avait fait pleurer.

Hébété, il regarda ses feux arrière disparaître. Jamais il ne s'était senti aussi misérable et anéanti depuis le jour où il avait laissé tomber son équipe. Et, comme ce jour-là, il retourna sa fureur contre lui. Une rage froide qu'il n'avait pas la possibilité d'exprimer, d'expulser dans un parking plein de femmes et d'enfants innocents. Non, c'était certain. En revanche, il savait exactement où il pourrait le faire...

Ruben poussa les portes du *Crash Landing* en se demandant s'il n'aurait pas déjà dû réquisitionner toutes les ambulances des hôpitaux du coin. Il était rentré chez lui avec un pack de bières et une pizza géante qu'il comptait déguster affalé sur son divan devant son grand écran. Seattle affrontait San Francisco et il venait d'applaudir le premier but de Seattle quand le téléphone avait sonné...

S'attendant à arriver en plein champ de bataille, il se figea, interloqué, sur le seuil du bar... Une dizaine d'hommes, accoudés au comptoir, sirotaient leur tequila en chantant une chanson de corps de garde, assez faux pour agresser les oreilles d'un sourd.

Sam tenait Chris Hastings par l'épaule comme si c'était son meilleur copain. Pourtant, ces deux-là ne pouvaient pas se voir en peinture depuis leurs années de lycée.

Atterré, Ruben se fraya un chemin jusqu'au patron du bar qui, continuant à laver ses verres avec une apparente indifférence, le salua d'un signe de tête.

— Shérif... Je vous sers quelque chose ?

— Deux cafés, Joe. Doubles, forts, et pleins de sucre.

Lorsque Joe posa les grandes tasses devant lui, les hommes avaient déserté le comptoir, laissant les deux frères seuls.

— Fiche le camp, gronda Sam avant d'avaler une autre rasade.

Ruben lui prit le verre des mains et lui tendit le café.

— Bois, ordonna-t-il. Et ensuite tu m'expliqueras pourquoi le nouveau médecin de Crescent Lake s'entraîne pour faire partie de la chorale locale...

Sam grimaça en considérant le café.

— Très drôle.

— Je ne trouve pas, non. Pas alors que j'ai dû abandonner le match au moment où Seattle marquait son premier point contre San Francisco. Tout ça pour mon frère qui squatte le bar de Joe en écorchant les oreilles des clients. Alors avale ce fichu café avant que je te jette dans une cellule de dégrisement et que je t'arrête pour avoir perturbé l'ordre public.

Sam lui jeta un coup d'œil mauvais, puis, conscient qu'il ne plaisantait pas, saisit sa tasse.

— J'allais partir, de toute façon.

Après l'avoir regardé avaler son café, Ruben soupira en secouant la tête, visiblement rassuré qu'il soit aussi docile.

— Tu peux me dire ce qui ne va pas ?

Sam se passa la main dans les cheveux.

— Tout va bien.

Si seulement… Tout allait mal, au contraire. La lueur douloureuse qu'il avait surprise dans les magnifiques yeux verts de Cassidy l'avait rendu fou. Il l'avait coincée contre la voiture pour l'embrasser, et s'était soudain rendu compte qu'elle pleurait. Devant son visage blême et choqué, désormais gravé dans sa mémoire, il avait eu le sentiment d'être un véritable monstre.

— Oui, je vois ça, répondit Ruben, ironique.

Il l'aimait, bon sang. Plus encore que son métier de SEAL. Plus que sa propre vie. Mais elle lui avait dit d'arrêter et elle avait fui comme si elle ne pouvait même plus supporter de poser le regard sur lui.

— Tout va bien, répéta-t-il avec lassitude.

Il avait tout gâché et n'avait aucune idée de la manière dont il pourrait y remédier.

— Donc, dit Ruben qui tournait inutilement la cuillère dans son café, ça n'a aucun rapport avec un certain docteur que tu embrassais à perdre haleine sur le parking du supermarché ?

Comme Sam le fusillait du regard, son frère poussa un profond soupir.

— Tu es idiot, Sam. Et nous sommes dans un endroit public, je reste poli.

Sam s'apprêtait à le remettre vertement à sa place, mais… A quoi bon nier ? Ruben avait raison. Il *était* bel et bien un idiot.

— J'ai tout gâché, c'est vrai, dit-il, désespéré et dégoûté de lui-même. J'ai démoli ce que j'ai peut-être connu de plus beau dans ma vie.

— Eh bien répare-le.

— Facile à dire… Je ne suis pas sûr que ce soit possible. Elle me déteste, maintenant.

Ruben le fixa d'un air excédé.

— Franchement, tu ne fais pas honneur aux Irlandais,

tu sais... En plus, je croyais que la devise des SEAL était « S'adapter et surmonter » ?

Il pointa un doigt sur lui.

— Alors reprends-toi, et fais ce qu'il faut pour t'adapter et surmonter ton problème.

— Elle ne veut plus de moi.

— Oh ! Bon sang... Tu es un SEAL, Sam ! Alors comporte-toi en SEAL. Aucun obstacle ne te résiste, d'accord ? Pas plus celui-là qu'un autre.

Sam considéra pendant un moment son frère dans un silence tendu, puis acquiesça d'un hochement de tête bref et avala le reste de son café. Il reposa la tasse sur la soucoupe d'un geste sec, tourna les talons et se dirigea vers la sortie.

— Paie le café pour moi, fit-il. J'ai quelque chose à régler.

Amende honorable. Oui, c'était ce qu'il allait devoir faire. Et quand il aurait triomphé de cette épreuve, elle serait à lui. Et lui à elle.

L'échec n'était même pas envisageable. Non. Pas cette fois.

13

Cassidy poussa la porte de verre du bureau du shérif, et se rappela la dernière fois où elle y était venue. Comme ce jour-là, Hazel Porter était à la réception.

L'adjointe leva les yeux au-dessus de ses lunettes en demi-lunes et la considéra avec une expression bizarre. Puis elle s'éclaircit la gorge, presque bruyamment, une fois, deux fois, et un silence étrange tomba sur la salle tandis qu'une dizaine d'yeux se tournaient vers Cassidy.

Interloquée, celle-ci s'avança vers le comptoir, soudain aussi nerveuse qu'une jeune mariée au seuil de la chambre nuptiale...

— Bonsoir, madame Porter. Il paraît que vous avez une urgence médicale ?

— Heureuse de te voir, mon chou, répondit Hazel en attrapant un trousseau de clés derrière elle. Nous sommes en effet confrontés à une situation... particulière.

— Particulière ?

Hazel contourna le comptoir et, d'un geste, fit taire les jeunes employés qui chuchotaient entre eux, tous un sourire jusqu'aux oreilles.

— Que se passe-t-il ? demanda Cassidy, intriguée.

— Ne fais pas attention. C'est plutôt calme, en ce moment, ces jeunes sots ne trouvent rien de mieux à faire que de bayer aux corneilles et de regarder les jolies filles...

La réflexion, prononcée haut et fort, incita les « jeunes sots » à repiquer du nez dans leurs dossiers.

— Sans compter que tout le monde a la sale manie de se mêler des affaires des autres, ajouta l'adjointe.

Cassidy la regarda avec un étonnement mêlé d'inquiétude.

— Vous allez bien, madame Porter ? Vous semblez un peu... ?

— Appelle-moi Hazel, comme tout le monde, mon chou. Sinon, oui, je vais bien, merci. Du moins j'irai mieux une fois que cette histoire sera terminée, c'est sûr, fit-elle en marmonnant.

Perplexe, Cassidy la suivit dans le couloir menant à la zone de détention. Des rires étouffés derrière elles la firent se retourner. Les employés pouffaient et se donnaient des coups de coude comme des gamins. *De plus en plus bizarre...*

— Par ici, dit Hazel en déverrouillant la porte avant de s'écarter pour la laisser passer.

Cassidy eut une très nette impression de déjà-vu. S'avançant avec prudence, elle se figea soudain avec la très désagréable sensation que ses cheveux se dressaient sur sa tête...

Comme elle se tournait vers l'adjointe au shérif, elle surprit le regard étrange que celle-ci posait sur elle.

— Ne sois pas trop dur avec lui, mon chou, murmura Hazel. C'est un crétin, mais on l'aime bien.

Cette fois, c'était certain, tout le service du shérif était victime d'une sorte de folie. Peut-être due au vent des montagnes ?...

— Madame Porter...

— Hazel, mon chou..., la coupa l'adjointe en désignant la forme sombre qui occupait l'étroite couchette de la cellule en face d'elle. Vas-y, tout est déjà prêt. Et n'hésite pas à appeler si tu as besoin de quelque chose.

Redressant les épaules, Cassidy pénétra dans l'aire de détention à peine éclairée et remarqua distraitement que les autres cellules étaient ouvertes et vides. *Bizarre...* Soudain la porte extérieure claqua derrière elle, ce qui la fit sursauter. L'étrange comportement du service devait déteindre sur elle… Prenant une forte inspiration pour se ressaisir, elle serra sa mallette médicale contre elle et se dirigea vers la seule cellule occupée.

Comme elle en franchissait le seuil, elle perçut un mouvement derrière elle ; aussitôt elle pivota sur ses talons et profita de son élan pour frapper l'intrus de sa mallette. L'homme esquiva le coup avec un juron étouffé et leva le bras pour lui agripper le poignet et lui faire lâcher sa mallette.

Prise au dépourvu, elle fit un pas en arrière, mais trébucha et tomba durement par terre ; sa tête heurta le sol et, un bref instant, elle eut l'impression de voir des étoiles tourbillonner devant ses yeux. Puis une silhouette, celle d'un homme grand et fort, se pencha en tendant la main vers elle. Il semblait dire quelque chose, mais, avec le sang qui battait à ses oreilles, elle ne saisissait pas un traître mot.

Instinctivement, elle se recula pour éviter qu'il ne la touche. Mais ses mains larges se refermèrent sur ses épaules. Avant qu'elle n'ait pu protester, il la souleva et la remit sur ses pieds comme si elle ne pesait pas plus lourd qu'une plume.

Elle se débattit, l'attaquant de ses ongles, de ses poings en hurlant, et s'arrêta brusquement en reconnaissant la voix familière qui parvint enfin à couvrir ses vociférations.

— Cassidy ! Arrête, bon sang ! Calme-toi !

Elle se figea, ravalant les sanglots qui lui étreignaient la gorge, et fixa le visage sombre. Il lui fallut encore deux secondes pour reconnaître l'odeur masculine familière et les yeux dorés rivés sur elle.

— Samuel… ? dit-elle d'une voix éraillée alors que ses jambes refusaient soudain de la porter.

Il enroula un bras autour de sa taille pour l'empêcher de s'effondrer.

— Oh ! Bon sang, Cassidy…, murmura-t-il dans ses cheveux.

Le cœur battant à tout rompre, elle ferma les yeux et enfouit son nez dans le creux de son cou pour se fondre dans sa chaleur si réconfortante. Si grisante…

Jusqu'à ce qu'elle se rappelle qu'elle avait toutes les raisons de lui en vouloir pour lui avoir causé une frayeur pareille. Sous l'impulsion d'une colère légitime, elle le repoussa brutalement et lança son genou vers ses parties sensibles… Avec un cri étranglé, il se plia en deux, la lâcha et s'affala au pied de la couchette tandis qu'elle reculait contre les barreaux de la cellule.

— Bon sang, mais…, marmonna-t-il d'une voix haletante. Mais qu'est-ce qui te prend ?

Choquée par sa propre réaction, elle vint en titubant s'asseoir à côté de lui.

— Je… je regrette. Excuse-moi, dit-elle en levant la main pour relever une mèche tombée sur son front. Je ne comprends même pas pourquoi je l'ai fait. Si ce n'est que… tu m'as quand même fichu une peur bleue !

Après un long silence, il lui jeta un coup d'œil amusé.

— Viens ici…

Lui prenant le poignet, il l'attira, et elle se retrouva blottie contre lui. Bien que tentée de s'abandonner dans ses bras, ne fût-ce que pour se prouver qu'elle ne rêvait pas, elle résista. Le simple souvenir de son attitude après la dernière nuit qu'ils avaient partagée suffit à la rappeler à la raison… Elle chercha même à se relever, mais il resserra son étreinte en lâchant une plainte étranglée.

— Ne bouge pas…, chuchota-t-il à son oreille. Donne-moi… juste une minute… D'accord ? Le temps que je récupère.

Elle se rendit compte qu'elle était assise là où elle venait de le frapper de son genou. Puis soudain elle se souvint qu'elle était censée soigner un prisonnier. *Lui ?*

— Où es-tu blessé ? demanda-t-elle, résistant vaillamment à l'envie de promener ses mains sur tout son corps pour l'ausculter…

Il se figea. Puis leva un regard étonné vers elle.

— Tu es sérieuse ? Tu me fais *ça*, et après tu me demandes où j'ai mal ?

Elle se sentit piquer un fard tandis qu'un rire irrépressible la prenait.

— Désolée... Mais franchement, tu le méritais pour m'avoir traitée comme tu l'as fait.

— Hum... En tout cas, j'aurai de la veine si tu n'as pas détruit toute chance pour moi d'avoir un jour une descendance.

Ce qui lui remémora douloureusement qu'il ne voulait pas d'elle.

— C'est ton problème, pas le mien !

— Arrête, Cassidy..., dit-il en l'empêchant de s'échapper. *C'est* ton problème... Ou ça le sera, du moins je l'espère.

Déconcertée, elle s'écarta de lui pour mieux le regarder. Il avait retrouvé des couleurs, mais ne semblait pas encore au meilleur de sa forme. De nouveau inquiète, elle promena délicatement sa main sur les ecchymoses de son visage avant de palper ses épaules et son torse.

— Que t'arrive-t-il, Sam ? Hazel a eu peur pour toi et a appelé un médecin.

— Qui a bien failli m'estropier à vie. C'était quoi, cette attaque sauvage ?

— Sam...

— Laisse-moi finir, d'accord ? Il faut que j'aille jusqu'au bout.

Avec un soupir, elle l'observa attentivement, cherchant des signes du SSPT, ou au moins une explication à son comportement. En vain.

— D'accord. Je t'écoute.

A sa grande surprise, il prit alors une profonde inspiration. Pour un peu, il lui aurait semblé fébrile. Mais ce n'était probablement qu'une illusion. Sam était un SEAL. La seule idée qu'un homme qui avait subi et surmonté des tortures puisse être intimidé était franchement absurde.

Pourtant il se passait quelque chose d'étrange qui commençait sérieusement à la rendre nerveuse.

— Que fais-tu ici, au fait ? demanda-t-elle alors que le

silence menaçait de se prolonger. Tu ne devrais pas être dans un pays en guerre à liquider les méchants ?

Son regard intense mais indéchiffrable se riva au sien.

— J'ai démissionné, dit-il calmement.

— Tu as... *démissionné* ? Mais... pourquoi ?

Il resta muet si longtemps qu'elle avait presque renoncé à obtenir une réponse, mais ses yeux ambrés étincelaient.

— Pour toi.

— Pour... *moi* ? Je... je ne comprends pas. Qu'est-ce que cela signifie ?

Il esquissa un sourire, mais son regard restait absolument sérieux.

— Lors de ma dernière mission, je ne pensais plus qu'à toi, Cassidy. Et ça devenait franchement dangereux. Pour moi, mais aussi pour mon équipe.

Ne sachant comment réagir, elle baissa la tête et frotta lentement ses paumes sur ses cuisses afin de dissimuler leurs tremblements.

— J'ai failli y rester, dit-il à voix presque basse. J'étais à huit mille mètres quand mon parachute a refusé de s'ouvrir.

— Oh ! Non..., souffla-t-elle en le prenant instinctivement par les épaules. Dis-moi que tu vas bien, que tu n'as pas...

Incapable d'exprimer son angoisse, elle laissa ses mains courir sur son corps, elle aurait presque arraché sa chemise s'il ne l'en avait pas empêché.

— Hé ! Je suis ici, et en un seul morceau, non ?

Elle le fixa de ses yeux écarquillés avant de relâcher l'air coincé dans ses poumons, puis abattit durement son poing sur son torse.

— Bon sang, Sam !... Ne me refais jamais ça, tu entends ? Ne me fais plus jamais des peurs pareilles !

— Si tu me laissais finir ? demanda-t-il avec douceur.

Elle ferma les yeux une seconde, prit une profonde inspiration, puis les rouvrit.

— Désolée. Vas-y. Je me tais.

Presque distraitement, il porta sa main à ses lèvres avec une tendresse qui la prit au dépourvu.

— Donc, je tombais à une vitesse vertigineuse, et je voyais la terre se ruer vers moi. Et je me suis dit : cette fois, c'est fini. Je me suis même détendu en songeant que c'était ce que je méritais pour n'avoir pas su protéger mon équipe.

Il s'interrompit quelques secondes avant d'ajouter :

— Et pour t'avoir déçue. Et puis soudain il m'a semblé que quelqu'un hurlait dans ma tête et... Bon sang, j'étais prêt à finir en beauté. A viser les cibles pour tout faire sauter...

— Oh ! Sam..., dit-elle, pressant son poing sur sa bouche pour contenir un sanglot horrifié.

La serrant contre lui, il lui caressa le dos de ses doigts légèrement tremblants.

— J'étais sur le point de sortir mes grenades quand, tout à coup... Tout a disparu autour de moi, comme si j'avais perdu connaissance, et je t'ai entendue...

Il la repoussa doucement pour plonger son regard dans le sien.

— Tu me criais de me ressaisir, de me battre pour rester en vie. Et alors tu as dit : « Je t'aime, Samuel. Je t'en prie. Ne t'en va pas. Ne m'abandonne pas. »

Abasourdie, elle voulut se dégager de son étreinte, mais il la retint.

— Non, reste, fit-il d'une voix rauque. Je sais que je ne le mérite pas, mais... Je t'en prie, écoute-moi jusqu'au bout. S'il te plaît.

Il attendit jusqu'à ce qu'elle s'immobilise, le visage enfoui contre son épaule, ses larmes mouillant sa chemise.

— J'ai vu ton visage, Cassidy. Aussi clairement que je le vois maintenant. En une fraction de seconde, j'ai su que tu avais raison : je suis un idiot. Il a fallu que je frôle la mort pour comprendre que je... je...

S'écartant légèrement, elle releva les yeux vers lui.

— Que tu *quoi*, Sam ?

Il esquissa un sourire, mais son regard brûlait d'une émotion qu'elle redoutait d'interpréter.

— Que j'allais droit dans le mur. Je me reprochais de vivre alors que mes amis étaient morts. Et quand mon parachute a refusé de s'ouvrir, j'ai pensé que ce n'était qu'un juste châtiment. Mais tu m'as sauvé, et même si je t'ai blessée… et si je ne te méritais pas… je me suis rendu compte que je ne supportais pas l'idée de ne plus jamais te revoir. Et je m'en voulais terriblement de ne t'avoir rien dit… Le brouillard s'était levé dans ma tête ; tout s'est brusquement éclairci et j'ai enfin pu voir le monde tel qu'il est. Pour la première fois. Alors j'ai adressé une prière au ciel et j'ai tiré sur ce fichu déclencheur. Il ne s'est rien passé pendant encore quelques secondes, puis il s'est déployé.

Avec un rire un peu nerveux, il prit son visage entre ses mains.

— A part ton sourire, c'est la plus belle chose qu'il m'ait été donné de voir…

La gorge nouée, elle resta sans voix tandis qu'il poursuivait sur un ton solennel :

— Je t'aime, Cassidy. Dis-moi qu'il n'est pas trop tard. Dis-moi que je n'ai pas rêvé ce que tu m'as dit, et que tu ne m'as pas sauvé pour me briser le cœur ensuite.

— Oh ! Sam…, répondit-elle, bouleversée. Tu… tu es sûr ?

— Que je t'aime ? Je n'ai jamais été plus certain de quoi que ce soit.

— Mmmh… Je ne me lasserai jamais de te l'entendre dire.

Il ferma les yeux une seconde, rejetant la tête en arrière.

— Je t'aime, je t'aime, je t'aime. Et moi je ne me lasserai jamais de te le dire.

— Alors embrasse-moi, dit-elle, étourdie de bonheur.

Ce qu'il fit avant de s'écarter légèrement d'elle.

— A toi, maintenant.

— A moi ?

— Allez, ne me fais pas languir... Je suis à l'agonie, docteur... *Par pitié*. Dis-le-moi !

Plongeant son regard dans le sien, elle lui effleura la mâchoire, et tout humour avait disparu de sa voix lorsqu'elle murmura :

— Je t'aime, Samuel Kellan. Je t'aime depuis le premier jour. La première minute. La première seconde.

Un magnifique sourire éclaira son visage tendu. Soudain, elle se retrouva allongée sous lui. Il avait même glissé les mains au bas de son dos pour la plaquer plus étroitement contre lui.

Son gémissement de désir fut étouffé par le baiser ardent dans lequel il l'entraîna. S'accrochant à lui, elle ferma les yeux pour mieux se laisser submerger par le plaisir. Ces longues semaines de frustration trouveraient bientôt leur assouvissement et cette perspective la grisait presque autant que la sensation de ses lèvres courant sur son cou.

Une éternité semblait s'être écoulée quand elle rouvrit enfin les yeux — pour découvrir les visages épanouis et rieurs qui les observaient du couloir. Atterrée, elle secoua Sam, reconnaissant les jeunes employés qu'elle avait vus en arrivant. Ainsi que le shérif et... la *sœur* de Sam ?

Elle sentit ses joues rougir et enfouit son visage empourpré dans le creux de son cou.

— Sam...

— Oui, dit-il dans ses cheveux. Moi aussi, j'ai très envie de toi...

— Vous ne préféreriez pas être dans une chambre, vous deux ? demanda Hannah Kellan sur un ton goguenard. Les cellules sont confortables, je sais, mais...

Les rires éclatèrent autour d'eux.

— Un peu d'intimité ne serait pas de refus, c'est vrai, fit-il.

D'un mouvement souple, il se releva, entraînant Cassidy, et la tint serrée contre lui alors qu'il affrontait leur public.

Hannah vint s'appuyer contre la porte ouverte et croisa ses bras sous sa poitrine.

— Alors ? dit-elle en haussant les sourcils à la manière de son frère.

— Alors quoi ?

Il était clair qu'il se serait volontiers passé de l'intervention de ce public.

— Elle veut ou elle veut pas ? demanda Ruben avec impatience.

De les voir tous tourner alternativement la tête de lui à elle, comme à un match de tennis, Cassidy se sentit presque gagnée par le fou rire.

— Je ne lui ai pas encore demandé.

Hannah pouffa.

— Tu m'étonnes ! Tu étais bien trop occupé à l'embrasser...

— Ça vous ennuierait de me laisser faire ma demande sans avoir tous les débiles de la ville pour témoins ? répondit Sam avec irritation.

Ignorant les protestations affectées qui fusaient, Cassidy releva des yeux écarquillés vers lui.

— Ta demande... *en mariage* ?

A sa plus grande stupéfaction, elle le vit presque rougir. *Lui*, un SEAL aguerri, capable de rester impavide devant les situations les plus dangereuses !...

— Eh bien oui, déclara-t-il d'un air possessif. Que veux-tu que ce soit d'autre ?

— Je... je ne sais pas.

— Tu m'as sauvé, Cassidy, dit-il d'une voix plus basse. Sans toi, je courais à la catastrophe. Je t'aime. Tu es celle que j'avais toujours cherchée sans le savoir.

Son visage se brouilla devant ses yeux soudain embués, et elle ne perçut que vaguement les applaudissements et les encouragements qui fusaient autour d'eux.

— Mais... et ton travail ? Les SEAL ?

— Je t'ai dit que j'avais démissionné.

— Oh ! Je ne sais pas..., fit-elle, sans prêter attention au silence qui se faisait soudain dans le couloir.

Sam se figea et une expression proche de la panique apparut sur ses traits.

— Comment ça, tu ne sais pas ?

— Tu ne m'as encore rien demandé, lui dit-elle doucement en se hissant sur la pointe des pieds pour l'embrasser au coin des lèvres.

Avec un soupir de soulagement, il pressa une main sur sa nuque et, de l'autre, lui effleura la joue.

— Cassidy Maureen Mahoney, accepterais-tu de me sauver une dernière fois ?

Des larmes montèrent à ses yeux.

— Oh ! Sam...

— Veux-tu devenir ma femme ? continua-t-il d'une voix que l'émotion rendait presque sourde. Et passer les prochaines soixante années et plus à m'aimer comme je t'aime ? Voudras-tu élever notre famille ici, à Crescent Lake, travailler avec moi à l'hôpital, et alimenter les potins de la ville ?

Hypnotisée par son regard, elle ne pouvait répondre. Les mots semblaient coincés dans sa gorge.

— Dis quelque chose, mon ange, murmura-t-il, presque implorant. Je vais être la risée de tout le village.

Tous, autour d'eux, retenaient leur souffle.

— Oui, dit-elle simplement. Oui, je le veux.

— Oui ?

— Oui, Sam, je veux t'épouser.

Il poussa un énorme soupir en fermant les yeux, qu'il rouvrit aussitôt quand elle ajouta :

— Mais...

— Mais ? fit-il, l'air soudain incertain. Mais quoi ? Tu veux que je renonce à mes hobbies ? D'accord. A ma famille ? Accordé.

Cassidy secoua la tête en riant avant de reprendre son sérieux.

— Non. Je veux seulement connaître tous tes secrets.

— Tous ? Tu es sûre ?

— Certaine.

— D'accord. Je te promets de ne rien te cacher.

Elle enroula les bras autour de son cou et plongea son regard dans le sien.

— Samuel James Kellan, rien ne me rendrait plus heureuse que de devenir ta femme.

Un tonnerre de cris, de sifflements et d'applaudissements retentirent dans le couloir des cellules. Mais Sam, clairement indifférent à ce qui se passait autour d'eux, n'avait d'yeux que pour elle.

— Je t'aime. Et tu sais quoi ? J'aimerais te le prouver sur-le-champ. Enfin... juste le temps de trouver un endroit un peu plus intime.

— Je crois que je sais où exactement, murmura-t-elle, rayonnante.

Un lent sourire prometteur de plaisirs à venir monta aux lèvres de Sam, qui fit battre son cœur plus fort.

— Qu'attends-tu pour nous y conduire ? chuchota-t-il à son oreille.

Elle lui prit la main et, d'un pas résolu, fendit avec lui l'attroupement des témoins de leur bonheur. Celui-ci, elle en avait la certitude, les accompagnerait chaque heure de chaque jour de leur vie ensemble...

Ma voisine,
cette garce

Emmanuelle Moreau

Ma voisine, cette garce

ÉDITIONS FRANCE LOISIRS

Ce roman est paru aux Éditions Max Milo.

Édition du Club France Loisirs,
avec l'autorisation de Max Milo Éditions.

Éditions France Loisirs,
123, boulevard de Grenelle, Paris
www.franceloisirs.com

ISBN : 978-2-298-08260-9

Merci à Hassna Bensaid,
ma première lectrice.

PREMIÈRE PARTIE

Présentations

1. Intrusion

Audrey Nichelong aurait dû profiter de son jour chômé pour faire le ménage dans l'appartement : la crasse noircissait le carrelage de la salle de bains, la poussière faisait des moutons, et, surtout, son clic-clac sentait l'urine, car le chat noir avait pissé dedans. Elle préféra refermer le canapé, s'y avachir et allumer un pétard. Elle aspira la fumée en fermant les yeux et la rejeta dans un grand soupir. Aussitôt s'envolèrent les soucis – le chèque sans provision, les frais qui engraissaient le banquier, les fugues de Kevin. Une deuxième taffe chassa les cauchemars de la nuit – cris de jouissance des gorets dans la cave, flammes de l'incendie qui la dévoraient. Elle tira encore sur le joint, et se sentit délivrée, insouciante. Une quatrième bouffée de cannabis la fit rêver d'un homme qu'elle aimait et qui l'aimait, et qui la comprenait. Elle se sentit apaisée, enfin…

Elle ne bougeait plus, lèvres entrouvertes pour ce prince qui allait y déposer un baiser, quand elle fut arrachée à son extase par un bruit de manœuvre, côté rue. « C'est pas bientôt fini ce bordel ? » jura-t-elle, furieuse d'être ainsi rappelée à la réalité. Elle se leva pour aller voir, dans la cuisine, ce qui se passait. Un camion long de sept mètres était en train de se garer. Il était si haut que son toit atteignait sa fenêtre et lui bouchait la vue. « Putain, qu'est-ce que c'est que ce gros-cul ?! » se demanda-t-elle, châtiant son expression, comme toujours. « Nom de Dieu ! Un camion de déménagement ! C'est pour qui ? » murmura-t-elle, cette fois inquiète.

Elle perçut des voix dans le hall d'entrée de l'immeuble. « Ce serait ici ? Mais alors… » Elle courut coller son œil au judas afin de voir ce qui se passait. Sous la lumière blafarde du palier plusieurs silhouettes se dessinèrent, de dos. « On ouvre l'appartement d'en face ! chuchota-t-elle, la gorge nouée. Mais comment ils ont pu le relouer ? Ils avaient dit que personne ne voudrait l'habiter après un suicide ! Meeerde ! Qui est-ce qui vient me faire chier ? » Elle était si tranquille depuis la mort d'Aline Mercier ! Plus de voisine ! Plus personne pour la narguer ! Plus personne pour lui faire sentir qu'elle n'était pas assez bien, qu'elle ne faisait pas partie du même monde, pour la rejeter !

Elle regretta d'avoir fait la tête, ces derniers temps, à Mme Gomez, la concierge, qui autrement l'aurait mise au courant. C'était plus fort qu'elle, elle détestait les concierges, elle les considérait comme des indics, des supplétifs de la police, toujours prêts à vous dénoncer. Par principe, elle ne leur offrait pas d'étrennes, ce qui ne contribuait pas à améliorer leurs relations. « C'est une meuf qui a les clés ; la quarantaine bien sonnée, constata-t-elle derrière l'œilleton. Les déménageurs ont un drôle d'accent, faut que j'aille voir d'où vient le camion. » Elle retourna dans la cuisine et lut : « Meerweg, Belgique ». « C'est où, déjà, la Belgique ?

Faudrait que je regarde sur le *Petit Larousse* de Kevin. Oh, et puis je m'en tape ! C'est à l'étranger ; ça veut dire qu'elle est pas de chez nous cette femme. Qu'est-ce qu'elle fout dans du logement social ? »

Audrey Nichelong n'était pas au bout de ses surprises : les déménageurs amenaient deux lits à barreaux. « Elle aurait des nourrissons, cette vioque ?! » s'écria-t-elle. De plus en plus intriguée, elle jugea nécessaire de s'informer. Elle apporta un tabouret de bar, qui lui permettait d'être juste à la hauteur du judas, pour observer, assise et à son aise, les allées et venues. « Elle se refuse rien, dis donc ! Un grand miroir avec des dorures, elle se croit dans un palace ? »

Elle resta postée presque toute la journée à regarder et commenter intérieurement. « Encore une commode en pin ! C'est cher ces trucs-là ! Au moins mille euros ! Ça serait drôlement mieux que mes bacs en plastique, pour ranger nos vêtements… » Un peu plus tard, elle vit deux déménageurs sortir de l'ascenseur avec un meuble énorme, caché sous des couvertures. Qu'est-ce que c'était encore ? « Putain, un piano ! J'espère qu'elle va pas me faire chier avec des gammes ! s'exclama-t-elle. Mais comment ça se fait qu'elle atterrit dans cet appartement pourri, la bourge ? D'habitude c'est aux gens comme moi, les petits, qu'on les refile, ces rossignols ! » Côté chambres et salon, son appartement était à moitié enterré, les fenêtres se trouvant à hauteur d'épaule. Les lumières devaient rester allumées toute la journée. Mais si l'on se plaignait, on s'entendait répondre qu'on avait bien de la chance d'habiter dans du social, alors que cent vingt mille

Parisiens étaient inscrits sur les listes d'attente. « Faudra que je demande à Gomez », conclut-elle.

Les déménageurs revenaient. L'un des hommes, après s'être essuyé le front, où perlait la sueur, dit à la nouvelle voisine : « Vous savez, madame, qu'on les fait en numérique, les livres, aujourd'hui ? » Audrey Nichelong réalisa que la montagne de cartons qui sortaient de l'ascenseur contenait des bouquins. « Une intello, en plus ! Encore une qui va me regarder de haut, comme l'autre d'avant ! » Elle la détesta d'emblée. Elle décida de lui souhaiter la bienvenue à sa façon, dès que les types seraient partis.

2. Emménagements

C'était le grand jour pour Rachel Kubler. Après avoir passé dix années à Bruxelles, où elle avait couvert les affaires européennes pour son journal, la Française revenait à Paris. Non pas seule, comme elle en était partie, mais avec ses deux filles, nées là-bas un an plus tôt.

Grand jour, façon de parler. Le jour, elle ne le verrait plus dans cet appartement à moitié enterré dont les fenêtres se trouvaient à hauteur d'épaule. Certains n'en auraient pas fait un drame : n'y a-t-il pas de plus en plus de *souplex* à Paris ? Elle, s'en désolait. Sans lumière, pas de réflexion, se disait-elle, un rien dogmatique. Pas de vie intérieure, pas d'avis éclairé. En outre, elle avait peur de broyer du noir, elle craignait le vague à l'âme.

À Bruxelles, son appartement était baigné de lumière. Il se trouvait au septième étage, septième ciel, avec vue imprenable sur le parc du Cinquantenaire et les tuiles rouges des petites maisons. Même quand il faisait gris, c'était un plaisir de regarder par la fenêtre. Ici, elle aurait le nez au ras du toit d'une cuisine ; elle ne verrait que des bouches d'aération qui exhalaient des odeurs de graillon, en toute illégalité. Les paysages ont-ils une influence sur la vie intérieure ? Elle en était persuadée. Il lui semblait que voir la ville de loin conférait, au sens figuré, une apaisante hauteur de vue, un bienfaisant recul. Dans ce trou parisien, elle avait peur de s'étioler, s'aigrir, se rabougrir. Elle y venait à contrecœur. Il lui fallait trois chambres, une pour elle, une pour ses filles et une troisième pour la nounou qui les garderait. Compter mille sept cents euros à Paris : au-dessus de ses moyens. À Bruxelles, la vie était moins chère, mais elle y avait fait son temps ; il fallait laisser la place. Son employeur, qui la rappelait dans la mère patrie, lui avait alors proposé un logement social : son loyer ne serait que de mille deux cents euros, mais il ne faudrait pas faire la difficile, avait-il prévenu, car cent vingt mille personnes étaient déjà inscrites sur les listes d'attente.

Un jour, une offre du 1 % logement était tombée sur la messagerie de Rachel : *T4, premier étage, sur le périphérique, au nord de Paris, bon pour une visite.* Le périph, bourdonnement des voitures, klaxons, pollution aux particules. Dans les classes situées à proximité, les élèves ont de moins bons résultats qu'ailleurs, parce qu'ils entendent mal l'institutrice. Rachel Kubler était tétanisée. On lui avait dit de ne pas faire la difficile. Mais pouvait-elle se résigner à ce que ses filles deviennent sourdes à cause des bagnoles ? La réponse était non. Tant pis si elle se faisait engueuler par l'employée du 1 % logement. Elle avait répondu qu'elle n'irait pas le visiter.

Trois mois plus tard, un autre mail était tombé : *T4, premier étage, Strasbourg-Saint-Denis, bon pour une visite.* Elle avait consulté Google Maps et zoomé sur l'adresse : l'appartement se trouvait au-dessus d'un salon de coiffure qui vendait des perruques et toutes sortes de produits exotiques. Strasbourg-Saint-Denis, ses trafics, ses bagarres à coups de tessons de bouteille, ses parties de bonneteau, les allées et venues des clientes dans le magasin qui ferait sans doute brailler de la musique à longueur de journée… Elle avait besoin de silence pour travailler. Certes, elle écrivait facilement dans le brouhaha des salles de presse, mais chez elle il fallait que ce soit calme. Et puis, que donnerait l'école dans ce quartier ? Elle répondit encore, une boule au ventre, qu'elle n'irait pas le visiter. L'employée du 1 % l'appela pour lui dire que deux refus étaient inadmissibles. « Mais pourquoi personne ne veut de ces logements ? » laissa-t-elle échapper, ce qui rassura la journaliste – elle n'était donc pas la seule à ne pas accepter l'inacceptable. « Je vous en propose un troisième, et ce sera le dernier », la prévint-elle.

C'est ainsi qu'elle avait atterri dans le sous-marin, à l'est de Paris. En le visitant, elle avait eu envie de pleurer. La gardienne, Mme Gomez, lui avait gentiment dit : « Si vous mettiez des fleurs devant vos fenêtres, vous cacheriez les saletés qui s'accumulent sur la terrasse, cela pourrait être plus gai ! »

C'était une bonne idée. Elle allait même faire plus : elle allait grimper sur la terrasse, la nettoyer, enlever les immondices qui la recouvraient ; ensuite, elle y placerait de jolies plantes qui embelliraient la vue ; elle construirait ainsi un petit nid agréable à vivre. C'est dans cet état d'esprit qu'elle dirigeait les opérations, s'efforçant de ne pas entendre les exclamations des déménageurs belges, qui n'en revenaient pas que « les Parisiens puissent habiter un entresol ».

Elle avait décidé d'aménager en premier la chambre des filles, pendant qu'elles étaient encore à l'hôtel avec leur nounou. Il fallait que leurs lits à barreaux, leurs jolis tapis et leurs jouets soient en place lorsqu'elles arriveraient. Elles devraient reconnaître leur univers, en dépit du grand chambardement. Elle avait donc mis leurs draps sur les matelas, posé leurs édredons bien chauds par-dessus, et assis les doudous qui les regarderaient en souriant – Nounours bleu, Bzibzi l'abeille, Nono, Lapinou, Lutin, Winnie, Musti et Petit Singe. Un univers de douceur. Elle recula, pour contempler le décor, et se retrouva dans le couloir.

Les déménageurs étant redescendus en laissant derrière eux la porte d'entrée ouverte, elle crut percevoir un mouvement, de l'autre côté du palier. Elle tourna la tête, prête à faire un sourire s'il s'agissait de voisins. Les voisins, mieux vaut s'entendre avec, on peut en avoir besoin. À Bruxelles, chacun rendait aux autres de menus services. On réceptionnait des courses, on ouvrait au plombier… Fin mai, on se retrouvait dans la cour pavée autour d'un verre, pour la fête des voisins.

Bizarrement, l'embrasure de la porte, en face, resta plongée dans l'ombre et le silence. Intriguée, Rachel fit un pas en disant à voix haute et conciliante : « Bonjour ? » Pas de réponse. Elle avança encore, et la porte s'ouvrit un peu plus, sans que personne pourtant n'apparaisse. Elle s'arrêta une seconde. Peut-être y avait-il derrière une personne handicapée, qui avait du mal à se déplacer ? Avait-elle besoin d'aide ? Elle repartit dans sa direction. Mais quand elle atteignit le palier, la porte fut claquée avec une violence inouïe. Le bruit résonna dans toute la cage d'escalier.

3. Jean-Paul

Ce soir-là, Audrey Nichelong demanda à son ami, Jean-Paul, de venir passer la nuit avec elle. Jean-Paul était informaticien, et antillais, comme son ex. Il avait rapporté des îles une certaine nonchalance et ne se fâchait avec personne. Il arrivait même à s'entendre avec Kevin, un adolescent en passe de devenir aussi misanthrope que sa mère, qu'il adorait et détestait à la fois parce qu'elle était sa mère et qu'elle ne s'intéressait pas à lui. Jean-Paul lui faisait à manger quand Audrey Nichelong oubliait ou n'en avait pas envie ; il prenait sa défense quand elle le cognait parce qu'il l'avait réveillée ou qu'il avait déréglé la télé.

Jean-Paul se boucha le nez, en entrant dans l'appartement :

« Ça pue la pisse ! s'exclama-t-il. Bon sang, Audrey, comment peux-tu vivre dans une crasse pareille ? Et puis tu devrais arrêter de recueillir toutes sortes de chats sauvages !

— C'est Noiraud qui a fait ça, il est tout seul en ce moment.

— Faut lui apprendre à faire ses besoins dans sa litière, Audrey !

— Que veux-tu, il m'aime trop ce petit, il est venu

dans mon lit parce qu'il avait besoin de câlins, et il s'est oublié… »

Jean-Paul se chargea de désinfecter le canapé.

« C'est trop mouillé pour qu'on y dorme ce soir. Peut-on aller dans la chambre de Jordan ? »

Jordan était l'aîné d'Audrey. Il avait préféré rejoindre son père et n'occupait sa chambre que les week-ends où il revenait au bercail – pour le plaisir de revoir Kevin, et non sa mère.

« O.K., on se serrera. »

Lorsqu'ils furent allongés dans le lit à une place du garçon, Audrey lui dit :

« Tu ne connais pas la dernière ? Il y a des gens à côté.

— Ah bon ?

— Ils sont arrivés hier.

— Nombreux ?

— Il y a une femme, la quarantaine, et une jeune, sans doute sa fille, et aussi deux nourrissons, les enfants de la fille.

— Pas d'homme ?

— Pas vu… Seulement les déménageurs.

— Deux femmes seules alors, comme toi ? C'est bien, non ? Toi qui as des complexes quand on t'appelle « foyer monoparental », tu vois qu'il y en a d'autres !

— Mais pourquoi elles viennent me faire chier ?

— Audrey… tu savais bien que l'appart serait habité un jour ou l'autre !

— Non, il devait rester vide ! Ils avaient dit qu'après un suicide il ne serait jamais reloué !

— Ils n'ont pas dû en informer la famille.

— Je vais mettre une lettre anonyme dans leur boîte, moi, comme ça elles vont l'être, informées, ces femmes, et elles vont se carapater, crois-moi !

— Je te le déconseille, le bailleur pourrait comprendre…

— Comprendre quoi ?

— Tu sais bien…

Elle ne pipa mot.

— Tu ne pourras pas leur couper l'électricité cette fois, le compteur a été placé à l'intérieur de l'appart. Et puis, il y a deux adultes, pas une vieille toute seule. Elles ne vont pas se laisser intimider. Et je t'interdis de toucher aux enfants.

— Ah, tu m'énerves !

Elle lui tourna le dos.

— Qu'est-ce que ça peut te faire, enfin, qu'elles soient là ? continua-t-il néanmoins. Elles ne te dérangent pas ! On ne les entend même pas !

— Si ! Moi, je les entends ! Elles rigolent ! protesta-t-elle.

— Elles rigolent ? Eh bien tant mieux ! Ce sont de bonnes vivantes ! Vous pourrez peut-être boire ensemble un planteur !

— Non, je suis sûre qu'elles se foutent de ma gueule, comme l'autre.

— Arrête, Audrey, arrête ton délire. Je te préviens, je ne te couvrirai pas, cette fois, fit-il, d'un ton déterminé.

— …

Le silence d'Audrey lui fit craindre que leur soirée ne tourne court.

— Allez, pense à autre chose ! dit-il, en l'enlaçant. Et regarde-moi !

Elle continuait à bouder.

— Tu sais, le mieux, lui souffla-t-il à l'oreille, ce serait que tu ailles lui dire bonjour. Ça éviterait que tu t'en fasses des montagnes. Si tu veux, je peux t'accompagner, proposa-t-il.

— Ah oui, tu ferais ça, Jean-Paul ? dit-elle enfin, tournant la tête.

— Mais oui, tu peux compter sur moi, tu le sais bien. »

Contente, elle se leva, disparut quelques secondes de la chambre, et revint. Elle appuya une main sur le chambranle de la porte, l'autre sur sa taille, et prit une pose de mannequin :

« Dis-moi, comment tu me trouves avec cette jupe ? demanda-t-elle, sûre de son effet.

— Pas mal ! D'où elle sort ?

— Devine, dit-elle malicieusement…

— Ne me dis pas que tu l'as piquée !

— (Rire) Siiiii. Pas difficile, avec ces crétins de déménageurs qui laissent les affaires sans surveillance !

— C'est pas possible ! Tu finiras par te faire prendre, tu sais ?

— Mais non.

— Ne la porte pas devant elles !

— Elles croiront à une coïncidence, tu ne peux pas savoir ce que les victimes sont bêtes.

— Tu es incorrigible…

— Oui !

— Allez, viens ! »

4. Audrey Nichelong au travail

Le lendemain matin, pendant que Rachel Kubler continuait à déballer ses cartons dans le nouvel appartement, et que la jeune nounou emmenait les petites découvrir Paris dans leur poussette double, Audrey Nichelong partit au travail. L'agence d'intérim où elle était inscrite lui avait trouvé une vacation à la Semirep, une société qui se chargeait d'envoyer des mailings. Cela tombait bien, Audrey avait vraiment besoin d'argent. Mais – était-ce à cause de l'arrivée de la voisine ? – elle n'avait pas le cœur à l'ouvrage. Et le petit chef qui lui tournait autour l'agaçait prodigieusement. Il avait l'air de s'impatienter.

« S'il vous plaît, mademoiselle, pourriez-vous travailler un peu plus vite ? » finit-il par demander. Il était fréquent qu'on appelle Audrey « mademoiselle » et non « madame », bien qu'elle ait 32 ans : avec ses couettes, son nez en trompette et sa petite taille – un mètre cinquante –, on lui donnait une quinzaine d'années.

« Il faut absolument que la direction ait à midi le fichier des personnes contactées, continua l'homme.

— Mais vous avez pas vu tout ce qui reste à faire ? fit-elle observer au supérieur hiérarchique, sans ménagement.

— Si. C'est pour cela que je vous prie d'aller un peu plus vite, dit-il sèchement. L'agence d'intérim nous avait assuré que vous étiez experte en matière de saisie.

— Oui, mais je suis pas en forme aujourd'hui, et là, je dois aller aux toilettes.

— Vous êtes présente depuis une heure et demie seulement et vous avez déjà pris une pause pour fumer une cigarette. La prochaine est prévue à onze heures.

Audrey Nichelong n'allait pas se laisser impressionner pour si peu :

— Ah ben oui, mais moi j'ai mes règles, alors si vous ne voulez pas que ça déborde et que je tache votre beau siège, faudrait me laisser aller aux toilettes », rétorqua-t-elle sans pudeur.

Dans le bureau paysager, toutes les têtes se levèrent. Les regards convergèrent vers elle, puis vers lui, attendant sa réplique, comme au théâtre. Le petit chef était sonné, mais il ne devait pas perdre la face. Il parvint à prononcer, la gorge nouée :

« Je n'aime pas votre ton, mademoiselle.

— Eh bien, moi, je n'aime pas le vôtre, mon petit monsieur ! fit Audrey, du tac au tac.

— Très bien. Puisque vous recherchez le scandale, vous pouvez partir tout de suite.

— Eh bien d'accord ! Mais je préviendrai les syndicats que vous empêchez les femmes d'aller aux toilettes quand elles ont leurs règles. Vous allez avoir une grève sur le dos et vous ne l'aurez pas volée.

— Et moi je préviendrai l'agence d'intérim de vos

manières », lança-t-il, alors qu'elle tournait déjà les talons.

Elle rentra chez elle, jeta deux oreillers sur le clic-clac encore humide, et s'allongea dessus pour fumer un pétard. « À bas les cons, à bas les cons ! » répétait-elle, tout en le roulant. Elle l'alluma, aspira la fumée en fermant les yeux et la recracha dans un soupir furieux. « À bas les cons ! » dit-elle encore, mais plus lentement, la première bouffée ayant commencé à la calmer. Elle tira de nouveau sur la cigarette et expira une volute dans laquelle la face du petit chef s'enroula, se dilata, puis s'étira monstrueusement avant de disparaître. Elle trouva cela drôle et s'apprêtait à recommencer lorsque le téléphone sonna. Le numéro était masqué. En général, elle ne répondait pas ; les numéros masqués cachaient toujours des emmerdeurs : démarcheurs qui vous collaient un contrat dès que vous aviez décroché, inspecteurs du fisc ou des allocs. Mais, après ce qui venait de se passer, elle se douta que c'était l'agence d'intérim. Elle accepta donc l'appel, sans enthousiasme :

« Ouais…

— Bonjour madame Nichelong, c'est madame Carpentier, de l'agence d'intérim.

— Bonjour.

— Je voudrais savoir ce qui s'est passé ce matin à la Semirep.

— Pourquoi vous me le demandez, puisque vous savez que je me suis fait virer ?

— Je voudrais avoir votre version des faits, madame Nichelong.

— Le chef voulait m'imposer une cadence infernale, et comme j'ai protesté il m'a mise à la porte. Faudrait pas prendre les intérimaires pour des esclaves, tout de même !

— C'est pourtant une entreprise où nous n'avons jamais eu de problèmes. Le service du personnel m'a dit que vous vous absentiez de votre poste et que vous travailliez trop lentement.

— J'suis malade. D'ailleurs là, vous voyez, je suis au fond de mon lit.

— Il ne fallait pas accepter cette vacation, dans ce cas ! Je constate que cela fait plusieurs fois que vous avez des problèmes en entreprise. La semaine dernière, vous êtes partie de la Sicrab en prétendant que l'agent de maîtrise vous harcelait sexuellement.

— Je vous l'ai déjà dit, il me frôlait les fesses chaque fois qu'il passait derrière moi.

— C'était dans un bureau paysager et personne n'a rien remarqué. Mais admettons. La fois d'avant, à la Seprima, vous vous êtes querellée avec l'une des salariées.

— Elle m'avait dit que mon parfum était trop fort.

— Était-ce une raison pour la gifler ?

— C'est elle qui m'a tapé dessus. Je n'ai fait que me défendre.

— Difficile à croire, et d'ailleurs ce n'est pas sa version des faits. En outre, je vous ai déjà dit que l'on ne doit pas se parfumer aussi fort dans les bureaux. Écoutez, j'ai bien voulu vous prendre sous mon aile, vous faire confiance. Mais cette série d'événements me porte à croire que vous ne supportez pas la collectivité.

— Ah mais c'est grave ce que vous dites là, madame Carpentier !

— Je le dis comme je le pense. Vous ne faites pas beaucoup d'efforts pour cohabiter avec autrui. Je veux bien vous donner une dernière chance, mais seulement avec du télétravail. Vous seriez seule à votre domicile et vous seriez payée au rendement. Qu'en pensez-vous ?

— J'veux bien.

— Entendu. Je vous appelle dès que j'ai quelque chose. Au revoir madame Nichelong. »

« Au revoir, sale conne », pensa Audrey, avant de retourner à son pétard pour diluer l'image de Carpentier dans la fumée.

5. Journaliste

Le lendemain matin, Audrey Nichelong se rendit au supermarché du coin pour acheter un petit sachet de chocolats, le moins cher qu'elle put trouver. Elle le paya à l'automate, ce qui lui évita d'avoir à parler à une caissière. Elle n'avait aucune envie de dire bonjour, au revoir, de tendre ses zygomatiques alors que l'autre ferait peut-être la tête, de répondre que oui, elle avait la carte de fidélité, et que non, elle n'était pas intéressée par une carte de crédit revolving à taux usuraire – elle en avait déjà cinq en sommeil dans un tiroir, pour parer à un éventuel coup dur. Elle n'était pas du matin, Audrey. Moins elle desserrait les dents, mieux elle se portait. Elle s'économisa donc, pour mieux tirer les vers du nez à la Gomez.

« Bonjour madame Gomez, cela fait bien longtemps que je voulais vous apporter un petit quelque chose pour vous remercier des services que vous rendez, comme l'autre fois, quand vous m'aviez gardé un colis, mais vous savez ce que c'est, on n'a jamais le temps, le travail, et puis les soucis avec Kevin, on peut dire qu'il m'en fait voir, celui-là…

— Oh merci beaucoup madame Nichelong ! Qu'est-ce qui se passe avec Kevin ? »

« Tiens, l'indic qui sommeille en toute concierge se réveille », pensa Audrey.

« Il a fugué.

— Oh là là !…

— Son père est allé le récupérer chez son copain, et après, pour le punir, il lui a rasé la boule à zéro. Pour une fois qu'il fait preuve d'autorité !

— La boule à zéro ? Mais le gamin ne doit plus savoir où se mettre ?

— C'est bien fait pour lui, il n'a qu'à arrêter ses conneries. Mais c'est vrai qu'il ne veut plus enlever son bonnet, même en classe…

— Oh là là ! Et le travail, madame Nichelong ? Ça se passe bien ?

— Oh oui, je ne chôme pas ! répondit Audrey, sans autre précision.

— Mais vous ne préféreriez pas rester tout le temps dans la même entreprise ?

— Ah non, avec l'intérim, on voit plus de monde, ça évite la routine…

— Au fait, vous avez vu que vous avez de nouveaux voisins ? demanda la concierge, sautant du coq à l'âne.

— Ah oui, c'est vrai ! » fit Audrey, d'un ton faussement détaché, satisfaite que Gomez ait d'elle-même abordé le sujet.

« C'est étonnant que Béton ait réussi à relouer, non ?

— Oui… Mais ça fait deux ans, maintenant… Il y a tellement de gens qui demandent un logement social ! On ne peut pas les laisser vacants, vous comprenez.

— On leur a dit ce qui s'était passé ?

— Je ne sais pas, madame Nichelong, ça m'étonnerait ; en tout cas, moi, je n'ai rien dit. C'est mieux qu'ils ne sachent pas.

— Ils sont combien, au juste ?

— Il y a une dame – seule, comme vous –, sa jeune fille au pair et des jumelles.

— Mais alors, les nourrissons, ils sont à qui ? demanda Audrey, interloquée.

— À la dame, elle les a eus sur le tard, semble-t-il. »

Audrey n'en revenait pas. Elle voulait en savoir plus sur cette étrange voisine.

« Qu'est-ce qu'elle fait dans la vie ?

— C'est quelqu'un de bien, vous savez, elle est journaliste… dans un grand quotidien !

— Mais alors, pourquoi elle habite dans du social ? s'indigna Audrey.

— Elle ne gagne pas assez pour se loger dans le privé. Mais elle paie beaucoup plus cher que vous, hein, puisque le loyer est proportionnel aux revenus !

— Combien ?

— Oh, je ne suis pas censée vous le dire, madame Nichelong…

— Allez, madame Gomez, vous savez que moi, c'est cinq cents euros. Alors ?

— Bon… Mille deux cents. Avec une pièce de plus que vous. Mais vous ne savez rien.

— Oh là là ! Elle doit bien gagner, alors ! s'exclama Audrey. Bon, madame Gomez, je vais vous laisser, je dois aller au travail.

— Au revoir, madame Nichelong. »

Audrey quitta la loge, qui se trouvait au milieu de l'ensemble de logements sociaux, et regagna son immeuble à grandes enjambées. Arrivée chez elle, elle appela Jean-Paul.

« Tu connais pas la dernière ? La femme d'à côté, c'est une journaliste. Et la jeune, ce serait une fille au pair.

— Audrey, je t'ai dit que le boss n'aime pas qu'on m'appelle au boulot.

— Mais attends, tu réalises : les nourrissons, ce seraient les enfants de la femme ! Moi, je le crois pas ce truc, elle est un peu trop vieille pour ça, la meuf.

— À la télé, ils disent que les femmes peuvent avoir des gosses après la quarantaine.

— Ouais, mais moi j'ai lu dans *Gala* qu'elles ont recours à des mères porteuses. Tiens, Sharon Stone et Sarah Jessica Parker, elles ont fait appel à un ventre. Et si la jeune, c'était son ventre ?

— C'est interdit en France.

— Oui, mais justement, elles viennent de l'étranger. Et à l'étranger, tu sais bien qu'on peut faire n'importe quoi !

— Bon, Audrey, je dois y aller », s'excusa Jean-Paul avant de raccrocher.

« Quelle couille molle, pensa Audrey Nichelong. Pas capable de prendre deux minutes pour me parler au téléphone, le trouillomètre à zéro devant son chef. Moi, je suis sûre qu'il y a de la mère porteuse ou de l'insémination là-dessous. Je vais lui envoyer une lettre anonyme, à cette femme, on verra bien qui a raison. »

Pour ne pas laisser d'empreintes, elle alla chercher

ses gants en latex. Elle se mit à découper des lettres dans des magazines et des journaux gratuits. Tout en accomplissant son travail, elle soliloquait : « C'est quelqu'un de bien, vous savez ! » commença-t-elle d'une voix de fausset censée imiter la concierge. Puis, retrouvant son ton : « Qu'est-ce qu'elle m'énerve, la Gomez… Qu'elle crève ! Et moi, je suis pas quelqu'un de bien, peut-être ? C'est pas parce que je fais de la saisie que je suis pas quelqu'un de bien ! Et puis moi, je les connais, les journalistes ! Ces petits cons avec leur caméra, qui viennent des beaux quartiers et qui nous prennent pour de la merde. Ils nous font leur baratin, ils nous disent : "On est comme vous, on vous comprend." Tu parles. Nous, dans la bande à Hakim, on les taxait à mort. Ils voulaient filmer ? Ils raquaient. Ils voulaient qu'on surveille leur bagnole ? Ils raquaient. Et ceux qui nous demandaient de faire les acteurs ! "Reconstituer la scène", qu'ils disaient. Avec ceux-là, M6 et compagnie, c'était le jackpot. »

Tout à coup, son regard fut attiré par un mouvement sur la terrasse.

« Qu'est-ce qui se passe encore ? » Elle se leva pour jeter un coup d'œil rapide à travers les rideaux : « C'est la vioque d'à côté, elle enlève les détritus et les met dans des sacs-poubelle. Heureusement qu'elle ne peut pas me voir. »

Elle reprit son téléphone portable et appuya sur le nom de Jean-Paul. Le numéro se composa automatiquement.

« Allô ?

— Pffff (soupir exaspéré)… Oui, Audrey ?

— La voisine est montée sur la terrasse, elle enlève les détritus.

— Ça va être propre comme ça. Depuis le temps que je te disais de le faire !

— Mais de quoi elle se mêle ? Pourquoi elle passe devant mes fenêtres ?

— Pour que le vent ne les ramène pas, je suppose. Ne vois pas le mal partout. Bon, je dois te laisser. »

Elle fut outrée : « “Depuis le temps que je te disais de le faire !” répéta-t-elle, en utilisant la même octave que pour imiter la concierge. J'allais pas me fatiguer à retirer toutes les saloperies que les gens jettent par la fenêtre ! Je suis seulement locataire, moi ! Je suis pas payée pour ça, hein ? Pourquoi il lui donne raison contre moi, à cette meuf ? »

Elle avait terminé sa lettre. Elle la glissa dans l'enveloppe, autoadhésive, et colla un timbre, autoadhésif aussi : aucune chance qu'on trouve sa salive et par voie de conséquence son ADN. De la main gauche, pour qu'on ne reconnaisse pas son écriture, elle indiqua dessus le nom de la femme : « Rachel Kubler ». « Rachel, c'est pas un peu youpin, ça ? se demanda-t-elle. Et Kubler ? Ça expliquerait qu'elle soit si riche et qu'elle loge quand même dans du social, les feujs sont tous des roublards. » Elle ajouta l'adresse. Elle n'avait plus qu'à sortir jeter les magazines dans une poubelle et poster la lettre. On verrait bien la tête qu'elle ferait, la voisine, dans quelques jours.

6. Étienne Léonide

Dans l'entrée de l'immeuble, Audrey Michelong tomba sur Léonide, un voisin de l'étage du dessus, qui rentrait chez lui. Elle fit semblant de ne pas le voir. Mais il se pencha sur elle, du haut de son mètre quatre-vingts :

« T'as de la chance que ce ne soit pas moi ton nouveau voisin de palier, parce que je te les flinguerais, tes chats, crois-moi !

— Monsieur, je ne vous connais pas, lui opposa-t-elle, d'un ton offusqué.

— C'est ça ! »

Elle se dégagea, et Léonide se dirigea vers l'escalier pour regagner son appartement, au deuxième étage.

Elle allait sortir quand elle entendit une porte s'ouvrir au premier : Rachel Kubler, forcément. Léonide et elle allaient se rencontrer. Elle décida de rester au rez-de-chaussée pour écouter ce qu'ils se diraient.

« Ah ! seriez-vous monsieur Léonide, le voisin du dessus ? » Ça, c'était elle.

« Oui, appelez-moi Étienne ! répondit ce taré de Léonide. C'est bien que ce soit vous qui ayez emménagé ici ! Vous avez l'air normale, avec ces petites qui sont si mignonnes ! enchaîna-t-il.

— Euh, je ne sais pas, j'espère… mais… pourquoi me dites-vous ça ?

— Venez, entrons, on ne sait jamais », répondit-il d'un ton comploteur, en l'entraînant à l'intérieur de chez elle et en refermant derrière eux.

Audrey monta les marches quatre à quatre et colla son oreille à la porte.

« Mais qu'est-ce qu'elles sont mimi, ces petites ! » s'exclama le vieux gaga.

« C'est pas à mes enfants qu'il dirait ça ! pensa Audrey avec mécontentement. Pourtant, ils sont un peu martiniquais, ils ont du sang antillais, comme lui ! Mais il n'a jamais pu les saquer, ni Jordan ni Kevin ! » Elle entendit les mioches engager la conversation, dans un sabir incompréhensible. Le tocard leur répondit :

« Ah oui, mon bébé, tu as tout à fait raison, tu sais ! Je suis entièrement d'accord avec toi ! » Puis : « Elles ont quel âge ? demanda-t-il à la femme.

— Un an.

— Ce sont des jumelles, alors ?

— Oui.

— Mais des fausses ? Elles ne se ressemblent pas ! Qu'est-ce que ça doit être bien d'avoir des jumelles ! Mais c'est du boulot, j'imagine…

— C'est vrai…

— Oui, comme je vous le disais, je suis content que ce soit vous, avec ces petits anges. Parce que la précédente voisine m'a persécuté, et j'avais peur que ça recommence.

— Persécuté ?

— Oui, elle tapait sans arrêt au plafond, avec un

bâton ! Elle avait repéré l'heure à laquelle je revenais du travail et elle tapait dès que j'entrais ! Elle me suivait dans chaque pièce où j'allais, même si je marchais sur la pointe des pieds, et elle cognait ! Elle m'empêchait de dormir !

— Comment était-ce possible qu'elle vous entende, surtout quand vous marchiez sur la pointe des pieds ? C'est bien insonorisé !

— Elle me surveillait, je vous dis ! fit-il, légèrement agacé par son incrédulité. Elle me voulait du mal… Je suis sûr qu'elle venait de la famille du béké qui avait fait un fils à ma grand-tante et refusé de le reconnaître…

— Eh bien… dit Kubler, sous le coup de la surprise. Vous ne lui avez pas parlé, pour en savoir plus ?

— J'ai essayé, mais elle refusait d'ouvrir.

— Vous n'avez pas fait intervenir le bailleur, Béton ?

— Si ! Mais le bailleur s'en fiche, qu'est-ce que vous croyez ?

— Et la police ?

— Pfff ! Mais d'où vous venez, vous, pour croire que la police s'intéresse aux problèmes des gens ?

— De Belgique.

— Ah, d'accord… Eh bien, en France, la police ne fait rien. Et la justice encore moins. Il ne faut compter que sur soi-même. »

Il baissa le ton et Audrey dut quasiment arrêter de respirer pour que son souffle ne couvre pas sa voix : « Alors, je suis allé voir un de mes cousins, qui pratique le vaudou, et je lui ai demandé de lui jeter un sort… Je ne lui ai pas dit de la faire mourir, hein, juste de la neutraliser…

— Un sort ? Comment a-t-il fait ?

— C'est simple : il suffit que le marabout ait la photo de la personne. Ensuite, il invoque les esprits.

— Mais comment a-t-il eu sa photo ?

— Il lui a écrit qu'elle avait gagné cinq mille euros à une loterie et qu'elle les toucherait une fois sa photo reçue. Ça marche à tous les coups.

— Ça alors ! rit Rachel Kubler. Et vous croyez que c'est le sort qui l'a fait mourir ?

— Je ne sais pas. Il n'est pas impossible aussi que d'autres personnes que je ne nommerai pas, dans l'immeuble, aient agi, mais ce ne sont que des supputations…

— Au fait, monsieur Léonide…

— Étienne ! exigea-t-il.

— Euh, Étienne, s'exécuta-t-elle, pour ne pas le vexer, bien qu'elle eût préféré garder ses distances, savez-vous qui habite en face de chez moi ?

— C'est l'autre emmerdeuse… la mère Nichon, euh non, Nichelong. »

« Qu'est-ce qu'il m'énerve ce crétin, avec ce lapsus débile, pensa Audrey. Toute ma vie, je l'aurai subi. À l'école, les autres faisaient même exprès de se tromper. »

« Emmerdeuse ? Pourquoi ?

— Parce qu'elle nourrit des tas de saloperies de chats et qu'elle les fait sortir par ses fenêtres. Ils risquent de rentrer chez vous et de griffer les petites ! Si j'étais à votre place, je prendrais une carabine pour leur tirer dessus.

— Hum… Je n'aime pas les chats non plus, j'y suis même allergique, mais de là à tirer dessus. . Elle vit seule ?

— Avec ses matous et l'un de ses fils, l'autre est parti chez son père.

— C'est bizarre : le jour de mon arrivée la porte s'est ouverte, il y avait manifestement quelqu'un derrière, mais personne ne s'est montré. Et puis la porte a été claquée violemment. »

« Mon petit numéro lui a fait son effet », constata Audrey, avec plaisir.

« C'était peut-être Kevin. Ce fainéant, toujours à traîner au lieu d'aller à l'école. Ou bien elle-même, elle serait assez méchante pour ça… Bon, dites, je vais rentrer chez moi faire ma sieste, car je me suis levé à quatre heures du matin, vous comprenez, je travaille à La Poste. Allez, les petites, je vous fais une grosse bise, à bientôt ! »

Audrey prit ses jambes à son cou et sortit de l'immeuble. « Quel crétin, tout de même, ce Léonide, avec son vaudou ! soliloqua-t-elle. Si on avait attendu que ça tue la vieille, on y serait encore. » Elle l'imita, d'une voix sirupeuse : « Appelez-moi Étienne ! » et ressentit une pointe de jalousie : jamais Léonide ne lui avait proposé, à elle, de l'appeler par son prénom. La vie était décidément trop injuste. En tout cas, elle était prévenue, la voisine, elle savait à quoi s'en tenir sur la locataire d'avant. Audrey pensa qu'elle allait vouloir se renseigner auprès de Béton, le bailleur. Mais elle savait qu'il ne répondrait pas. Il était toujours aux abonnés absents.

7. Lettre anonyme

Le lendemain, Rachel Kubler trouva une curieuse enveloppe dans sa boîte aux lettres. Elle jugea l'écriture de l'adresse enfantine, ou plutôt trafiquée, et ouvrit avec perplexité. Des lettres de toutes les tailles étaient collées sur une feuille blanche, comme dans les films. Le texte disait :

Toi et ta mère porteuse, crève comme la chienne d'avant.

Elle écarquilla les yeux, puis éclata de rire. Qu'est-ce que c'était que ce galimatias ? Alors, elle réalisa : on prenait Nane, sa jeune fille au pair, qui n'avait jamais eu d'enfants, pour une mère porteuse ! Et elle, sans doute, pour la commanditaire ?! Quel esprit tordu avait écrit cela ? Et qui était *la chienne d'avant* ? La locataire qui l'avait précédée, dont avait parlé Étienne Léonide ? Elle eut envie de jeter ce torchon à la poubelle, mais elle se ravisa – on ne sait jamais.

Elle rentra, pour appeler le chargé de clientèle de Béton.

« Monsieur Leblanc ?

— Oui, madame Kubler… Comment allez-vous ?

— Je viens de recevoir une lettre anonyme. Elle est oblitérée d'hier, à Paris. Elle dit : *Toi et ta mère porteuse, crève comme la chienne d'avant.*

— Oohh ! »

Qu'est-ce qui le faisait s'exclamer ? se demanda-t-elle. La première ou la deuxième partie de la phrase ? La surprise ou la commisération ?

« Rassurez-vous, monsieur Leblanc, entreprit-elle de le tranquilliser, malgré mon grand âge je n'ai pas eu recours à une mère porteuse. »

Elle perçut au bout de la ligne un petit rire qui signifiait « Je n'en doutais pas. » Elle reprit :

« Mais je voudrais savoir comment est morte la personne qui occupait mon logement précédemment, une Mme Mercier, je crois, c'est en tout cas le nom que m'a donné EDF quand j'ai fait ouvrir l'électricité.

— Oohh ! »

Pourquoi s'exclamait-il une seconde fois ? Parce qu'il découvrait qu'elle savait avoir succédé à une morte ?

« La personne d'avant ? Elle serait morte avant de partir ? Je ne suis pas au courant… Je travaille chez Béton depuis six mois seulement. Votre appartement est inoccupé depuis plus longtemps que ça.

— Et pourquoi, justement, est-il inoccupé depuis si longtemps alors qu'il y a des milliers de personnes qui attendent un logement social ?

— Je ne saurais vous dire, madame Kubler… Des problèmes de gestion, sans doute.

— Écoutez, monsieur Leblanc, même si vous, vous ne savez pas, il doit être possible de retrouver l'information. Surtout si cette dame a péri de mort violente, comme certains de mes voisins le laissent entendre.

— Oohh !

Décidément…

— Hélas, mon prédécesseur a quitté l'entreprise.

— Interrogez les fichiers, dans ce cas ! Eux, ils ne peuvent pas avoir quitté l'entreprise ! Il semble en outre qu'il y ait eu un conflit de voisinage entre cette Mme Mercier et M. Léonide, et que celui-ci vous ait demandé d'intervenir. Tout cela doit bien se retrouver quelque part dans vos archives ! Demandez à votre hiérarchie aussi ! Tout le monde ne peut pas être parti, tout de même !

— Bien, je vais voir ce que je peux faire… »

Rachel Kubler se demanda si elle devait signaler la lettre anonyme à la police… Elle prit son téléphone, composa le 17 et attendit, longtemps, sur un répondeur. Enfin, elle obtint le standard du commissariat.

« Bonjour madame, j'ai reçu une lettre anonyme me souhaitant de crever, et je voudrais savoir ce que je dois faire.

— Ne quittez pas », dit l'opératrice d'un ton blasé.

Nouvelle attente.

« Allô ! grogna enfin une voix peu aimable.

— Bonjour monsieur, j'ai reçu une lettre anonyme et je voudrais savoir ce que je dois faire.

— Que dit la lettre ? interrogea-t-il d'un ton rogue, comme si elle le dérangeait.

— *Toi et ta mère porteuse, crève comme la chienne d'avant.*

— Rien de précis, donc. Vous voyez de qui ça peut venir ?

— Non, pas du tout, j'arrive de Belgique, je n'ai pas d'ennemis.

— Bon, alors, je ne vois pas ce qu'on pourra faire de plus. Vous pouvez toujours déposer une main courante, mais je vous préviens, il y a deux heures d'attente. »

Elle se souvint de ce que Léonide lui avait dit sur la police et pensa qu'il n'avait peut-être pas tort.

8. Jalousie

Audrey Nichelong était en train de zapper les chaînes de sa télévision dans l'attente d'un coup de fil de Carpentier, lorsque, levant le nez en l'air en direction de la fenêtre, elle vit quelqu'un se déplacer sur la terrasse. Elle éteignit tout, pour ne pas être vue, et s'approcha afin d'épier sa voisine, par en dessous : « Non, mais je rêve ! s'écria-t-elle. Elle est en train d'étaler de la pelouse ! »

C'était du gazon tout prêt, en rouleau, comme celui qu'on pose sur les terrains de football avant les matches. « Mais où elle se croit ?! Pour qui elle se prend ?! » s'exclama-t-elle. Puis elle protesta : « C'est pas du jeu ! Ça va être joli, tout vert, devant ses fenêtres ! Jean-Paul va comparer, et il dira que c'est mieux chez elle ! »

Autre chose encore l'agaça : Rachel Kubler portait un perfecto de cuir noir ajusté, ainsi qu'un jean serré dont l'extrémité se dissimulait dans des bottes aux talons taillés de biais, façon western. « À son âge, on ne devrait plus s'habiller comme ça », moralisa-t-elle, tout en ressentant une pointe de jalousie : la femme était sexy. Sa silhouette était fine, elle pouvait se permettre de porter ce genre de vêtements. Audrey regarda ses propres pieds, chaussés de Converse qu'elle aimait car « ça faisait mec », et trouva soudain qu'ils avaient l'air patauds. Elle tenta de se rassurer dans son miroir, mais l'image réfléchie lui déplut. Les baskets plates et le jean à larges pattes l'alourdissaient, quand l'autre avait l'air de s'élancer sur la pointe des pieds. « Après tout, se dit-elle en regardant de nouveau Kubler, pourquoi n'oserais-je pas m'habiller comme ça, moi aussi ? Je suis petite, mais mince, d'ailleurs sa jupe me va à merveille. » La voisine se retourna, et Audrey scruta son visage, encadré de cheveux blond vénitien. « Elle est moche », tenta-t-elle de se convaincre, tout en se demandant si un carré lui irait mieux que des couettes.

Elle fixa encore Kubler. Ce qui lui déplaisait le plus, finalement, c'était sa sérénité : elle jardinait, tranquillement, alors qu'elle aurait dû flipper après avoir reçu la lettre anonyme. C'était donc tout l'effet qu'elle lui faisait, cette lettre ? Audrey enragea. On ne la prendrait jamais au sérieux ? Elle regarda avec rancœur la voisine, qui avait l'air heureuse de vaquer à sa tâche. Pourquoi venait-elle la narguer avec son sale bonheur, quand elle, Audrey Nichelong, était perpétuellement insatisfaite ? Elle ne pouvait pas rester chez elle au lieu de s'exhiber comme ça ? Et d'où lui venait ce sentiment de plénitude ? C'était quoi son secret ? Elle n'avait même pas d'homme ! Cela dit, pensa Audrey, un homme, ça ne suffisait pas toujours : elle avait Jean-Paul, et elle s'ennuyait. Ce n'était pas le prince dont elle aurait rêvé, celui qui l'aurait émue, transportée… Au fait, l'autre était peut-être lesbienne ? Est-ce qu'elle couchait avec la fille au pair ? C'était tout de même pas ses mioches qui la comblaient ? Les mômes, ça n'était qu'un puits sans fond d'emmerdements : ça vous disait non, ça vous piquait du fric et ça déréglait la télé.

L'autre arborait un vague sourire. « On voit bien qu'elle n'a jamais bouffé de vache enragée ! Tout a dû lui tomber tout cuit dans le bec – de bonnes études, un bon métier, sans se fatiguer… Elle connaît pas les fins de mois difficiles » se dit Audrey. Elle se planta devant son miroir et essaya de reproduire le sourire de Rachel Kubler. Cela donna une grimace qui la fit s'esclaffer.

Elle se tourna encore vers la fenêtre. L'autre ne la voyait pas mais souriait. Elle lui administrait la preuve qu'on pouvait très bien vivre sans Audrey Nichelong. On pouvait se passer d'elle. Elle ne comptait pas. Elle n'avait jamais compté d'ailleurs. Sa mère ne l'avait pas cajolée, portée dans ses bras, montrée au monde avec fierté. Seule sa nourrice l'avait aimée. Quoique… Sentant sa gorge se nouer, elle se revit, toute petite, dans le salon de sa nounou. Au milieu de la nuit, soudain, elle n'avait plus senti le corps chaud, contre lequel elle s'endormait, de cette femme adorée, ce qui l'avait réveillée. Elle était sortie de la chambre. Dans le salon, sa nourrice était allongée par terre, un homme bougeant sur son corps. Sa tête était inclinée de côté et sa bouche offrait le même genre de sourire que celui de Kubler. Cela avait mis Audrey en colère : pourquoi sa nounou était-elle heureuse sans elle ? Pourquoi lui avait-elle préféré cet homme ? Elle l'avait abandonnée, seule dans le grand lit, pour lui !

La jeune femme s'assit sur le clic-clac, les jambes tremblantes, les yeux pleins de larmes. Elle était prête à pleurer, comme la petite fille qu'elle avait été et qui avait eu un gros chagrin en se sentant délaissée. Il n'y avait personne pour la regarder, elle pouvait se laisser aller à sa tristesse.

Mais Audrey Nichelong ne pleurait pas. Audrey Nichelong ne pleurait jamais. Elle trouvait cela ridicule. Un point c'est tout. Elle se reprit donc et décida de se faire un pétard. « Ça va pas se passer comme ça, dit-elle, en le roulant. Ce soir, quand Kevin rentrera, on ira lui rendre une petite visite, sans attendre l'autre couille molle. »

9. Jardinage

Comme tous les citadins qui se mettent à jardiner et qui ne connaissent rien à la terre, Rachel Kubler était impatiente : pas question d'attendre que les graines poussent au gré des saisons. De toute façon, à Paris, les pigeons les boufferaient tout de suite. Plutôt que de semer de la pelouse, elle avait donc commandé du gazon en rouleau. Trois mètres carrés, qu'une productrice devait livrer avec le terreau qui irait dessous. Pas donné, mais ce serait joli. Comme un petit jardin public devant ses fenêtres. Il fallait que ce soit beau pour les petites qui resteraient là toute la journée avec leur nounou. Elle n'avait sûrement pas le droit de monter sur cette terrasse. Mais le propriétaire n'avait pas le droit non plus d'y mettre des bouches d'aération. Un prêté pour un rendu. Et puis, elle ne dérangeait personne.

Elle avait d'abord enlevé les détritus qui s'y amassaient – bouteilles d'eau en plastique, piques pour les pigeons, bombes de mousse à raser, vieilles chaussures, sèche-linge… C'est étonnant tout ce que les Parisiens jettent par leurs fenêtres. Elle avait nettoyé aussi le périmètre devant l'appartement d'à côté, afin que le vent ne ramène pas les cochonneries. Mais la pelouse, elle ne la poserait que devant chez elle. Si sa voisine voulait l'imiter, elle se débrouillerait.

Un matin, la productrice avait déposé sa palette de gazon sur le trottoir. Rachel avait dû la rapporter seule, affrontant d'abord l'obstacle de la double porte d'entrée. Dans la rue, il fallait appuyer fort sur la première, lourde, à barreaux d'acier pointus, qu'un ressort menaçait de faire retomber sur les chevilles. Et tirer de l'autre main le deuxième huis, qui s'ouvrait intelligemment en sens inverse. Double porte, double peine.

Il avait fallu effectuer plusieurs voyages pour traîner le fardeau horticole jusqu'à l'étage et lui faire escalader la terrasse. Heureusement, elle était sportive. Elle avait fait de la danse dans sa jeunesse, et maintenant elle allait à la gym. Abdos, fessiers et quadriceps étaient musclés et lui permettaient d'enjamber la fenêtre sans difficulté. Le plus dur, c'était de rester au milieu des bouches d'aération, qui exhalaient des odeurs de graillon.

Elle avait saupoudré les sacs de terre, puis déroulé le gazon. Maintenant, il fallait le tasser. Elle le tapait du plat de son râteau ou elle le faisait à la main, faute d'instruments. De temps en temps, M. Léonide ouvrait ses fenêtres, au-dessus de sa tête, pour l'encourager : « Ça va être beau, maintenant ! C'est formidable que vous soyez venue avec vos deux petits anges ! lui lançait-il. Dommage que vous ne puissiez pas chasser aussi les odeurs ! »

Est-ce que c'était lui qui lui avait envoyé cette lettre anonyme débile ? Il était un peu bizarre avec ses histoires de persécution et de vaudou, mais elle ne le sentait pas capable d'une telle méchanceté.

Tout en maniant le râteau, elle jetait de temps en temps un coup d'œil aux fenêtres de sa voisine, que des rideaux occultaient. Y avait-il quelqu'un ? Il lui semblait percevoir des bruits de télévision. Elle se souvenait de la porte entrouverte puis claquée le premier jour. Qu'est-ce que c'était que cette cinglée qui vivait avec tant de chats, selon M. Léonide ? L'un d'eux, tout noir, était entré dans le salon, la veille, et avait griffé Chloé. Elle se disait qu'elle devrait faire attention à ce que cela ne se reproduise pas. Il ne faudrait plus laisser les fenêtres ouvertes sans surveillance.

Était-ce donc elle, le corbeau ? Elle le soupçonnait de plus en plus. *Toi et ta mère porteuse, crève comme la chienne d'avant*, disait la lettre. Pourquoi l'accusait-elle d'avoir eu recours à une mère porteuse ? Et qu'est-ce que ça pouvait bien lui faire, la manière dont elle avait eu ses enfants ? GPA, PMA ou simple coup d'un soir, est-ce que c'étaient ses oignons ? Pourquoi fourrait-elle son nez dans les secrets d'alcôve ?

Rachel Kubler s'efforçait de chasser l'évocation déplaisante de cette curiosité malsaine : elle avait d'autres soucis en tête. Elle allait bientôt reprendre le travail et elle se demandait si elle serait à la hauteur. Elle avait vu ses forces l'abandonner avec la maternité. Son cerveau s'était dilué dans les nausées. « Vomissements compulsifs » avaient constaté les médecins, dès le deuxième mois. Dix fois par jour, elle allait rendre tripes et boyaux, et même la bile. Elle n'avait jamais autant maigri, alors que son ventre accueillait deux intrus. « C'est normal » la tranquillisait l'obstétricienne. « Tout est multiplié par deux, les hormones et leurs effets. » Les petites, elles, s'accrochaient, elles voulaient rester dans son ventre, alors qu'elle essayait de les recracher, peu convaincue qu'il soit raisonnable de les élever seule. Elle n'en finissait pas d'expectorer, à genoux devant la lunette des WC, et les petites de résister.

À partir du cinquième mois les vomissements s'étaient calmés. Mais elle n'avait pas retrouvé son énergie d'avant. Elle avait du mal à écrire des articles, elle se sentait vite épuisée. Elle ne pouvait plus veiller. Fini les dîners de travail à l'ambassade de France ! Fini les soirées au bureau jusqu'à vingt-trois heures ! Elle n'y venait plus que dans la journée, elle lisait les dépêches d'agences en se disant : « Tiens, il faudrait creuser ça », tout en se sentant incapable de le faire. Elle ne pouvait plus fixer son attention, même sur un roman policier. L'obstétricienne la rassurait : « Madame, c'est normal, vous fabriquez DEUX bébés ! »

Ils étaient enfin arrivés. Deux jolies petites filles. Elle n'aimait pas que l'on parle de « jumelles ». Pourquoi ne disait-on pas « deux sœurs », comme s'il s'était agi d'enfants uniques ? Pourquoi, lorsqu'ils passaient de un à deux, ces êtres devaient-ils devenir la moitié l'un de l'autre ? Le mot était d'autant plus malvenu qu'elles ne se ressemblaient pas. La première était blonde au teint clair, la seconde brune à la peau mate. Chacune sa personnalité, son caractère. Elle les avait câlinées, choyées, à tour de rôle, Chloé la petite cheftaine qui aimait tirer le pompon de sa sœur, et Lou la rieuse. « Deux pour le prix d'un, c'est super, mais c'est du boulot », disaient les gens. Et c'était vrai. Totalement aspirée par elles, elle n'avait plus remis le nez dans un dossier. Elle craignait de ne plus en être capable. Elle voulait en finir vite avec l'embellissement de la terrasse, pour avoir l'esprit libre. Sur la pelouse, elle poserait de jolies plantes. Tout le monde serait content. Tant pis pour les esprits chagrins.

10. Rencontre

En fin d'après-midi, Kevin rentré, Audrey Nichelong lui ordonna de la suivre sur la terrasse pour rendre une petite visite à la voisine.

« Mais maman, tu vois bien qu'elle n'y est plus ! Pourquoi ne va-t-on pas sonner à sa porte ?

— Je veux voir comment c'est à l'intérieur, je veux savoir si Mme "Quelqu'un de bien" dort dans un lit à une place ou deux. Par la fenêtre, j'aurai une vue plongeante, et comme tu seras là elle ne pourra rien dire.

— Maman…

— Enjambe, fainéant ! »

Dans le salon, les petites étaient en train de jouer avec des cubes, pendant que Rachel et la nounou préparaient le dîner. Enfermées dans leur parc, elles tournaient le dos à la fenêtre. Dès que Chloé eut fini son château, Lou le fit s'écrouler dans un grand rire. Chloé, mécontente, protesta et se tourna pour récupérer les cubes éparpillés. C'est alors qu'elle vit une grande forme noire collée au carreau, les yeux écarquillés dans sa direction. Une sorcière ! Prise de panique, elle se mit à hurler. Sa sœur leva alors les yeux en direction de la fenêtre et fut terrorisée elle aussi.

En entendant leur duo horrifié, les deux adultes accoururent.

« Qu'est-ce qui se passe ? » demandèrent-elles. Elles comprirent quand elles virent la silhouette.

« N'ayez pas peur ! » dirent-elles aux enfants pour les calmer, en les prenant dans leurs bras.

Malgré l'effroi des petites, Rachel alla ouvrir la fenêtre, tout en tenant Lou. Elle regarda d'un air peu amène la femme qui s'y présentait, en s'accroupissant pour se mettre au niveau des habitantes de l'entresol. « Oui ? » demanda-t-elle d'un ton un peu sec et en haussant la voix pour se faire entendre malgré le chahut.

« Bonsoir ! Je suis votre voisine, madame Nichelong ; j'étais absente ces jours-ci, mais je tenais à vous souhaiter la bienvenue ; et voici mon fils, Kevin. »

Rachel n'en revenait pas que la fameuse mère Nichelong soit cette gamine à couettes.

« Mais… pourquoi ne sonnez-vous pas à la porte ?

— Comme nous sommes voisines, j'avais envie de voir ce que vous avez fait sur la terrasse.

— On peut dire que vous avez fait drôlement peur aux enfants. »

Elle reposa Lou, qui se cacha derrière ses jambes.

« Bon, dit-elle aux petites, restez-là, je vais sortir.

— Naaaan ! » hurlèrent-elles, comme si elles craignaient pour la vie de leur mère. Lou lui agrippa les pieds afin qu'elle ne puisse pas enjamber la fenêtre.

D'un coup léger, Rachel se libéra et se retrouva sur la terrasse. Elle tendit la main à Audrey Nichelong.

« Bonjour, Rachel Kubler, se présenta-t-elle, et à l'intérieur ce sont mes petites filles, Lou et Chloé, avec Ann, la personne qui les garde.

— Petites filles ? s'étonna Audrey Nichelong. Mais alors… vous êtes la mère ou la grand-mère ?

— La mère ! Il n'y avait pas de trait d'union entre petites et filles, mais c'est vrai que cela ne pouvait pas s'entendre », dit Rachel en pouffant.

Audrey se demanda si elle se payait sa tête.

« Ponchour », lança gentiment Ann. Audrey lui renvoya un sourire sans chaleur. « Elle est pas de mon monde, celle-là », pensa-t-elle en regardant la jeune Flamande à la peau diaphane et aux cheveux blonds.

« Les petites l'appellent Nane, elle est jeune fille au pair, précisa Rachel. Il y a longtemps que vous habitez là, madame Nichelong ? continua-t-elle.

— Quatre ans. »

Audrey Nichelong sortit un paquet de cigarettes et un briquet de la poche de sa jupe. Kubler sembla tiquer. Reconnaissait-elle le vêtement ? Tout en fronçant les sourcils, comme si elle cherchait à rassembler ses pensées, elle demanda :

« Vous vous plaisez ici ?

— Je n'avais pas le choix, de toute façon, mon immeuble a brûlé dans un incendie.

— Ah bon ? s'exclama Rachel, surprise. C'était où ?

— Dans le Val-d'Oise. La préfecture a relogé les habitants. Moi, elle m'a placée ici.

— Mais qu'est-ce qui a provoqué l'incendie ?

— On ne sait pas : vétusté ou origine criminelle…

— Eh bien, il y en a des crimes autour de moi, depuis que je suis arrivée ! s'exclama Rachel. Il paraît que l'ancienne occupante de mon appartement se serait fait tuer ?

— Moi, j'ai entendu dire qu'elle avait mis fin à ses jours.

— Suicidée ? De mieux en mieux ! Je comprends pourquoi Béton a mis si longtemps à relouer ! Les gens n'aiment pas habiter chez un suicidé, ils ont peur que ça porte malheur !

— Le bailleur ne vous a rien dit ?

— Non, il s'en est bien gardé.

— La concierge non plus ?

— Non.

— Et maintenant que vous savez, vous ne regrettez pas d'être venue ?

— Oh, je regrettais avant même de venir ! À cause de la laideur… Je n'ai pas eu le choix, moi non plus… Vous savez comment c'est dans le social. On m'a proposé un appartement sur le périph, que j'ai refusé, puis un autre à Strasbourg-Saint-Denis, au-dessus d'un coiffeur ; j'ai encore refusé parce que j'ai besoin de silence pour travailler. Le troisième, j'ai dû le prendre.

— C'est la préfecture qui vous a placée ?

— Non, c'est mon employeur… Le 1 % logement… »

Audrey pensa avec amertume qu'elles ne faisaient pas partie du même univers. Elle préféra changer de sujet :

« Vous avez sans doute vu passer un chat noir : il est à moi, mais il s'échappe sans arrêt.

— Oui, je l'ai vu ! Il est même entré chez nous… Il a griffé Chloé, hier.

— Quoi ?!

— Oui… confirma Rachel. Depuis, nous ne laissons plus les fenêtres ouvertes sans surveillance. Surtout que moi, je suis très allergique. J'ai déjà fait un œdème de Quincke – vous savez, cette réaction qui vous fait gonfler le visage comme Frankenstein, pendant que vous étouffez ; alors je ne veux pas recommencer : un second pourrait m'être fatal !

— C'est pas possible, ça ! répliqua Audrey. Mon chat n'a jamais griffé personne ! Il ne s'en prend qu'aux souris !

— Tiens ! s'exclama Rachel, comme si elle avait enfin trouvé ce qu'elle cherchait depuis un moment : j'ai la même jupe que la vôtre !

— Ah bon ? C'est une jupe agnès b., un ancien modèle, expliqua Audrey avec détachement.

— Je ne me souviens pas l'avoir déballée, fit Rachel, pensive.

— Quand on déménage, c'est dur de retrouver ses affaires ! compatit Audrey. Moi, je n'ai pas eu ce problème, tout avait cramé.

— Ça a dû être terrible ! »

Audrey ne voulait pas de sa sollicitude, et coupa court :

« Il se fait tard, je vais vous laisser. Dites, est-ce que c'était une bonne idée de mettre votre pelouse ? Est-ce qu'elle ne risque pas d'inonder mon appartement ?

— Inonder ? Comment cela ?

— Elle va attirer l'eau de pluie, qui risque de couler dans mon appartement vu qu'il se trouve en dessous.

— Je ne vois pas comment ma pelouse de trois mètres carrés, devant les fenêtres de mon appartement, pourrait provoquer une inondation chez vous… Si quelqu'un devait être inondé, ce serait moi. Mais je ne pense pas que la pelouse change quoi que ce soit au ruissellement de l'eau dans les gouttières de la terrasse…

— Oui, espérons-le.

— Bonne soirée, madame Nichelong ! »

11. Impressions

De retour chez elle, Audrey s'enferma pour soliloquer, pendant que Kevin se faisait des pâtes. « "J'ai besoin de silence pour travailler." Mais qu'est-ce que c'est que cette femme ? Moi, j'ai besoin de musique pour travailler ! Madonna, Lady Gaga, Beyoncé ! À pleins tubes ! Qu'est-ce qu'elle veut me faire comprendre ? Qu'on ne fait pas le même travail ? Que madame est une intello, tandis que moi je suis une dinde ? Si on était dans le même bureau, sûr qu'elle me demanderait de baisser le son, comme tous ces enquiquineurs qui me reprochent de mettre mon MP3 trop fort ! Je vais en être débarrassée de ceux-là avec le télétravail ! Plus besoin de me visser les écouteurs dans les oreilles, je vais pouvoir pousser la chaîne à fond !

« C'est toujours la même histoire avec ces femmes, elles me méprisent, elles me regardent de haut, elles essaient de m'humilier, comme tout à l'heure la bolosse, quand elle s'est mise à rigoler avec son histoire de trait d'union. L'autre d'avant aussi, elle rigolait tout le temps ! Elle rigolait à tue-tête quand elle me rencontrait ! Et même chez elle, toute seule ! Elle se foutait de ma gueule ! Elle me faisait comprendre que j'étais une imbécile, sans instruction, parce que je fais de la saisie ; elle aurait pu être ma chef, ma saleté de chef, qui m'aurait bien fait suer, comme les autres, partout où je passe, à me dire que mon parfum sent trop fort, que je dois taper plus vite, que je dois faire moins de bruit, que je dois faire des risettes ; mais pourquoi je ferais des risettes ? Je m'en fiche, moi, de leur boulot débile – saisir des fichiers d'abonnés ou des fichiers d'assurés ou des fichiers d'emprunteurs pour leurs mailings, qu'est-ce que ça a de captivant ? Heureusement, je ne vais plus voir leur sale gueule à tous ces petits chefs et ces employés qui leur lèchent le derrière !

« Tiens, Noiraud ! Viens me faire un câlin, viens mon matou, mon mignon, mon doudou qui ronronne, tu es le seul qui m'aime, mon bébé, mon chéri qui ne partira jamais ! Quand je pense qu'avant, Jordan m'adorait et qu'il s'est tiré chez son père ; Kevin aussi m'adorait quand il était petit ; entre lui et moi, c'était fusionnel ! Et maintenant, il ne m'écoute plus, il me fuit, il a déjà fugué deux fois. Toi, mon miaou miaou, tu ne me laisseras pas tomber, hein ? Dire que la femme t'a accusé d'avoir griffé sa gamine ! J'ai eu envie de lui foutre une beigne, mais je me suis retenue : ne jamais taper devant témoin ! C'est la règle, pour ne pas se faire condamner. Sans témoin, tu cognes. Fais seulement gaffe aux caméras de surveillance, qui commencent à pulluler malgré ces crétins de défenseurs des droits de l'homme. S'il y a un témoin, tu t'abstiens. Encore que là, le témoignage de la jeune ne vaudrait rien, puisqu'elle est à son service. Non mais c'est pas possible ça : dans du logement social, avoir une domestique ! Si tu lui as griffé sa gamine, à cette bourge, c'est bien fait. Et si tu pouvais lui coller un autre œdème de Truc, la faire regonfler comme Frankenstein, ça serait encore mieux. Ça lui serait fatal, paraît-il ? Bon débarras ! »

De leur côté aussi, Rachel et Ann méditaient sur la rencontre.

« Qu'est-ce que vous en pensez, Nane ? » demanda Rachel, tandis qu'elles tenaient chacune une petite sur les genoux.

Ann plissa son nez, pour faire comprendre qu'elle ne l'appréciait pas trop.

« Antipathique, surtout cette façon te s impossser par la fenêtre, dit-elle de son léger accent flamand. Et puis elle a l'air si nerrrfeusse ! ajouta-t-elle, en prononçant un *r* très guttural.

— J'ai la même impression, dit Rachel.

Nane se mit à mimer Audrey Nichelong en tirant sur son cou et en écarquillant les yeux :

— “Quoi, fous accussez mon chat sans prrreufes ? Mais che fais sssorrrrtir mes kriffes !” »

Les petites et Rachel applaudirent en riant. Elles regardèrent la marque de Chloé, sur laquelle elles avaient mis un peu de Mercurochrome. Rachel lui fit un « bisou magique ».

« Elle débloque complètement avec son histoire d'inondation ! reprit Rachel.

— Elle ne feut pas que fous mettiez te la pelousse tefant chez fous, car ce sera plus choli que tefant chez elle. Elle est chalousse ! expliqua Ann.

— Jalouse ? Vous croyez ?

— C'est sûrrr ! »

La jalousie... Rachel connaissait, bien sûr. Lorsqu'elle était jeune fille et qu'elle préparait l'agreg de philo, elle avait ainsi repéré, en cours, d'autres étudiantes avec lesquelles le prof, son amant, entretenait une liaison. Toutes étaient remarquablement belles ou brillantes. Elle s'était alors trouvée laide, grasse et fade. Elle ne s'était plus aimée. Elle avait cessé de s'alimenter, pour leur ressembler. Elle avait perdu sa gaieté, sa spontanéité et sa confiance en elle. Elle n'avait plus réussi à philosopher ; à chaque dissertation sa note baissait. À la Sorbonne, elle s'était efforcée de ne plus regarder ces rivales, même lorsqu'elles faisaient un exposé. Elle les néantisait, faute de pouvoir les écarter. Chez lui, elle avait piqué une crise. Il lui avait fait observer avec froideur qu'elle était jalouse. Elle avait dû l'admettre. Elle avait rompu, pour retrouver son identité.

Jalouse, elle l'avait été encore plusieurs fois dans sa vie professionnelle. Lorsqu'un chef de service complimentait un confrère, ou une consœur, et pas elle. Elle avait envie de lui crier, comme une enfant : « Et moi, et moi ! Regarde comme j'ai bien travaillé aussi ! » Mais elle se reprenait : l'autre l'avait sûrement mérité. La jalousie retombait.

Il lui semblait que la jalousie ne pouvait venir que d'une situation de concurrence. Elle se demandait en quoi Nichelong et elle s'y trouvaient. Face aux autres voisins ? Qui risquaient de comparer leurs bouts de terrasse et de juger que c'était plus beau de son côté ? Elle trouvait cela ridicule.

Peut-être que ce n'était pas de la jalousie, après tout. Mais de l'envie. Ce sentiment obscur qui pousse à détruire l'objet qui nous fascine, parce que l'on ne s'autorise pas à penser qu'on le convoite. « Tes chaussures sont laides », lui avait dit une grosse cousine, à propos de sandales ravissantes. En les critiquant, elle n'avait pas à s'avouer qu'elle aurait tellement aimé avoir les mêmes. L'envie, cela pouvait conduire à supprimer l'être auquel on aurait tellement voulu, sans l'admettre, ressembler. Était-ce cela que signifiait *crève comme la chienne d'avant* ?

DEUXIÈME PARTIE

Affrontement

12. Audrey Nichelong

Audrey Nichelong n'aimait plus que ses chats, car ils ne l'avaient jamais trahie. Elle les nourrissait et, en retour, ils venaient lui faire des câlins. Les êtres humains, eux, l'avaient bernée chaque fois qu'elle leur avait accordé sa confiance. Prenons la femme qui l'avait mise au monde : comme tous les nouveau-nés, Audrey avait voulu s'y attacher. Mais Mme Nichelong n'avait pas souhaité la tenir dans ses bras, se reprochant d'avoir dépassé la date limite pour la faire évacuer de ses entrailles et la confiant très vite à une nourrice. Après une période de désordres gastriques, seul moyen dont, à ce stade de son développement, elle disposait pour exprimer son trouble, Audrey avait adopté cette nouvelle femme, finalement plus affectueuse que sa génitrice.

La tendre Salima l'avait câlinée, choyée et élevée avec affection pendant trois années entières. Elle lui avait fait faire ses premiers pas, ânonner ses premiers mots et presque perdre sa méfiance. Jusqu'à ce qu'à son tour elle la laisse tomber en succombant à une crise cardiaque. Audrey avait éprouvé de la colère en la voyant s'affaisser devant elle, bouche déformée. Pour la deuxième fois, son univers s'écroulait. Double abandon, double trahison, dont elle ne devait jamais vraiment se remettre : il lui manquerait l'assise, la certitude, la solidité que confère l'amour maternel continu et inconditionnel des premières années.

Ses parents l'avaient reprise et élevée cahin-caha. Sa mère, qu'elle gênait, passait son temps à la rabrouer, tandis que son père s'évadait dans les vapeurs de l'alcool. Difficile, dans ces conditions, de s'affirmer. La fillette avait toujours peur de mal faire, elle ne savait pas être elle-même. Elle copiait les autres gamines, ce qui les agaçait. Elle leur collait aux basques, si bien qu'elles la repoussaient. Du coup, elle n'avait pas d'amies. Ça lui manquait. Mais son besoin d'affection faisait si peur qu'il la condamnait à la solitude.

Adolescente, elle avait cru trouver une famille protectrice dans la « bande à Hakim ». Lui, c'était un dur à cuire, avec des muscles, qui n'avait pas peur de prendre des coups pour défendre son territoire. Il était l'un des principaux organisateurs du commerce de drogue dans la cité et brassait des milliers d'euros. Il distribuait les rôles : guetteur, vendeur, gérant, mule… De temps en temps, ses sbires envoyaient Audrey faire des livraisons à domicile. Au retour, elle demandait à voir le caïd, tout-puissant, beau gosse de surcroît. Elle en était tombée amoureuse et, à force de minauderies, le lui avait fait comprendre, bien qu'il ne soit pas disponible. Il avait fini par se débarrasser de sa maîtresse, et Audrey avait non sans jubilation pris la place de cette dernière. Il lui avait enseigné quantité de choses devant l'aider à survivre dans la jungle d'un monde sans justice. Il avait stocké quelques armes ainsi que de la marchandise dans l'appartement de ses parents, à leur insu.

Mais, au bout d'un moment, alors que d'autres ambitieuses lui tournaient autour, il s'était lassé d'Audrey. Elle s'était accrochée, ce qui est agaçant. Il s'était mis à mépriser cet être qui ne recelait plus aucun mystère et l'avait refilé à ses potes. Ils s'étaient amusés avec, dans la cave, non loin du local à poubelles où ils effectuaient leurs transactions.

Nudité forcée, corps pétri, mutilé : un jour, Audrey avait décidé de s'en sortir. Elle avait décroché une formation de secrétariat. Elle s'était longuement exercée à taper sans regarder le clavier, et ses doigts, comme ceux d'une pianiste, avaient fini par faire preuve d'une exceptionnelle vélocité. Elle se croyait tirée d'affaire. Mais, quand elle rentrait le soir, régulièrement la bande se rappelait à son souvenir. Quatre types la conduisaient à la cave pour lui faire comprendre qu'elle ne devait pas se la jouer. Pour mieux rigoler, ils l'appelaient par son nom de famille qu'ils raccourcissaient. Ils demandaient : « Où es-tu, où es-tu, petit Nichon ? » et, joignant le geste à la parole, allaient chercher la réponse sous son pull-over. Elle pensait être devenue insensible.

Elle avait pourtant aimé, encore : le père de ses enfants, venu habiter avec elle, avant de détaler à la première grossesse, de revenir, puis de repartir à la deuxième ; et ses fils, Jordan et Kevin, jusqu'à ce qu'ils aient deux ans et qu'ils commencent à dire « non » à tout bout de champ. Ça, c'était insupportable : elle voulait ne faire qu'un avec eux, comme lorsqu'ils étaient bébés ; ils n'avaient pas le droit de se rebeller, d'exister en dehors d'elle. Dès qu'ils avaient prononcé ce mot terrible, « non », elle s'en était détournée. La fusion ou rien. Tout ou rien. Ils avaient donc grandi à côté d'elle, mais sans elle. Finissant par haïr son indifférence, le plus grand avait rejoint son père, et Kevin ne tarderait sans doute pas à faire de même.

C'est pour en finir avec cette vie sans joie qu'Audrey Nichelong avait mis le feu à son immeuble. Vétuste le HLM, plus aux normes, un rien pouvait le faire cramer, tout le monde le disait, les habitants avaient alerté le bailleur et les pouvoirs publics, sans aucun effet. Il avait donc suffi d'une allumette jetée dans un vide-ordures, pour qu'il parte en fumée. Les policiers, interdits de séjour dans ce nid de trafiquants, avaient débouché le mousseux. La préfecture avait relogé en urgence la plupart des habitants. Audrey s'était retrouvée dans l'est de Paris, loin de la bande à Hakim, loin de sa famille. Enfin ! Même enterré, son nouvel appartement, c'était le paradis.

Enfin presque. Elle avait l'impression que les autres habitants la regardaient de haut, parce qu'elle était une « placée préfecture », et non une « pistonnée mairie » ou une « pistonnée syndicat ». Dans cet immeuble parisien, elle avait le sentiment de faire tache. Elle était sûre qu'on la considérait avec suspicion, en se demandant si elle n'allait pas tout faire cramer. Sinon, pourquoi est-ce que la Gomez lui aurait si longuement expliqué qu'il fallait fermer le gaz en sortant, et qu'il était préférable d'acheter un détecteur d'incendie ? La plupart des autres habitants étaient des cadres moyens – agents d'assurances, professeurs des écoles, assistantes dans des cabinets d'architecte ou de comptable… Tous en couple, jamais moins de quatre mille euros de revenus. Alors qu'elle, était cataloguée « mère célibataire », « famille monoparentale » ; elle ne gagnait que le SMIC plus les allocs. Ils le lui faisaient sentir : « Bonjour, bonsoir », jamais un sourire, personne ne voulait frayer. Même Léonide, ce taré, pistonné par son cousin receveur à La Poste, lui reprochait de faire venir des chats sauvages. La pire, c'était celle d'en face, la Mercier. Un jour qu'elles s'étaient retrouvées nez à nez sur le palier, Audrey l'avait saluée, mais l'autre s'était mise à hurler de rire. Audrey s'était juré de le lui faire payer.

Il y avait une exception : Darbois, le président de l'association des locataires, un type d'extrême gauche. Il était venu lui dire que si elle avait besoin de lui, il était à sa disposition, et lui avait remis un tract du Nouveau Parti anticapitaliste. La politique, elle s'en foutait bien, Audrey Nichelong. Elle ne s'était jamais inscrite sur les listes électorales, elle n'avait jamais voté : tous pourris, à droite, comme à gauche. Elle savait depuis longtemps qu'il ne fallait compter ni sur la police, ni sur la justice, ni sur les hommes politiques, pour réparer les torts. Pour se sortir de sa cité, n'avait-elle pas dû y mettre le feu ? L'ascenseur social, c'était de la blague sans argent pour payer des cours particuliers. Elle-même n'avait trouvé personne pour la repêcher au lycée : du coup, elle avait préféré le quitter à la fin de la seconde et rejoindre la bande à Hakim.

Elle faisait partie des rares Blancs de l'équipe, la plupart étant d'origine arabe, africaine ou asiatique. Elle ne le remarquait pas, contrairement à son père, qui se plaignait d'être envahi et ne jurait que par le Front national ; elle avait toujours vécu dans ce mélange, et l'appréciait. Sa nounou adorée, Salima, était marocaine. Le père de ses enfants était antillais. Il n'y avait que les feujs, qu'elle n'encaissait pas – des fourbes pleins de fric, dommage qu'ils n'aient pas tous cramé. Il y en avait beaucoup à l'extrême gauche, ce qui faisait qu'elle s'en méfiait. De toute façon, les gauchistes, les Krivine ou les Besancenot, c'était juste des petits-bourgeois qui avaient fait de bonnes études. Aucun ne sortait de son milieu à elle. Mais c'étaient de bons idiots utiles : ils s'opposaient aux caméras de surveillance, aux flics, ils excusaient toujours les délinquants, ils trouvaient systématiquement de quoi les justifier dans leur enfance malheureuse. Le Darbois, il tombait du ciel, mieux valait se le mettre dans la poche.

13. Aline Mercier

Après avoir chassé toute sa famille, Aline Mercier, 86 ans, s'était retrouvée seule dans son vaste appartement. Ses voisins trouvaient qu'elle en prenait à son aise : trois chambres pour une personne, alors que tant de Parisiens ont besoin de grands logements sociaux ! Que faisait-elle de tout cet espace ? Avait-elle aménagé une salle de danse, une salle de musique, une buanderie ? Passait-elle deux heures dans l'une, puis deux heures dans l'autre, et ainsi de suite ?

En fait, elle restait le plus souvent confinée dans la cuisine, où elle avait apporté un lit de camp : c'était la pièce où elle avait le moins peur. Elle n'en sortait guère que pour aller aux toilettes, situées dans le fond de l'appartement. Pour cela, elle devait longer le couloir qui desservait les chambres, de part et d'autre. Elle avait des sueurs froides : elle voyait les murs se gondoler, se rétrécir, le chemin devenir de plus en plus étroit. Elle craignait d'être étouffée, engloutie, avant d'atteindre le but. Elle pouvait mettre des heures à franchir ce corridor. Elle savait qu'elle ne devait pas regarder les tableaux qui l'ornaient, surtout la reproduction du Toulouse-Lautrec, qu'elle n'avait jamais aimée et que son mari avait punaisée il y avait des années : des prostituées décolletées attendant le client, autour de la tenancière du bordel, qui croit se refaire une virginité parce qu'elle est vêtue de blanc et qu'elle se tient droite comme un I. Elle ne devait pas fixer les personnages : ils se sentiraient provoqués, sortiraient du cadre et viendraient lui faire du mal.

Elle baissait donc les yeux et tentait de passer sans se faire remarquer. Arrivée aux WC, elle était tout aussi terrorisée : est-ce qu'une forme n'allait pas sortir du trou pendant qu'elle ferait ses besoins, rentrer dans son sexe, la dévorer de l'intérieur ? Elle avait si peur qu'elle préférait rester dans la cuisine pour se soulager, au moyen d'un pot qu'elle vidait dans l'évier, lorsqu'il ne contenait que du liquide. Pour ne plus avoir rien à éliminer, elle ne mangeait ni ne buvait presque plus. Juste une gorgée d'eau pour faire passer les neuroleptiques. Et quelques aliments lyophilisés. Elle était presque décharnée, mais à Sainte-Anne on n'avait rien remarqué.

Le rendez-vous à l'hôpital psychiatrique était devenu sa seule sortie. Elle ne voulait plus faire de mauvaises rencontres. Parfois, des gens qu'elle ne connaissait pas l'apostrophaient, sûrement parce qu'ils lui voulaient du mal, comme Montsuc. Elle était prise de panique, mais n'arrivait pas à s'enfuir. Alors elle se mettait à rire. Aux éclats. Sans fin. Une quinte suivait l'autre. Son corps était secoué de spasmes. Cela ne se calmait que lorsque l'agresseur n'était plus dans son champ de vision. C'était arrivé chez le médecin, au début. Il lui avait parlé doucement, pour la rassurer. Il lui avait dit que le rire était une défense contre le stress, une détente, une manière de se protéger.

Même chez elle, Aline Mercier se mettait à rire, de plus en plus fréquemment. Lorsqu'elle n'arrivait pas à trouver la bonne solution à un problème : quand elle se demandait s'il valait mieux condamner les pièces desservies par le couloir, ou les laisser ouvertes, par exemple. Si les portes étaient fermées, elle avait peur que quelqu'un se cache derrière. À travers, elle entendait de drôles de bruits, comme des respirations très fortes, ou des orgasmes. Parfois, terrorisée, elle s'emparait d'un bâton pour taper dessus et les faire taire. Parfois, elle se munissait d'un grand couteau de cuisine pour aller sur la pointe des pieds y coller son oreille, puis les ouvrir d'un seul coup ; alors, elle balayait la pièce du regard, à toute allure, afin de s'assurer qu'elle était vide. En sueur, mais soulagée de ne voir personne, elle recommençait avec la suivante, et ainsi de suite. Quand elle avait terminé, ce qui lui avait pris presque une journée, elle rentrait dans la cuisine, épuisée. Mais, une fois que les portes étaient ouvertes, elle craignait encore que quelqu'un n'en sorte et ne vienne la rejoindre.

14. Quiproquos

Audrey Nichelong ne supportait pas que sa voisine se moque d'elle sans arrêt. Un jour que la Mercier n'arrêtait pas de se fendre la pêche, elle alla sonner à sa porte, excédée, pour lui demander des explications. L'autre s'arrêta net. Mais refusa d'ouvrir. Audrey s'impatienta. Elle appuya de nouveau sur la sonnette, avec insistance. Elle attendit quelques secondes et tira sur sa cigarette en défiant avec insolence le judas, derrière lequel la voisine l'observait sûrement.

Aline Mercier y avait bien posé son œil, en dépit de la phobie qui était la sienne qu'on le lui crève d'un coup de pistolet, comme elle l'avait vu un jour dans un film. Les coups de sonnette l'avaient terrorisée. Se taisant subitement, elle s'était approchée sur la pointe des pieds. Sous la lumière blafarde du palier, elle voyait, un peu déformée par l'œil de plastique convexe, une femme aux lèvres très rouges, dans une veste léopard, cigarette à la main. C'était sûrement une prostituée, encore, sinon elle n'aurait pas fumé avec cette indécence.

Qu'est-ce qu'elles lui voulaient toutes ? La ramener à Tours, dans le bordel de la mère Talbot ? Elles n'en avaient pas le droit ! Elle était une femme respectable. Elle avait oublié son passé et chacun devait faire de même. Sur l'un des murs du couloir, la tenancière plissa les yeux en lui susurrant : « Tu reviendras, je t'assure, on revient toujours... » Puis, du fond d'une des chambres, une voix d'homme l'appela : « Aliiiiine ! » Affolée, elle courut dans la cuisine et referma sur elle. Audrey Nichelong l'entendit s'éloigner, et se résigna à partir.

Aline Mercier était en sueur. Elle avait soif, mais elle s'interdit de boire. Son cœur battait la chamade, ses jambes flageolaient. Elle s'assit sur le lit de camp. Elle commençait à reprendre son calme, quand la ventilation mécanique contrôlée se mit à siffler, en haut d'un mur : « SSSSSSSSSS », comme un serpent. Malgré son grand âge, elle se releva et monta sur une chaise avec son bâton pour la faire taire. Vlan, vlan, vlan !

Elle était loin de se douter qu'à l'étage au-dessus Étienne Léonide avalait de travers, se croyant rappelé à l'ordre par sa persécutrice. « Ça y est, elle m'a entendu manger ! » dit-il à son épouse, qui leva les yeux au ciel. Mme Léonide n'avait même pas remarqué les coups, occupée qu'elle était à suivre les informations régionales. « Arrête, avec tes bruits imaginaires ! » rétorqua-t-elle. « Je suis sûr que c'est une cousine du béké... », marmonna Léonide.

Aline Mercier eut le sentiment que le son diminuait et redescendit s'asseoir. Mais cette fois, ce fut le radiateur qui émit un soufflement « FFFFFFFFF. » Elle se releva pour en fermer le robinet. Elle aurait froid, mais tant pis. Tout serait silencieux. Ainsi apaisée, elle s'allongea sur le lit de camp et se détendit.

15. Prostitution[1]

Cette nuit, pendant que tout le monde dormirait et qu'Aline Mercier ne risquerait plus de rencontrer qui que ce soit, il faudrait qu'elle aille chercher son courrier au rez-de-chaussée. Encore une épreuve, le courrier. C'était par une lettre que Montsuc l'avait menacée de révéler son passé. À vrai dire, pendant longtemps, elle avait craint ce genre de chantage. Toute sa vie, elle s'était précipitée sur le courrier ou le téléphone, avant son époux, ce qui n'avait pas laissé de l'intriguer. Il s'était parfois demandé si elle avait un amant. Et c'est au bout de soixante ans, alors qu'elle se croyait hors de danger, que la lettre était arrivée.

Et pour cause : Montsuc avait dû attendre que les archives de la période 1940-1945 soient ouvertes au public. Avant la fin du délai de soixante ans, il avait bien demandé une dérogation au préfet d'Indre-et-Loire, mais, après enquête des RG, le représentant

1. Ce chapitre doit ses éléments factuels à la lecture de deux ouvrages historiques :

MEINEN (Insa), *Wehrmacht et prostitution sous l'Occupation*, Paris, Payot, 2006.

BUISSON (Patrick), *1940-1945, années érotiques*, t. 1, *Vichy ou les Infortunes de la vertu* ; t. 2, *De la grande prostituée à la revanche des mâles*, Paris, Albin Michel, 2008 et 2009.

de l'État la lui avait refusée, trouvant le type malsain. Dès que Montsuc avait pu avoir librement accès aux documents concernant la ville, il avait repéré les femmes qui avaient travaillé dans les maisons closes destinées aux soldats allemands. Il les avait pistées. Il lui avait suffi de consulter leurs fiches d'état civil pour découvrir le lieu où elles s'étaient mariées ainsi que leur nom d'épouse. Il leur mettait ensuite le marché en main : « Du fric ou je parle. » Aline Mercier avait payé. Elle avait honte de son passé. Personne ne devait le connaître, surtout pas ses enfants.

Lorsqu'elle eut 17 ans, la petite bonne à tout faire ne supporta plus de crever la faim tout en étant traitée comme une moins-que-rien. Le jour où ses patrons prétendirent retenir sur sa paie misérable le coût d'une assiette cassée, elle prit sa valise et se rendit devant la gare, où des tenanciers de bordel recrutaient. Elle dut passer par le service sanitaire de la Wehrmacht, où l'on vérifia qu'elle n'avait pas de maladie, vénérienne ou pulmonaire, susceptible de contaminer le soldat allemand. Déclarée saine, elle fut admise dans la maison Talbot, un établissement destiné aux hommes de troupe. Le boulot tenait de l'abattage : un client toutes les dix minutes. Leur passage était souvent douloureux. En outre, Aline devait se fâcher quand l'homme refusait de porter le préservatif obligatoire, car elle risquait de tomber malade et d'être interdite de travail. Parfois le soldat le prenait mal et la frappait, avant d'être mis dehors par les patrons.

Le père et la mère Talbot prélevaient la moitié de ses recettes et lui faisaient payer sa nourriture. Mais Aline gagnait quand même mieux sa vie qu'avant. À midi, elle pouvait s'offrir de la viande avec un quart de vin, et le soir, de la soupe aux légumes. Elle ne regrettait pas de ne pas être tombée dans une maison pour officiers, où l'on se gorgeait de caviar et de champagne. Elle n'avait pas envie de faire la fête à tout bout de champ. Les Boches, c'étaient quand même des ennemis. Chez les Talbot, pas de conversation, on allait droit au but, et c'était aussi bien.

C'est sans doute la relative modestie de sa condition qui lui valut, comme aux autres pensionnaires, d'être épargnée lors de l'épuration. Pendant que certaines prostituées, accusées d'avoir pratiqué la collaboration horizontale, étaient tondues en place publique, Aline partit pour Paris, son petit pactole lui permettant de voir venir. Elle devint vendeuse dans une boutique de vêtements pour dames avant d'intégrer les prestigieuses Galeries Lafayette et d'y rencontrer M. Mercier, agent d'assurances, venu faire des emplettes. Elle lui tut son ancien métier qui, maintenant qu'elle avait le ventre plein, la dégoûtait. Elle n'y repensait qu'avec effroi. Tout ce qui pouvait le lui rappeler lui déplaisait. Y compris les jeux érotiques de son époux.

M. Mercier adorait qu'elle se promène nue avec des bas noirs, comme les filles de Toulouse-Lautrec. Elle s'exécutait de mauvaise grâce, n'ayant guère le cœur à revêtir son ancienne tenue de travail. Elle rechignait surtout à cligner de l'œil pour lui dire « Tu montes, chéri ? » comme il le désirait. M. Mercier la trouvait un peu bégueule. Pourquoi diable une si appétissante pépée n'aimait-elle pas plus la bagatelle ? s'étonnait-il.

Elle accomplissait son devoir conjugal, certes, mais sans entrain. Elle prenait même des initiatives. Couronnées de succès, d'ailleurs, mais trop vite, à son goût. Il aurait aimé qu'elle pratique l'adagio avec le même talent que l'allegro, qu'elle lui propose des variations, et surtout qu'elle y mette un peu d'âme. Au lieu de cela, elle avait l'air de s'ennuyer. À regret, M. Mercier avait donc souvent recherché, auprès d'autres femmes, tarifées, cette fantaisie qui manquait à la sienne. Aline Mercier n'en avait rien su. Chacun ses petits secrets.

Les époux avaient vieilli. Aline Mercier souffrait des prémices de la maladie d'Alzheimer. Il lui arrivait de ranger son réveil dans le réfrigérateur. Quand ses enfants le lui faisaient remarquer, elle se mettait en colère : on lui avait fait une mauvaise farce. On lui voulait du mal, c'était sûr. Elle, qui avait toujours été affable, leur faisait subir de plus en plus de sautes d'humeur. Elle s'arrêtait au milieu de ses phrases pour chercher ses mots. Son mari aussi était atteint de dégénérescence. Il n'avait plus aucune retenue, aucune pudeur. Il n'hésitait plus à lui pincer les fesses ou à lui faire des remarques graveleuses qui l'exaspéraient.

La lettre de Montsuc avait porté à Aline le coup de grâce. Son passé lui revenait en pleine figure. Les soldats, la mère Talbot… Par moments, elle perdait complètement la tête et se croyait revenue dans la maison de passe. En hurlant, elle griffait M. Mercier qui s'approchait, bas-ventre à l'air. Lorsqu'elle retrouvait ses esprits, elle avait honte et peur. Elle décida d'expulser tout le monde. M. Mercier fut expédié dans une maison de retraite. Le cadet, qui n'avait pas quitté le nid, fut prié de prendre son envol. Les autres enfants n'étaient plus les bienvenus. Il ne fallait pas qu'ils apprennent la vérité. Eux, qu'elle avait adorés, ne devaient pas savoir qu'elle les avait trompés. Elle préférait passer pour une harpie.

Elle avait accepté de payer le maître chanteur. Cinq cents euros tous les mois, pendant plusieurs années. Sa famille, qui ne savait pas où allait l'argent, pensait qu'elle le jetait par les fenêtres, sous l'effet de la démence sénile.

Mais Montsuc était devenu encore plus gourmand. Sept cents euros, puis neuf cents. Elle les avait déboursés, mais ses économies avaient fini par s'assécher. Elle avait bien compté sur une loterie pour se renflouer : elle avait appris qu'elle toucherait cinq mille euros après avoir envoyé sa photo. Elle s'était exécutée, mais elle n'avait jamais reçu l'argent.

Maintenant que la source était tarie, elle craignait que Montsuc ne la dénonce. La peur qui l'envahissait avait considérablement aggravé son état. Elle souffrait presque constamment d'hallucinations.

Elle entendait de plus en souvent les incubes forniquer derrière les portes, où ils voulaient l'attirer. Ils l'appelaient, pour qu'elle sorte de la cuisine et qu'elle se rende dans le couloir, où elle se retrouverait sans défense. Quand elle était obligée de franchir le corridor, ils poussaient les murs, les gondolaient. Parfois, la matière enserrait brutalement sa taille ou sa poitrine ; elle n'arrivait plus à se dégager, elle pensait mourir d'asphyxie ; elle se mettait à rire.

16. Dans le noir

Audrey Nichelong décida que ça ne se passerait pas comme ça. Puisque l'autre la snobait en refusant de lui ouvrir, elle l'obligerait à sortir de son trou. Elle se rendit sur le palier et tira la porte du placard où se trouvaient leurs deux compteurs EDF. Elle abaissa la manette de celui qui correspondait à l'appartement d'Aline Mercier. Clac. Il n'y aurait plus d'électricité chez elle. La voisine devrait venir au même endroit pour la rétablir. À ce moment-là, Audrey la coincerait et lui ordonnerait de se calmer.

Quand on fut entre chien et loup, la vieille dame appuya sur l'interrupteur du couloir : la lumière, pensait-elle, empêchait les démons de sortir de leurs cachettes. Elle laissait toujours le corridor allumé la nuit.

Rien ne se passa. Elle joua avec le bouton, sans plus de succès. Elle fit de même dans la cuisine, mais la pièce demeura dans l'obscurité.

Un accès de panique la gagna, et son cœur se mit à battre à toute allure. Qui lui avait coupé le courant ? Montsuc ? Béton ? La police ? Après tout, elle avait été une prostituée, doublée d'une menteuse : il fallait bien qu'elle le paie ! Elle n'avait rien d'autre à faire qu'attendre le châtiment : les diables profiteraient du noir pour ramper hors des chambres, entrer dans la cuisine et s'allonger sur elle, dès qu'elle serait étendue sur le lit de camp ; ils pèseraient sur sa poitrine et l'étoufferaient. Ce soir-là, ses rires habituels furent entrecoupés de râles de détresse.

« Dis donc, tu entends ça, Audrey ? s'inquiéta Jean-Paul, en arrivant chez sa compagne.

— Quoi donc ? dit-elle, d'un ton maussade.

— On dirait qu'il se passe un truc pas normal à côté…

— Elle se fout de ma gueule, même la nuit.

— Arrête ton délire ! Ce n'est pas parce qu'elle rit qu'elle se paie ta tête !… J'ai l'impression qu'il y a un truc bizarre… Tu sais, t'aurais pas dû lui couper le courant.

— Il lui suffit de sortir sur le palier et de relever la manette.

— Elle ne le sait peut-être pas ? Elle a l'air un peu cinglée, ta voisine.

— C'est pas mon problème.

— T'es vache, quand même. »

17. Halloween

La veille de la Toussaint, Audrey Nichelong décida de faire la fête. Le lendemain c'était férié, on pouvait dormir tard. Jean-Paul avait cuisiné des mets antillais : acras de morue et fricassée de poulet, copieusement arrosés de rhum. On avait fermé le clic-clac, mis de la salsa sur la chaîne et, après qu'on s'était régalés, Jean-Paul commença à danser. Il aimait cette musique cubaine ; pour mieux la sentir, il ferma les yeux, tout en ondulant du bassin. Audrey le regarda avec admiration : elle ne savait pas se déhancher comme lui. Il la prit alors dans ses bras amoureusement et la fit virevolter. Il la rattrapait avec élégance quand elle se trompait dans ses pas. Kevin, qui était de la partie, vit pour une fois sa mère sourire. La danse lui faisait oublier ses tourments.

Elle vit qu'il la regardait et l'invita :

« Viens, Kevin !

— Non, j'sais pas danser.

— C'est pas grave, tu fais comme nous !

— Tiens, regarde », lui dit Jean-Paul, d'un ton paternel, en se plaçant à côté de lui, pour qu'il l'imite : « Gauche, droite, gauche. Pause. Droite, gauche, droite. Pause. À ton tour ! »

L'adolescent tendit la jambe gauche en avant, posa

la droite à côté et revint en arrière avec la première, pendant que Jean-Paul scandait les temps : « C'est ça ! Un, deux, trois. Pause. Cinq, six, sept. Pause. Mais dis donc, tu te débrouilles comme un chef, toi ! Bravo ! » Kevin était content : pour une fois qu'il faisait quelque chose de bien ! Jean-Paul demanda à Audrey :

« C'est pas au cours de salsa qu'il passerait son temps, ton gamin, à la place du collège ? »

Les trois éclatèrent de rire.

« Fais-moi danser, Kevin ! » lui dit sa mère.

L'adolescent hésitait. Il avait envie de lui faire plaisir, et peur, en même temps, de la décevoir, une fois de plus.

« Alleeeez !

— Vas-y Kevin », l'encouragea Jean-Paul en se replaçant à côté de lui, pour lui rappeler les pas.

Kevin s'approcha de sa cavalière, lui prit les deux mains et la guida, pendant que Jean-Paul marquait le rythme.

« Toi, Audrey, tu fais comme lui, en miroir ! Vas-y Kevin ! Un, deux, trois. Pause. Cinq, six, sept. Pause ! C'est parfait ! Dans l'autre sens maintenant ! Gauche, droite, gauche. Oui ! Je sers plus à rien, moi ! » s'exclama-t-il en riant, avant de s'écarter.

Le couple poursuivit jusqu'à la fin du morceau et Jean-Paul applaudit avec chaleur. Le CD était terminé. Jean-Paul proposa de passer au dessert.

« Qui veut une petite glace à la vanille des îles ?

— Moooi ! répondirent Audrey et Kevin, simultanément.

— Vos désirs sont des ordres », dit-il, en se dirigeant vers la cuisine.

Le silence se fit dans l'appartement, pendant que Jean-Paul préparait les coupes. Audrey s'épongeait la poitrine et reprenait son souffle, Kevin buvait un grand verre d'eau.

« Un ange passe », dit Audrey.

C'est à ce moment qu'ils entendirent, bien qu'assourdie, une interminable quinte de rire, venue de l'autre côté du palier.

Kevin ne put s'empêcher de regarder sa mère : son visage s'était tendu, ses poings crispés. « C'est fini, la fête », pensa-t-il.

« Tu veux ma photo ? » lui demanda-t-elle avec brutalité.

Il baissa la tête.

« Ça vient, ça vient ! » chantonna Jean-Paul, qui, dans la cuisine, n'avait pas fait attention au bruit. Mais Audrey se fichait bien du dessert : une idée venait de germer dans sa tête.

« Dis donc Kevin, interpella-t-elle son fils, un sourire en coin, si on allait lui faire une petite surprise d'Halloween, à la meuf ?! »

L'adolescent releva le nez, d'un air interrogateur.

« Tu vas mettre un drap blanc sur toi et tu vas aller sur la terrasse, faire “ouh ! ouh !” devant ses fenêtres, comme un fantôme.

— Ça va être drôle ! » s'esclaffa le gamin, tout content d'avoir une nouvelle occasion de plaire à sa mère.

Jean-Paul, qui revenait avec les coupes, s'enquit de ce qui suscitait son enthousiasme.

« On va faire une surprise d'Halloween à la voisine, lui annonça Kevin,

— Tu vas sonner à sa porte pour lui demander des bonbons ? T'es un peu grand pour ça, non ? Et puis il est tard ! À vingt-deux heures, ça ne se fait pas...

— Mais non ! Je vais aller sur la terrasse, devant ses fenêtres, et je vais faire "ouh ! ouh !"

— Mais, si elle est cardiaque, elle risque d'avoir une attaque !

— Arrête de jouer les rabat-joie, intervint Audrey. On va juste faire une farce. Elle devrait apprécier, puisqu'elle aime tant rigoler ! »

Jean-Paul n'insista pas : cela ne servait à rien d'expliquer une fois de plus à Audrey que la voisine ne se moquait pas forcément d'elle quand elle riait. Sa compagne était parano, elle ne voudrait rien entendre. Elle ferait la tête et la fête serait gâchée. Il préféra s'asseoir et manger sa glace.

Audrey recouvrit Kevin du drap. Elle prit une paire de ciseaux pour couper des trous à la place des yeux et du nez, puis l'aida à enjamber la fenêtre.

Le gamin fit comme sa mère le lui avait ordonné : devant la première chambre de la voisine, il s'arrêta et cria « ouh ! ouh ! » en secouant les mains pour agiter le drap. Puis il alla devant la seconde et recommença. Depuis la fenêtre de son appartement, Audrey, le cou dévissé pour le suivre du regard, gloussait.

« Il fait ça bien ! » dit-elle à Jean-Paul qui préféra ne pas commenter.

Malgré l'obscurité qui régnait à l'intérieur de l'appartement d'Aline Mercier, dont l'électricité était coupée, le fantôme, en collant son nez à la vitre, crut voir la vieille dame pliée en deux et une lame briller. Puis il entendit un hurlement. Ses cheveux se dressèrent sur la tête, il se précipita jusqu'à l'appartement de sa mère en criant, paniqué, « maman, maman ! » Audrey et Jean-Paul avaient eux aussi entendu le cri déchirant, qui les avait brusquement dégrisés. Ils aidèrent Kevin à rentrer et éteignirent les lumières.

« Tout va bien, tout va bien, répétait à voix basse Audrey au gamin, qui était encore secoué.

— Je l'ai vue, maman, elle était pliée en deux, elle avait un couteau, un grand couteau !

— Nom de Dieu, Audrey, qu'est-ce que tu lui as fait faire, à ton gamin ? protesta Jean-Paul.

— Toi, c'est pas le moment de me faire une scène ! lui rétorqua-t-elle.

— C'est de ma faute, maman, si elle est morte ! s'exclama Kevin, le corps tremblant, des sanglots dans la voix.

— D'abord elle est peut-être pas morte, et puis si elle a eu une attaque, t'y es pour rien, Kevin ! Pur hasard ! le rassura-t-elle.

— Si, maman, c'est de ma faute, elle m'a sûrement vu, je m'étais collé à son carreau !

— Personne ne meurt à cause d'un fantôme d'Halloween, répliqua-t-elle. Je te dis que tu n'y es pour rien. Tu vas reprendre ton calme, et puis tu vas garder ça pour toi, compris ? Si les flics viennent, tu ne dis rien. O.K. ? Tu n'es pas sorti sur la terrasse. Tu mangeais ta glace tranquillement, comme nous, quand on a entendu un cri, mais on ne s'est pas inquiétés plus que ça parce qu'il y a tout le temps des bruits bizarres chez elle. O.K. ? »

Il hocha la tête.

« T'en parles à personne. PERSONNE, compris ? Même pas à ton frère.

— Mais, le drap ? demanda-t-il.

— Jean-Paul, tu veux bien t'en occuper ? Faudrait le jeter loin d'ici, dans une poubelle… Demain, pas maintenant, ça paraîtrait suspect que tu sortes.

— O.K., acquiesça Jean-Paul, à contrecœur.

— Maintenant, on va tous aller se coucher, conclut Audrey. Tu veux venir avec nous, Kevin, pour ce soir ? »

L'adolescent hocha à nouveau la tête. Ils se serrèrent donc un peu, à trois dans le clic-clac.

Aline Mercier était morte.

Ce jour-là, elle avait opté pour les portes ouvertes. Depuis le corridor, où elle se trouvait avec son grand couteau de cuisine destiné à se défendre des incubes, elle vit un fantôme se coller à ses hautes fenêtres. Terrorisée, elle perdit son souffle et se courba en deux. Elle réussit à expulser de l'air de sa gorge, ce qui donna le cri perçant. Épuisée par cet effort, elle tomba sur le couteau et s'éviscéra.

Plusieurs voisins entendirent le hurlement. Aucun ne frappa à la porte d'Aline Mercier pour s'assurer que tout allait bien. Soit parce que ce n'étaient pas leurs oignons. Soit parce que, comme dans le cas d'Étienne Léonide, il y avait plutôt matière à se réjouir. Aucun n'appela non plus la police.

Une semaine plus tard, la concierge, Mme Gomez, eut l'impression, en faisant le ménage sur le palier, qu'une drôle d'odeur sortait de l'appartement. Elle avertit Béton, qui fit venir la famille. Celle-ci conclut à un suicide. Aline Mercier repartit les pieds devant.

18. Béton

Une semaine après avoir demandé à M. Leblanc, conseiller clientèle chez Béton, les circonstances de la mort d'Aline Mercier, Rachel Kubler reçut le mot suivant, sur papier à en-tête :

Conformément à la loi du 6 janvier 1978 sur la protection de la vie privée, article 7-2, nous sommes au regret de ne pouvoir vous communiquer de données personnelles concernant d'autres locataires.

Veuillez agréer, Madame, nos salutations distinguées.

« Qu'est-ce qu'ils essaient de me cacher ? »

19. Googlisation

Après leur rencontre, Audrey Nichelong ne cessa plus de penser à sa nouvelle voisine. Qui était vraiment Mme « Quelqu'un de bien » ? Pour en savoir plus, elle se connecta sur Internet. Elle tapa « Kubler » et tomba sur une succession d'articles, publiés dans son journal. En rapport avec l'Europe, sujet on ne peut plus ennuyeux, ils étaient truffés de mots incompréhensibles comme « comitologie » ou « directive ».

« Comment peut-on s'occuper de trucs aussi chiants ? » se demanda Audrey.

Néanmoins, la figure du journaliste remonta dans son estime : pour elle, c'était jusqu'ici le présentateur, avide de sensationnalisme, qui animait le *20 Heures* à la télévision, ou le sous-fifre qui allait sur le terrain et payait Hakim pour surveiller sa voiture pendant qu'il filmait la cage d'escalier. Il y en avait donc de plus sérieux. Bon.

Elle continua de cliquer sur « suivant » et vit défiler d'autres thèmes tout aussi peu excitants – « corps préfectoral », « Conseil d'État »… Les plus anciens dataient de 1989. « Elle écrit depuis sacrément longtemps, la bolosse ! C'est bien ce que je pensais, elle est pas toute jeune », se dit-elle, satisfaite de ne pas avoir tout à fait perdu son temps.

Elle changea de moteur de recherche et tapa cette fois nom et prénom. Alors apparut quelque chose de croustillant : une inscription sur Facebook ! Rachel Kubler appartenait au réseau social ! Elle allait tout savoir sur elle. Dommage, l'autre n'avait pas mis de photo pour se représenter, mais un tableau. « Elle peut pas faire comme tout le monde ?! » rouspéta Audrey Nichelong. S'il y en avait eu une, elle se serait amusée à la transférer sur un site de rencontres.

Audrey Nichelong cliqua sur l'image, un tableau de Rothko, mais ne put en savoir plus : « Accès restreint aux amis. » La colère l'envahit. Une fois de plus, l'autre la rejetait ! Elle ne l'admettait pas dans le cercle de ses intimes ! Pourquoi avait-elle interdit l'accès de tous à ses informations ? Qu'est-ce qui devait être soustrait à sa curiosité ? Elle lut les noms de ses quatre-vingt-quatre « amis », qui, eux, étaient publics. Il y en avait de toutes sortes : des français, des anglais, des italiens, des à consonance allemande, des aristos à particule – « de » ou « van » quelque chose. C'étaient sans doute des journalistes, comme elle, en tout cas des gens qui riaient des mêmes plaisanteries, qui partageaient les mêmes valeurs, qui ne frayaient pas avec les opératrices de saisie. Les photos qui les accompagnaient ne lui inspiraient rien. Ah, si ! Un ou deux hommes étaient séduisants ! Des amants ? Mais qui aurait eu envie de se farcir une meuf aussi ennuyeuse ? Ça ne pouvait être que des connaissances. Ou peut-être même pas : on ne peut pas réellement avoir quatre-vingt-quatre amis. Elle devait les avoir acceptés dans son réseau, sans les connaître, juste pour faire croire qu'elle était populaire. Sûr et certain qu'elle trichait ! Ça lui donna une idée : et si elle lui envoyait une invitation sous une fausse identité ? Elle-même, en effet, n'avait pas de compte Facebook, puisqu'elle n'aimait personne.

Elle créa donc une adresse sur Hotmail, puis un avatar sur Facebook qu'elle appela « De Crayer », nom d'un peintre flamand du XVIIe siècle qu'elle trouva dans le *Petit Larousse* de Kevin. Dès que l'autre aurait accepté, elle saurait à quoi s'en tenir. En attendant, elle guetta ses allées et venues.

20. Œilleton

Rachel Kubler avait couché les petites de bonne heure pour être tranquille avec son amie Marlène, qui devait passer la soirée chez elle. Elle l'aimait beaucoup : Marlène et elle avaient partagé leur chagrin, lorsque, la quarantaine venue, elles s'étaient toutes deux fait plaquer pour une fille plus jeune. Elles s'étaient demandé si le démon de midi ne touchait que les hommes ou aussi les femmes. Elles s'étaient mutuellement aidées à reprendre du poil de la bête et s'étaient inscrites en même temps sur Meetic. Là, elles avaient encore partagé leurs déconvenues : celui-ci avait menti sur son âge, celui-là était radin, un troisième ne parlait que de lui… Elles s'étaient raconté leurs liaisons sans lendemain. Rachel avait été heureuse de voir son amie, un jour, rencontrer le bon. Elles n'avaient cessé de correspondre, par téléphone ou par mail, mais ne s'étaient pas vues depuis des mois, Marlène étant iconographe dans une agence de presse à Paris.

Quand Rachel l'entendit sonner, en bas de l'immeuble, elle appuya sur le bouton de l'interphone et ouvrit sa porte ; elle resta sur le seuil, en attendant que Marlène monte les marches jusqu'à elle. La mère Nichelong aussi avait ouvert sa porte, et attendait. Cela surprit Rachel. Y aurait-il deux visiteurs simultanément ? Elle regarda sa voisine, d'un air interrogateur, mais l'autre se contenta d'un hochement de tête signifiant « Bonsoir, je ne m'occupe pas de vous », tout en fixant la cage d'escalier. Marlène apparut et s'exclama : « En-fin ! » en se dirigeant vers Rachel pour l'embrasser. Nichelong referma sa porte.

Son amie à peine introduite dans l'appartement, Rachel ne put s'empêcher de lui faire part de son agacement :

« Chaque fois que je sors, je tombe sur elle !

— Tu dois te faire des idées, répliqua Marlène.

— Non, je t'assure, ça commence à me faire flipper. En plus, j'ai reçu une lettre anonyme, et je pense que c'est elle qui me l'a envoyée ; je m'inquiète, car la locataire précédente est morte dans d'étranges conditions, que le bailleur veut me cacher, lui confia-t-elle d'une traite.

— Attends ma belle, reprends ton souffle, assieds-toi, et raconte-moi tout ça ! »

C'est ce que fit Rachel, au lieu de montrer la chambre où dormaient les petites et de prendre des nouvelles de son amie, comme elle l'aurait voulu. Elle lui décrivit l'indiscrétion dont Nichelong avait fait preuve, en se collant à sa fenêtre, plutôt que de sonner à la porte.

« Quand je descends vider ma poubelle, elle est sur le palier. Quand je remonte, elle est encore là. L'autre jour, elle m'a couru après dans la rue. Elle voulait savoir si j'allais "au boulot", comme elle dit, et quels étaient mes horaires ; je n'ai réussi à la semer qu'à l'entrée du métro. Et attends, j'ai reçu hier sur Facebook une invitation d'un certain De Crayer, que je ne connais ni d'Ève ni d'Adam. Et figure-toi que son profil, totalement vide, a été créé le jour même. Je suis sûre que c'est elle qui se cache derrière. Si ça se trouve, en ce moment, elle est en train d'écouter à la porte…

— Tu veux qu'on en ait le cœur net ? chuchota Marlène. Continue de parler comme si j'étais à côté de toi, et moi, je vais aller voir tout doucement à l'œilleton… »

Rachel continua donc à soliloquer, jusqu'à ce que Marlène revienne, surprise :

« Mais on ne voit rien, derrière ton judas !

— Quoi ?

Rachel se leva et alla voir, à son tour :

— C'est vrai ! Qu'est-ce qui s'est passé ? »

Furieuse, elle ouvrit la porte avec brusquerie, bien décidée à réagir si l'autre était derrière. Mais il n'y avait personne sur le palier. Elle ne pensa pas à examiner celui du deuxième étage, où Audrey Nichelong avait couru se réfugier.

« Regarde Marlène, l'œilleton est tout noir !

— Oui, c'est une trace de cigarette ! Quelqu'un l'a brûlé !

Elles refermèrent la porte.

— C'est la voisine : elle fume, assura Rachel. Ça sent tout le temps la marijuana.

— Tu devrais porter plainte.

— J'ai déjà appelé les flics, à propos de la lettre anonyme, mais ils m'ont dissuadée de le faire.

— Ah oui, ça serait mauvais pour leurs statistiques ! Les flics ne veulent plus que des IRAS.

— Statistiques, IRAS ? Je ne comprends rien, Marlène.

— Oh ma belle, atterris un peu ! Tu es en France, ici ! Tu n'as jamais entendu parler de Sarkozy et de sa politique du chiffre ?

— Vaguement…

— Les IRAS, ce sont des Infractions révélées par l'action des services. Expression impayable qui désigne des délits sans plaignant et sans victime.

— Je ne vois pas.

— Un délit sans victime, c'est par exemple un type qui fume du cannabis – délit –, et qui n'emmerde personne – pas de victime, donc pas de plaignant. Faire un IRAS, c'est le coffrer : ça rapporte deux points au flic qui a découvert le délit et qui l'a élucidé.

— Tu veux rire ?

— Mais non, je t'assure ! Il y a eu pas mal d'émissions sur le sujet. Pour toucher des primes les flics ne veulent que des IRAS, pas des affaires qu'ils ne sauront pas élucider, comme ta lettre anonyme ou ton œilleton cramé. C'est pour ça qu'ils refusent des plaintes.

— Qu'est-ce que je vais faire ?

— Demande au bailleur de remplacer l'œilleton.

— Pfff… Le bailleur, si tu savais… À ton avis, pourquoi est-ce qu'elle est si curieuse, cette voisine ? Pourquoi veut-elle faire partie de mes contacts ? Qu'est-ce qu'elle cherche à savoir ?

— Tout, manifestement.

— Tout ?

— Qui tu es, qui tu aimes, qui sont tes amants…

— Pour quoi faire ?

— Pour te les voler.

— Quoi ?

— Tu n'as pas vu le film de Barbet Schroeder, *JF partagerait appartement ?*

— Non.

— Bridget Fonda accepte comme colocataire une jeune fille timide, idéale… Juste un peu trop curieuse. Et qui ne va pas tarder à se faire passer pour elle. Elle s'habille comme elle, se coiffe comme elle. Elle couche avec son petit ami. Et elle cherche à la tuer.

— Arrête de me faire peur, Marlène ! On n'en est quand même pas là !

— Non, mais ça peut venir…

— Tu as déjà eu de mauvais voisins, toi ?

— Oui, une folle qui m'accusait de déplacer les meubles la nuit. J'avais beau lui dire que je dormais, elle ne me croyait pas. Pendant des années, elle m'a mis des mots accusateurs dans la boîte aux lettres. Et puis, un jour, elle a refermé sa porte sur elle, en oubliant la clé. J'étais justement en train de descendre. Je lui ai proposé de forcer le système d'ouverture avec ma carte bancaire. Elle a accepté. Grâce à moi, elle n'a pas eu à appeler de serrurier. Son attitude a changé du jour au lendemain.

— Eh bien…

— Mais le pire, c'était un petit jeune, qui occupait une chambre de bonne, au-dessus. Il mettait la musique à fond, même la nuit. Quand je frappais, il refusait d'ouvrir. Je suis allée voir sa propriétaire, qui l'a menacé de l'expulser. Il s'est calmé.

— Tu en as de la chance !

— Il y a toujours de mauvais coucheurs. On devrait suivre un proverbe marocain qui dit : "Choisis tes voisins avant ta maison"…

— Qu'est-ce que je peux faire avec ma voisine ?

— La tenir à distance : ne la laisse surtout pas t'approcher ! Et si elle change de coiffure, méfie-toi ! »

21. Crise

Le lendemain, Rachel Kubler attendit avec impatience le livreur de la jardinerie Truffaut qui devait apporter quatre plantes destinées à égayer la pelouse : trois petits oliviers, d'une variété méditerranéenne censée s'adapter au climat parisien, et un laurier-rose en pleine floraison.

Lorsque l'homme sonna en bas de l'immeuble, elle appuya sur le bouton de l'interphone et ouvrit sa porte. Elle se demanda si la voisine recommencerait son cinéma de la veille. En effet, Nichelong apparut sur son seuil. Mais elle lui cria cette fois avec animosité :

« Je vois le camion de Truffaut dans la rue. Vous allez mettre d'autres trucs sur la terrasse ?

— Bonjour madame, répondit Rachel. Vous tombez bien : sauriez-vous qui a brûlé l'œilleton de ma porte ?

Nichelong parut légèrement décontenancée.

— Aucune idée. Je ne m'occupe pas de vos affaires.

— On ne dirait pas, répliqua Rachel sèchement.

— Je suis bien obligée ! Parce que vos arbres, ils vont m'attirer des moustiques ! Déjà que je vous avais dit de ne pas poser de pelouse pour ne pas m'inonder !

— Madame, primo vous n'avez pas à me donner d'ordres. Secundo je ne vois pas en quoi ma pelouse ou mes plantes vous concernent, puisqu'elles ne sont pas devant vos fenêtres. Tertio, vous êtes la seule dans l'immeuble à vous plaindre, tous les autres habitants trouvent que c'est joli.

Puisqu'elle voulait la guerre, elle l'avait.

— Ah oui, les autres peut-être, mais c'est moi qui vais subir les dégâts quand je serai inondée ! » hurla-t-elle avant de claquer sa porte, alors que le livreur sortait de l'ascenseur en faisant rouler un chariot fleuri.

« Il y a un problème ? demanda-t-il.

— Ma voisine n'a pas l'air d'aimer les belles choses », répondit Rachel.

Nane et les petites, attirées par les éclats de voix de Nichelong, s'étaient approchées de l'entrée. Elles regardèrent, impressionnées, le livreur aux cuisses puissantes et aux bras tatoués traverser le salon, monter sur la chaise et enjamber la fenêtre, pour transférer les plantes une à une sur la terrasse. Grâce à lui, elles virent soudain l'espace devant leurs yeux se métamorphoser, le rose du laurier jaillissant sur le vert du gazon, tandis que les oliviers évoquaient la chaleur de la Grèce.

Elles montèrent elles aussi sur des chaises pour mieux profiter du spectacle.

« A bô, a bô ! » s'extasièrent-elles, le nez au ras de l'ouverture de la fenêtre. Étienne Léonide sortit aussi le sien, et s'exclama à son tour :

« Que c'est beau ! Que c'est beau ! »

Rachel, en l'entendant, monta sur la terrasse pour le saluer.

« Ces couleurs, ça me rappelle les îles ! lui confia-t-il. C'est vraiment formidable que vous soyez venue avec ces deux petits anges… Vous avez transfiguré le paysage ! Dommage qu'il y ait encore l'odeur… »

Rachel lui raconta que la voisine venait de piquer une crise.

« Elle est jalouse, la mère Nichon, euh Nichelong, ne vous en faites pas !

— Vous pensez que mes fleurs vont attirer les moustiques ? s'inquiéta tout de même Rachel.

— Pas plus que les odeurs de bouffe, hein ?! Ne vous occupez pas d'elle, ça lui passera. »

Cela ne risquait pas.

Jean-Paul, venu dormir chez Audrey ce soir-là, n'en finissait pas de contempler le bout de terrasse de la voisine.

« Qu'est-ce que c'est joli, dis donc ! »

Elle ne disait mot, trop horripilée.

À la fin, il lui suggéra :

« Pourquoi tu ne ferais pas pareil, Audrey ? »

Piquée au vif, elle lui répondit avec hargne :

« Tu crois peut-être que j'ai son pognon ? Combien ça coûte, à ton avis, un laurier-rose ?

— Aucune idée. Mais si c'est cher, tu pourrais mettre autre chose, des fleurs exotiques, des anthuriums, des roses de porcelaine…

— Ça va pas, non ? Il fait trop froid à Paris.

— Ben alors du basilic et des tomates cerises, c'est à la mode en ce moment ! Vert et rouge, ce serait gai !

— Tu vas pas arrêter de me pomper l'air avec ta verdure ? Y a pas assez de l'autre vioque à m'emmerder ? explosa-t-elle.

— L'autre “vioque” ? Tu exagères. Je l'ai rencontrée un matin, en repartant : c'est juste une femme mûre ! Elle n'est pas si mal, d'ailleurs, pour son âge. »

Pile ce qu'Audrey ne voulait pas entendre.

« Qu'est-ce que tu attends pour aller la sauter, si elle te plaît tant ? demanda-t-elle rageusement.

— Audrey ! Ne me fais pas ta crise de jalousie ! Tu sais que j'adore tes couettes brunes et ton nez en trompette !

— Mais si, vas-y, puisqu'elle t'excite tellement ! Allez ! Fous-moi le camp ! »

Jean-Paul partit donc. Audrey se demanda ce que les hommes pouvaient bien trouver à ces *cougars* dont les magazines féminins se repaissaient à longueur de pages, photos de Demi Moore et Claire Chazal à l'appui. « L'expérience ? Tu parles ! Comme si ça compensait les paupières fatiguées et les traits affaissés ! »

Elle se dit qu'il était temps de faire entrer en scène Noiraud et ses copains. Noiraud se prélassait sur le clic-clac. Les autres, elle savait où les trouver. Elle sortit de l'immeuble, fit quelques pas sur le trottoir, et s'approcha d'un espace sombre et nauséabond en retrait : c'était le local à poubelles de la cuisine du foyer d'immigrés située sous la terrasse. Deux énormes matous, grimpés sur les conteneurs dont les couvercles étaient ouverts, y plongeaient la tête pour extirper des restes de nourriture. « Minou, minou, dit-elle, en s'approchant. Venez voir maman ! » Elle leva la main, et les caressa. Ils se laissaient faire, comme s'ils la reconnaissaient. Elle prit à pleines mains le premier, un énorme félin blanchâtre et marron, qui tenait dans sa gueule une demi-carcasse de poulet, et le posa sur sa nuque avec son butin, comme un cache-col. « Viens ! » dit-elle au deuxième, un chat de gouttière à rayures grisâtres. Mais il refusa. Alors, elle enfonça la main droite dans le conteneur, à la recherche d'un morceau de choix. Au milieu des immondices, ses doigts finirent par sentir une masse compacte, un peu visqueuse, avec deux boules : sûrement du foie et des rognons. Elle la sortit triomphalement, et, voyant sa couleur marron foncé, se félicita d'avoir si bien deviné. Elle mit la viande sous le nez du matou, pour lui faire envie et, lorsqu'il voulut y planter ses dents, la retira vivement. Elle lui dit : « Viens ! » en lui ouvrant ses bras. Le chat sauta dedans, et s'empara du morceau. Elle ramena au bercail les deux animaux.

22. Saccage

Audrey alla chercher Kevin dans sa chambre : il écoutait de la musique en lisant une bande dessinée, allongé sur son lit.

« J'ai besoin de toi, viens là, lui ordonna-t-elle.

— Oh maman, t'as encore ramené ces deux chats dégueulasses !

— Discute pas. Les bêtes, y a pas plus fidèle, tu comprendras un jour.

— Je veux pas qu'ils viennent dans ma chambre en tout cas.

— Pas de problème. C'est sur la pelouse de la voisine qu'ils vont aller, avec toi.

— Quoi ?

— Tu vas aller jouer sur sa pelouse avec ces deux amours et Noiraud.

— Comment ça, jouer ?

— Tu vas les prendre dans tes bras, et vous allez faire des roulades, c'est pas compliqué quand même !

— Mais on n'a pas le droit, maman, c'est "sa" pelouse !

— La terrasse, elle est ni à elle ni à moi, donc tu as le droit d'aller sur la pelouse. Et si elle t'en empêche, j'interviens. Je serais trop contente de lui foutre une beigne, à Mme "Quelqu'un de bien". »

Kevin n'eut pas d'autre choix que d'enjamber la fenêtre avec les trois chats pour aller provoquer la voisine. Quand il fut sur le tapis vert, il s'allongea de mauvaise grâce sur le dos, tenant Noiraud en l'air, à bout de bras, tandis que les deux autres animaux, dont il évitait le contact qui le dégoûtait un peu, lui tournaient autour. « Qu'elle est belle, cette pelouse, hein, on va en profiter nous aussi, y a pas de raison ! » répétait-il d'une voix faussement enjouée, assez fort pour que Rachel l'entende. Il posa Noiraud sur son ventre et se mit à rire, pour de vrai cette fois : « Tu me chatouilles ! » Puis il lui dit : « Viens, on va explorer le beau jardin public. »

Il se mit à quatre pattes, tout en guettant l'intérieur de l'appartement. C'était sombre, le jour déclinait. Il n'y voyait pas grand-chose. Il passa devant la première chambre, puis la seconde. Soudain, il reconnut la silhouette de la voisine et vit quelque chose briller. Il se souvint avec angoisse de la lame aperçue un soir d'Halloween. Mais cette fois, c'était la lumière d'un flash qui venait de l'éblouir. Rachel Kubler avait pris son appareil photo et visé le gamin, pour constituer une preuve du manque de savoir-vivre de sa voisine. Cela fit à Kevin l'effet d'une douche froide : il prit ses jambes à son cou, oubliant les chats derrière lui.

« Quoi, elle t'a pris en photo, la bolosse ? s'indigna sa mère dès qu'il lui eut raconté l'histoire, essoufflé. Mais elle n'en a pas le droit ! Elle va me le payer ! Puis elle se ravisa : Il va falloir la jouer plus fine avec elle. »

Elle alla se coucher et programma son réveil pour trois heures du matin. Quand il sonna, il n'y avait pas un bruit, ni dans l'immeuble ni dehors. Tout le monde dormait, y compris sa voisine. Elle enjamba la fenêtre et marcha en direction du gazon de Kubler.

Elle empoigna des deux mains la tige principale du premier olivier et la secoua vigoureusement pour faire sortir la plante du pot. Quand elle fut déracinée, elle donna un coup de pied au récipient afin que son contenu se déverse et salisse le vert du gazon. Elle recommença encore deux fois. Elle n'osa pas s'attaquer directement au laurier-rose, trop imposant. Elle y fourra le chat blanc et marron, en lui ordonnant : « Gratte ! » Il gratta le terreau, faisant apparaître les racines. « C'est bien, mon mignon », le complimenta-t-elle.

Elle retourna se coucher, satisfaite. Il n'y avait pas eu de témoin. Si l'autre déposait une plainte, elle inverserait les rôles. Elle dirait qu'elle avait saccagé elle-même ses plantes, pour la faire accuser, elle, sa pauvre voisine, qu'elle avait prise en grippe. Elle expliquerait que Kubler n'arrêtait pas de l'embêter depuis son emménagement : elle lui disait à peine bonjour, elle la toisait quand elle ouvrait sa porte et qu'elle la trouvait sur le palier, comme si cet espace avait été sa propriété, elle faisait preuve de mépris à son égard, parce qu'elle n'était qu'une simple opératrice de saisie. Elle rappellerait que jusqu'à son arrivée elle avait vécu de manière paisible. L'autre était une fauteuse de troubles. Mais de toute façon, la police s'en foutrait. Le bailleur aussi. Elle pouvait compter sur l'inertie des autorités, comme toujours.

Le lendemain matin, quand Rachel se leva, elle découvrit le saccage avec consternation.

« Comment peut-on détruire d'aussi belles choses, juste par jalousie ? » se demanda-t-elle.

Ann et les petites poussèrent un cri en voyant tout sali.

« C'est fotre foisine qui a fait ça, fous tefriez appeler la police ! » s'exclama Nane.

Elle composa le 17 et demanda qu'on vienne faire un constat. L'opératrice lui répondit qu'on ne se déplaçait pas pour si peu. Elle pouvait toujours déposer une main courante, deux heures d'attente. Elle fit alors le numéro de Béton.

« Madame Kubler… Comment allez-vous ? demanda Leblanc.

— De moins en moins bien, monsieur Leblanc. Je vous appelle au sujet d'un conflit de voisinage avec Mme Nichelong. Mais avant, il faut que je vous explique : j'ai fait une sorte de petit jardin, devant mes fenêtres…

— Ah oui, c'est très joli ! l'interrompit-il. Nous avons vu le gazon, hier, mon chef et moi, depuis le toit. Et il n'y a plus de détritus ! Quelle heureuse initiative, madame Kubler ! Nous avons trouvé ça formidable qu'un locataire, dans du social, entreprenne un embellissement. Tous vos voisins doivent être drôlement contents !

— Eh bien non, justement. Il y en a une qui ne l'est pas. C'est ma voisine de palier, Mme Nichelong. Cette nuit, elle a tout saccagé : les oliviers que j'avais achetés ont été déracinés, la terre renversée sur la pelouse.

— Non ! s'exclama son interlocuteur, incrédule.

— Si. J'ai pris des photos, je vais vous les envoyer.

— Mais comment ça se fait ?

— Jalousie, monsieur Leblanc. Pure et simple jalousie. Elle ne veut pas que ce soit plus joli devant chez moi que devant chez elle.

— Pourtant, rien ne l'empêche d'en faire autant.

— Nous sommes bien d'accord.

— Mais… se ravisa-t-il avec prudence… Avez-vous des preuves que c'est elle ?

— Non, bien sûr, dut avouer Rachel, puisque je dormais ! Mais qui d'autre aurait pu le faire ? Qui d'autre qu'elle a accès à la terrasse ?

— Heu… Vous.

— J'aurais fait ça moi-même ? s'exclama Rachel éberluée.

— Écoutez madame Kubler, je ne sais pas, il faut attendre… sa version des choses…

— Mais dans quel but aurais-je abîmé ce que je viens d'acheter ?

— Je ne sais pas, madame Kubler, je ne sais pas… éluda l'employé de Béton.

— De toute façon, je vous demande d'intervenir pour qu'elle arrête d'attirer toutes sortes de saletés de chats devant chez moi, déclara fermement Rachel. L'un d'eux a déjà griffé l'une de mes filles, l'autre jour. Moi-même je suis gravement allergique, je ne peux plus laisser mes fenêtres ouvertes sans surveillance. Maintenant, en plus, il y a en a trois.

— Hum… Je vais voir ce que je peux faire, mais il

me paraît difficile d'intervenir sur ce point, car cela relève de sa vie privée…

— Et mes fenêtres, ce n'est pas ma vie privée, ça ? Pourriez-vous lui demander de ne plus traîner devant ? L'autre jour, déjà, elle a fait très peur à mes filles, en venant frapper au carreau. Hier, c'est son fils qui jouait devant, en lorgnant chez moi. J'ai une photo.

— Oui, bien sûr, ce n'est pas normal qu'elle stationne devant vos fenêtres… Quoique, juridiquement, ce ne soit pas si simple, madame Kubler. Je ne sais pas si Béton a le droit de le lui interdire, vu que la terrasse ne nous appartient pas.

— Comment cela ?

— La terrasse constitue le toit de la cuisine du foyer d'immigrés voisin. C'est donc lui le propriétaire en titre.

— Décidément… Vous ne pouvez jamais rien faire, vous ! Par ailleurs, je pense que c'est Mme Nichelong qui m'a envoyé la lettre anonyme. Et je m'interroge de plus en plus sur les circonstances de la mort de la locataire précédente, que vous cherchez à me dissimuler.

— Des preuves, madame Kubler ! Il faut des preuves ! En avez-vous ?

— Non, juste un faisceau d'indices.

— Dans ce cas… Bon, je vais quand même en parler à mon chef, et nous vous écrirons. Au revoir, madame Kubler. »

23. Béton armé

Rachel Kubler reçut un appel de son journal : pouvait-elle reprendre le travail dans une semaine ? On lui proposait d'écrire pour la page « Et vous », celle qui, à la fin des quotidiens, est censée distraire le lecteur. On y trouve de la gastronomie, de la psychologie, du tourisme, de la mode ou des chroniques automobiles. Elle, Kubler, devrait débusquer les arnaques de la consommation : hotlines surtaxées, contrats non résiliables, prestations malhonnêtes… Elle fut enthousiasmée.

Certes, elle se retrouverait dans la « partie froide » du journal. Celle qui ne réagit pas au quart de tour à l'actualité, à la différence de la politique ou de l'économie ; celle que l'on « boucle » plusieurs jours à l'avance et que l'on fait sauter au dernier moment, si l'on manque de place ; celle dont le contenu n'importe guère à la direction, sauf dans la mesure où il rapporte de la publicité. Ce ne serait pas glorieux, donc. Mais, avec ses filles, elle ne pouvait plus se permettre de voyager comme par le passé, ou de s'absenter soirs et week-ends pour des meetings. Il fallait se faire une raison.

C'est alors qu'une lettre de Béton vint lui saper le

moral. Sur papier à en-tête, comme la dernière fois, le supérieur de Leblanc écrivait :

Madame,

Suite à votre plainte, nous sommes au regret de vous informer que nous n'intervenons pas dans les conflits de voisinage.

Il semble que vous ayez excité l'animosité de votre voisine en procédant à une modification de l'espace situé devant vos fenêtres.

Pour mettre fin à ce conflit, le mieux serait que vous rétablissiez la situation antérieure.

Veuillez agréer, Madame…

Copie à Mme Nichelong

Elle n'en croyait pas ses yeux. *Excité l'animosité de votre voisine ?* Parce qu'elle avait embelli l'espace devant chez elle ? Béton lui reprochait maintenant ce pour quoi Leblanc l'avait complimentée ? Le bailleur prenait fait et cause pour Nichelong ? Cautionnait sa jalousie ? Mais pourquoi ?

Catastrophée, elle appela Marlène :

« C'est étonnant, en effet… constata son amie. D'habitude, les bailleurs détestent les emmerdeurs. En outre, ils doivent faire respecter la loi, qui leur impose de garantir la tranquillité aux locataires. La plupart auraient envoyé un avertissement à ta voisine.

— À ton avis, pourquoi Béton lui donne-t-il raison ?

— Deux hypothèses… Un, Béton n'assume pas ses responsabilités légales, par paresse, tout en sachant qu'il commet une faute. Il te donne tort, pour se protéger.

— Deux ?

— Deux, il n'aime pas les journalistes.

— Quel rapport avec mon métier ?

— J'imagine que tu passes pour une nantie, et que les petits employés de Béton sont envieux, eux aussi, comme ta voisine.

— Mais enfin, pour qui me prend-on ? Je ne suis pas Crésus ! Je vis seule avec deux enfants et une jeune fille au pair qui me coûte mille euros par mois ! Mon dossier a été accepté en toute légalité par la commission des logements sociaux ! Mes revenus sont inférieurs aux plafonds exigés !

— Certes, ma belle, mais tu gagnes à toi seule quasiment la même chose que les couples de ton immeuble. Et ça, ils ne doivent pas l'avaler. Souviens-toi de ce qu'a dit Hollande : “Je n'aime pas les riches, et on est riche à partir de quatre mille euros !” Ce genre de propos fait forcément des dégâts. Et puis, tu as un métier prestigieux ! Au fait, quand reprends-tu le travail ?

— Lundi, enfin ! Ça va me changer les idées. J'espère seulement que les petites ne vont pas trop souffrir de mon absence. J'espère aussi que Nichelong n'en profitera pas pour s'en prendre à elles ou à Nane… »

24. Harcèlement

Lorsqu'Audrey Nichelong reçut le double de la lettre, elle fut comblée : elle avait le feu vert de Béton pour harceler Kubler.

Elle se mit à guetter les allées et venues de sa voisine. Quand elle la savait prête à sortir de l'immeuble, elle préparait une bassine d'eau. S'il n'y avait personne dans la rue, elle la vidait sur sa tête au moment où elle franchissait la porte d'entrée, située au-dessous de sa cuisine. Elle l'entendait avec jubilation remonter chez elle pour se changer. Elle retira le nom de sa boîte aux lettres afin qu'elle ne reçoive plus son courrier. Hélas, l'autre l'écrivit au feutre sur le métal. Lorsqu'elle l'apercevait dans la rue en train de rentrer chez elle avec sa poussette double et les petites dedans, elle bravait le flot des voitures pour arriver avant elle au pied de l'immeuble : elle maculait d'huile la poignée de la porte d'entrée ou bien appuyait sur la totalité des boutons de l'ascenseur afin qu'il s'arrête à chaque étage et qu'il l'oblige à poireauter. Elle continua d'envoyer les chats faire leurs besoins dans ses plantes, la nuit : non seulement ils les déracinaient, mais ils les remplissaient d'excréments.

Audrey Nichelong eut bien une frayeur en trouvant dans sa boîte une lettre frappée du sceau « justice française ». Elle l'ouvrit le cœur battant – que lui reprochait-on ? S'agissait-il d'une convocation au tribunal ? Ouf, la missive venait seulement d'un « conciliateur de justice », une sorte de médiateur sans pouvoir de coercition censé remplacer le juge de paix, engorgé sous le flot des affaires. Rien de contraignant, donc.

Le bonhomme proposait d'organiser une confrontation entre les deux voisines afin qu'elles exposent leurs griefs et qu'une solution de compromis soit trouvée. Audrey n'avait pas de temps à perdre avec ce genre de fadaise : elle ne voulait pas de la pelouse, elle ne voulait pas de la voisine, point final.

Elle ne répondit pas. Elle ne décrocha pas quand le numéro du conciliateur s'afficha sur son téléphone. Elle n'avait rien à craindre : sa prestation était confidentielle, aucun rapport ne serait jamais fait à aucun juge. Comme elle l'espérait, le bonhomme finit par se lasser.

Néanmoins, elle éprouva de la colère à l'encontre de Kubler qui avait osé faire appel à cet auxiliaire de justice. Ne savait-elle donc pas qu'on lave son linge sale en famille ? Elle n'avait pas le droit de mettre un tiers entre elles deux ! Si quelqu'un avait fait ça dans sa cité, il se serait fait descendre. Elle allait le payer.

25. Tactique

Audrey se demandait comment se venger de sa voisine lorsque, revenant de faire les courses, elle croisa Mme Gomez. Elle prit sur elle de saluer la concierge, alors qu'elle n'en avait pas la moindre envie.

« Bonjour madame Nichelong, répondit Gomez avant d'enchaîner : Alors, il paraît que tout va changer, devant chez vous ?

— Tout va changer ? répéta Audrey, sans comprendre.

— Vous n'êtes pas au courant ?

— De quoi ?

— Le foyer d'immigrés va casser la terrasse qui est sous vos fenêtres et construire à la place un immeuble de quatre étages.

— Quoi ?!

— Oui, il veut s'agrandir et, comme il n'y a plus d'espace foncier, il va supprimer la cuisine. Remarquez, comme ça, vous n'aurez plus d'odeurs… Mais vous allez perdre la vue.

— Pourquoi ? Il sera à quelle distance, l'immeuble ?

— À six mètres de vos fenêtres.

— Six mètres ?

— Oui, c'est réglementaire, paraît-il.

— Ça fait comme d'ici à la voiture rouge ?

— À peu près…

— Mais c'est pas possible ! s'exclama Audrey.

— Hélas, si !

— Déjà qu'on n'a pas de lumière avec l'appartement enterré ! Qu'est-ce que ça va donner si en plus il y a un mur à six mètres ?

— Oui, je vous plains : surtout qu'il s'élèvera sur trois étages au-dessus de votre tête, une vraie catastrophe ! On ne risque pas de vous inscrire sur sansvisavis.com, hein ?

— Mais le président des locataires, Darbois, qu'est-ce qu'il fabrique ? Il ne peut pas empêcher ça ?

— M. Darbois ? Ne comptez pas sur lui ! C'est lui qui défend les intérêts du foyer d'immigrés, c'est lui qui veut ce bâtiment.

— Quoi ? Il défend à la fois nos intérêts et les leurs, qui sont contradictoires ?

— Eh oui… Mme Kubler, votre voisine, n'est pas contente non plus, elle dit que c'est du conflit d'intérêts.

— Ah oui ? demanda Audrey Nichelong, passant de l'indignation à la curiosité.

— La pauvre Mme Kubler, elle qui venait de si joliment décorer devant chez elle, avec sa pelouse et ses plantes ! Tout va être détruit ! »

Audrey fut comblée d'aise en entendant ces paroles ; mais oui, plus de terrasse, donc plus de plantes ! La destruction du jardin de la voisine valait bien le sacrifice de la lumière du jour, non ?

Elle mit fin à l'échange :

« Eh bien, merci, madame Gomez, je vous souhaite une bonne journée ! » dit-elle, voyant s'ouvrir à elle un nouvel horizon.

Le soir même, elle alla frapper chez Darbois. Il habitait tout en haut de l'immeuble. Il avait une belle vue, lui, rien à voir avec son trou ; ce devait être un « pistonné syndicat ». Il ne serait pas concerné par la construction, qui s'arrêterait juste en dessous. Il pouvait bien faire le généreux !

Sur sa porte, il y avait un autocollant « Casse-toi pauvre con ». Elle frappa, et ce fut lui qui ouvrit. Il n'était pas mal, bien qu'un peu enrobé, avec de grosses lunettes rondes cerclées de métal, comme en ont souvent les intellos – normal, il était prof d'histoire-géo. Trop bien pour elle, c'était sûr. Un type comme ça ne voudrait jamais d'une fille comme Audrey Nichelong.

Il n'avait pas l'air content qu'elle vienne le déranger. Il ne souriait pas et demanda juste :

« Oui ? »

Alors, sur le seuil, elle lui dit d'emblée :

« Vous savez, je suis de votre côté, à propos du nouveau bâtiment ! »

Agréablement surpris, il se montra affable et la laissa entrer.

« Voulez-vous un petit apéritif, madame Nichelong ?

— C'est pas de refus », accepta-t-elle, en entrant

dans le salon, où elle découvrit un immense poster de Che Guevara et plusieurs bibliothèques.

« C'est impressionnant ! » s'exclama-t-elle. Elle constata qu'il y en avait encore plus que chez Kubler.

« Je peux regarder ?

— Bien sûr ! »

Elle s'approcha d'une étagère, et lut les titres qui se présentaient :

Le Petit Livre rouge, le Manifeste communiste, Littérature et révolution... « On voit que vous aimez la politique ! » commenta-t-elle. Puis, désignant la table en bois rectangulaire Ikea, sur laquelle se trouvait une pile de copies raturées de rouge, elle demanda : « Vous corrigiez des devoirs ?

— Eh oui... Comme la plupart des profs, on y consacre ses soirées...

— C'est quoi le sujet ?

— La Première Guerre mondiale.

— Waouh ! Je serais sèche. Faut dire que le lycée et moi ça faisait deux... »

Elle prit une cigarette et l'alluma.

« Ça ne vous gêne pas ? » demanda-t-elle, trop tard.

Si, ça le gênait, mais il n'allait pas le dire, car il avait de l'éducation. Il alla chercher un cendrier dans la cuisine. Pendant ce temps, Audrey se plongea à nouveau dans l'examen de la bibliothèque.

« Si certains vous intéressent, nous pouvons vous les prêter » dit alors une voix de femme, dans son dos.

Audrey l'entendit sans plaisir : ça devait être sa compagne. Elle se tourna et vit une grande brune maigre aux cheveux très courts, comme un garçon.

« Ah bonjour, dit-elle, tout en dissimulant sa déception.

— Dans l'autre bibliothèque, il y a des livres féministes, si vous préférez, enchaîna-t-elle, Simone de Beauvoir, Benoîte Groult, Antoinette Fougue… »

Audrey ne répondit pas. Elle l'enviait, cette femme, à l'aise chez elle, au milieu de ses bouquins, qui pouvait se payer le luxe d'être féministe. Elle, Audrey, n'avait pu que se soumettre quand les copains de Hakim l'avaient emmenée à la cave.

Darbois revint avec un plateau.

« Je vous écoute, madame Nichelong, dit-il, en posant le cendrier et des verres sur un coin de la table.

— Eh bien, votre projet, je voulais vous dire que je suis pour, parce qu'il va faire disparaître le jardin de ma voisine, Mme Kubler, expliqua Audrey sans ambages.

— Hum ?

— Mais oui, la nouvelle voisine. Elle a mis de la pelouse et des plantes sur la terrasse.

— Ah oui, c'est assez joli…

— Certes, le coupa-t-elle, agacée de constater que lui aussi donnait raison à l'autre. Mais vous vous rendez compte, si tout le monde faisait pareil ? Ça attire les moustiques ! Ça risque de provoquer une inondation ! Je le lui ai dit, vous savez, mais elle s'en moque ! Elle me méprise, cette femme, parce qu'elle est journaliste et qu'elle a plein de fric. Je pense qu'elle est même un peu feuj, en plus…

— Heu… revenons au sujet, dit Darbois, un peu gêné.

— Donc si le foyer détruit la terrasse, il détruit

aussi son jardin, et moi, je suis contente », conclut Audrey, satisfaite de son discours.

Il y eut un silence : Darbois réalisait avec stupéfaction la raison de son ralliement. Elle était prête à sacrifier la vue de son appartement pour que trois plantes disparaissent ? Sa copine, dont le cerveau faisait le même cheminement, éclata de rire.

« Qu'est-ce qu'il y a de drôle ? » lui demanda Audrey, piquée au vif, tandis que Darbois lui jetait discrètement un regard réprobateur.

« Rien, s'excusa-t-elle, rien du tout, je pense que vous avez raison, mais je dois vous laisser, car j'ai moi aussi du travail. Bonne soirée, madame Nichelong. » Elle disparut.

Darbois servit du porto rouge. Pendant ce temps, il réfléchissait. Comment se servir de Nichelong ? Comment utiliser son ralliement sans que personne ne rigole, comme sa copine ? Il allait falloir ruser.

« En termes politiques, si je comprends bien, finit-il par dire, vous êtes favorable à la nouvelle construction, car vous avez un sens aigu de la solidarité et de l'intérêt général…

— C'est ça ! acquiesça Audrey, ravie de trouver enfin un écho.

— Vous n'êtes pas égoïste comme la plupart des petits Blancs des classes moyennes, comme Mme Kubler et bien d'autres.

— Oui ! »

Kubler, il ne l'aimait guère. Elle gagnait plus que lui et elle avait toujours de grands airs. Elle lui avait reproché de se trouver en situation de conflit d'intérêts et il n'avait su que répondre. C'était une bourge sans idéal révolutionnaire, uniquement préoccupée du bien-être de sa petite famille.

« Écoutez : je vais organiser une AG parce que les locataires rouspètent ; ils ont été mis au courant du projet on ne sait comment, sans doute par cette pipelette de concierge, et ils veulent des explications. Est-ce que vous accepteriez de dire devant tout le monde que vous êtes favorable à l'extension du foyer ?

— Oh oui !

— Je vous ferai monter sur l'estrade avec moi et l'adjoint au maire. »

Audrey Nichelong exultait. Son heure de gloire arrivait enfin ! L'autre, Kubler, serait dans la salle, et elle, aux côtés des huiles, la regarderait de haut ! Ce serait Kubler qui aurait envie d'être à sa place. Les rôles allaient enfin s'inverser.

Rentrée chez elle, elle se lava les cheveux et versa dessus un flacon de teinture. Une heure plus tard, elle était blonde. Elle coupa ses couettes et se fit un carré avec une frange. Elle se contempla triomphalement dans la glace : désormais, c'était elle, Rachel Kubler.

26. AG

Rachel se demanda longuement si elle devait aller à l'assemblée générale des locataires. Il fallait certes s'informer, savoir combien de personnes seraient concernées par le désastre quand il se produirait, et donc quand elle devrait redéménager. Mais elle craignait que la réunion ne s'apparente à un tribunal du peuple, compte tenu de l'autoritarisme de Darbois.

Elle se décida à s'y rendre au tout dernier moment et s'installa au fond de la salle. Elle ne connaissait personne, la plupart de ceux qui étaient présents habitant d'autres résidences de l'ensemble social. Léonide n'était pas là. Il jugeait inutile de protester contre la construction : « Vous croyez peut-être qu'on tiendra compte de notre avis ? » haussa-t-il les épaules quand Rachel lui en parla. En outre, il appréhendait d'être ridiculisé par Darbois qui « savait trop bien parler » pour lui. Elle ne reconnut que deux Corses, deux vieux garçons qui vivaient ensemble à un étage supérieur. À sa surprise, ils la rejoignirent, formant une espèce de clan.

Darbois était debout sur l'estrade, l'adjoint au maire à son côté, un peu en retrait. Il expliquait que le foyer d'immigrés était devenu insalubre.

« C'est inadmissible pour les pensionnaires, c'est

indigne ! tonna-t-il, scandalisé. Vous ne devez pas accepter cela ! »

Dans la salle, un cri fusa :

« Et la drogue qui circule là-dedans ?

— La drogue est un problème, admit Darbois un peu gêné. Mais la rénovation va permettre de supprimer la sortie qui se trouve dans notre rue, si bien que nous ne verrons plus les dealers.

— On va planquer la poussière sous le tapis ! » ironisa quelqu'un.

Darbois fit semblant de ne pas entendre et poursuivit son discours :

« Les chambres doivent désormais comporter une salle de bains et un WC, ce qui impose un agrandissement. Faute de place, le foyer va supprimer la cuisine, ce que je regrette profondément, car les immigrés préfèrent manger ensemble plutôt que séparément, chacun dans sa chambre.

— Nous, on regrette pas ! La cuisine pue dans tout le quartier ! gueula quelqu'un.

— C'est vrai qu'elle engendre des nuisances olfactives en raison de sa vétusté, concéda-t-il. Ce ne sera plus le cas désormais.

— Fini les odeurs, d'accord, mais fini aussi la vue ! cria un locataire, situé sur la gauche. Vous imaginez ce que ça va donner quand on aura des murs à six mètres des nôtres ? Vous imaginez aussi le bruit quand ils gueuleront dans leurs portables à leurs fenêtres pour téléphoner au Mali ?

— Mais ils ne téléphonent pas plus que vous à la fenêtre ! s'insurgea Darbois.

— Tu crois p'têtre qu'ils ont des lignes fixes, ou que les portables captent à l'intérieur ? Renseigne-toi, un peu !

— Mais j'y vais tous les jours au foyer, je sais de quoi je parle ! s'étrangla-t-il.

— Ça, on sait que tu y es tous les jours ! reprit l'autre, ironique. C'est eux que tu défends, ou c'est nous ?

— Les deux !

— C'est pas possible de défendre les deux alors que les intérêts sont antagonistes ! La vérité, c'est que tu les fais passer avant nous !

— Eh bien oui ! hurla Darbois, oui, je défends en priorité les opprimés ! Et vous, les classes moyennes, vous n'en faites pas partie ! »

Les protestations jaillirent de toute la salle, formant un immense brouhaha. Une voix parvint à s'élever de la masse :

« Alors pourquoi tu nous représentes ?

— Parce que vous m'avez élu ! »

Certains avaient l'air de se demander dans quelles circonstances ils lui avaient accordé leurs suffrages. Il leur rafraîchit la mémoire :

« Eh bien oui, rappelez-vous, quand Béton vous a envoyé des relevés de charges démesurés, il y a deux ans, QUI était candidat pour tout recompter, pour tout vérifier ? Pas grand monde, mesdames et messieurs ! Et qui s'est dévoué ? Ma pomme ! Et qui vous a fait économiser une cinquantaine d'euros par an ? C'est moi !

— Merci monseigneur ! larmoyèrent des voix faussement reconnaissantes.

— Alors on ne conteste pas ma légitimité ! » enfonça-t-il le clou.

La salle était partagée entre ceux qui reconnaissaient son autorité et les autres. Au premier rang, quelqu'un se retourna et cria en direction des protestataires :

« Vous n'êtes que des petits Blancs racistes !

— Ouais, vous êtes tous des fachos ! » renchérit une grande femme maigre aux cheveux très courts.

Rachel reconnut la compagne de Darbois et comprit que ceux qui se trouvaient non loin de l'estrade appartenaient à sa garde rapprochée.

« Bande de sales gauchistes ! » répliqua un homme avant de prendre la porte.

Rachel, qui avait goûté pendant dix ans au charme du compromis belge, se dit qu'elle était bel et bien revenue au pays de la lutte des classes.

L'adjoint au maire socialiste, qui avait assisté muet aux échanges, s'avança pour ramener le calme.

« Mesdames et messieurs, s'il vous plaît ! Peut-on reprendre plus tranquillement ? »

Le silence revenu, Rachel Kubler leva la main.

« Madame au fond ? » interrogea l'adjoint en la désignant. On se tourna vers elle.

« Peut-on penser que les positions des uns et des autres sont légitimes ? Les habitants du foyer ont des droits, et nous aussi. Pour réconcilier ces points de vue, serait-il possible que le président des locataires négocie un rabais substantiel sur le loyer de ceux qui seront le plus gravement lésés ? »

On entendit quelques exclamations intéressées.

« Cela me semble une idée opportune, encore faut-il mesurer sa faisabilité au regard de la gestion du bailleur social, jargonna l'adjoint.

— On verra ! C'est secondaire ! trancha Darbois. D'ailleurs, certains locataires ne réclament rien du tout. C'est le cas par exemple de Mme Nichelong, qui fait preuve d'un sens exemplaire de la solidarité, et je tiens à la faire monter sur l'estrade afin qu'elle vous le dise, à tous. »

Rachel Kubler découvrit avec stupéfaction la métamorphose de sa voisine qui se levait sous la lumière, en pleine gloire : elle n'était plus brune avec des couettes, mais blonde avec un carré et une frange. Comme elle. Elle n'en revenait pas. Elle se souvint de la mise en garde de Marlène, après qu'elle lui avait raconté le scénario de *JF partagerait appartement* : « Si elle change de coiffure, méfie-toi ! » On y était.

Audrey Nichelong portait une minijupe avec des chaussures à talons et une veste en faux léopard. Quand elle grimpa les trois marches du petit escalier de bois, dos à la salle, les regards convergèrent vers son popotin. On entendit un sifflet et quelques ricanements, qui furent vite couverts par les applaudissements de la garde rapprochée.

« Venez, Audrey », l'encouragea Darbois.

Arrivée à son côté, elle se retourna vers la salle et prit le micro qu'on lui tendait.

« Bonsoir mesdames et messieurs », dit-elle poliment. Puis elle se tourna vers l'adjoint au maire, qu'elle regarda droit dans les yeux, et attaqua : « Alors moi, je voudrais savoir si n'importe qui a le droit de mettre des plantes sur la terrasse de la cuisine du foyer, sans en avoir demandé l'autorisation. »

Il ne comprenait pas la question, et attendait la suite, ce qui eut l'air d'énerver Audrey.

« Je vous demande si un locataire peut mettre de la pelouse et des plantes sur une terrasse qui ne lui appartient pas, répéta-t-elle, en appuyant sur les mots *demande* et *appartient pas*.

— Je ne sais pas…, bredouilla-t-il. Je ne vois pas de quoi vous parlez.

— Mais enfin, vous devriez le savoir, non ? s'agaça-t-elle. Vous représentez quand même la Ville !

Darbois intervint pour sauver son soldat :

— Il s'agit, à n'en pas douter, d'une occupation illégale », répondit-il, à la place de l'élu, qui avait l'air dépassé.

Rachel n'en crut pas ses oreilles. « Occupation » ? Parlait-il des colonies israéliennes en Cisjordanie ou de ses quatre plantes ?

« Intervenez ! » lui soufflèrent les deux Corses.

Rachel n'en fit rien. Elle n'avait pas envie d'être mêlée à l'esclandre que recherchait Nichelong.

« Alors, pourquoi la mairie l'autorise ? insista Audrey Nichelong.

— Je ne sais pas, la mairie n'a rien à voir, je vous suggère de vous adresser au propriétaire », dit l'élu.

Dans la salle, on se mit à chuchoter : on voulait comprendre de quoi elle parlait et quel était le rapport avec le débat en cours. Darbois se dit qu'il était temps de reprendre les choses en main avant que ça ne dégénère.

« Si, comme Mme Nichelong, vous préférez la solidarité à votre petit intérêt personnel, présentez-vous au bureau ! Nous allons maintenant passer à l'élection de ses membres… »

27. Nane

Rachel Kubler avait repris le travail avec bonheur : elle était si bien au Journal ! Elle oubliait les galères de l'immeuble dans ses dossiers. Elle avait craint de ne pas retrouver ses moyens, mais son cerveau s'était remis à fonctionner, comme avant. Elle avait recommencé à écrire. Et elle aimait ça. En plus, elle était assise près d'une fenêtre qui donnait sur les toits de Paris : une vue de rêve.

Mais chaque matin, au moment où elle partait, les petites la suppliaient de ne pas les quitter. Lou grimpait dans ses bras et s'agrippait à elle, tandis que Chloé s'agenouillait à ses pieds, en pleurant à chaudes larmes. Elles n'acceptaient pas la disparition quotidienne de leur mère, qui s'ajoutait au grand chambardement du changement de pays.

Elles se réveillaient tôt, comme si elles avaient peur que Rachel parte sans leur dire au revoir. Debout dans leurs lits à barreaux, elles l'appelaient pour qu'elle vienne les délivrer au lieu d'écouter les informations sur France Inter. Elle finissait par céder et les sortait tour à tour, en les faisant voler dans le ciel, comme elles adoraient. Elle les emmenait à la cuisine, pour le biberon et le câlin.

Un jour, alors qu'elles étaient toutes les deux sur les

genoux de Rachel, et que Nane se préparait un thé, elles se figèrent en entendant une voix de femme hurler :

« Salopard ! Salopard ! »

Cela venait de l'appartement d'à côté.

« Tu me réveilles pour une boîte de cacao ?! »

C'était la mère Nichelong qui criait sur Kevin.

« On n'a pas le droit d'insulter son fils comme ça, dit Rachel en secouant la tête. En plus, elle ne se lève même pas pour lui préparer le petit déjeuner ! Mais qu'est-ce que c'est que cette mère ? »

Les petites semblaient apeurées.

« Il faut que je fous tise, matame..., commença Ann, hésitante.

— Oui, Nane ?

— Elle crie aussi après les pétites, quand nous attentons l'ascensseurrr.

— Quoi ?

— Lou et Chloé babillent chentiment tans la poussette, et ça la chêne, apparrrremment.

— Ça la gêne ?

— Oui, elle se met à cogner dans sa porrrte, et les pétites ont très peurrrr, et moi ausssi. Parfois, elles se mettent à plérer, et elle cogne encore plus forrrt. L'autre jourrr, elle a même crié "sales putes", derrrrière sa porrrrte.

— C'est pas possible ! »

Rachel était profondément choquée. Ann, embarrassée, baissa les yeux avant de poursuivre :

« Fous savez, je dois fous tire que che ne fais pas rrrrrester chez fous, je suis fraiment tésolée, mais cela tefient trop difficile, afec les pétites. Maintenant que fous êtes partie toute la chournéee travailler, elles sont tefenues infernales, et en plus l'autre folle qui nous menace…

— Mais Nane, vous ne pouvez pas nous lâcher comme ça ! Les petites tiennent à vous ! Si vous partez, cela fera encore une séparation à gérer ! Ce sera un vrai traumatisme pour elles ! Et comment je vais faire, sans places en crèche ?

— Je fais fous laisser un peu de temps, mais je commence à afoir peurrr d'entrer et de sortir, surtout avec la krosse poussette. »

Rachel Kubler eut encore plus mauvaise conscience de partir travailler, ce jour-là. Elle craignait que Nichelong ne s'en prenne à ses filles et à Nane en son absence. Désemparée, elle se confia à ses collègues : comment ferait-elle si la nounou la lâchait ? Était-il utile de déposer une demande de places en crèche alors qu'elle n'avait pas de piston ? « Oui ! » l'encouragèrent-ils. « Quand on est seule avec des jumelles, on est prioritaire. » Elle le fit donc, mais sans grand espoir.

Lorsqu'Audrey Nichelong entendait du bruit sur le palier, elle abandonnait clavier et ordinateur, peu importait l'urgence des saisies qu'elle avait acceptées, et se précipitait sur l'œilleton : « C'est encore la fille au pair avec ces sales gamines. Je peux pas la saquer cette hypocrite qui me dit “Bonjour madame” en baissant aussitôt le nez, pour ne pas remarquer que je ne lui réponds pas et ne pas avoir à relever l'affront. C'est le genre “J’évite les histoires, je me fonds dans la masse”. Tout le contraire de moi : dans le métro, si quelqu’un me bouscule, je lui demande des comptes. Je vois bien qu’elle veut pas me parler, comme Kubler, qu’elle m’évite ! Je suis pas assez bien pour elle ! L’autre jour, quand je suis sortie sur le palier avec ma minijupe et ma veste en léopard, j’ai bien remarqué qu’elle m’a déshabillée d’un regard méprisant ! Pour qui me prend-elle ? Quand je me suis avancée dans sa direction en la fixant, elle a pas moufté, en tout cas ! Elle en menait pas large ! Je lui aurais bien foutu une beigne à cette grande gigue ! Dommage, quelqu’un est sorti de chez Léonide et elle en a profité pour s’enfuir. Mais elle perd rien pour attendre.

« Tiens, Noiraud, te voilà, toi ! T’étais encore parti te prélasser sur la pelouse de la voisine ? Tu l’adores, hein, ce bout de gazon ! Je devrais te punir de préférer son coin à mon clic-clac. Mais je te pardonne, mon mignon : c’est tellement drôle de savoir qu’elle s’énerve chaque fois que tu t’y rends ! Elle n’avait qu’à pas foutre ses saletés sur la terrasse, puisqu’elle n’en avait pas le droit.

« Ah ! Elle n’a pas dû en revenir de me voir monter sur l’estrade pour le dire devant tout le monde, l’autre jour ! Elle devait pas s’y attendre, la bclosse ! Et comment elle l’a écrasé quand Darbois a répondu que c’était de l’occupation illégale !

« Qu’est-ce qu’elle chuchote, la blonde ? “Ne faites pas de bruit sinon la voisine va taper !” T’inquiète pas, connasse, je vais taper de toute façon : bang bang ! Deux grands coups de poing dans la porte, en attendant de te les foutre dans la gueule. Ça t'apprendra à m'appeler "la voisine". Pourquoi pas "la sorcière" pendant que tu y es ?

« Ça y est, les mômes se mettent à gueuler. "Bande de putes !" Ça me fait du bien de leur crier après à travers ma porte. Ça me soulage. Vous voulez pas de moi ? Eh ben moi non plus, je veux pas de vous ! C'est moi, la mère tape dur ! La mère Nichelong qu'a pas perdu son chat ! Craignez-moi, puisque vous ne m'aimez pas !

"Voilà l'ascenseur ! Tirez-vous !" »

28. Appel au juge

Un matin, Nane trouva que l'un des oliviers brillait bizarrement. Rachel monta sur la terrasse et s'approcha : il était maculé d'huile, la même dont était parfois enduite la porte d'entrée, lorsqu'elle s'y graissait les mains. Nichelong s'était encore permis d'y toucher. Elle n'avait donc rien de mieux à faire, la nuit ? Et pourquoi badigeonnait-elle d'huile une plante censée en produire ? Elle trouvait ça drôle ? Quel était l'âge mental de cette femme capable de se faire écraser sur le boulevard, pour déclencher l'arrêt de l'ascenseur à tous les étages ?

Elle avait appris que le juge de proximité était censé arbitrer les conflits de voisinage. Elle décida de le saisir.

Elle prévint son chef de service qu'elle allait ce jour-là goûter au charme des fameuses RTT qu'elle avait tant entendu vanter, pendant son exil en Belgique, quand elle faisait trente-cinq heures en trois jours. Elle se rendit au tribunal de l'arrondissement où elle remplit un formulaire. Elle y exposa tous ses griefs : œilleton brûlé, plantes saccagées, insultes à la jeune fille au pair et aux enfants. Elle adjoignit ses photos. Pour marquer le coup, elle réclama mille euros de dédommagement. Elle revint chez elle et déposa un double du document dans la boîte aux lettres de Nichelong. L'autre devait savoir à quoi s'en tenir. Le fait d'avoir saisi le juge devrait la calmer. À moins que…

À moins que ça ne la mette en colère, dingue comme elle l'était. Rachel commença à craindre des représailles. Que se passerait-il, si l'autre s'en prenait à elle ? Que deviendraient ses filles ? Son cœur se serra. Elle s'imagina morte, étendue par terre. Elle les vit éclater en sanglots, terrorisées, puis secouer sa dépouille afin de la réveiller, trop petites pour comprendre que ce n'était pas possible. Elle les vit pleurer d'être ainsi abandonnées.

Elle eut envie de les serrer dans ses bras pour se faire pardonner. Elle se reprocha de ne pas avoir été assez présente pour elles ces derniers temps. Elle décida de rester avec elles tout l'après-midi. Et si c'était le dernier ? se demandait-elle, avant de se raisonner.

Elles furent ravies de la bonne surprise. Rachel, bien qu'inquiète, simula la gaieté. Elle les fit asseoir pour une représentation théâtrale. Le corps caché derrière une haute commode, elle mit ses mains dans des marionnettes pour les animer. Guignol dit bonjour aux petites, qui écarquillèrent les yeux. Il leur demanda si elles avaient vu le loup. Pendant qu'il posait la question, le loup justement arriva derrière lui. Elles hurlèrent « Là ! Là », parce qu'il ne le voyait pas. Chaque fois qu'il se retournait, en disant « Où ça ? » le loup changeait de place. L'excitation était à son comble. À la fin, Guignol découvrit le loup et lui donna un coup de bâton : « Pan, pan ! » Les petites applaudirent, en disant : « Cor ! » pour « encore ! ». Rachel recommença : elle voulait tellement leur faire plaisir, elle avait tellement besoin de se faire pardonner ce qui pourrait ensuite se passer.

Lou réclama « cago », pour gâteau, et Chloé « abar », pour « à boire ». Dans la cuisine, Rachel leur donna des biscuits et remplit leurs timbales d'eau. Elles trinquèrent en disant : « Ki ! » pour « tchin ! » et en éclatant de rire. Rachel les regardait et voyait des orphelines en sursis. Quand elles eurent mangé, elle leur proposa de les emmener au Journal, ce qui les enthousiasma.

Non sans appréhension, elle ouvrit sa porte, tout doucement. Elle guetta les bruits et les odeurs de marijuana. Mais elle n'entendit ni ne sentit rien. La voisine s'était-elle absentée, pour une fois ? Elle sortit de l'immeuble sans encombre, et poussa un grand soupir de soulagement quand elle fut dans la rue. Elle conduisit ses filles à son bureau pour leur montrer l'endroit où elle passait désormais ses journées. On leur fit la fête. Rachel confia sa peur de rentrer à l'une de ses collègues.

« Tu t'inquiètes à tort, lui dit celle-ci. Maintenant que tu as saisi un juge, elle va se tenir à carreau ! »

Malgré tout, elle recula encore l'heure du retour, en offrant aux petites une glace au Mac Do. Pendant qu'elles la savouraient, elle réalisa combien elle était angoissée. Puis, il fallut vraiment y aller. Quand elle se leva, ses jambes se mirent à trembler.

29. Agression

Quand Audrey Nichelong découvrit le formulaire dans sa boîte aux lettres, elle fut prise d'un accès de rage. Quoi ? Après avoir fait appel à un médiateur, Kubler saisissait un juge ? Elle n'avait toujours pas compris qu'on lave son linge sale en famille ? Elle allait le lui expliquer. Elle sonna chez elle, mais personne ne répondit. Elle passa les deux heures qui suivirent à guetter son retour par la fenêtre. Enfin, elle entendit le grincement des roues de la poussette et les voix des enfants, dans la rue.

« Qu'est-ce que tu fais, maman ? s'inquiéta Kevin, quand elle sortit, poings et mâchoires serrés.

— T'occupe. »

Elle descendit au rez-de-chaussée et attendit derrière la porte vitrée. Elle regarda Kubler ouvrir l'autre porte, lourde, à barreaux d'acier pointus, et introduire sa poussette double. Elle ne semblait pas la voir : sans doute était-elle dissimulée par le reflet du carreau. Quand Kubler tendit la main pour tirer sur la poignée du second huis, elle se précipita sur elle et la bouscula, en hurlant :

« Tu vas pas arrêter de me faire chier, sale pute ? »

Puis elle donna un coup de pied furieux à la poussette qui partit de biais avec ses deux passagères.

Kubler, après la surprise de l'assaut, se rétablit. Audrey Nichelong s'approcha d'elle pour lui flanquer un coup sur le visage, mais elle se protégea de son avant-bras. Comment osait-elle ? Audrey Nichelong emprisonna le membre de ses deux mains, l'approcha de sa bouche et y planta ses dents avec rage. Elle vit Kubler la regarder, médusée, semblant ne pas en croire ses yeux qu'une adulte en morde une autre, telle une enfant de deux ans. Elle colla alors la jambe qui avait fait gicler la poussette derrière le genou droit de Kubler pour le faire plier, et renversa sa voisine sur le dos. Elle avait appris la lutte dans la bande à Hakim, elle savait y faire. La bourge, avec ses manières éthérées, s'était sans doute entraînée aux arabesques, mais elle ne savait pas administrer les coups de pied là où ils font mal, dans les tibias, les dents de devant, ou les couilles pour les garçons. Elle entendit un « boum » sourd, quand le crâne de Rachel heurta le sol. Ses filles, qui l'avaient vue s'écrouler, se levèrent d'un coup dans la poussette en hurlant :

« Maman ! Maman !

— Toi, ta gueule ! » ordonna Audrey Nichelong à Chloé, qui se trouvait sur le siège avant, en lui envoyant une beigne. Ça faisait si longtemps que ça la démangeait de les claquer, ces sales chiards ! Chloé, terrorisée, la joue brûlante, se mit à crier de plus belle, tandis que sa mère parvenait à reprendre ses esprits et s'agrippait à la poussette pour essayer de se relever.

Nichelong lui balança dans la figure un coup de pied qui la fit retomber. Les pleurs de ses filles lui insufflèrent l'énergie nécessaire pour se remettre debout, prendre la charrette et la conduire dans la rue, en dépit de la lourde porte. Mais Nichelong la poursuivit, et lui fit un croche-pied par derrière, si bien qu'elle se retrouva à quatre pattes.

« Tu fais plus la fière, hein, maintenant, connasse de journaliste ? » ricana Audrey avant de se ruer à nouveau sur elle. Rachel Kubler qui, jusqu'à présent, avait été trop choquée pour expulser un son, même quand elle avait ressenti la douleur de la morsure, eut alors la présence d'esprit de se mettre à hurler :

« Au secours ! Au secours !

— Ta gueule ! » lui intima Audrey Nichelong, avant de la retourner comme une crêpe. Elle empoigna ses cheveux, dont elle enviait tellement la couleur blond vénitien, et la traîna sur plusieurs mètres. L'autre réussit encore à se relever, et se dirigea, titubante, avec son attelage vers l'immeuble de la concierge.

« Non, t'iras pas chez Gomez, connasse ! » lui interdit Audrey, en la pourchassant et en lui bourrant le dos de coups violents, pendant que Rachel composait désespérément le code d'entrée de la porte, les doigts tremblants, le corps en charpie. Il fallait qu'elle lutte, malgré sa vue qui se brouillait, qu'elle mette ses filles à l'abri. Un coup reçu sur l'omoplate fit déraper son doigt, la porte refusa de s'ouvrir. C'est à ce moment-là que des mains saisirent les poignets de Nichelong.

« Arrête ! » tonitrua la voix de Léonide.

Kevin était avec lui, et implorait sa mère.

« Maman, calme-toi… »

Kubler en profita pour rentrer chez elle, sans un regard derrière elle.

« T'as pas honte de frapper une mère devant ses enfants ? » s'insurgea Léonide.

Sa question ulcéra Audrey :

— Et moi, et moi, j'ai pas deux enfants aussi ? Pourquoi on la plaint, ELLE, et pas MOI ?

— Parce que toi t'aimes que tes saloperies de chats ! » lui répondit-il avant de rentrer chez lui.

TROISIÈME PARTIE

Cohabitation

30. Police secours

Rachel Kubler, réfugiée dans la loge de la concierge avec les petites, appela police secours.

Elle fut mal reçue, comme d'habitude. Au bout d'un moment, un homme lui demanda, d'un ton brusque :

« Seriez-vous en mesure de reconnaître votre agresseur ?

— Oui, bien sûr, c'est ma voisine.

— Votre voisine ? Alors nous ne nous déplaçons pas.

— Mais monsieur, elle m'a battue ! Vous ne pouvez pas encore refuser de venir !

— Désolé.

— Mais monsieur, cette fois il y a un témoin !

— Un témoin ?

— S'il vous plaît !

— Bon… finit-il par céder. Je vous envoie une équipe quand j'en ai une de libre.

Chloé sanglota longuement et silencieusement dans les bras de Rachel, son corps collé au sien.

« C'est fini, mon bébé, la consolait Rachel, la police va mettre la voisine en prison, c'est fini, tu n'as plus rien à craindre. »

Sur ces promesses rassurantes, la petite se calma, dans la loge qui sentait bon la soupe de poireau. Les deux enfants recommençaient à babiller, quand l'« équipe » se présenta, trois quarts d'heure plus tard.

« Qu'est-ce qui s'est passé ? » questionna le chef, un type costaud qui toisait Rachel d'un air sévère, sans remarquer que son pull était à moitié arraché. Elle résuma les faits. Quand elle eut terminé, il demanda brutalement :

« Pourquoi vous vous êtes bagarrées ?

— "Nous" ne nous sommes pas bagarrées ! s'indigna Rachel. C'est elle qui m'a tabassée !

— Et pourquoi ?

— Elle est jalouse du petit jardin que j'ai fait devant mes fenêtres. Tout le monde le sait, demandez à Mme Gomez ! » dit-elle, en désignant la concierge de la main.

Le flic s'en garda bien.

« Il n'y a pas de blessés, apparemment ? Les gosses n'ont pas franchement l'air traumatisées, conclut-il avant de remplir une fiche.

— Excusez-moi, mais si vous étiez venus plus vite, vous auriez vu combien elles pleuraient ! s'insurgea Rachel.

— Bon. Vous pouvez porter plainte, si vous voulez. Nous on va y retourner. »

Rachel Kubler n'en revint pas : n'allaient-ils pas interpeller Nichelong ? Elle n'osa pas le leur demander, de crainte de se faire rabrouer. Dans l'immédiat, elle avait si peur de regagner son appartement qu'elle voulait obtenir d'eux qu'ils la raccompagnent. Elle les supplia et ils acceptèrent de mauvaise grâce. Ils marchèrent sans un mot à ses côtés, fixant les bouts de leurs bottes. Dans leur poussette, les petites dévisageaient avec curiosité ces personnages en uniforme qui évitaient de les regarder. La porte ouverte, le chef déclara :

« Bon, y a rien à signaler, on y va. »

Cette fois, Rachel n'y tint pas :

« Excusez-moi, mais vous n'interrogez pas le témoin ? M. Léonide habite juste au-dessus !

— Madame, on connaît notre métier, ce n'est pas à vous de nous dire ce qu'on a à faire », répliqua-t-il avant de lui tourner le dos sans même la saluer.

C'était donc ça, la police française ? s'indigna Rachel. Des types qui l'accusaient sans même l'écouter ? Qui niaient sa qualité de victime ? Qui ne faisaient pas leur boulot ?

Elle fit manger les petites et les coucha. Puis elle appela Marlène pour tout lui raconter.

« C'est dingue ! s'offusqua-t-elle à son tour. Ils n'ont fait aucune enquête ?!

— Non.

— Ils n'ont pas emmené Nichelong au poste ? Ils n'ont pas interrogé Léonide ?

— Non.

— Dans quel pays on vit ! Tu appelles tout de suite SOS Médecins pour faire un constat.

— À quoi bon ? On dira que je les ai payés.

— Tu le fais, à tout à l'heure. »

Une heure plus tard, le médecin la fit déshabiller pour constater des traces de coups sur son corps : devant, derrière, sur le thorax, entre les omoplates. Il découvrit sur un avant-bras une morsure qu'elle avait oubliée tant elle avait dû mobiliser d'énergie depuis quelques heures.

« Vous devez désinfecter la plaie et faire un test dans quatre mois pour vérifier qu'elle ne vous a pas inoculé le sida », dit le docteur.

« Inoculé le sida ?! » paniqua-t-elle. Elle se souvint de *JF partagerait appartement* : comme elle, Nichelong avait voulu s'immiscer dans sa vie, elle avait imité sa coiffure, elle avait essayé de la tuer, elle lui avait laissé sur son bras les empreintes de ses mâchoires, elle lui avait peut-être instillé une maladie mortelle.

Rachel Kubler se plaignit d'avoir très mal au crâne. Il examina ses cheveux et nota qu'une énorme poignée avait été arrachée – sans doute pendant que Nichelong la traînait par terre :

« C'est un scalp ! C'est extrêmement douloureux prenez du Dafalgan codéine. »

En refermant sa mallette, il s'exclama :

« C'est incroyable, cette sauvagerie ! Je vous conseille vivement de porter plainte, et si la police s'y oppose, menacez-la de faire appel au procureur de la République. »

Quand Nane rentra, après son cours du soir, et qu'elle découvrit ce qui s'était passé, elle fut horrifiée.

« Madame, che ne fais pas rrrester tans ces conditions, ch'ai trop peur qu'il m'arrife la même chose qu'à fous. Lunti, je fais m'en aller…

— Mais les petites, Nane ? Qu'est-ce qu'elles vont devenir sans vous ?

— Che revientrai de temps en temps leur tire bonjour.

— Et vos études ?

— Une copine peut m'héberger, pour que che finisse mon année…

— Et moi ? Comment je vais faire, sans places en crèche ?

— Il y a des agences de baby-sitting, j'ai relefé tes noms sur Internet, elles pourront fous enfoyer quelqu'un…

— Vous avez pensé à tout, dites-moi… » fit Rachel, avec amertume. Elle lui en voulait de la lâcher au pire moment.

31. Dépôt de plainte

Le lendemain matin, Rachel se rendit au commissariat dès l'ouverture. Six personnes étaient déjà debout devant le portail. Elle attendit deux heures, recroquevillée sur un siège en bois, épuisée par la succession des catastrophes et par le Dafalgan.

Elle s'inquiéta lorsqu'elle constata qu'elle serait reçue par une espèce de bouledogue féminin, s'échinant à décourager les plaignants. La personne qui la précédait dans la file d'attente avait refusé de continuer à s'entretenir avec elle, réclamant un autre interlocuteur. Furieuse, la policière s'était tournée vers Rachel, en criant : « Suivant ! »

Elle la conduisit dans un petit bureau, ouvrit un fichier sur son ordinateur, demanda : nom, prénom, adresse et profession. Rachel Kubler hésita à décliner sa profession : les flics n'aimaient pas les journalistes, lui avait dit Marlène. L'autre tapa le nom du Journal sans faire de commentaires.

« Bon, je vous écoute. »

Rachel Kubler commença son récit.

« Hier soir, vers dix-huit heures, comme je rentrais chez moi avec mes filles dans leur poussette double, ma voisine, Mme Nichelong, se trouvait derrière la porte. Elle m'a sauté dessus, j'ai essayé de la repousser…

— Dix-huit heures, vous êtes sûre ? la coupa la policière, d'un ton indifférent, en regardant son clavier.

— Oui.

— Vous avez essayé de la "repousser" : vous voulez dire que vous l'avez frappée aussi ? ajouta-t-elle, cette fois en la fixant.

— Non, pas du tout.

— Mais si ! On ne se laisse pas taper dessus sans riposter !

— Non, j'ai juste essayé de la repousser, j'ai horreur de la violence, je règle mes différends avec le droit, pas avec les poings.

— Oh là là ! Pas de grands mots avec moi, vous êtes peut-être journaliste mais ça ne m'impressionne pas. Pourquoi vous lui en voulez, à cette Mme Nichelong ?

— C'est elle qui m'en veut. Elle me reproche d'avoir mis des plantes sur la terrasse devant mes fenêtres.

— En quoi ça la gêne ?

— C'est plus joli devant chez moi que chez elle.

— Elle n'avait qu'à faire pareil, non ?

— En effet. Mais elle a préféré tout saccager, me harceler et terroriser ma jeune fille au pair. J'ai fait appel à un médiateur, mais elle n'a pas répondu. Hier, j'ai saisi le juge. Ce sont des représailles. »

L'autre la croyait-elle ou pas ?

« Bon, dit-elle seulement. Revenons aux faits. Vous dites que vous ne l'avez pas frappée ?

— En effet. Elle, en revanche, m'a mordue. Regardez mon bras ! »

Elle obéit à contrecœur, dit « O.K. » et tapa « Constaté ».

« Bon, et après, que s'est-il passé ?

— Elle m'a fait une espèce de prise et je me suis retrouvée par terre, sur le dos ; mon crâne a heurté le sol. J'entendais mes filles pleurer, j'ai réussi à sortir la poussette sur le trottoir…

— Comment avez-vous fait ? l'interrompit-elle encore.

— Comment j'ai fait pour sortir la poussette ?

— Oui.

— Je… je pense que j'ai dû la tirer en arrière, pour franchir la porte à reculons.

— Mais vous avez utilisé quelle main pour ouvrir ?

— …

— Je vous ai posé une question.

— Je réfléchis, cela s'est passé si vite ! Et mon souci, c'était de sauver mes filles !

— Alors ? demanda la policière, d'un ton agacé.

— Je tenais la poussette de la main droite… Peut-être que j'ai poussé avec la gauche, à reculons…

— Peut-être ? Mais il faut être sûre, madame ! Moi, je ne veux pas qu'on me raconte n'importe quoi ! s'emporta-t-elle.

— Mais je ne vous raconte pas n'importe quoi ! Vous voyez bien que j'ai été blessée, j'ai des traces de coups sur la lèvre, sur le corps, regardez ! dit Rachel, en écartant l'encolure de son pull.

— Qu'est-ce qui me prouve que c'est Mme Niche-long qui les a faites ?

— Il y a eu un témoin !

— Oh vous savez, les témoins, ça va, ça vient. Moi je veux un récit cohérent. Alors, cette porte, c'était quelle main ? »

Rachel se dit qu'elle ne devait pas perdre son sang-froid. Marlène l'avait prévenue qu'avec Sarkozy, les flics pouvaient vous coller en garde à vue pour un oui ou pour un non. Elle avait lu que c'était arrivé à un vieux professeur qui avait traversé en dehors des clous et qui avait rouspété quand on lui avait flanqué un PV.

« Écoutez, je ne me souviens plus, dit-elle, à bout. Je suis tombée sur le crâne, j'ai dû perdre connaissance, je ne sais plus !

— Eh bien voilà ! Fallait le dire ! On va marquer "ne se souvient plus" ! Vous savez, c'est pour vous que je fais ça, si vous voulez que ça tienne la route, il faut être précis… Dites, vous êtes pâle, vous n'allez pas tourner de l'œil ?

— Je suis épuisée, j'ai dormi trois heures cette nuit.

— Est-ce que vous voulez un verre d'eau et un sucre ?

— Oui, je veux bien, s'il vous plaît. »

Elle avait soif, à cause du Dafalgan. Quand la policière lui apporta le verre et le sucre, elle eut envie de pleurer, pour la première fois depuis la veille. Mais elle ne voulait pas que l'autre croie qu'elle essayait de lui faire pitié ; elle retint donc ses larmes.

La policière se rassit à son bureau et annonça : « On reprend tout depuis le début. »

Elle recommença à cuisiner Kubler, comme si c'était elle l'accusée.

« Il faut que vos blessures soient constatées par un médecin assermenté, conclut-elle. Je vous prends un rendez-vous aux urgences médico-judiciaires de l'Hôtel-Dieu », ajouta-t-elle avant de téléphoner à de multiples reprises, la ligne étant constamment occupée.

Pendant ce temps, Rachel Kubler relut son PV bourré de fautes d'orthographe, qu'elle s'abstint de relever, et le signa.

Avant d'en terminer, la policière lui confia :

« La manière dont mes collègues se sont conduits avec vous est scandaleuse. Ils auraient dû interpeller immédiatement l'agresseur et interroger le témoin. Mais que voulez-vous, on n'est pas tous pareils dans la police…

— Est-ce que cela va être fait, tout de même ?

— Là, je ne peux rien vous promettre… »

Le lendemain, Rachel Kubler se rendit à l'hôpital de l'Hôtel-Dieu, près de la cathédrale Notre-Dame. Le médecin l'examina et constata à son tour lésions, morsure et scalp.

« Cette femme est folle ! » s'exclama-t-il, à propos de Nichelong.

Rachel lui confia qu'elle avait peur qu'elle inverse encore les rôles et qu'elle nie l'avoir agressée.

« Heureusement qu'elle m'a mordue à travers mon pull, soupira-t-elle. Comme cela, on aura son ADN.

— Mais… en France, on ne fait pas d'expertise

ADN pour de petits délits comme celui-ci ! Cela coûte trop cher, on les réserve aux crimes de sang !

— Mais je veux bien le payer, moi, le test ! plaida Rachel. C'est autour de cent euros, je crois ?

— Hélas, ce n'est pas vous qui décidez, c'est la justice…

— C'est ma seule preuve et on va me refuser le droit de m'en servir ?

— Euh… oui, c'est comme ça. »

Pourquoi en France devait-on se priver d'une telle opportunité de découvrir la vérité ?

Il lui attribua quatre jours d'ITT, les fameuses interruptions temporaires de travail, dont le nombre détermine la future condamnation.

« Avec cela, le procureur ne pourra pas classer votre affaire, lui expliqua-t-il.

— Mais pourquoi la classerait-il ?

— Les tribunaux sont tellement encombrés que c'est la seule manière d'avoir moins de procès…

— Quoi ? Mais c'est incroyable !

— Ne vous inquiétez pas. Il suffit d'un seul jour d'ITT pour qu'il n'y ait pas de classement sans suite », précisa-t-il.

Une association d'aide aux victimes, que Rachel Kubler contacta, lui dit que, maintenant, elle devait attendre la lettre du procureur.

« Cela peut prendre quelques mois car à Paris le parquet est engorgé, lui expliqua-t-on. En attendant, vous devriez acheter une bombe lacrymogène, pour vous défendre. »

32. Chez Léonide

L'arrivée de Léonide avait rendu Audrey Nichelong furieuse : il l'avait empêchée de cogner encore et encore sur Kubler, qui l'aurait pourtant mérité. Il l'avait vue lui bourrer le dos de coups, pendant qu'elle composait le code. Il risquait de témoigner. « Ne jamais taper devant témoin ! » lui avait enseigné Hakim. C'est la règle pour ne pas se faire condamner. Elle n'avait pas pensé que l'autre se mettrait à gueuler « Au secours » pour rameuter le voisinage. Décidément, elle ne saurait jamais laver son linge sale en famille, celle-là ! Nul doute qu'elle orienterait les flics vers Léonide. L'autre soir, déjà, elle l'avait entendue leur demander : « Vous n'interrogez pas le témoin ? » Derrière son œilleton, elle avait pris peur. Elle avait été agréablement surprise de voir le flic rembarrer la voisine. Pendant deux jours, elle avait encore craint d'être emmenée au poste. Mais non : rien. Pas la moindre convocation, pas le plus petit coup de téléphone.

Elle se dit alors qu'il fallait toujours avoir un pion d'avance. Aussi décida-t-elle de porter plainte contre Kubler. À son tour, elle patienta deux heures dans la salle d'attente du commissariat avant d'être reçue par un sous-brigadier qui n'avait aucune envie de l'écouter. Quand il connecta les noms Nichelong et Kubler, il découvrit qu'il y avait déjà une plainte pour des faits survenus trois jours plus tôt.

« Pourquoi venez-vous si tard ? lui demanda-t-il, en regardant son clavier.

— Parce que j'étais trop effondrée, répondit-elle sans se démonter. J'ai pris tellement de coups, vous savez, sans parler du choc psychologique ! continua-t-elle, espérant éveiller sa pitié.

— Vous avez un certificat médical ?

— Non, je me suis soignée toute seule. Je ne suis pas très riche, vous savez, je n'appelle pas le médecin si facilement.

— Ce n'était pas très grave, alors ?

— C'est pas ce que j'ai dit, fit-elle, vexée.

— Un arrêt de travail ?

— Non, je n'en ai pas besoin, car je travaille à domicile pour une agence d'intérim.

— Vous avez des traces ?

— Euh non, elle m'a tiré les cheveux et donné des gifles, ça ne se voit pas, répondit-elle.

— Bon, donnez-moi votre version des faits.

— L'autre soir, vers dix-huit heures, j'étais en train de sortir de l'immeuble quand ma voisine, Mme Kubler, rentrait avec son énorme poussette et ses jumelles dedans. Dès qu'elle m'a vue, elle m'a foncé dessus avec la poussette.

— Et les jumelles dedans ?

— Oui.

— Elle n'a pas eu peur de faire mal à ses enfants ?

Audrey se rendit compte de son erreur, mais se rattrapa :

— Non, et c'est grave, moi je vous le dis ! s'exclama-t-elle en prenant un ton outré. Une mère qui traite si mal ses enfants ! D'ailleurs, ils se sont mis à hurler, vous pensez !

— Donc, elle vous fonce dessus avec la poussette, reprit le policier. Et puis ?

— J'ai tenté de l'esquiver, en m'aplatissant contre le mur, mais elle est revenue comme une furie me bousculer, elle m'a fait tomber sur la tête. Je me suis relevée, et j'ai crié "Au secours, au secours !" J'ai cherché à m'enfuir, mais elle m'a rattrapée par les cheveux et m'a fait retomber. Alors, pour me libérer, je l'ai mordue au bras.

— Elle vous fait retomber sur la tête ?

— Non, sur les genoux.

— Elle est où, à ce moment-là ?

— Ben, derrière moi !

— Comment pouvez-vous la mordre, dans ce cas ?

— Je me suis retournée !

— Vous avez préféré la mordre plutôt que de vous enfuir ? s'étonna le policier.

— Je… Je me suis dit que c'était le seul moyen… Vous savez, on ne réfléchit pas dans ces cas-là !

— Et après l'avoir mordue ?

— Un voisin est descendu et j'en ai profité pour m'enfuir. »

Heureusement pour Audrey Nichelong, à aucun moment le flic n'eut l'idée de lire la version de Kubler et de les confronter.

« Pourquoi vous êtes-vous bagarrées ?

— Eh ! C'est elle, qui m'a attaquée ! Moi, je n'ai fait que répondre, hein !

— Pourquoi vous aurait-elle attaquée ?

— Parce que je suis favorable à une nouvelle construction qui va la gêner. »

Elle lui expliqua en détail de quoi il retournait.

« J'ai dit devant tous les habitants que je suis pour ! Renseignez-vous, vous verrez ! Le président de l'association des locataires m'a fait monter sur la scène, à côté de l'adjoint au maire ! »

L'évocation de l'édile incita le flic à la prendre au sérieux.

« Vous pourriez en fournir une attestation ?

— Oui, bien sûr, je vais la lui demander.

— Bien, vous allez relire le PV. Je préfère vous prévenir qu'il n'est pas certain que votre plainte soit acceptée du fait que vous n'avez aucune blessure. »

De retour chez elle, Audrey pensa qu'il était temps d'aller circonvenir Léonide. Vers seize heures, elle frappa à sa porte : il aurait terminé sa sieste, et sa famille ne serait pas encore de retour. Elle emporta une bouteille de rhum blanc agricole à 50° prise dans la réserve de Jean-Paul.

« Qu'est-ce que tu me veux ? demanda le vieux, suspicieux, derrière l'œilleton.

— Je voudrais vous parler, s'il vous plaît. Est-ce que vous voulez bien m'ouvrir ? » fit-elle, de sa voix la plus enjôleuse.

Elle entendit un bruit de clé dans la serrure. Gagné.

Il ouvrit en fronçant les sourcils mais ne l'invita pas à l'intérieur.

« Est-ce que je peux entrer ? » demanda-t-elle, avec un sourire de petite fille timide.

Léonide la laissa passer, et referma.

« Vous savez, monsieur Léonide, commença-t-elle, je voudrais discuter avec vous car je crois que vous me connaissez mal, que vous me jugez mal… Est-ce que je peux m'asseoir quelques minutes ? J'ai apporté une petite bouteille de rhum, nous pourrions l'ouvrir… »

Léonide, qui n'avait rien de mieux à faire et qui n'était pas insensible aux charmes de sa boisson régionale, lui fit signe d'entrer dans la cuisine où il sortit deux verres et un peu de jus d'orange. Il fit deux planteurs et ils trinquèrent.

« Je t'écoute, dit-il.

— Vous savez, monsieur Léonide, mes fils aussi sont un peu antillais, comme vous…

— …

— Et mon ami, Jean-Paul.

— Il est né où ?

— Près de Fort-de-France. Et vous ?

— À Schoelcher.

— Ah oui, c'est plus à l'ouest.

— Tu connais, toi ?

— Oui, Jean-Paul nous a emmenés en vacances en Martinique, l'an dernier.

— Ça t'a plu ?

— Oui, mis à part les moustiques, qui m'ont bouffée jusqu'au sang… »

Il rit. Sentant une brèche s'ouvrir, elle rit aussi, et en rajouta sur le même registre :

« On peut dire que ça m'a grattée… Je dois avoir la peau trop sucrée !… » Puis elle enchaîna : « Dites, monsieur Léonide… c'est quand même dommage, hein, qu'on se fasse la tête ?

— Je peux pas saquer tes chats.

— Mais vous savez, le premier, Noiraud, je l'ai pris parce que Kevin le voulait. C'est si mignon un chaton, une petite boule de fourrure ! Et puis il a grandi. Et un jour Kevin en a trouvé un autre, dans la rue, qui était perdu, il a voulu qu'on l'adopte lui aussi, alors je n'ai pas eu le cœur à refuser, ça fait si plaisir de voir son enfant heureux !

— Pourquoi tu les laisses vagabonder ? T'as qu'à les enfermer !

— Ils ont besoin de prendre l'air ! Ils sont comme vous ! Est-ce que vous restez enfermé toute la journée ?

— Et quand ils vont faire leurs besoins chez la voisine et qu'ils déracinent ses plantes ?

— C'est ce qu'elle dit, la voisine, parce qu'elle ne m'aime pas, mais ce n'est pas vrai.

— Et l'autre jour, ce n'était peut-être pas vrai que tu la tapais quand je suis arrivé ? Devant ses enfants, en plus ?

— Mais non ! Les apparences sont contre moi, mais je lui rendais ses coups parce qu'elle m'avait frappée la première.

— Comment ça ?

— Elle cache bien son jeu, qu'est-ce que vous croyez ! Elle vous a bien embobiné ! Elle m'a tapé dessus parce que je suis favorable à la construction de l'autre bâtiment, et que M. Darbois m'a fait monter sur la scène, devant les locataires, pour que je le dise à tout le monde. Elle est jalouse de moi, vous comprenez ?

— Jalouse ? Elle ? De toi ? Ha ! ha ! ha !... »

Léonide partit d'un grand éclat de rire qui mortifia Audrey :

« Je ne vois pas pourquoi vous riez. Elle est vieille, vous savez, et moi, je suis jeune. Et puis elle a beau être journaliste, c'est moi que Darbois préfère.

— Comment en êtes-vous venues aux mains, alors ?

— Je suis sortie par hasard au moment où elle rentrait, et elle m'a sauté dessus. J'ai été surprise, évidemment. En plus, elle est plus grande que moi, elle a failli avoir le dessus, mais je me suis défendue... C'est normal, hein, vous auriez fait pareil. On s'est bagarrées et c'est là que vous êtes descendu !

— Et les petites filles qui étaient terrorisées ?

— C'est la faute à leur mère, elle n'a pas hésité à se battre devant elles.

— Et qui a crié "Au secours" ?

— C'est moi ! Vous n'avez pas reconnu ma voix ? Elle m'a tapée, et elle m'a arraché des cheveux aussi ! Alors j'ai crié, pour qu'on vienne m'aider ! Pourquoi on ne me croirait pas, moi ? Parce que je suis pauvre ? Parce que je fais de la saisie ? C'est pas parce qu'on est pauvre qu'on est menteur ! On accuse toujours ceux qui savent mal se défendre : les pauvres, les gens de couleur ! Vous, qui êtes martiniquais, vous devez en savoir quelque chose, non ?

— Oui, bien sûr...

— Dites, monsieur Léonide, reprit-elle plus doucement, si jamais la police vous demandait de raconter ce que vous avez vu, il faudrait bien lui préciser que vous ne savez pas qui a commencé, hein ?

— On verra. De toute façon, la police m'appellera pas.

— Maintenant qu'on est amis, monsieur Léonide, je vais vous laisser, vous avez sans doute plein de choses à faire.

— C'est ça.

— Au revoir, monsieur Léonide. »

Puisque le numéro avait fait ses preuves avec Léonide, Audrey Nichelong se dit qu'il devrait marcher avec Darbois. Elle retourna voir le président de l'association des locataires, afin de lui donner sa version de l'agression. L'autre n'était pas né de la dernière pluie. En outre, il avait lu le courriel envoyé à l'association dans lequel Rachel Kubler détaillait les lésions constatées par un médecin assermenté. Il ne crut donc pas un mot du discours que lui tint Nichelong, mais, pour lui venir en aide, il accepta de lui fournir le certificat de bonne moralité qu'elle lui demandait.

Le révolutionnaire rédigea un long document dans lequel il affirma que Mme Kubler organisait des réceptions sur sa terrasse ; que ces fêtes, bruyantes, où elle utilisait un barbecue, expliquaient la présence des odeurs nauséabondes dont se plaignait le quartier. Il assura que cette locataire, en raison de sa profession de journaliste, était « hautaine » et « méprisante envers sa pauvre voisine ». Qu'enfin, son opposition au projet d'agrandissement du foyer d'immigrés expliquait sûrement qu'elle l'ait agressée.

Nichelong retourna chez les flics avec cette caution de notable, président d'association. Elle en glissa avec jubilation un double dans la boîte aux lettres de Rachel Kubler.

Lorsque cette dernière monta chez Darbois pour lui demander des comptes, le révolutionnaire, peut-être mal à l'aise avec sa conscience, lui hurla : « Dehors ! Dehors, madame la journaliste ! »

33. Peur

Des mois passèrent. Nane avait été remplacée par les baby-sitters de l'agence. Le *turnover* faisait craquer Rachel et ses filles. Pas une semaine elles n'eurent droit à une seule et même personne, les gardes d'enfants voulant disposer de leur mercredi pour s'occuper des leurs ou aller chez le coiffeur. D'une semaine à l'autre aussi cela changeait, parce qu'elles avaient trouvé un petit boulot mieux payé ou qu'elles devaient passer des examens. Aucun lien affectif ne pouvait s'établir avec les petites.

Lorsqu'on sonnait le matin et qu'une nouvelle tête apparaissait, Chloé piquait une colère et se roulait en boule par terre. Elle voulait Nane ! Pourquoi n'était-elle plus là ? Pourquoi l'avait-elle abandonnée ? Peut-être parce qu'elle avait été méchante ? Nane était-elle tombée par sa faute dans un trou noir ? Rachel la rassurait ; elle lui expliquait que Nane était partie parce qu'elle avait trouvé un « beau travail », bien plus beau encore que celui de la maison ; elle gagnait plus de sous, elle allait bien, elle pensait souvent à sa petite Chloé, qui lui manquait. Cela calmait l'enfant. Rachel lui assurait que maman, elle, revenait toujours le soir, après le travail.

Elle voyait bien que ses filles régressaient : pour sa

part, elle n'en pouvait plus des recrues indélicates. Elle dut virer une inconsciente, qui, pour rencontrer un deuxième employeur, emmena la poussette double dans les escaliers du métro ; une garde-chiourme, qui prétendit interdire les doudous ; une voleuse, qui déroba les poupées gigognes des petites ; et une menteuse, qui dissimula la perte d'une chaussure. Mais elle dut faire face aussi à une malpolie qui collait du chewing-gum sur les meubles ou se servait de sa brosse à cheveux, et à nombre de paresseuses qui ne sortaient pas les enfants en promenade parce que ça les fatiguait. Elle était désespérée de ne pas avoir de places en crèche, la municipalité ne la considérant pas comme prioritaire.

Elle s'inquiéta surtout de voir que Lou développait une phobie des portes ouvertes. À l'intérieur de l'appartement elle voulait tout fermer : portes des chambres, des toilettes, de la salle de bains ou de la cuisine. Elle refusait d'aller au salon, car il n'en avait pas. Elle se calfeutrait. « Elle n'aurait pas un TOC ? » demandaient les baby-sitters, agacées de devoir rouvrir mille fois derrière elle. Rachel Kubler finit par la conduire chez une pédopsychiatre.

La spécialiste fit asseoir Lou à une petite table, et lui donna une boîte de jouets. Lou prit trois figurines Playmobil, qu'elle désigna comme étant elle-même, maman et Chloé, ainsi qu'un crocodile. Elle enferma le crocodile derrière des barrières, mais il les défonça pour dévorer tout le monde. Elle répéta le scénario avec un rhinocéros et un dinosaure.

« Qu'est-ce que c'est que ce monstre qui mange toute la famille ? demanda la psy à Rachel.

— Aucune idée, répondit-elle.

— Un papa violent ?

— Non.

— Elle n'a pas été victime d'une agression ?

— Non… enfin, moi, j'ai été victime d'une agression, ainsi que sa sœur, mais Lou, elle, n'a rien eu, et puis c'était il y a longtemps ! »

La psy la fixa et lui dit :

« Racontez-moi ça. »

Rachel lui fit le récit de ce qui s'était passé six mois plus tôt. Elle précisa que Lou n'avait pas semblé affectée par la scène, contrairement à sa sœur qui avait beaucoup sangloté dans ses bras. Elle s'était vite remise à babiller dans la loge de la concierge.

« Cela ne veut rien dire, jugea la psy. Elle peut avoir refoulé sa terreur de vous voir mourir. Quand elle ferme les portes, qu'elle se calfeutre derrière, elle est en sécurité, comme dans le ventre de maman, expliqua-t-elle. Et vous, vous êtes-vous remise ? questionna-t-elle.

— Comme l'autre folle habite toujours à côté de chez nous et que la police ne nous a pas protégées, j'y repense sans cesse. »

Elle lui confia que la peur l'étreignait dès qu'elle atteignait le coin de la rue. Elle mettait alors la bombe lacrymogène dans sa poche ou, l'été, quand elle n'en avait pas, dans son soutien-gorge. Elle regardait loin devant elle et se retournait fréquemment, ne sachant de quel côté pourrait venir l'assaut.

Arrivée dans le hall, ses jambes tremblaient. Elle guettait le moindre bruit et, quand les petites l'accompagnaient, leur demandait de faire le silence. Elle se dépêchait d'ouvrir sa boîte aux lettres, tout en restant à l'affût. Le plus vite possible, elle s'engouffrait dans l'ascenseur. Elle appuyait sur le bouton du premier, et, quand, à l'étage, la porte en fer se mettait à coulisser lentement, son cœur battait encore plus fort : elle craignait tellement que Nichelong ne soit derrière, à les attendre. Elle jetait un vif coup d'œil panoramique. La voie étant libre, Rachel faisait sortir la poussette à reculons, le bras qui tenait la bombe tendu en direction de la porte de la voisine. Elle progressait de cette façon jusqu'à son entrée, pour ne pas se faire attaquer par derrière : elle verrait l'autre arriver, elle n'aurait plus qu'à appuyer sur la pression. À plusieurs reprises, elle avait dit, très fort : « Vous n'avez rien à craindre les enfants, maman tient la bombe dans sa main ! » Elle avait vu l'œilleton s'obscurcir, ce qui signifiait que la voisine les épiait et qu'elle était prévenue. Rachel ne se retournait qu'au dernier moment, pour mettre la clé dans la serrure. Là, elle se savait vulnérable, alors elle se hâtait, les petites retenant leur souffle. Pourvu que le ressort n'éjecte pas la clé ! Elle l'enfonçait bien fort et bien droit, puis elle la tournait vigoureusement et donnait un dernier coup de poignet pour provoquer l'ouverture de la porte. Alors, elle expédiait la poussette à l'intérieur et refermait sur elle. Les petites poussaient un cri de soulagement : elles étaient à l'abri.

« Je comprends mieux, maintenant, commenta la psy. Si tous les jours, vous êtes dans cet état en rentrant chez vous et en sortant, Lou le sent, et sa peur à elle ne s'arrête pas au seuil de votre logement. Le mieux serait que vous déménagiez. »

Déménager ? Facile à dire ! Dans le social, on ne déménage pas comme ça !

Aussitôt après l'agression, Rachel avait de nouveau contacté le 1 % logement.

« Encore vous ? s'était exclamée l'employée, mécontente. Je pensais que vous étiez casée ! »

Rachel lui donna un double de son dépôt de plainte, afin de justifier son ardent désir de repartir. Miracle : il y avait justement un appartement libre !

« Un coup de chance, car je vous rappelle qu'il y a cent vingt mille personnes sur les listes d'attente. J'aimerais bien en avoir un, moi, un logement social », dit-elle, d'un ton pincé.

La nuit même, Rachel lui envoya par mail tous ses papiers, afin qu'elle les transmette au bailleur, qui les soumettrait à une commission. C'était la procédure.

Sauf qu'elle n'eut plus de nouvelles. Inquiète, elle appela l'employée : savait-elle quand la commission se réunirait ? Non, elle ne savait pas, et Rachel lui cassait les pieds.

« Madame, il est huit heures trente-sept du matin, j'ai d'autres dossiers à traiter », lui répondit-elle, par mail.

Rachel s'informa directement auprès du bailleur et apprit que la commission s'était déjà réunie. L'employée n'avait pas envoyé son dossier. Quelqu'un d'autre s'était vu attribuer le logement.

Quand Rachel demanda une sanction aux responsables du 1 % logement, ils lui répondirent qu'il n'en était pas question. Au contraire, ce serait elle qui serait sanctionnée pour avoir osé protester. Puisqu'elle était une emmerdeuse, on ne lui proposerait plus rien.

34. Ennui

Ça faisait des mois qu'Audrey Nichelong avait collé une raclée à Kubler. Depuis, elle s'était tenue à carreau sur les conseils de Darbois. Mais elle s'ennuyait. L'affrontement avec sa voisine lui manquait. Elle ne s'était jamais sentie exister aussi pleinement que depuis que l'autre l'avait rejetée. Elle avait pris un plaisir inouï à la tabasser. Chaque fois qu'elle s'asseyait sur le clic-clac pour fumer un pétard, elle se repassait la scène. Elle lui donnait les coups avec jubilation. Mais, cette fois, Léonide ne descendait pas, et Kubler la suppliait à genoux :

« S'il vous plaît, madame Nichelong, épargnez-moi, je serai gentille, je vous inviterai à prendre le thé, j'enlèverai mes plantes… »

Audrey lui demandait :

« Et mes chats, tu vas les aimer, mes chats ? »

L'autre ne répondait pas. Alors les trois chats déboulaient. Audrey les jetait sur la figure de Kubler, qui se mettait à enfler comme celle de Frankenstein.

« Ha ! ha ! ha ! » riait-elle, à gorge déployée, en la voyant devenir monstrueuse et étouffer.

Audrey avait besoin d'action. Elle savait qu'il serait risqué de cogner à nouveau, car la voisine ne sortait plus sans sa bombe lacrymogène. Même pour descendre ses poubelles à la cave, elle la tenait fermement. Cette saleté au piment rouge brûlait les yeux ; mieux valait ne pas se faire asperger.

Il faudrait se contenter de lui pourrir la vie. Audrey se remit donc à la guetter. Elle surveillait le moment où Kubler irait arroser ou couper une branche morte sur la terrasse. Pour être sûre de ne pas la manquer, car l'autre était discrète, elle avait placé son miroir de biais près de sa fenêtre. De cette manière, il réfléchissait l'espace situé à droite de son appartement. Lorsqu'il s'obscurcissait, elle rappliquait. Elle ouvrait sa fenêtre et s'y plantait, en suivant Kubler des yeux. Elle espérait ainsi lui gâcher son plaisir. Elle lui signifiait que la terrasse ne lui appartenait pas. Kubler faisait celle qui ne la voyait pas et continuait son jardinage, impassiblement. Alors, Audrey refermait et rouvrait plusieurs fois de suite ses volets pliants en PVC dont les charnières grinçaient, en claquant très fort les vantaux les uns contre les autres. Impossible que l'autre n'entende pas le vacarme : même ses voisins du dessus lui avaient demandé de faire moins de bruit ! Mais la Kubler continuait, comme si elle avait été sourde. D'autres fois, Audrey prenait son téléphone ; elle appelait Jean-Paul ou un être imaginaire, en parlant très fort. « La femme ? Oui, elle est encore sur la terrasse, criait-elle. Heureusement, les bulldozers vont bientôt le lui défoncer, son sale jardin ! »

Parfois, Audrey la prenait en photo, au flash. Elle espérait que l'autre se lèverait, indignée qu'on lui vole son image, et qu'elle viendrait l'insulter. Mais elle ne le remarquait pas. Audrey lui envoyait aussi Noiraud.

Mais cet idiot craignait l'arrosoir et partait s'allonger le plus loin possible de la voisine.

Comment était-ce possible que l'autre l'ignore ? Son corps, pourtant, devait encore porter les stigmates de sa colère ! La cicatrice de la morsure mettrait sûrement des mois à disparaître ! Audrey Nichelong, tel un philosophe, devait conclure qu'il était plus facile de soumettre les corps que les âmes. Or, c'était l'âme de Kubler qu'elle voulait réduire en bouillie.

Elle recommença à insulter les baby-sitters, à travers sa porte. Elle avait déjà fait fuir la Flamande, alors pourquoi pas elles ? Personne ne voudrait plus venir travailler chez Kubler ! Elle ignorait que chacune d'entre elles rédigeait ensuite une attestation en bonne et due forme pour la justice.

Elle jeta dans la boîte aux lettres de Kubler toutes les cochonneries qu'elle trouvait : mouchoirs sales, papiers déchirés, prospectus… Elle n'osa pas la matière fécale, bien qu'elle en ait très envie, de peur qu'on y retrouve son ADN. Elle colla sur la boîte des mini-portraits de Jean-Luc Mélenchon, devenu son homme politique préféré. Elle savait faire coup double : agacer une bourge qui devait voter UMP ou PS, et faire trimer Mme Gomez, à qui Béton avait ordonné de les enlever. Elle se releva également plusieurs fois la nuit pour aller sonner à la porte de Kubler et la réveiller.

Et surtout, aussi souvent que possible, elle claquait sa porte, comme le premier jour. Fort. Ça faisait trembler les murs. L'autre ne pouvait pas ne pas l'entendre. Cela signifiait : « Je suis là, tu ne te débarrasseras pas de moi comme ça. »

35. Lettre du parquet

La lettre du parquet arriva enfin : Rachel sentit son cœur battre à toute allure lorsqu'elle vit le sceau « Justice française » sur l'enveloppe. Ça y était, la chance allait tourner ! Le procureur allait redresser les torts, Nichelong serait punie ! Elle décacheta le courrier fébrilement, dans le hall d'entrée. Le papier se déchira, elle sortit la lettre, la déplia. Ce fut comme un coup au plexus qui lui coupa le souffle. Elle se courba, le thorax douloureux, la respiration sifflante. Elle redouta de faire une crise d'asthme, comme en présence de chats. Elle se précipita à l'appartement et aspira de la Ventoline à pleins poumons.

La lettre annonçait un classement sans suite. Comment était-ce possible ? Le parquet estimait que les faits n'étaient « pas assez graves ». Mais d'abord, qui c'était, le parquet ? Comment s'appelait l'anonyme qui lui avait écrit ? Pas de nom, seulement des « numéros de service » : quel manque de courage !

Elle téléphona aussitôt à Marlène :

« Dans ce pays, il n'y a pas de justice ! protesta Rachel.

— C'est incroyable, répondit son amie. Mais que veux-tu, il y a une certaine logique, assez cynique, à tout cela : les flics n'ont pas fait leur boulot, donc le parquet classe sans suite.

Marlène lui conseilla d'aller voir un avocat.

— Un avocat ? Mais ça va me coûter les yeux de la tête !

— Tu n'as pas vraiment le choix…

— Et puis je n'en connais pas…

— Connecte-toi au site Web du barreau de Paris et cherche un pénaliste », suggéra-t-elle.

Rachel en appela six qui, tous, étaient trop débordés pour la recevoir. Le septième, enfin, lui proposa un rendez-vous à midi.

À midi moins cinq, elle sonna à la porte du cabinet. Une petite femme vint ouvrir avant de disparaître furtivement sans lui donner le temps de se présenter. Perplexe, elle entra dans la salle d'attente où trois personnes, la mine triste, étaient assises sur des banquettes de velours usées. À midi quinze, elle leur demanda à quelle heure elles devaient passer. « Midi », répondirent-elles en chœur. Elle se souvint avec anxiété des réponses lues sur le site Internet du Journal après un appel à témoignages concernant les robes noires. Presque personne n'était satisfait : les avocats oubliaient les dates des procès ou commettaient des fautes de procédure. Mais ils n'étaient pas sanctionnés. Le barreau n'allait pas punir un membre de la confrérie. Quant à l'assurance, elle faisait la morte. Certains gagnaient leurs affaires, parce qu'ils étaient très chers, ou que le client était constamment sur leur dos. Prendre un avocat, sauf si c'était un ténor du barreau, ne signifiait pas qu'on pouvait se reposer sur un professionnel du droit, mais qu'on allait perdre beaucoup de temps et d'argent.

Au bout de deux heures d'attente, comme au commissariat, le maître des lieux la fit entrer dans son bureau. Elle lui expliqua ce dont il retournait et lui tendit le courrier du parquet.

« On m'avait dit qu'avec quatre jours d'ITT, ma plainte ne pouvait être classée. Alors, pourquoi est-ce le cas de la mienne ? demanda-t-elle.

— Ce qu'on vous a dit était vrai il y a plusieurs années, répondit-il. Désormais, les tribunaux ont tellement d'affaires que les procureurs ont mis la barre plus haut, à cinq jours d'ITT. Ils classent sans suite les dossiers qui en ont moins.

— Mais c'est scandaleux !

— Que voulez-vous… La justice n'a pas de moyens… »

Qu'était-il possible de faire ? Saisir un tribunal civil, pour demander des dommages et intérêts, ou aller au pénal. Il préconisait la deuxième solution. Il lui proposa de faire une « citation directe », moyennant la somme de trois mille euros. Avant qu'elle ne s'engage, il lui demanda de s'assurer que le témoin viendrait bien au procès.

— Pas de problème, répondit-elle.

— Vérifiez quand même. Les témoins, ça va, ça vient. »

Le soir même, elle alla frapper chez Étienne Léonide, qu'elle n'avait pas vu depuis longtemps. Il faut dire qu'elle ne se rendait plus guère sur la terrasse pour ne plus avoir à subir les provocations de Nichelong. Quant à lui, il n'était plus apparu à sa fenêtre depuis des mois.

« Qu'est-ce que vous me voulez ? demanda-t-il après avoir entrouvert la porte. Son ton bourru l'inquiéta.

— Est-ce que je pourrais entrer s'il vous plaît ? » demanda-t-elle néanmoins.

Ce fut Mme Léonide qui ouvrit la porte et l invita à s'asseoir dans le salon, avant de les laisser seuls.

« Voilà, monsieur Léonide, heu… Étienne c'est à propos de l'agression que nous avons subie, mes filles et moi. Il va y avoir un procès. Puis-je compter sur votre témoignage ?

— Un procès ? Mais je travaille, moi ! Je n'ai pas de temps à perdre au tribunal !

Elle fut déconcertée.

— Mais… excusez-moi, c'est un devoir de témoigner quand on a vu une agression…

— Je n'ai rien vu, moi !

Rachel était de plus en plus stupéfaite.

— Comment ça ? Nichelong était en train de me bourrer le dos de coups ! C'est vous qui l'avez arrêtée ! Sans vous, on y serait restées !

— Je n'en sais rien, je vous ai juste séparées. Mais je ne sais pas qui a commencé ! soutint Étienne Léonide sans la regarder.

— Vous savez bien ce qui s'est passé, tout de même ! insista Rachel, qui n'en croyait pas ses oreilles.

Sa jalousie parce que j'ai fait un jardin devant mes fenêtres, sur la terrasse, ses représailles, qui sont allées crescendo !

— La terrasse, c'est votre problème. Il n'aurait peut-être pas fallu mettre de plantes…

— Mais tous les jours vous m'y encouragiez ! Vous étiez à votre fenêtre en train de me répéter que c'était beau !

— Je ne sais pas, je ne me mêle pas des affaires des autres. »

Face à la mauvaise foi de Léonide, Rachel n'eut pas d'autre choix que de tenter la carte des sentiments :

« S'il vous plaît, Étienne, faites-le pour les petites !

— Maintenant je vous demande de sortir ! » rugit-il, touché de plein fouet par l'argument, mais refusant de le reconnaître, tandis que son épouse le fixait avec réprobation.

Rachel n'en revenait pas : le témoin se débinait. Tout en ayant mauvaise conscience, comme le prouvait sa colère. Sans son témoignage, le juge allait renvoyer les protagonistes dos à dos, quand bien même l'une avait été blessée et l'autre pas. Si seulement il y avait eu une caméra de surveillance ! Elle aurait enregistré l'agression, elle aurait servi de preuve !

Mais comment ce revirement était-il possible ? Nichelong était-elle allée voir Léonide, lui jouer la comédie, lui faire pitié ? À moins que sa starification soudaine, par la grâce de la politique locale, ait suffi à le retourner. Mais dans ce cas, il risquait de n'être pas le seul. En serait-il de même pour les Corses belliqueux ?

Rachel alla frapper à la porte des deux vieux garçons. Elle leur demanderait de certifier, par écrit, qu'ils n'avaient jamais vu de barbecue sur la terrasse, contrairement aux accusations de Darbois. Ils semblaient être là, car l'œilleton s'obscurcit. Mais ils n'ouvrirent pas. Elle leur adressa un mail. Le lendemain, elle trouva une réponse sèche : *Madame, nous ne pouvons pas vous faire cette attestation.* Lorsqu'elle les rencontra, ils détournèrent la tête, sans dire bonjour.

36. Hakim

Rachel Kubler demanda conseil, une fois de plus, à Marlène.

« Ne dépense pas ton argent pour rien, lui dit-elle.

— Tu crois que je vais perdre ?

— Sans témoin, c'est risqué… Tu ferais mieux de trouver des gros bras qui iront lui casser la gueule.

— Oh ! Marlène, tu te rends compte de ce que tu dis ?

— Tu vois bien que tu ne peux pas compter sur la justice.

— Mais Nichelong peut très bien faire pareil, dans ce cas !

— Sauf qu'elle n'a pas forcément les moyens de payer… Toi, si.

— Et comment trouverais-je les types ?

— Un ami à moi a fait appel à des armoires à glace pour déloger des squatters, l'an dernier. Je peux te mettre en rapport avec lui.

— On verra… »

Rachel Kubler réfléchit aux propos de son amie. Le procès était-il irrémédiablement perdu ? Si elle pouvait prouver que sa voisine était une récidiviste et que partout où elle passait elle semait la discorde, elle obtiendrait peut-être gain de cause. Elle réalisa qu'elle ne savait rien sur Audrey Nichelong. Qui était sa famille ? Pourquoi son immeuble dans le Val-d'Oise avait-il brûlé ? Seule, elle ne pourrait obtenir aucun renseignement. On lui opposerait le secret de la vie privée. Elle décida donc de faire appel à un détective. S'il lui apportait du « biscuit », elle irait au tribunal.

Via Internet, elle entra en contact avec plusieurs officines et leur demanda des devis. Elle choisit 95 Investigations, qui lui proposait le moins cher – deux mille euros. Une semaine plus tard, le détective lui fit parvenir son rapport. Il avait retrouvé la ville où avait habité Audrey Nichelong. Son immeuble avait effectivement brûlé, et les autorités n'avaient pas pu déterminer l'origine de l'incendie. Selon d'anciens locataires, notamment un certain Hakim Laker, notoirement connu comme dealer de drogue, il n'était pas du tout impossible qu'elle soit criminelle et qu'Audrey Nichelong y soit mêlée. Ledit Hakim, fort étonné d'apprendre que cette dernière faisait l'objet d'une enquête privée, avait émis le souhait de rencontrer le commanditaire. Qu'en pensait Rachel Kubler ?

En voilà une surprise se dit Rachel. Nichelong avait été en affaires avec un trafiquant de drogue… Bonne pioche ! Son cœur se mit à battre à toute vitesse : elle voulait en savoir plus. Il fallait continuer. Elle répondit au détective qu'elle était d'accord pour rencontrer le dealer, mais que son identité ne devait pas lui être divulguée – on ne sait jamais. Il l'appellerait sur un deuxième portable, équipé d'une carte prépayée.

Dès qu'il eut la réponse, Hakim téléphona.

« Je cherche la personne qui s'intéresse à Audrey Nichelong, dit-il en entendant la voix de Rachel.

— C'est moi.

— Une femme ? s'étonna-t-il.

— Oui. Et vous, vous êtes Hakim ?

— Oui.

— Quand voulez-vous qu'on se voie ?

— Ce soir ? Vers vingt heures ?

— Où ?

— Porte de Montreuil. »

Elle répondit oui, tout en songeant qu'elle devrait d'abord demander à l'agence le renfort d'une nouvelle baby-sitter et en espérant que cela ne poserait pas de problème.

« Où se donne-t-on rendez-vous ?

— Vous allez sur place, et on se rappelle. »

Ça ne plaisait pas trop à Rachel, mais le ton de Hakim lui laissa penser qu'elle n'avait pas le choix.

« D'accord », conclut-elle.

L'échange avait été bref et efficace. Mais Rachel ne s'en demandait pas moins où elle mettait les pieds.

Quand elle partit, il pleuvotait. Mais elle ne voulut pas s'encombrer d'un parapluie pour ne pas être gênée dans ses mouvements ou sa vision. Elle se dit que cela allait bientôt cesser, de toute façon. Mais quand elle arriva Porte de Montreuil il pleuvait pour de bon.

Elle composa le numéro de Hakim.

« Vous marchez en direction de la grande tour.

— Et après ?

— Quand vous serez rue de Paris, vous me rappelez. »

Pourquoi ne lui donnait-il pas tout de suite la bonne adresse ? Voulait-il vérifier qu'elle viendrait bien seule ? Elle regarda la place : elle n'avait jamais aimé cette espèce de no man's land. Tout le monde avait l'air pressé de le traverser. Elle longea un stade, passa au-dessus du périphérique avec son bruit assourdissant, et se retrouva enfin rue de Paris, le siège de la CGT sur sa droite.

Elle appuya sur la touche bis.

« Vous prenez la rue Paul-Bert sur votre gauche, et la rue Étienne-Marcel, toujours tout droit. »

Elle allait lui demander si le jeu de piste durerait encore longtemps, parce que ça tombait dru et qu'elle n'avait ni capuche ni parapluie. Mais il raccrocha.

Elle s'engagea dans la rue et frémit de se retrouver seule au milieu des portes taguées des entrepôts. Puis elle longea de petites maisons à un ou deux étages, avec des antennes paraboliques et du linge aux fenêtres qu'on avait oublié de rentrer. Ça dégringolait de plus en plus : une de ces giboulées de mars qui se produisent désormais n'importe quand à cause du dérèglement climatique. L'eau coulait dans son cou, tandis qu'elle faisait attention à ne pas se tordre les chevilles sur les trottoirs défoncés ou les pavés – elle se croyait revenue en Belgique. Elle essaya de rappeler Hakim mais il ne répondit pas. Elle continua donc tout droit pendant près d'un kilomètre en se demandant dans quelle galère elle était venue se fourrer.

Enfin, il sonna.

« Vous prenez la prochaine à droite et vous tournerez dans la rue de la Révolution. Au premier angle, vous verrez un bar avec des décorations en bois, c'est là. »

Elle fit comme il avait dit et se retrouva à nouveau dans la rue de Paris, tout près, cette fois, du métro Robespierre. Elle comprit qu'il s'était bien payé sa tête en lui faisant faire de multiples détours, alors qu'il aurait pu l'inviter à descendre directement à cette station. « Robespierre », « rue de la Révolution » : elle apprécia l'ironie de la géographie : le caïd avait bien fait marcher la petite-bourgeoise.

Elle arriva ruisselante au Rendez-vous des taxis.

Dans la salle, six hommes attablés à une grande table rectangulaire jouaient aux cartes tout en fumant, bien que ce soit interdit. Ils levèrent à peine le nez quand elle entra. Elle les salua et se dirigea vers le grand comptoir. Sans sourire, le patron lui proposa un linge pour s'essuyer. Elle accepta avec reconnaissance : ses cheveux étaient trempés, comme après une douche.

De l'arrière-salle sortirent alors un beau gosse baraqué, encadré par deux molosses aux visages dissimulés sous des capuches. Hakim était hilare.

« Ce n'est pas drôle ! protesta-t-elle.

— Allez ma p'tite dame, y a pas mort d'homme… » lança-t-il. Puis : « Vous m'excusez, mais ces gentlemen doivent vous fouiller. »

L'un des gardes du corps lui demanda de tendre les bras à l'horizontale et la palpa de haut en bas, sans s'attarder sur sa poitrine. Sans doute vérifiait-il qu'elle n'avait pas de micro ou d'arme. Elle se félicita de n'avoir pris aucun papier d'identité, malgré la peur qui était la sienne de se faire arrêter. Elle n'avait sur elle que de l'argent liquide, le téléphone avec sa carte prépayée et des tickets de métro.

« C'est bon », annonça-t-il à Hakim.

« Venez », dit alors celui-ci, en la conduisant vers l'arrière-salle.

Ils s'assirent à une table en marbre rectangulaire, face à face.

« Alors, commença-t-il, pourquoi enquêtez-vous sur Audrey Nichelong ?

— C'est ma voisine. Elle m'a agressée violemment, moi ainsi qu'un enfant…

— Un enfant ? C'est pas possible. Dans notre milieu, on ne s'en prend pas aux enfants.

— Et pourtant… Je voudrais en savoir plus sur elle, en vue d'un procès.

— Si vous comptez que je me pointe dans un tribunal vous faites fausse route ma p'tite dame, parce que la justice et moi ça fait deux.

— Alors, pourquoi vouliez-vous me rencontrer ? le questionna-t-elle.

— Moi aussi, c'était ma voisine, avant.

— Avant quoi ?

— Avant qu'elle fasse tout sauter.

— L'immeuble, vous voulez dire ?

— Ouais.

— Vous avez des preuves ?

— Pas besoin. Je sais que c'est elle. Il y a eu une

allumette dans un vide-ordures, et personne d'autre qu'elle ne l'aurait jetée.

— Pourquoi ?

— Parce que. Et après l'incendie, c'est la seule qui a disparu. Pfffft ! Et son mec aussi. Sans adresse. Même sa mère ne sait pas où elle est.

— Ça ne doit pas être très difficile de la retrouver pourtant, puisque c'est la préfecture qui a relogé tout le monde. Il suffit de le demander.

— Sa mère a essayé, mais on ne lui a pas répondu.

— Et son employeur ?

— Elle en a changé.

— Et l'école des enfants ?

— Ils en sont partis.

— Et Facebook ?

— Personne non plus sous le nom de Nichelong. »

Rachel Kubler réalisa qu'Audrey Nichelong se cachait. Elle allait de surprise en surprise.

« Pourquoi la cherchez-vous ?

— Parce qu'elle a fait cramer de la marchandise, et que ça se paie.

— De la marchandise ?

— Ouais… Et la connaissant, on pense d'ailleurs qu'elle a pas tout fait cramer et qu'elle a dû se servir au passage.

— De la drogue ?

— … »

Rachel Kubler comprit comment Nichelong pouvait s'offrir si souvent de la marijuana : elle l'avait volée à Hakim. Elle se souvint des films sur la mafia qu'elle avait vus : on ne plaisantait pas avec ça. Si on la retrouvait, on la battrait, la torturerait, la tuerait peut-être.

« J'imagine que si vous lui mettez la main dessus elle passera un sale quart d'heure ?

— Vous imaginez bien.

— Et vous espérez que moi je vais vous conduire à elle ?

— Tout juste. »

Elle réfléchit : si elle lui donnait l'adresse de Nichelong, elle serait débarrassée de sa voisine. Elle cesserait d'avoir peur dès qu'elle atteindrait le coin de la rue, peur de mourir et d'abandonner ses filles, peur que Nichelong leur jette de l'eau bouillante et qu'elle les défigure. Elle cesserait d'avoir peur que les chats entrent chez elle et provoquent une crise d'allergie, elle cesserait d'avoir peur d'être réveillée la nuit par ses coups de sonnette. Hakim était la solution.

Elle faillit parler tout de suite. Mais elle se retint. Ne pas prendre une décision aussi grave sur une impulsion, pensa-t-elle. Il fallait d'abord peser le pour et le contre.

« Et si je refuse ? demanda-t-elle à Hakim.

— À vous de voir.

— Le détective privé sait qui prévenir au cas où il m'arriverait quoi que ce soit.

— O.K.

— Je vais réfléchir. Vous voulez bien me laisser partir ?

— O.K. »

Rachel Kubler sortit et prit le métro à la station Robespierre. Mais elle ne rentra pas directement chez elle. Elle aussi, elle allait promener ceux qui, éventuellement, la suivraient. Au lieu de descendre à Nation, pour prendre la correspondance vers le nord, elle partit en direction d'Étoile. Elle changea plusieurs fois de métro, rebroussa chemin, attendit sur le quai en regardant qui s'y trouvait. Quand elle fut certaine que personne n'était sur ses talons, elle rentra.

Elle prit une carte de visite vierge, écrivit un mot dessus et la déposa dans la boîte aux lettres de Nichelong.

37. Chantage

Le lendemain, Audrey Nichelong, vêtue d'un jogging informe, une clope au bec, descendit inspecter sa boîte aux lettres, en espérant n'y rien trouver – les seules lettres qu'elle recevait étaient des factures ou des avertissements du banquier. Le rectangle de carton blanc l'inquiéta. Un mot de Gomez la prévenant de l'arrivée d'un colis ? Elle n'attendait rien. Elle prit la carte de visite, l'approcha de ses yeux et… remonta chez elle quatre à quatre. Elle s'enferma à double tour, empoigna une bouteille de rhum, et en avala une grande rasade.

Elle regarda de nouveau le carton, hypnotisée par le nom de Hakim, celui qui avait été son protecteur puis son bourreau, et dont elle se cachait. Comment pouvait-il revenir dans sa vie ? Ses jambes flageolaient. Elle s'assit sur le clic-clac.

Puis, elle relut le mot : *Retrait de plainte ou Hakim.* Qu'est-ce que cela signifiait ? Elle n'avait porté plainte que contre la voisine. Cela ne pouvait donc venir que d'elle. Kubler lui ordonnait de retirer sa plainte, sinon elle lui enverrait Hakim ? Mais comment avait-elle pu remonter jusqu'à lui ? La police ? Non, la police ne savait rien. Kubler avait dû faire une enquête dans le

Val-d'Oise, rechercher les anciens habitants de la cité. C'était une sacrée journaliste, finalement.

Hakim avait dû lui raconter qu'elle avait incendié l'immeuble et fait sauter un arsenal, avant de partir avec de la drogue. Elle savait donc qu'il était à ses trousses. Elle lui mettait le marché en main.

Mais comment Kubler pouvait-elle lui faire du chantage ? C'était immoral ! Comment, avec ses grands principes, pouvait-elle se livrer à une telle abjection ? Audrey Nichelong se dit qu'elle avait peut-être fini par comprendre que la justice n'existe pas.

Elle hésita à appeler les flics pour dénoncer Kubler. Mais cela se retournerait contre elle : ils s'intéresseraient à son passé. En outre, Hakim réapparaîtrait. Pas de doute, elle était coincée. Elle devait obtempérer. De toute façon, sa plainte avait été classée sans suite. Elle mit la lettre du parquet dans la boîte de Kubler, pour l'en informer.

Pour la première fois depuis des mois, Rachel Kubler sortit de chez elle sans inquiétude. Elle descendit l'escalier calmement. Elle ouvrit sa boîte aux lettres avec jubilation, sûre d'y trouver quelque chose d'intéressant. Elle y découvrit l'avis de classement sans suite du parquet. Décidément, pensa-t-elle, il ne savait rien faire d'autre que classer, celui-là. C'était déjà ça. Mais ça ne suffisait pas. Elle remonta chez elle et se mit à son ordinateur.

Audrey Nichelong guettait les allées et venues de sa voisine, comme par le passé, mais la peur avait détrôné l'envie. Elle la vit sortir de son appartement, regarder dans sa direction en montrant de son index gauche l'enveloppe qu'elle tenait dans sa main droite, descendre au rez-de-chaussée et remonter aussitôt, en lui présentant ses mains vides. Elle lui avait encore écrit. « Putain, ça lui suffit pas, le classement sans suite ?! » jura-t-elle.

En dépit de la curiosité qui la dévorait, elle attendit la nuit pour récupérer la missive. Elle n'allait tout de même pas lui montrer qu'elle lui obéissait comme un toutou.

L'heure enfin venue, elle en découvrit nerveusement le contenu :

Je soussignée Audrey Nichelong certifie que toutes les déclarations que j'ai faites au commissariat à l'encontre de Mme Kubler étaient mensongères.

C'est moi qui ai agressé Mme Kubler Je l'ai tapée, mordue, fait tomber et tirée par les cheveux. J'ai aussi frappé sa fille Chloé.

M. Léonide a été témoin de la scène, car les appels au secours de Mme Kubler l'avaient alerté.

J'ai agressé Mme Kubler parce qu'elle avait déposé plainte au tribunal. C'est vrai que j'ai insulté ses baby-sitters et dégradé ses plantes, car je suis jalouse d'elle.

Je m'engage à dédommager Mme Kubler de la somme de mille euros afin qu'elle se désiste de ses poursuites.

Je m'engage en outre à verser à Mme Kubler la somme de deux mille euros pour qu'elle n'entreprenne aucune action pénale à mon encontre.

Je verserai par chèque bancaire la somme de trois cents euros chaque mois pendant dix mois.

En conséquence de quoi je souhaite que le loyer de mon logement soit diminué d'autant, à partir du moment où une nouvelle construction s'élèvera à six mètres de mes fenêtres.

Je certifie en outre que Mme Kubler n'a jamais organisé de réceptions sur la terrasse.

Fait à Paris, le…

Une deuxième carte de visite précisait : *Signature et empreinte index ou Hakim.*

Des aveux ! Elle lui demandait de signer des aveux ! Si elle refusait de s'exécuter, elle lui enverrait Hakim. Mais accepter, c'était entrer en disgrâce dans l'immeuble ! Darbois affirmerait qu'elle l'avait trompé. Les locataires qui, par crainte de Darbois, s'étaient mis à la saluer poliment, allaient désormais l'ignorer. Elle serait rejetée. Elle eut envie de déménager. Mais dans le social, on ne déménage pas si facilement.

Elle ressentit de l'abattement. Ce n'était plus elle qui menait le jeu, elle n'avait plus de pion à avancer. Elle songea à ouvrir le gaz, pour mourir. Gomez lui conseillait si souvent de fermer le robinet en sortant, une fuite pouvant provoquer une explosion ! « Ce serait drôle que je parte encore en faisant tout sauter », pensa-t-elle.

À ce moment, Noiraud vint se blottir dans ses bras. « Toi, tu continueras à m'aimer ? » lui demanda-t-elle en l'embrassant. Sa petite tête ayant l'air de dire oui, elle se résolut à signer. Puis elle posa un feutre sur son index, et l'index sur la feuille blanche afin d'y laisser son empreinte. Elle ouvrit son carnet de chèques et effectua un premier versement de trois cents euros. Il faudrait qu'elle en fasse des vacations supplémentaires, pour les gagner ! Et cela pendant un an ! Elle porta le tout dans la boîte aux lettres de sa voisine.

Épilogue

Rachel Kubler adressa à tous les locataires un courriel dans lequel elle les informa que son conflit de voisinage avec Mme Nichelong avait trouvé une issue contractuelle. Elle transmit en pièce jointe les aveux de l'intéressée. Elle ne savait pas si Darbois réussirait à s'en tirer. Elle s'en fichait, de toute façon. L'important, c'était que Nichelong la laisse tranquille et qu'elle ne menace plus les petites. Qu'elle ne leur fasse plus peur. Qu'elle admette leur cohabitation.

Elle tenait désormais son destin entre ses mains. Et ça ne lui plaisait pas, contrairement à ce que l'autre pensait sans doute. Elle avait toujours placé la liberté de l'homme au-dessus de tout. Même quand Nichelong l'avait agressée, elle s'était contentée de se mettre à l'abri avec ses filles, sans riposter. Non qu'elle manque de force physique. Mais parce qu'elle ne concevait pas de toucher à l'intégrité d'autrui. Et voilà qu'elle pouvait devenir un bourreau.

Elle détestait la société qui la conduisait à cette extrémité, parce qu'aucun de ses garde-fous n'avait fonctionné. Si Béton avait appliqué la loi, il aurait ordonné à Nichelong de se calmer, sous peine d'expulsion. Il avait trouvé plus simple de se retourner contre elle, qui se plaignait des bassines d'eau sur la tête, de son œilleton brûlé, de ses plantes saccagées, de sa baby-sitter insultée. Il avait donné à Nichelong un blanc-seing pour l'agresser : coups, morsures, scalp.

La police aurait dû interpeller Nichelong, interroger tout de suite le témoin, confronter les versions. Elle s'était contentée de transmettre au parquet un rapport prétendant que personne n'avait été blessé.

La justice aurait dû organiser un procès. Elle avait classé sans suite.

Le 1 % logement aurait pu reloger Kubler. Il avait oublié son dossier.

Pendant ce temps, les bouches d'aération continuaient d'exhaler leurs odeurs de graillon, en toute illégalité.

Quand Kubler racontait son histoire, on avait peine à la croire. « Ce n'est pas possible ! » s'exclamaient ses collègues. Pourtant, aucun de ceux qui auraient pu écrire un article n'avait souhaité le faire. « On ne s'intéresse guère aux classes moyennes, on préfère les SDF dans le Bois de Vincennes » lui avait avoué une consœur, rédactrice dans un journal de gauche. « On n'écrit pas sur les faits divers » avait tranché un confrère. « Ton histoire est trop compliquée » lui avait asséné un troisième.

Les journalistes s'intéressaient aux grands juges, aux grands procureurs, aux grands flics, aux grands ripoux. Pas aux parquets anonymes et engorgés. Ils rendaient compte des statistiques officielles de la délinquance, mais ne voulaient rien savoir des flics qui refusent les plaintes. Ils suivaient les déboires judiciaires des dirigeants du 1 % logement, pas leurs fautes de gestion. Le quotidien, ce n'était pas pour eux. Dommage.

Pour sa part, elle aurait eu plaisir à lire, au moins une fois, un article sur un conflit de voisinage : les tribunaux n'en étaient-ils pas encombrés, à la ville comme à la campagne ? Cela en disait tant sur la psychologie des acteurs et sur les dysfonctionnements de la société !

Elle avait la certitude que cela pourrait être tout sauf ennuyeux.

Table des matières

Composition et mise en pages réalisées
par Text'oh! - 39100 Dole

Achevé d'imprimer par Druckerei C.H.Beck, Nördlingen
en juin 2014
pour le compte de France Loisirs, Paris

N° d'éditeur : 77385
Dépôt légal : mai 2014

Imprimé en Allemagne